跨度小说文库

*Kuadu Fiction Series*

跨度小说文库
Kuadu Fiction Series

董新铎 著

# 半扎寨

中国文史出版社

# 目　　录

# 重在塑造人物（序）

刘庆邦[①]

我理解，所谓现实主义，并不是和历史主义相对，主要是与宗教主义相对。我的意思是说，有些以历史题材写成的小说，所走的仍是现实主义的路子。比如《金瓶梅》《红楼梦》等，能说它们不是现实主义？董新铎先生这部标明为“长篇历史小说”的《半扎寨》，就是一部现实主义的作品。

现实主义小说的一个重要特点是写人，是写社会中人、烟火中人、世俗中人，重在塑造和刻画人物形象。一部数十万字的长篇，必须有几个血肉丰满、个性突出、栩栩如生、让读者记得住的人物，作品才能撑得起，立得住。董新铎的这部长篇小说始终瞄准人物来写，在塑造人物形象方面下足了功夫，取得了可观的效果。

比如：小说中有一位叫赵监的人物，他在小说开卷的第一章就被作者推了出来，并很快推到了前台。他一路走来，从开场走到落幕，是一位贯穿全篇的线索性、骨干性人物。而这个人物是神秘的，他甫一出场，就被作者罩上了神秘的面纱。作者保持着沉着的耐心，引而不发，迟迟不把赵监的庐山真面目暴露出来。赵监以一个流浪卜卦者的身份，和晋商驼队一起，雪夜入住半扎寨的东西顺客店。由于他对气质不凡的

---

① 刘庆邦，一级作家，中国作家协会会员，享受国务院特殊津贴专家。现为中国煤矿作家协会主席，北京作家协会副主席。代表作品为短篇小说《鞋》，中篇小说《神木》《哑炮》，长篇小说《遍地月光》等。其作品先后获得过鲁迅文学奖、南丁文学奖及茅盾文学奖提名。

内掌柜秦珮一见倾心，加上店主对他热情挽留，他就在店里住了下来，被店主刘金聘为师爷。接着，小说从胆略、智慧、财富、文化等多个层面，全方位、立体性地对赵监这个关涉全局的重要人物进行了塑造。当店主刘金被土匪装进棺材里绑票之后，赵监从用毛驴驮来的破旧木箱里取出两根金条，只身深入土匪所隐身的洞穴，与匪首进行交涉。他正气在胸，大义凛然，对匪首陈以天理，晓以利害，使匪首瞠目结舌，气焰顿失。他又让匪首看了一枚随身携带的玉石印章，使匪首更加惊慌。匪首不但放走了人质，还眼睁睁地看着赵监把交换人质的金条也拿走了。当数百捻军侵入半扎寨，封锁了寨子，对全寨居民的生活造成严重伤害时，又是赵监挺身而出，对捻军的统领进行了谴责，使捻军的行为有所收敛。赵监的这些作为，表现出他非凡的自信和勇气。为了让主家的生意更加兴旺发达，赵监主动为主家出谋划策，建议主家在继续办好客店的同时，兼做贸易生意。他不辞辛劳，和主家一块儿去南方购进大批砖茶，商品贸易很快便收到成效，赢得了新的财源。店主女儿的婚姻一波三折，是赵监煞费苦心，从中斡旋，才最终促成了有情人的美好婚姻。这些成就的取得，非具有大智慧者所不能为。让人不解的，还有赵监所拥有的钱财。除了他为解救主人所拿出的金条，此后他还多次在关键时刻慷慨解囊，解人之困。为了支持主家办商行和投资开采煤矿，他一次就拿出了一张两千两银子的银票。半扎寨为了用石头修补寨墙，加固寨门，用集资的方式向各家各户摊派银两。催银的寨丁都逼出了人命，银两的缺口仍然很大。此时，又是赵监捐出了上千两银子的银票，以一己的财力，解决了全寨人的燃眉之急。感激之余，寨民们都不明白，一个靠算卦为生的人，他哪里来的这么多钱呢？这真是一个谜。在文化素养方面，赵监更是了得。他熟读《易经》和老庄，谈吐高雅，话一出口即带有人生和生活哲理，使不少人受到教益。他为三个寨门的命名和题字，不但让本地的保长和乡绅大为赞赏，连州官看了，都认为半扎寨是藏龙卧虎之地。

赵监如此出类拔萃，他到底是什么人呢？有什么来历呢？他的真实身份究竟是什么呢？这一系列问题构成了一个悬念，一个大大的悬念。这个悬念既是故事情节的悬念，也是人物本身的悬念。半扎寨里的很多人都看出赵监这个人很不一般，他们也很想打探一下赵监的底细。但赵监每每三缄其口，深藏不露。读者也被悬念吊起了胃口，不得不把赵监读下去，再读下去，一定要弄清赵监是何许人。作者的叙事策略也正是在这里，他层层铺垫，一次又一次把赵监往矛盾的风口浪尖上推，让赵监在紧要关头化险为夷，使悬念升级再升级。悬念不管悬得多高，不会一悬到底，总归要放下去。好嘛，直到在长篇小说的结尾，操笔者才通过“赵监年夜说身世”的章节，把赵监的“来龙”说了出来。却原来，赵监是一个化名，他本是太平天国天王洪秀全帐前的一位军师。天京失陷后，他的家人尽遭杀戮，官家悬赏缉拿他的告示贴得满城皆是。万般无奈之际，他乔装成一个卜卦人，骑着毛驴驮着两只旧木箱逃出了城。能够在河南汝州的半扎寨苟且偷生，纯属意外。

由于被土匪头子告发，赵监的真实身份最终还是被官家获悉。赵监闻讯仓皇出逃，最后客死在这块让他不舍的土地上。他人倒下去了，艺术形象却被树立起来，树立在“千古事”的书中。

在书中，和赵监构成人物关系的有刘金、秦珮、刘真、刘胜、张炽、钱贵、钱玉、二静、大妞、申三，还有保长、张老、匪首张悉、捻军统领张宗禹，包括马帮帮主和刺客虚本等，这些人物形象都个性鲜明，给人留下了难忘的印象。

在塑造人物时，如何处理好人物关系之间的分寸，这一点尤为重要。分寸把握得好，作品就有可能成为上品。如果失了分寸，过犹不及，就会影响整部作品的水准。在《半扎寨》这部作品中，赵监和秦珮的人物关系是一对统摄全局的人物关系，牵一发而动全身。秦珮也是从上流社会流落到了民间，有着深厚的教养、高贵的气质、超凡的风韵，称得上鹤立鸡群。作为曾经的“天王军师”，赵监之所以愿意在半扎寨留下来，很大程度上是由于秦珮的魅力对他的吸引。“同是天涯沦落人，相逢何必曾相识。”赵监和秦珮同命相怜，同气相求，心心相印。但是，在赵监住在刘家两年多的时间内，这对情深之人只停留在暗恋和眉目传情上，始终举止得当，相敬如宾。直到赵监事发出逃之际，二人才紧紧相拥，热泪奔流。

人物是小说中最活跃的因素，也是最有效的载体。人物既承载情感、思想、文化，也承载历史和艺术。当人物完成了他们所承载的使命，小说各方面的文本价值就实现了。

2020年5月于北京

# 第一章

## 赵监邂逅内掌柜<br>古寨滞留卜卦人

赵监随晋商驼队来到半扎寨是在这一年的岁末。黄昏时，山风悄然而至，原本稀疏的雪花此时密了许多，群蝶般眼前乱舞，只半个时辰工夫，官道已换了银装，白皑皑路天一色。一只灰毛野兔莽撞地蹿上路面，见驼队，悚然一惊，而后扭转身去，径直消失在官道的苍茫中。

毛驴的鼻息呼出两道白色的雾柱，有水滴自颚下缓缓滴落。毛驴的背上分挂两个破旧的木箱，一张肮脏不堪的毛毡夹在木箱和肚皮之间，随着驴身的晃动，这毛毡发出嗞嗞的摩擦声。赵监手执一张褪色的旗子，走在毛驴一侧。他旗子上"乾、坤、震、离"的字迹在凄迷的风雪里忽明忽暗。

掌灯时分，两河相夹的村寨依稀可见。赵监捂捂饥肠辘辘的腹部，胡乱抹了把额头雪水，撩长袍牵了缰绳，向着幽暗的半扎寨快步而去。

过了土墙间低矮的寨门，晋商驼队逶迤进了距离寨门一箭之地的一家院落。赵监探头看时，见头部裹得严实的晋商正费劲地从驼背上卸下货物，大包小包胡乱散落一地。客栈伙计则搓着手，将一木凳蹬到那晋商脚下。哪料这晋商只踩到了凳子的一角，于是一个趔趄，头撞了驼腿，立时拿眼瞪一下伙计，却也不见发火，径自取下木箱，搬着去了。

赵监迟疑片刻，转身去了不远处另一家驼马店。他的毛驴扭着身子进院时，箱子刮了用木头搭建的门框，门框随即发出吱呀的低吟。赵监上前抱住木箱，小心翼翼地帮毛驴进了院门，而后警觉四顾。院门外黢黑的寨墙阴森森高高矗立。细雪斜飞，冰冷刺脸，闪闪的一如贼眼。

早有店主自正屋喜迎出来，遂将一个用牛皮做成的热水袋塞进赵监手里，笑吟吟道："客官冻坏了吧？暖暖手，暖暖手。看这破天，下起来没完没了。柱子，还不快出来卸货，你磨叽个屁呀!"

叫柱子的伙计揣手小跑出来，点头哈腰地去搬驴背上的箱子。

"慢!"赵监突然大叫一声。店主和伙计一时间面面相觑。赵监放下手中旗子，自己动手吃力地将两个木箱逐一搬进厢房。

院子里弥漫着从棚子里传来的类似烂草腐败的气息。时至年末，住店的人不多，偌大个院子因雪铺地，倒显得整洁有序。另一侧厢房里未见灯火，只驼马棚的槽顶挂了盏油灯，这油灯在幽暗中透着暖意。赵监自屋里出来，笑对伙计道："这驴走了一天，还望伙计多喂点儿玉米，草料管足，备桶热水吧，以防这驴拉稀。"

那伙计乖巧道："客官您自管放心，驴也是客，这驴也是很通人性的，你待它好，它就卖力；你待它薄，它走起路来保管是磨三蹭四。前些日子，一个陕西客人，不定是犯了什么心疾，没来由地拿鞭子猛抽他那骆驼，见那骆驼拿眼瞪他，又生生用木棍把驼腿打伤。过后还不得去药铺拿药，又是给伤口撒药，又是用浸了热水的布给红肿的地方热敷，硬是在小店多待了七天才勉强离去。您想啊客官，这七天得耽误他多少生意!"

赵监扑哧一声笑道："小伙计你这话说得在理。悲乐者，得之邪；喜怒者，道之过；好恶者，心之失。失了德，失了爱，也就失了为人之本。"赵监还想说些什么，走了一天，与驴为伴，这会儿好歹遇上个爱说话的人，自是话欲陡增，却见正屋门口有一人倚门静静望着这边，兴许是对这边的谈话饶有兴致，这人一时间显得聚精会神，屋内灯笼的暗红将她的影子在雪地里拉得老长。

"内掌柜，有事吗？我这边这就完事了。"柱子把缰绳系牢，回身对赵监说道，"这是我家内掌柜，过去见见吧。"

赵监随柱子走到正屋门口时，那内掌柜让身门里，见两人身披雪花，遂拿起一鸡毛掸子递给柱子，慢声说道："下着雪，也不戴顶帽子，快给这先生扫扫雪，那边盆里我倒了热水。"赵监看时，见内掌柜穿一件绛紫色对襟披风，内着桃红小袄，长发绾结于后，腮边的酒窝随着说话的停下一并退去。

赵监拱手谢过，在桌前坐下，要了两碟小菜，配上一壶烧酒，又问柱子有无米饭。柱子说只有烧饼和汤面。赵监各要一份，见内掌柜和柱子各自去了，遂自斟起来。

驼马店掌柜自外头掀门帘进来时，带进一阵冷风。赵监不觉缩了一下脖子，遂将长袍撩了撩压紧膝盖。掌柜的自顾在柜台算着什么，算盘珠子被扒拉出的混浊声音，在这干暖的屋内显得沉闷异常。那掌柜的忙活过后，猛拍了一下柜台，这突如其来的啪的一声闷响，让赵监浑身一颤。赵监扭脸看时，见掌柜的大大咧咧来到他面前，粗声粗气道："听口音，先生是南方人吧？这大冷的天不做买卖来北方干啥？哦，哦，是算卦的，看我这记性。来店就是客，只是今天店里断米，明儿一早就去买。那粮铺姓王的真不是玩意儿，我算了一下，没欠他几个子儿，早上厨子去他粮铺拿米，他硬是不赊了，小气鬼！"

"本就不该赊人家的米，你又不是没有钱，人家小本薄利的。"一阵脂粉的暗香随话音飘然而至，内掌柜拿了一本账册自内宅款款而来。幽幽暗香，甜润细语，竟一时间盖了酒气。

那掌柜的脸色阴沉，面露几分尴尬，遂瞪眼说道："你去问问这沿街哪家门店不赊欠他粮食？他姓王的当初是自愿赊欠的，又不是别人死皮赖脸地非要欠他。他一个外乡人，来半扎寨做买卖，人生地不熟的，不来点儿实实在在的手段，怎么立脚？这不，他这招一使，生生把河北廊坊人开的粮铺挤对得快要关张。"

内掌柜不屑地把目光瞧向窗外，喃喃说道："几时兴的这规矩！把自己的钱借给别人，只为分那几个红利，该付别人的银子倒百般说谎，拖着不给，翻翻典籍，哪朝哪代、天南地北焉有其二？"

听这合情入理颇为斯文的话，赵监不觉一怔，暗忖道：这内掌柜其言其行其貌其韵，哪里论都像是大家里走出的人，半扎寨这小小村落断不会养出如此高贵仁厚气韵难掩的女人，此人定有故事。赵监起身向斜倚柜台的内掌柜送去意味深长的一瞥，却恰逢这女人将望向窗外的目光移回屋内，四目相对，只一瞬，便都慌忙移开。

厨子用黝黑的托盘将一碗热气蒸腾的肉丝面和一张焦黄烧饼端上

时，赵监已微醺，他用迷离的眼望着掌柜和内人依次去了内宅。正要吃面，忽听内宅传来争吵声，赵监不觉竖耳细听。

“你一个妇道人家，闺女快二十了，不好好劝她找个人家嫁了，反倒是把心思都用到如何挖苦我、管束我这上头了。想当年不是我刘金收了你，谁知道你这会儿还在不在人世，别仗着你那几分姿色就不知天高地厚!”刘金话音才落，忽又传出瓷器的破碎声，料是那刘金将瓷碗摔在了脚下。

之后是长时间的寂静。随后传来内掌柜虚弱的喃喃自语声：“是我秦珮不贤，养了这不省心的女儿，这不争气的孩子，跟她娘一样，命比纸薄，却又心比天高，像我们这样的人有口饭吃，都是上天的恩赐，这死闺女她还想找个什么样的人家！富及石崇、才过子建、貌比潘安的如意郎君哪里寻得!”

刘金余怒未消，接着说道：“一会儿你再去劝劝她，人家媒人等着回话呢！让她死了那个心吧！那个白脸书生，日他祖宗，再让我见到他，他小心狗命。丢死人哪，丢死人!”

赵监不忍续听，匆匆用过晚饭，去了厢房。他先是端详了两个木箱，而后用力把箱子搬到床下，继而将木箱推向床下的幽暗里。

雪停了，竟有半轮悬月烧饼似的斜挂天际。树枝如杈，像是被青壮男子用力撑着。赵监踱到屋外，仰望清冷的天空，寻了一片未被踩过的雪地，四顾之后，缓缓跪下，向着东南方深深叩头三下，拜过之后已是泪眼晶莹。赵监起身后，才抚去双膝粘雪，却见喂驴的伙计正站在槽边疑惑地望着自己。赵监正要说话，忽听内宅传来嘤嘤哭声。问伙计，知是刘掌柜的千金刘真在哭。不便多问什么，赵监回到厢房，草草洗过便蒙头睡了。

初来乍到，赵监自然不知那刘真的隐情。两年前，刘真年满十七，生得腰如细柳，面似桃花。平日里待在内宅，素不染指前院生意。偏有一日，住店人多，驼马店一时人手不足，她父亲才唤她来前院给客商端茶送饭。却有一晋商公子随父亲商队去南方贩茶，途经半扎，前日住下，昨日竟是一病不起，料是长途劳顿，受了风寒，虽用些汤药，依旧畏寒，身子发颤。刘真将一碗姜汤送去时，那晋商公子一时双目有神，说自己的病怕是一时半会儿难见好转，横竖不肯随商队前行。这晋商见状，颇感无奈，又虑及一帮人畜在此滞留下去，毕竟开销不小，于是只将公子留下，待返程时一并回晋。

哪料这公子哥在他家商队南下的第三日便觉身轻如燕，病已痊愈，于是开始有事无事地找刘真搭讪。起初刘金只顾张罗生意上的事，对刘真和这公子的交往并未在意，毕竟他们还是孩子。然而，十天头上，却有街坊见刘真和那公子自东门外秀水寺一侧的树林走出，还说那刘真头发散乱，双目避人，一时间坊间非议声起。偏是这天，公子家的返程商队与公子一同出寨子，奔山西而去。且不论这坊间传言是真是假，这非议声传至刘金耳朵，都如针扎，刘金难免会灰头土脸、怒从心生，打骂自然是少不了的。刘真却只是一味地哭，顶多是带着哭腔说道："那张炽他会回来的，他一定会娶我的，我等他。"然而，她这一等就是两年，那公子两年多来音讯皆无。

当最初的晨光映亮窗棂的时候，赵监听见屋外窗台上传来清脆的"嘣嘣"声。大约是窗台上玉米棒的诱使，麻雀在顽强啄食。这玉米棒石头般坚硬，料那麻雀终是徒劳无益。赵监起床后，见屋子正中的炉子上坐着的黢黑铜壶正哧哧冒着白烟，他提下水壶，给炉子添了些煤块，随后简单洗了洗，耸耸肩出了厢房。窗台上那麻雀听见门响，扫一眼赵监，极不情愿地扇起翅膀，扑棱棱飞至墙边的枯枝上，拿眼责怨地望着出门的赵监。

条石铺就的街面上零星地趴着些黝黑的驼粪，一层浅雪并未将街面罩得严实，留下斑斑黑块。只沿街商铺墙边积了厚实的雪，积雪在晨光的映照下闪着晶莹的光泽。

担着担子游街卖油茶的商贩揣着手伸长脖子吆喝："油茶啦——正宗的武陟油茶，外带油条热的。"这憨憨的叫卖声打破了寨子清晨的宁静。已经有炊烟自房顶袅袅升起。一辆独轮车吱扭扭被一青壮男子推着走向街的尽头，一条清晰的车辙弯弯曲曲留在薄薄的雪地之上。赵监缩了缩脖子，顺着车辙，向着寨子的东门走去。

这半扎寨位于两河之间，茶马古道自东向西穿寨而过。官道北至洛阳，南接南阳，其间则没有正经驿站，半扎寨偏在宛洛之间，往来公差及商队多在此歇脚食宿，又非正经驿站，故称半扎。赵监登上寨墙举目看时，见远处山幽水碧，官道蜿蜒伸向低山的尽头。脚下黄土筑就的寨墙个别处已被条石包起，大约是天气的缘故，以石包土再筑新墙的活儿业已停工，寨墙脚下有石块凌乱地堆着。不远处有家寺院，寺院大门已开，两个和尚在门外低头扫雪。

“先生，先生，这么冷的天，您还有闲心瞎逛！昨晚跟您一起进寨的那帮驼队人家已经走了，也就刚刚出寨不久。您不是托小的打听那驼队几时离寨吗?”叫柱子的伙计老远便气喘吁吁道，“您要随驼队一起走吗?”

赵监回转身看，见柱子正一路小跑邻近寨墙，便笑道：“有劳了，有劳了。随他们一起赶路，人多还是宽心些。”他原本出店只为走上一圈，活动活动筋骨的，不想却被半扎寨这另类的山野风情吸引，竟一时忘记赶路的事了。于是随柱子匆匆回店，要了个馒头，配了碟花生，还有一碟腌萝卜，小米粥连用两碗。

牵毛驴出了院门，赵监下意识回眸看时，不觉心头一热，他见内掌柜站在雪地里正用异样的目光望着自己，于是回走两步，拱手说道：“内掌柜敬请留步，赵监昨晚叨扰了！告辞，告辞！”内掌柜并未回话，只用丹凤眼漠然望着自己。她那绛紫色披风下摆被晨风撩起，在浅雪上映下暗红的光芒。这一幕给赵监留下极为深刻的印象。

沿街店铺渐次开张，不时有人探出头来，向两侧张望。地面上的浅雪已被踩碾出斑斑雪水。西寨门遥遥在望，黢黑的门洞外一派银白。一个拾粪的老人挑着担子自门洞口悠然走过。群鸟从雪地飞起，而后稳稳落在寨门的屋檐上，东张西望。忽有一只麻雀竟立于驴背一侧的木箱上，纹丝不动。赵监举起旗子轰走两次，小鸟却又回来，硬是不走。赵监刚要发作，却听道旁有人搭讪道：“给算一卦再走吧！先生，这鸟儿执意不肯离开，轰都轰不去，先生的卦一定是非常灵验，要知道这麻雀也是通人性的。我今儿要去汝州谈一桩大买卖，也不知道成与不成，算一卦也好心里有底。”

赵监看时，却是昨晚入住的那家驼马店掌柜刘金，于是笑道：“是刘掌柜啊。这又不是喜鹊，一只麻雀而已。刘掌柜一大早便去张罗生意，看您满脸红光，眉间透着喜气，您此行定能如愿以偿，赵监这厢有礼了，谨祝刘掌柜吉星高照，马到成功！”

“赵先生真会说话！那就借赵先生吉言了。只是，还是想请先生给算上一卦。”刘金一大早听此吉言，自是满心欢喜。

赵监本不想扫了刘掌柜的兴，怎奈这冰天雪地岂是支摊儿地方，更何况他要去追上那支先走了的晋商驼队，一同赶往平遥。他有一个远房亲戚在平遥行商，此次投奔颇有几分无奈，遂苦笑道：“实在抱歉得很哪刘掌柜，昨晚您怎么没想起算上一卦？这不，那晋商驼队已出了寨门。我们路途相遇，同行多日，跟那掌柜的话也投机，这兵荒马乱的，一路走来，好歹有个照应不是？”正说时，远远地见那一早出门的晋商驼队顺原路折返回来，骆驼载满瓷器和茶叶，正一扭一扭蜿蜒进了寨门。

驼队掌柜见赵监正拿疑惑的目光望着自己，遂上前拱手说道：“一早差人去你住的店里找你，叫柱子的伙计说赵先生天亮就出去了，不知你去了哪里。这冰天雪地的，我寻思着大约是老弟你今天不想前行了，这才收拾停当，出了寨子。老弟你一人好说，我这一帮人畜多待一日都是一笔不小的开销，快到年关了，家里也急着要货呢。”

赵监拱手还礼道：“谢掌柜的惦记！看这冰天雪地的，原以为掌柜的不会出行过早，好歹也会等到日出一竿吧。我一早出门走了一圈，看这半扎寨真乃风水宝地，多看了几眼，竟一时忘了时辰。”

“路过的人都觉得这里风水不错，赵先生定有高见，不妨说来听听？”晋商掌柜陡来兴致。

“这半扎寨背山面水，东西狭长三里之多，两条河流依寨子逶迤而去，且一河似有九曲，九者，久也！风水上讲的面水，即为面财，另外，水生万物，讲的也是这个理。背面有山者，则根基牢靠。有山有水之地必有生气，有了生气，才有真龙真穴，真龙真穴必定造就富贵。”赵监说时，自身侧经过的骆驼刮了一下他的毛驴，那毛驴一阵摇晃。“对了，既是出了寨子，为何又折返回来，莫非是……”

“打仗，前方在打仗，听过路人说，这官道前方二十里外的庙下和十里铺都在打仗，绕都绕不开呀，不回来怕生事端。”那晋商掌柜忧心忡忡道。

一旁的刘金刘掌柜摸摸脑门，恍然道：“怪不得前些日子，各个村寨由保长带队到每家每户征收铜铁，有的人家正用的铁锅都给征走了，说是大军要铸炮用。那跟随的兵士横眉瞪眼，跟日了他家女人一样，据说是亲王僧格林沁的属下。这次连亲王都出马了，亲王率大军已到了临汝，要剿灭盘踞在庙下和十里铺的一帮捻军。”

“捻军？”赵监不觉一怔，“怎么一进河南地界，到处都是捻军！这捻军人数虽多，却是乌合之众，不讲策略，不顾大局，各自为战，难成气候！”话说至此，赵监忽觉失当，见刘金和晋商掌柜正疑惑地望着自己，忙把话题移开，“那就住下吧，看情势再做打算，您说呢姚掌柜？”

“是啊是啊，先住下来再说，总会有办法的。姚掌柜既然与赵先生一路同行，何不住在一处？也好有个照应，小店房多炕暖水热。我今日要去汝州谈桩买卖，也好顺便帮您打听一下去山西还有哪条路能走，这仗要是打上一年，你们总不能在小店住上一年不是？”刘金精明至极，不经意间竟要做成一桩生意。

姚掌柜自是满心应下，而后随赵监一同去了刘金的驼马店。没有人想到只这点儿微末小事，竟使刘金日后与人结下梁子，埋下祸端。

刘金尚未进院，便大声喊叫柱子出来接客。那柱子小跑出来，见这么多人驼入住，自是眉开眼笑，忙着张罗去了。待安置停当，刘金逐一给姚掌柜及赵监拱手告别，随后策马奔汝州去了。

# 第 二 章

## 刘金求卦卜时运
## 棺椁坟地等刘金

黄昏时，刘金自汝州城回来，拴了马径自去了赵监房间，一通埋怨。赵监正给炉子添炭，见刘金满脸沮丧，料是他此次汝州之行不很顺畅，于是泡杯茶给刘金递上，笑道：“刘掌柜，喝口热茶暖暖身子吧。这大冷的天，又快到年关，谈生意遇些磕绊也在情理之中，您大可不必为此烦忧，有道是佳期难得，好事多磨。”

“对了，赵先生，还是给我算上一卦吧，算算我明年时运好与不好，今年可是什么破事都不顺。”刘金两口把茶水喝干，放下茶杯说道，“今年三月间，一个游乡的老道给算过，说我刘金今年财运兴旺，家事和顺，这都准个鳖孙！”

赵监沉吟片刻，挪凳子坐下，低声说道：“既然刘掌柜如此信任赵某，那就恭敬不如从命了。只是我算得准与不准，刘掌柜您不必当真，权当笑谈。请刘掌柜报上您的生辰八字吧。”待刘金把自己的生辰八字报过，赵监闭目良久，细长的手指掐算过后，醒眼说道：“刘掌柜属猴，甲申年生，属过树之猴，五行属水，刘掌柜为人性急，口快舌硬，易喜易怒，外缘胜于内缘，出入压众，衣食充足。”

“慢点儿，慢点儿，赵先生。你还别说，你算得还真准，只是这外缘胜于内缘，该怎么讲?”

“外缘者，顾名思义，就是居家之外的人缘；懂了这一点，也就不难理解内缘了。”

“先生的意思是说属猴的人跟内人不和，这是命里该有的事，也就是命中注定的，是吧？”

“命中有的却并非是注定，还有一句话叫事在人为，万事皆存变数，阴阳是能够互为转化的。四时之变，寒暑之胜，重阴必阳，重阳必阴，讲的也是这个理。”

“有点儿懂了，我说这家里总是不让人省心。不怕赵先生笑话，昨晚您大约也听见了，天天都是吵，不过也都习惯了。内人一点儿不贤惠，闺女一点儿不争气，有个儿子吧，跑到省城那是死活不肯回来。赵先生，要紧的是给算算明年的时运吧。”

“明年乃乙丑年，是为牛年。刘掌柜属猴，属猴者遇牛年必定是吉星高照，进财添丁，福禄有余，月德照临，只岁初略有阻梗，必是熟人所为，岁末则无忧矣。”

刘金初听来年时运非凡，自是喜不自胜，到末了，却有一丝愁容不经意间挂上眉梢，遂惊觉问道：“阻梗？熟人？”

赵监起身笑道：“刘掌柜大可不必平添隐忧，方才说过，卦中有绝非一定就有，万事小心点儿也就是了。”

正说时，晋商姚掌柜姚叶敲下门后掀门帘进来。他大约是听见了方才赵监的话，又不明就里，乐呵呵道：“什么隐忧啊让刘掌柜愁眉不展？”在床沿随意坐下后，姚叶又道：“赵先生，你我随行多日，总觉得赵先生绝非一个游乡的算卦先生，你我也算是老熟人了，接下来去山西平遥还有不少路得走，还有些日子要朝夕相处，看得出，你也没把刘掌柜当作外人，彼此聊得很是投机，不介意的话，不妨让我们知道赵先生的真实身份，也好心里不犯嘀咕。”

赵监笑道：“真没想到姚兄这一路上竟然犯着嘀咕，怎不早说！”说罢，赵监下意识地瞥一眼床下，见那两个木箱悉露一角。

姚叶道：“途中相遇，又不熟悉，哪好意思刨根问底儿！赵先生这谈吐这气度绝非一个泛泛算卦仙所能有的。”

“赵监乃江南一书生，寒窗十年，本指望考个功名，怎奈屡考不中，也就渐生懈怠，无心读书了。年初家中忽生变故，遭了匪祸，一夜间家徒四壁，举目无亲，无奈间想起远在山西平遥的一远房亲戚，据说这亲戚生意做得了得，于是匆匆投奔而来。”

“那你这算卦……”

“噢，粗读过《易经》之类的书籍，就想借此混口饭吃。”

刘金不无敬佩道：“赵先生的卦算得真是不赖！”

赵监皱眉道：“不赖？”

姚叶道：“就是不错的意思，河南这地方的土语。”

赵监恍然笑道：“还以为是赖账的意思呢！这么说来，我的卦算得连个好都称不上了？”

刘金和姚叶面面相觑，而后不约哈哈大笑。刘金忙道：“不赖就是很好的意思啊！乡下都这么说的。”

姚叶的小眼眯成细缝，他知道赵监是有意把适才的话题绕开，于是喃喃说道：“赵先生的故事总感觉漏洞百出，刘掌柜您觉得呢？”

“管他百出还是千出呢！这跟你我有什么相干吗？我关心的是我来年的时运如何，不顺的该如何化解才是。”刘金快言快语道。

这无疑是个没趣，一时间姚叶尴尬万分，于是干咳一声笑道：“也是，也是，与我们没有半点儿干系！这不是闲得无聊，找个话茬打发时间嘛。依我看呀，这半扎寨是个很不错的行商之地，风水不错，又地处宛洛古道，东通苏杭，西连秦陇，喀喀喀喀。”

姚叶无意间几句搪塞的话，倒让赵监眼前一亮。赵监望望二人，见都没再往下说，他沉思片刻，缓缓说道：“既然半扎寨地处官道，乃通衢要地，南来北往，客商云集，若是在此地开个贸易商行，集南北货物于此，不知省了多少商家天南地北地奔波。今日一早，我在寨子里走过一圈，似乎没见有像样的贸易商行。”

刘金连说是，都是些小商小贩小门面，且货品单一，只为接待南来北往的外地客商而开，比如驼马店、小饭店、油坊、布匹店等等。末了，刘金迟疑道：“要开个像赵先生所说的贸易商行，把南北货物都弄来，那得多少钱啊！半扎寨是个乡间小寨，只怕是没有这样的大户人家能想得到做得到。”

“其实啊，这商行可大可小，量力而行即可。”姚叶不经意地说。

“小了怕是不成，你们想，若是引得大商家来此进货，你的货物断不可量小，且价格不可过高，如此一来，没有充足银两去集中进货，便很难要得低价货物，没有价格上的优势，又如何赢得商家青睐！”赵监一时间显得踌躇满志。

旋即，赵监眼中的亮光黯淡下来，喃喃说道：“一时兴起，瞎说一通，都别在意，都别在意。”

姚叶一时间如坠云雾之中，他本就觉得这算卦先生绝非泛泛之辈。这赵监面容清癯，精明干练，衣着洁净，发无乱丝，且才思敏捷，颇具智者之风。虑及适才尴尬，姚叶便不再试问其身份，只淡淡说道：“赵先生颇有经商之才，若是刘掌柜能有赵先生这样的良才协助，何愁日后不飞黄腾达！何愁卦中的阻梗不能化解呀！可惜我姚叶庙小，难请大佛，不然我姚叶真想焚香请赵先生来做师爷。”

“谢姚掌柜抬举！在下不识天高地厚，一时兴起，胡侃乱言，一个算卦之人，能有什么高见，让诸位见笑了！”赵监立时感觉适才失言。

刘金满脸红光，兴奋异常，起身拱手道：“真没想到，赵先生不光卦算得不赖，还是个经商好手，真想把先生留在半扎寨，只是姚掌柜都嫌自家庙小，那我刘金就更没法开口了。不过，赵先生，您既然是因家中遭了不幸，而去远方投奔亲戚，那就不一定非去投亲不可吧？赵先生要是能留在半扎寨，你我联起手来，说不准真能干成件大事哩！”

见姚叶正用异样的眼光望着自己，赵监思虑片刻，缓缓说道：“承蒙两位掌柜赏识，赵监用个心动个嘴还行，果真让我去做个实事，只怕会让人失望。”

“自古师爷就是出谋划策的。”刘金道。

“既然刘掌柜不嫌，那赵监这就应下了。只是赵监已习惯于为人算卦，日后生意上我会殚精竭虑，助刘掌柜一臂之力，闲暇时，请容我仍操旧业，且对外只说我是个算卦先生。”赵监蓦然间显得忧心忡忡。

刘金自是满心欢喜，连连点头。见天色向晚，西天的晚霞已将窗棂映出暗红，刘金起身请赵监和姚叶去前厅小斟，三人依次出了厢房。赵监的毛驴见主人出来，仰脖子一声长鸣，那抑扬顿挫的咿呀声响彻长空。

隔日上午，姚叶百无聊赖，于是去街上闲逛。忽见有商队自西门进了寨子，看装束及相貌便知是山西同乡。近前问过，晓知前方战事业已结束，亲王僧格林沁亲率大军先将捻军分割合围于庙下和十里铺两地，而后用新铸大炮猛轰，继而趁硝烟未散，派精兵夜袭。捻军一时间自乱阵脚，只两个时辰不到，捻军已死伤十有七八，余者，星夜逃遁。

姚叶匆匆回店，招呼伙计搬箱拉缰，辞别刘金后，商队逶迤出了半扎寨。赵监虑及姚掌柜来时路上多有照应，执意送至寨门，二人在西门外寒暄良久，惜惜相别，恋旧情忽觉伤感，祈来日半扎重逢。

赵监顺原路返回时，遇一寺庙僧人，这僧人在一家驼马店门外东张西望，却不像是化缘。赵监看时，见这驼马店门头上写着“南北缘”三个隶书大字，正是姚叶姚掌柜三日前雪夜所住的那家。赵监拉低帽檐，从一侧轻轻走过。这僧人和掌柜的谈话隐隐传入赵监耳朵。

“贫僧乃少林寺僧人。今年春上，寺院忽遭火灾，宝殿不幸毁于一旦。方丈恐遭佛祖责怨，在佛祖前许下意愿，要两年内重现宝殿，怎奈寺院拮据，已遣众僧人悉数出寺，逐村化缘。平日里寺院多有布施，如今寺院遭了大难，众施主不会袖手旁观吧?”僧人颔首说道。

“师父呀，即使寺院不遭火灾，给寺院捐些银两也是功德无量的事，只是小店店小利薄，勉强维持，只为有点儿事做。这不，几天前，小店好不容易等来一帮过路的山西客商，却又生生被别的店把生意抢走了。给寺院供施些钱物，小店没有多，还没少吗？这点儿钱还望师父收下，算是我钱峰对佛祖的孝敬了。”

“就这么点儿啊！这半扎寨谁家富裕呀?”

“前面不远有家驼马店，叫‘东西顺’，就是门口有棵老槐树的那家，那家有钱，富得流油。”

“抢走你生意的就是那家吧？他家的坟地是不是在秀水寺一里开外的断桥边?”

“是，是，是。”

“多谢施主！贫僧告辞！”

“师父慢走。”

赵监原本并未在意这僧人的化缘，这店主的话倒让赵监一阵警觉。明摆着是刘金在不经意间已与这家店主结了梁子，可那僧人打听刘金家的祖坟是何用意，倒让赵监百思不得其解。

回到东西顺客栈，赵监原想将适才见闻告知刘金，又虑及刘掌柜脾气不好，只怕他由着性子去找那店主滋事。快到年关了，息事宁人是最好不过了，好歹他赵监已决意留在半扎寨，留在刘金身边，万事小心点儿也就是了。

午饭后，冬日的阳光懒洋洋地已将路上的浅雪消融，清新的气息在寨子的空中弥漫。这样的好天气却只在半扎寨滞留了半个时辰，当阳光在西墙边留下阴暗，方才还耀眼的太阳旋即被乌云遮罩，清冷凛冽渐渐将寨子包围。

赵监刚刚躺下想小眯一会儿，却听见大门外有人在大声嚷嚷："刘掌柜，刘掌柜，你家谁去世了呀？"

刘金跑出正屋，听此言，破口大骂："这鳖孙是谁呀？你家才死人了呢！"

"你怎么开口骂我呢？"

"不骂你骂谁？这好端端的怎么就说我家死人了呀！老子不揍死你就算是便宜你了。"

"什么东西！好心被当成驴肝肺！"

"你先别走，你二狗得先把话说清楚。"

"方才我去秀水寺进香，远远地见你家坟地有一帮人送殡，那黑色棺材，那白色孝衣，多远都能看见。"

刘金没等二狗把话说完，拎起身边一把铁锹，飞一般奔坟地而去。

刘家坟地距寨门不足三里，一条小路自坟地旁逶迤伸向山里。刘金赶到时，果见有人在埋头挖坑，一口棺材放在马车上，黑黢黢漆味呛人。几个男人偶有几声啼哭，却是未见一个女人。赵监怒火中烧，未到跟前便开始谩骂不止。坟地里的人却不为所动，没听见似的我行我素。见这帮人皆是五大三粗，且手中都有家伙，刘金手持铁锹一时间却不知如何使唤。问他们是否搞错，误把别人家坟地当成自家的了，竟无人理会。

此时的山洼里有阴风刮过，寒气袭人。山林早已卸了装扮，只枯枝赤裸裸张牙舞爪。有鸟窝零星散布于树杈之间，显得黝黑异常。不见鸟儿露头，鸟窝在山风中随树飘摇。

当刘金丢下铁锹，走近棺材时，忽觉一阵眩晕，一时间魂飞魄散。他看见棺材盖猛然打开，里面躺着的人幽灵似的直起身来，这幽灵嗖一下跳出棺材。自己则在不觉中躺到了棺材中，他感觉天空骤然间黑了下来，他听见几声咚咚的敲击声，举双手想撑起棺材盖子时，忽觉已是徒劳。伸手不见五指，在只可容身的空间里骤觉憋闷异常，他触到了桐木的纹路，他闻到了桐油的气息，他听到了死亡的呼唤，他使力撑住身子，以使身体不至于被扬起，他感觉自己在剧烈的颠簸中飘忽不定。

赵监最初闻声走出厢房时，见刘金正拎铁锹怒气冲冲出门。喊几声没用后，自己返回房间戴上棉帽，把棉袍换成短袄，而后顺刘金跑去的方向追赶而去。一回头，见内掌柜秦珮携女儿刘真正蹒跚在后。

远远地望见刘金抵达坟地，赵监早已气喘吁吁。就在赵监缓步平息气息的当儿，坟地里的马车载着棺材在一帮人的簇拥下，顺山路蜿蜒而去。人车一点点变小，不多时便消失在山包的另一边。赵监赶到刘家坟地时，坟地已是万籁俱寂，只枯草在凛冽的风中摇头晃脑。

赵监望着进山的小路，一筹莫展。

秦珮和刘真赶到坟地已是大汗淋漓，刘真瘫坐地上大哭不止："爹，这是去哪儿了呀？你可别吓我和娘。"

秦珮望着地上自家的那把铁锹，泪眼汪汪。她掏出手绢点点眼，无助地望向赵监。

"土匪，一定是土匪所为。内掌柜，若是土匪所为，必是图财而已，自古图财者，不会轻易惹出人命来，从这一点上说，刘掌柜不会有生命之忧。不出意料的话，今晚就会有书信过来，到时候看他们索要多少。"赵监见秦珮将信将疑，遂把今日偶遇僧人的事说了。

秦珮听过，一时间没再言语，只将茫然的目光望向远处苍凉的山丘。良久，她缓缓说道："天佑仁善，亘古不变。恶人自有天惩。赵先生，我们一同去山里看看吧，说不定她爹会逃出魔爪，正四处寻路呢。这大冷的天，不知道他都穿了什么衣服，万一穿戴不够……"秦珮哽咽道。

赵监忽觉眼睛一热，几乎溢出泪来。刘真则大哭不止，疯了般顺小路向山里奔去。适逢柱子拎把锄头赶到坟地，赵监遂将秦珮托付给柱子照管，吩咐柱子看好秦珮，就在坟地等候，切勿乱跑，之后，他转身追刘真去了。

听着赵监如此这般周到熨帖的安排，望着眼前这位仅相识三日的赵监，秦珮不觉心头一热。见赵监和刘真渐渐远去，她竟一点儿不担心女儿的安危，有赵监在，她很是放心。

见一旁有块高及一尺的石头，秦珮弯腰正要坐下，忽见这石块底部夹了片纸条。展开看时，那纸片上写道：今请刘掌柜去山洞一聚，望见信后将两百两纹银于两日内悄悄埋于断桥下，刘掌柜自会安然返家。如若不然，就请在此地收尸，以便于安葬。万勿报官，切切。

秦珮急唤赵监和刘真回来，怎奈人远风大。于是忙遣柱子去追赶他们，待他们回来后再做打算。柱子飞奔去后，坟地里沉寂异常，两坟间侵过的风忽将秦珮的披风掀起，而后在原地打旋，再把枯枝败叶旋过头顶，又顺小路奔东南去了。一只猫头鹰的啼鸣划过低空，一点点消失在山路的远方。秦珮忽觉浑身毛骨悚然，望一眼坟头上瑟瑟飘摇的枯草后，便紧闭双眼，抱膝坐在地上。

赵监随柱子和刘真回到坟地，见秦珮这般模样，不觉一阵心酸。刘真哭着把秦珮扶起时，秦珮双眼挂满泪花。见秦珮手拿纸条无助地走向自己，四目相对，赵监不觉潸然落泪。眼前这只捏纸条的手葱白般细嫩，正微微发抖。赵监很想把这细小的手攥入手中，它一定冰凉异常，他却只将褶皱的纸条接了过来。

看罢纸条，赵监当即说道：“内掌柜，请保重身体，毕竟事已至此，当务之急是尽快筹齐银两，人命关天，余下的事容赵监想清楚再做打算。”

“二百两啊！这不是个小数目，还要两日内筹齐！”秦珮悲切中把头扭向一边。

赵监不解道：“你们开店多年，这二百两应不成问题才是。”

秦珮道：“有是有，他爹都把银子放别人账房了，等年底分些红利。”说时，秦珮忽然眼睛一亮，“对了，这不是就到年底了吗？该去讨要红利了，顺便连本金也要了。只是，只是还欠着米店和油坊的钱呢。”

“我们这就去要回本金，至于欠人家的那些银子，等过了这道坎再说不迟，您说呢内掌柜?”

“也好。有劳先生了!”

一行人匆忙离开刘家坟地时，见天色向晚，远山近岭一派幽暗，只一侧线一般的溪流上闪着晶莹的光。

## 第 三 章

# 赵监匪穴救掌柜
# 秦珮月夜谢厚恩

赵监随秦珮来到寨子正中一家酒坊，酒糟的酸味扑面而来。秦珮进店和掌柜的寒暄后便说起正事，岂知那酒坊掌柜一时间面露为难之色。虑及自己的身份，竖在这里略显尴尬，赵监便踱至门口，看这边如何交涉。

“秦掌柜，咱当初可是有契约的，约好的一年为期，这才半年挂零啊。再说了，你们这银子都用到矿上了，不跟老表合伙开矿，我申三集这么多银子干吗呀?”申三为难道。

听过这话，秦珮几乎站立不稳，绝望、着急、劳累、生气一时间让她难以自持。见一旁有把椅子，她缓缓坐下，茫然无助地望向门口。待缓过神来，秦珮微弱的声音细若游丝：“就到年底了，那就烦劳申掌柜把红利给算了，让我带回吧，家里急用。”

那申三骨碌一下眼珠，倒杯水放到秦珮一边，低声说道：“是这样的秦掌柜，红利是一个年头一结，可不是年底就结呀，这年底和一个年头是两码事，秦掌柜这个您不是不懂吧?”

赵监在门口听这边把话说到这个份儿上，几欲上前替秦珮说道几句，他最终还是没有过去。看秦珮低头出来，便默不作声地跟在后面，一同走向街道的幽暗里。

清冷的夜空，瓦色般凝重。不少店家的灯笼被渐次点亮，沿街商铺有的关张，有的透出幽幽的光。已到年末，碧云巷里依旧有唱曲声缥缥缈缈，其间夹杂着销魂客沙哑的叫好声。

“赵先生，我想去趟保长家，请保长出面说说，看申三会不会给他面子。”秦珮喃喃说道。

“去试试也行，只是担心秦掌柜您再触霉头。您得想开点儿才是，毕竟人家是跟刘掌柜签有契约的。”

“触霉头也想去试试，保长的脸面该是够大的。”

“关键是保长知道你们有过契约，他是否愿意去说。”

“那也得去试试。”

“好吧。我还陪你去吗？”

“嗯。”

保长家的大门外有两尊石狮分坐两侧。秦珮进去只一袋烟的工夫便低头出来。赵监看时，见秦珮双腮泪痕。这个羸弱女子定是受了责怨和委屈，她一路小跑，奔自家而去。赵监疾步紧随其后，望着她的背影在寒风中抖动。

进大门趺趺撞撞来到前厅，秦珮趴在桌上抽泣不止。刘真本来一直在前院候着母亲回来，才去后院拿件衣服出来，见母亲伤心至极，问赵监是何缘故。赵监遂将适才经过一一说了。刘真听过，便忍不住号啕大哭。柱子不知所措，只一个劲儿地抹眼。倒是厨子李卫俯身劝道：“秦掌柜，就这么哭下去可是不行啊，得尽快想出个法子，还不知道刘掌柜那边什么情况呢，多拖一个时辰，刘掌柜那边就多一分危险。就是没有危险，这大冷的天，在那土匪窝里能吃好睡好吗？谁不知道刘掌柜是个急脾气，万一有个三长两短的该如何是好！”

赵监正要开口，却见刘真忽然止住哭泣，她那小手在桌子上拍了一下，倒让秦珮一时抬起头来。刘真撩一下头发，一字一句道：“都别难过了，明日一早我去土匪窝，换我爹回来。爹是个急性子，就知道乱发脾气，让他给那些土匪讲道理，怕是不成。虽然爹是个急性子，可他有颗菩萨心，地上有个蚂蚁，都会绕着走。爹平日里对谁都是真心实意，让他这样的实诚人平白无故地受此屈辱，天理难容！土匪也是人，也有爹也有娘，又不是从石头缝里蹦出来的，我刘真去给他们论论理，看爹是招他们了还是惹他们了？”

赵监忽觉眼前这稚气的孩子异常陌生，这跟平日里那个怯生生安静无语的公主判若两人，倒是她的勇气让赵监一时间另眼相待。

赵监走过去，拍拍刘真肩膀，亲切地说道："真是个好孩子，快扶你娘回屋歇息吧，你娘能支撑到现在实属不易。今晚跟你娘睡在一起，照顾好你娘，明日你爹会回来的，我有法子，放心吧。去吧，去吧。"

见厨子和柱子不约而同地望着自己，赵监静静说道："你们也去睡吧，明天照管好内掌柜和这孩子，照管好这个家，都不要轻易出门。"说完，他转身去了厢房。只在转身那一瞬，仔细望了一眼秦珮，他见秦珮正看着自己，她的眼神里透着一种无以言状的安心。

翌日，赵监换上一身黑色道袍，看一眼门窗是否关好，然后躬身下去，将一只木箱自床底拉出，蹲下去从箱子里掏出两根金条，起身找来一块破布把金条包了，塞入怀中。随后，又小心翼翼掏出一个精致的盒子，放床上拜过三下，而后收起，装入怀里。

当赵监身着道袍，手执破旗，牵毛驴出现在大门口时，秦珮、刘真、柱子、厨子早在一侧候着，他们正用疑惑的目光望着赵监。赵监正欲出门，却见刘真上前说道："赵叔就这么一人去呀?"

赵监微微一笑道："等着好消息吧。照管好你娘。"

赵监本想等秦珮说上几句他想听的话，而后离去，最终没有等来。却见秦珮缓缓走近他，将三个鸡蛋塞进他的道袍，而后拿眼望着他，赵监看见秦珮的眼里泪光闪闪。

走出店门，赵监便翻身骑上毛驴，出东寨门，奔断桥而去。

所谓断桥，乃从前樵夫为少走弯路而用几根木头在一水沟上搭起的简易便桥，随岁月日久，木头腐朽落入水中。赵监赶到断桥，见木头斜插水中，木头的触水处泛着黝黑的暗光。

赵监巡视一周，未见有人，思虑片刻，遂掏出包着破布的金条，俯身塞到水边一根木头下，然后牵了毛驴走上山坡，躲在一块巨石的后面，仔细看着断桥下方。山色灰暗，北风凌厉，又有雪花零星飞扬，绒绒的，落地便没了踪迹。

忽然，在距离断桥不远处，出现两个黑点，这黑点渐渐向断桥移动。稍近，赵监看清是两个樵夫，樵夫担着干柴徐徐向断桥下走去。赵监看见樵夫在断桥下巡视许久，而后使力翻动木头，见破布后，随即把破布打开，继而小心包上，塞入柴捆中，又将这捆柴移到身前，担起担子快速奔山里而去。

赵监手执破旗，骑上毛驴晃悠悠远远跟在那樵夫身后。山路弯弯，足足走了两个时辰，见那两个樵夫转身消失在一处密林中。赵监拍拍驴，快速跟了过去。前方隐隐出现一个山洞，洞口半掩于几棵大树后，有两人在洞口来回走动。赵监正寻思这两人是否就是适才去断桥取金条的人时，忽觉身后一阵寒风掠过，一把大刀已举到自己腰部。赵监看时，却是那两个樵夫瞪眼立于身后。

赵监被带进山洞时，他显得异常沉静。他看见一张用虎皮铺着的椅子上正端坐一中年男子，两侧分列若干黑黢黢的人。

"说吧，跟着我的人来这里所为何事?"椅子上的人闷声说道。

大约这位就是匪首了，赵监不紧不慢地说道："想必您就是这洞中掌柜了，没有搞错的话，我家刘掌柜定是被你的手下请进这山洞了，小店生意繁忙，还望我家掌柜早点儿回店。"

"实在是抱歉，兄弟此举实属无奈，兄弟们也得过年不是?刘掌柜此时便可与先生一道返回。来呀，有请刘掌柜。"匪首望着手下放在面前的两根金条，拱手说道。

刘金出现在赵监面前时，灰头土脸，这让赵监一阵心酸。赵监望着匪首大声说道："就请掌柜的差人送我大哥下山去吧。"

"你不一同下山?"

"在下喝杯水后再走不迟。"

"嗯?那好吧。来呀，送刘掌柜出洞。给先生上茶，看座。"

望着刘金出了山洞，赵监慢慢品着杯中茶水，一时间觉得五味杂陈。良久，赵监起身说道："请掌柜的把金条还给在下，实不相瞒，此金条乃在下随身之物!"

那匪首听错了似的，追问道："把金条还给你，我没有听错吧?"

"你没有听错。"赵监望着匪首，静静说道。

匪首一阵狂笑，旋即，山洞内哄笑声响彻一片。

赵监自顾说道："人生有度，过则为祸。这两根金条足有两斤之多，时价与两百两白银大致相当，若是按时价兑换成大米，足可兑换两万多斤。南方上好稻田，亩产不过两担，折合下来，这可是一百多亩良田一年的收成。半扎寨周边山多地少，且土地贫瘠，民众生活拮据，每年因饥饿致死者不计其数，寨内商家多靠来往商客挣些零星小钱，日子过得并不滋润，你这么狮子大开口，是要逼死人命的。山中落草，皆因无奈，让商家接济一二，尚无大碍，倘或私欲过度，置商家性命于不顾，此等所为，岂能久乎？”

洞内一派沉寂。匪首起初看这赵监不过一算卦之人，听过这番言论，不觉另眼相看，于是欠身说道：“有头发大约没人愿当秃子，众兄弟都是被迫无奈才落草于此，谁不想在家抱老婆睡觉？再者，快到年关了，兄弟们也得过年不是？”

“是呀，是呀，你是站着说话不腰疼，要不你来这里试试？我们去你家陪你老婆！”有人起哄道。

“啪”的一声，赵监将手边茶杯摔得粉碎，厉声说道：“无耻之徒！圣人云：善不积，不足以成名；恶不积，不足以灭身。请掌柜的看下这样东西。”说时，赵监从怀里掏出一个十分精致的银盒，然后小心打开，送至匪首面前。

匪首看时，却是一方玉石印章，他将印章正面转到面前，立时脸色大变，此乃天王洪秀全私人印章。赵监见这匪首气焰被压，遂正色说道：“天王去矣，然诸将尚在！且诸将已散布于大江南北，化整为零，尔等若是敬酒不吃，只恐日后死无完尸！”说罢，径自上前取了印章，顺势将两根金条拿起，逐一塞入怀中，然后出了山洞，骑毛驴下山而去。

刘金出了土匪山洞，无头苍蝇般乱跑一气，因来时是躺在棺材里的，故而不辨东西。终于寻到两行清晰车辙，便循着车辙印迹跑下山去。

见寨门遥遥在望，刘金慢下脚步，理理头发，抖抖衣装，而后缓步走进寨子。见有人搭讪，便干笑着应和。大约是没人知道他才从匪窝里走了一遭，邻里的眼神并无异样，倒让刘金一时轻松不少。

终于进了家门，刘金忽觉双腿瘫软，跌跌撞撞接近屋门时便再也难挪半步。好在一家人都在前院候着，见刘金这般模样，柱子赶忙上前搀扶住，缓缓去了内宅。秦珮跟着走了几步，又抽身去大门口望了一下，没见赵监身影，不觉一阵慌乱。倒是刘真抢先开口，急急问道："爹，他们没把你怎么样吧？赵叔叔呢？"

刘金少气无力道："他还在土匪的山洞里。"

"你们没有一同出来？你是怎么出来的？"秦珮急切问道。

刘金在客厅椅子上坐下，连喝三杯刘真递上的茶水，惊魂稍定，继而缓缓说道："真是多亏了人家赵先生，恩人，恩人哪！你们在哪儿弄来的金条？"

"金条？"秦珮不解道。

刘金遂将在土匪山洞里的见闻一一说了。一帮人一头雾水。秦珮正要说什么，忽听前院传来厨子的说话声："赵先生您回来了？快把我们给急死了。"

"东家回来了吧？"

"才回来一会儿，在后院呢。"

"去准备几个好菜吧，一会儿喝几杯，给东家压压惊。"

"中啊中啊，赵先生。"

刘真连忙跑去拉着赵监的手进了后院。赵监忽觉这刘真今日美丽异常，她的小手酥软温润，隐隐透着淡淡的脂粉香，面如桃花放蕊，眉若轻烟低罩，肤像葱白，唇如点樱，朱唇一启，声若黄莺："听我爹说了，赵叔叔在土匪跟前真是威武！那气势真叫厉害！只是那金条是哪里来的呀？赵叔。"

"哪有什么金条！两块废铜而已，那帮傻子，居然就相信那是金条！哦，我已安排厨子了，做上几个菜，一会儿大伙小饮几杯，谁都躲不过啊，刘真也得喝，内掌柜怕是也得少喝几杯，给大哥压惊。大哥你先歇着，我去洗洗，这一路上可真脏。"说罢，赵监自顾去了。

听得出来，赵监是有意把话题引开。照赵监所言，土匪连金子和废铜都难以区分，莫非这土匪是一帮傻子？这是个谜，让秦珮一时间如坠云雾之中。

厨子李师傅很是用心，平日里不声不响的，几道菜做下来颇见功夫。糖醋软熘鲤鱼、炸紫酥肉、羊肉烩菜、油焖河虾等，天色稍暗，满满一桌菜已经摆上。刘金去地窖搬来一坛陈年老酒，待一家人桌前坐齐，打开酒坛，一时间满屋醇香。

酒过三巡，赵监起身为刘金敬酒，一来贺刘家此次逢凶化吉，二来为刘掌柜压惊。刘金自然是要先敬赵监的，二人争执再三。倒是秦珮站起身要过酒壶，走到赵监身边，为赵监满上一杯酒，深情说道："大恩不言谢，结草衔环，不足为报。暂且不论此次刘家是如何化险为夷的，仅凭刘真她爹平安归来，毫发无损，都知道这里面少不得赵先生与那土匪斗智斗勇，请赵先生饮了此杯，以示敬意！"

赵监今日很是开心，想活跃一下气氛，便起身笑道："岂敢让内掌柜敬酒！赵监怕今晚一命呜呼。"

"嗯？老弟这玩笑开大了吧？还没喝几杯呢就乱说酒话。"刘金悚然一惊。

见秦珮不解地望着自己，赵监干咳一声，笑着说道："内掌柜所言'大恩不言谢'的下一句是'深恩几于仇'。意思是既然恩深得难以报答，那就把对方杀了。这是一个典故：唐朝时，有个节度使，名叫李勉，他在任时曾放走一个狱中刺客。数年后，两人偶遇，这刺客便将李勉请至家中，盛情款待。又私下问妻子：活我者，何以报德？妻子说：偿还千匹布可乎？那人道：千匹布不足以报答救命之恩。妻子道：两千匹可乎？那人摇头说不够。妻子就说：不如杀之！幸得仆人听见后告知李勉，李勉才得以脱身。"

言罢，赵监将秦珮所敬的酒一口饮了，又请秦珮坐下。见满桌人面面相觑，赵监犹自说道："其实啊，人要活得超脱，就得依庄子所言。庄子云：相濡以沫，不若相忘于江湖。有恩报恩，有怨报怨，该偿的就偿，该还的就还，恩怨分明，耿耿于怀，这如何能称得上相忘于江湖呢？人在很多时候是不需要回报的，路见不平，还要拔刀相助呢！"

至此，所有人才明白赵监之言所谓何意，于是笑声一片。

秦珮笑过，动情地说道："赵先生，这是我首次听到有人这么诠释庄子老先生的这句名言。赵先生的学问无人能及。"

"哪里！哪里！粗读过几本书，兴奋时总喜欢显摆显摆，见笑了。"

赵监说时，难掩满脸喜气。

赵监本就不胜酒力，怎奈刘金、柱子、李师傅轮番敬酒，刘真也在一旁凑热闹，时不时地与他碰上一杯，只半个时辰不到，赵监已感觉身心摇荡。有了酒劲，说话自然随意许多："今天这事干得就是漂亮！他不仁，也就休怪别人不义了！对了，大哥，你得把你的银子尽快从酒坊掌柜那里抽出来，且不说风险如何，来年不是要做大买卖吗？没有充裕银子是万不可行的。"

"这不还没到用银子的时候嘛，多放那里一天，也就多得一份红利。"刘金固执己见。

"到用钱的时候再去要，他哪有那么多闲钱等你拿！"赵监随即把昨晚跟秦珮一道去酒坊的事说了。自昨晚见过那酒坊掌柜申三后，便感觉这申三绝非可以信赖之人，虽是他再三推诿，说得也并不离谱，毕竟有合约在人家手里，但直觉告诉赵监银子放在这人手里，凶多吉少。

秦珮不无担忧道："反复说了家里有急事，急着用银子，最起码把红利先给了，可人家哪管这些，只说是依照合约办事。他爹呀，申三说把银子用在矿上了，不会是他又高息转给别人了吧？这万一有个闪失……"

"闭上你这乌鸦嘴吧。"刘金忽觉一阵烦躁。

这样的担忧刘金何尝没有过。申三是他幼时发小，光屁股时他曾救过申三的小命，不是他从水中将申三救起，申三怕是早已成了淤泥。年初时申三神秘告诉刘金，他要跟人合伙开矿，让刘金一同入伙。念及隔行如同隔山，刘金并未同意，但最终却是难敌申三的硕大诱饵，只好答应将家中存银悉数拿来，只分他这银子该得的不菲利息，本金仍属于自己。那时的刘金闭上眼睛，眼前就有金砖银锭乱舞，他梦中曾被金砖砸醒多次，以至于让秦珮厌烦至极，自此两人渐生隔阂，同床异梦。可后来却迟迟未见煤矿采出煤来，于是和申三去过多次，只见有人挖石，依旧不见有煤出来。

人在烦躁时酒量极小。渐渐地刘金舌头发硬，语无伦次。秦珮过来搀扶时，他嘴里喃喃说道："明日我去找那申三要钱，敢不给？捏死他。"

秦珮费劲地把刘金扶到后院安置睡下。返回酒桌时，见赵监也醉意朦胧，于是让柱子搀扶赵监回了厢房歇息。待众人各自退去，前院静了下来，秦珮独坐烛台前陷入沉思。短短几天，家里竟如此杂乱，更乱的却是她的心。自首次见过赵监，她便终日里心绪不定，总有一种莫名的躁动，她在不经意间被拨弄了一根心弦。

风止后的夜晚，天静碧蓝。秦珮踱至窗前，见明月已将周遭繁星的亮光一并压下，只远些的星星把点点光亮照向人间。

秦珮轻轻推门出去，走到赵监门口，手一触，赵监的房门里面没被插上，于是折返回来，找来一个用牛皮做成的热水袋，给热水袋装满热水，封了口抱在怀里，而后去了赵监房间。

赵监睡得正酣，他的腮边隐隐透着笑意，他的睫毛浓浓地护着双眼。

秦珮轻轻把热水袋塞进被子里，而后喃喃说道：“你不是说‘恩深几于仇’吗？仇人，真想杀了你。”而后，轻轻掩上门，回内宅去了。

## 第 四 章

# 退银两申三推诿
# 赴煤矿刘金受挫

夜里赵监醒过一次，弄醒他的似乎是大街上凌乱的脚步声，或许是被窝里热水袋弄疼了他的腋下，总之，他醒来只是一瞬，嘟囔一句：“还拿了个热水袋，柱子可真细心。”随后便侧身睡去。

日出数竿，院子里一派沉寂。倒是刘金最先起床，他的咳嗽声弥漫整个院子，诱得赵监的那头毛驴不由得仰起头，继而，发出一声悠长的抑扬顿挫的嘶鸣。这声音将赵监唤醒。赵监推门出来，见刘金已在他门外转悠。

“昨晚都喝高了，老弟你没事吧？”刘金沙哑着嗓子问道。

“没事，没事。昨晚寨子里似乎有不少人走过，我醒来一会儿，没有回过神就又睡着了。”

“每到年底，客商都不多，能有多少人！老弟呀，吃过早饭，陪我去趟酒坊申三家，就照老弟你说的，得把银子要回来。”

“大哥记住带上契约。”

说罢，两人各自回去洗漱去了。

使得半扎寨平日里热闹非常的多是些来自外地的商客，时近年关，打此经过的外地客商日渐减少。倒是附近村子的人熙熙攘攘地成群结队来寨子里办些年货。有担着担子的，有推着独轮车的，有赶着马车的，也有骑马骑驴的。不宽的街面上人头攒动。人们多是在沿街的铺面上采办年货，一般不去理睬那道旁担个担子、扯着脖子吆喝的小商贩。一个干瘦的年轻人蹲在路边大声喊叫：“年糕，才做的年糕——”

刘金和赵监躲着行人来到申三的酒坊时，申三却不在店里，伙计说一早就看热闹去了。看热闹？刘金正要问时，却见申三哼着曲儿自外边进来。

“金哥，你来啦？好几天没见金哥啦！翠儿，快把老表送我的普洱茶叶拿来。金哥，你坐，你坐。这位是？”申三拿鸡毛掸子在椅子上逐一掸过。

刘金说道：“这是赵先生，我新请的师爷。”

“金哥都用上师爷了！怪不得金哥的腮边今儿都挂着财气呢！”

“好了，好了。是这样的，等钱用，快把我年初放你这里的银子给退了，红利按月算就行。”

“金哥，咱不开玩笑好吧？你是知道的，银子都用到老表那矿上了，这不矿上就要出煤了，昨日我还去看过。等煤一出来，金哥你就等着偷着乐吧。”

“真的快出煤了？”

“不信你我这就去看看。金哥是我申三的救命恩人，你是知道我的，我申三自娘肚里出来就不会坑人。”

刘金侧脸看看赵监，见赵监表情坚决，遂对申三说道：“三儿呀，你哥不是遇到难处，怎么会这么急着要钱？你想想办法，拆借点儿也行。”

申三哭丧着脸道：“家里实在是一个子儿都没有，这世道谁敢把银子放家里？我还正想劝你呢，金哥，这不，昨晚‘南北缘’的钱贵家被土匪弄了个净。”

刘金急切地问道：“昨晚寨子里进匪了？怪不得赵先生听见街上传来不少人的脚步声。钱贵家？没弄出人命来吧？”

“没出人命，所有人都被关进一个房间里了。”说时，申三脸上透着几分幸灾乐祸的神情。

刘金忽觉后背发冷，不经意间望望赵监，见赵监表情木然，接着说道：“三儿呀，还是说我那银子的事吧。”

“这样吧，金哥，我明日就去矿上，看老表能退回多少，话都说到这份儿上了，我申三一定尽力。”申三道。

申三把刘金和赵监送出老远。待申三离去，刘金问道：“赵先生，我听这申三的话像是没谱啊，要不去趟保长家吧？请保长出面说说，平时这申三最怕保长。”

赵监轻声说道：“尽快要钱，不管用什么办法！”

来到保长家，钱贵居然也在，这钱贵一脸怒气。保长见刘金身后跟着一人，遂问道：“看这位先生面生，是你店里商客？你家不会是昨夜也被土匪抢了东西吧？”

刘金道：“我家没有。怎么说呢，赵先生以前是我家店里客人，现在我请他做了我的师爷。赵先生，这是半扎寨的李保长。”

赵监赶忙拱手拜过，朗声说道：“在下赵监，南方人氏，家遭不测，流落四方，以卜卦为生。本欲去山西投亲，途经此地，遇战事滞留数日，幸得刘掌柜错爱，留在下店里混口饭吃。”

赵监这异常得体的回话，让保长不住点头。保长望着刘金笑道：“你刘掌柜生意不大，倒使上师爷了，也好，你自己心粗口满的，身边有个人为你出谋划策，也未尝不可，好事一件。”保长迟疑片刻，接着说道：“钱掌柜家昨晚进了土匪，那土匪虽没伤人，钱物却是掠走不少，这帮该死的！听说刘金你也被土匪弄走过？怎么没有听你说起？真的假的？”

“没有的事，别听那些人胡编乱造。我这不好好的吗？要是被土匪弄走了，我能毫毛无损地站在这里吗？”刘金不屑道。

自刘金和赵监进来，钱掌柜就没有言语，一脸的怒气，这时他忽然开口说道：“刘金你敢说你没有被土匪弄走？有人可是亲眼看见的。我一直纳闷，既然土匪把你弄走了，怎么又轻易地放了你，这里面定有猫腻。你白天回来，偏偏夜里我家就进了土匪。”

“姓钱的，前些天，你把土匪探子往我家引，当我不知道啊！我还没工夫找你算账呢！”刘金脸色骤变。

“哪个孙子知道那人是土匪！你敢说你没有被土匪弄走？”钱贵不依不饶。

见钱贵锐气稍减，赵监适时插话道：“看来钱掌柜手中是有证据了，不然断不会这么一口咬定家里进匪与刘掌柜有染。”

钱贵望着赵监大声说道："我在跟保长说话！"

赵监默默站在刘金身后，没再言语。

保长沉吟片刻，轻声说道："钱掌柜若是有证据，就拿出来，半扎寨出这样的事，我不会不管；若是没有证据，这话可不是随意胡乱说的。"说罢，望着钱贵。

钱贵张张嘴，又闭上，之后，拂袖而去。

钱贵前脚才走，一鹤发老者手握两个玉石圆球，款款而来。保长和刘金不约而同地起身相迎。赵监料此人非同寻常，遂拱手一拜，而后依旧站在刘金身后。

这老者大家都叫他张老，乃寨中富商，有名绅士，当知道赵监身份后，不多寒暄，直言正题。张老缓缓说道："昨晚土匪又进了寨子，天黑就关了寨门，再有寨丁星夜当值，也是枉然。仅这一年，土匪越墙进寨不下三次了吧？"

保长点头称是，起身给在座的续了茶水后，叹了口气，重又坐下。

张老接着说道："这土寨墙看来挡个野猪、野狼还行，靠它防匪是万万不能，土匪在外墙上掏几个能蹬脚的窝，就能爬上寨墙，用石头包墙得加快进度才是啊，保长。"

保长叫苦道："之所以进度缓慢，还不是银子不够嘛。不是您老慷慨解囊，只怕是至今连一块石头也垒不上去呀！半扎寨周边采石很难，不比人家临沣寨，临沣寨不远处就是紫云山，紫云山上炸开一处，那都是紫红紫红的石头啊。"

"这样的低山采石是难，可毕竟还是能采到，只不过耗费银子罢了。银子的事，我再想想别的法子。年底了，让每家商户再多出点儿，一般农户则少出点儿，总之，还得多多依赖众商家，建寨墙这本身就是造福大家嘛。我张家银子再多，本事再大，也是独木难支啊。"张老说道。

保长连连点头道："那是，那是，您老人家已经是出资不少了，再言出资，倒让我等汗颜无地了。"

众人送走张老后，刘金试着说道："李保长，听说你跟申三私交很好，刘金有一事相求。"

"还不是想要回你放在他那里的银子吗？你家里秦珮来过了，我一听就头晕。申三这人靠谱吗？你就敢把那么多银子放他那里！你是昏了头了吧？再说了你们是有契约的，你让别人如何去说？”保长显得一脸无奈。

刘金一时间觉得像是掉进了冰窟，乞求道：“您不能不管呀保长，您是一寨之长，我刘金如今有难，您说什么也得出面呀！都知道在半扎寨里您的威望有多大。”

听过这话，保长面露欣悦之色，起身说道：“那好吧，我去找申三说说，这小子泥鳅一样。先回吧，我这就过去。”

刘金致谢再三，躬身出了保长家。赵监走在刘金身后，他忽觉一阵心酸。刘金平日里性子急脾气大，这几天的经历却让这个自以为是的人忽然间消了偌大意气。

又有雪花飘然而至，远山近岭一派苍茫。赵监是南方人氏，本就不常见雪，遇见下雪自是满心欢喜，可今日他如何也喜不起来。申三这边百般推诿，保长去说也是不了了之，这让刘金寝食难安，于是刘金套上马车，叫了赵监去远在张村的那家矿上实地看看。

刘金之前曾和申三一道去过这家矿井，自认能够找到，不想马车转了一个上午，始终不见那个曾经见过的井架，于是哀叹不已。

“这下雪天，哪里都是白茫茫，难找是自然不过的事，大哥别急，再想想那矿井旁边有什么显眼的标识没有。”赵监提醒道。

“对了，通向矿上的那条小路岔口处有个关帝庙，赵先生你看，前面的那个房子好像就是关帝庙。”刘金忽然喊道。

赵监看时，见这关老爷的居所小得可怜，与关公的豪迈大气多有不配，想当年美髯公围襄阳，攻樊城，水淹七军，叱咤风云，如今竟有人将其泥像置于这低矮陋舍，倘地下有知，不知这武圣会否怒发冲冠。

走在通往矿井的小路上，赵监笑道：“这也叫路啊！田垄而已，大哥呀，咱先说好，且不论矿上是何种情况，你不能激动，既来之，则安之。道家言：臭腐复化为神奇，神奇复化为臭腐，任何事物都是互为转化的。阴极生阳，阳极生阴，物极必反，讲的都是这个道理。若今日事不如意，那正预示着称心如意的开始。”

刘金不觉心中一沉。

马车艰难地挪到矿上，赵监发觉刘金所谓的矿，连个大门都没有，远远地望见几根木棍搭建的井架赤裸裸伸向苍茫的天空，架子旁堆起的碎石小山一般。居然没有像样的房舍，简易工棚鸡窝般在一侧趴着。传来几声犬吠，懒洋洋少气无力。随后摇摇晃晃走出一个斜披大氅的人。赵监看时，见这人眼角沾着眼屎，斜披的大氅胸前泛着黑亮，且有饭渣点点。

“你你你你们找谁谁谁呀？下下下着雪。”这人一开口，让刘金不觉一颤。

刘金上前恭敬问道：“请问先生，这矿井出煤没有？”

“出个七孙！上上上那煤师的当当当了，煤师看了两天，咬准这这这这个地方地地地下有煤，挖挖半年了，也没见见一块黑。”

“怎么没见有人干活呀？”

“看那边，雪雪大，看看看不见。在那边又又挖了井，总算是出出煤了。可苦了我我我家掌柜，银子用用得跟流水一一一样。”

把刘金急得想跺脚。匆匆谢过这看门的，两人顺着门人所指方向疾步而去。

顺小路翻过一道山丘，见有马车拉着煤炭才出矿门。刘金忙问赶车的：“出煤了？这是要往哪里送啊？”

“汝州，澡堂子、名门大户家都抢着要。”赶车的懒得多说，自顾去了。

刘金忽觉一阵欣喜。恍然间，他看见自己的银子白花花正摆在自家床铺上，这银子并排摆放，且横竖均成直线，足足铺了满满一床。烛光将橙黄一股脑儿遍撒床上，银锭上闪着幽幽的光。

走进矿院，小山似的煤堆半掩着两间房舍，煤堆和房舍在这飘飞的雪花中迷离恍惚，不很真切。

推开一间房舍，刘金不觉眼前一亮。他见木桌前正低头算账的那个人正是上次见过的申三的老表，于是忙拱手道贺：“恭贺老表生意发财！”

“嗯？两位是？”老表缓缓抬头问道。

刘金忙近前笑道：“王掌柜忘了，我跟申三一同来过。”

王掌柜摇头说道：“申三？来过这里？”

刘金和赵监忽觉心头一沉。刘金一时间语无伦次：“不是这里，是那个矿上。我和申三是光屁股长大的。”

“你们来这里有何贵干？”

“这都出煤了，想要回我那二百两银子，家里急用。”

“你的银子？二百两？兄弟，咱不开玩笑好吧！”

“这这这怎么是开玩笑啊？”

“我只知道申三放我这里有银子，可那银子是用到北边那个矿井了，那银子跟这个矿没什么关系。”

刘金一阵昏厥。他不知道自己是如何出的矿院，他坐在马车上随马车走出好远，意识才渐次清醒。马车顺煤车所走的路，绕山包走了半圈，而后居然又到了来时见过的那个关帝庙前。赵监将马车在庙前停下，扶刘金下车，一同去庙里稍作歇息。

尚未进门，庙里面传来哀婉的河南坠子如泣如诉声。

先生这里暗暗想，
就知道罗成这里找麻烦。
想到这里开了口，
再叫军家你记心间。
军家既然想算卦，
把你的生辰八字报给俺。

二胡声和竹板声伴着憨憨的说唱，倒让赵监忽觉新鲜。

进门看时，却是一老者微闭双眼，在自拉自唱，他的脚上绑了一根细绳，这细绳另一端连着架子上一个细细的木棍，随着脚的蹬动，那木棍有节奏地敲击木架上的竹板。庙内并无旁人，只关老爷的泥像瞪目有神。

刘金听了一会儿这《罗成算卦》，缓缓回过神来。打量周围，见屋角地上铺了块木板，木板上是一床薄薄的棉被，一个饭碗放在瓦盆的边上。刘金走过去，掏出几枚铜板轻轻放在瓦盆里，而后示意赵监出了庙门。

赵监扶刘金上了马车，马车在飘飞的雪花中徐徐前行。小路湿滑，马蹄沉闷，放眼望去，远山近岭一派混沌。没有人想到，若干年后，这关帝庙竟是他赵监的临终居所，只关老爷陪伴他度过了他最后的时光。

赵监回望时，那关帝庙已在苍茫中隐去，只那凄婉的坠子声依旧萦绕耳畔。

你背后三枪没传完，
为什么你留着回马三枪整三路？
老天爷还不住折你的寿限。
罗成就说折多少，
先生说折你的阳寿够十年。

# 第五章

## 秦珮雪夜说身世<br>钱贵雇人诈刘金

小雪居然下了整整一天，天黑时依旧是绒雪纷扬。刘金和赵监进了东西顺大门，见院内满是脚印，马棚里有三匹枣红马正低头吃着草料，赵监的毛驴则乜斜着眼睛，扭头静静望着枣红马。饭堂里灯火通明，三位客人正划拳吃酒。年关将至，又是下雪天，居然还有客人入住，这让刘金一阵欣慰。刘金掀门帘进屋，与客人拱手问安后，去了后院。

赵监走到马棚，伸手摸摸他的毛驴，毛驴随即发出一声嘶鸣。赵监没有理会，径自回了自己房间。他在床边静坐一会儿，忽觉心绪烦躁，心神难安，于是探头看看床下，见两个木箱待在床下的幽暗里。赵监迟疑一下，蹲下身逐一将木箱拉出，出门见院内无人，只飘飞的雪花在院子里胡飞乱撞。他轻轻去马棚把毛驴牵到屋门前，用力将两个木箱搬上驴背，又把酱色床单抽出，盖到木箱上，而后拿起一把铁锹，悄悄出了院门。

至寨门，却有守门的寨丁在门前盘问。照常规，这个时辰是能出不能进的，虑及自己稍后还要回来，赵监顺手掏出几个铜钱，悄悄塞给寨丁，笑道："这大冷的天，小老弟辛苦了，买口酒喝，暖暖身子。我这毛驴平日里给惯得不成样子，两天没有带它出来撒欢，它就憋得又是蹦跳又是乱叫，估摸着有头母驴一起拴着，它兴许老实。没法子，我带它出寨子胡跑一圈，很快就回来。"

这寨丁笑着给赵监开了寨门。关门时寨丁再三叮嘱："您可快点儿，回来时千万别高声喊门，小心保长听见。"

赵监应着，闪身出了寨门。

山道弯弯，浅雪把周遭映得白昼一般。在寨子里没觉得有风，到了山里，却是山风斜侵，刮脸上，刺骨的冷。毛驴默不作声地走下山路，随赵监顺小溪来到一处山崖前。赵监看时，这小溪线一般蜿蜒伸向远方，小溪一侧有块荆棘密布的斜坡，没有大树遮掩，这里显得荒凉异常。赵监拿铁锹在一隐秘处挖了半个时辰，终将冻土挖出个深坑，遂将木箱里的东西一并放进深坑，而后埋上，又找来一块石头坐在碎土边，再把荆棘植上。

把木箱搬上驴背前，赵监找来几块碎石放进箱子，而后牵毛驴走下山去。

进院就听见那三个客人的行令声，赵监不觉一阵烦躁。卸了箱子，拴好毛驴，刚在床沿坐下，却见秦珮用托盘端着饭菜进来。秦珮把饭菜摆上小桌，站着默不作声。赵监看时，秦珮脸上挂着一丝幽怨，她平日里就不苟言笑的眼神此时含着隐忧。赵监正不知所措，倒是秦珮开口嗔怪道："这么晚了还出寨子，也不事先说一声，不是守门寨丁说你出寨了，不定把人急成什么样！"

料是秦珮四处找过自己，居然还去过寨门，这让赵监忽觉一阵心热。

"是这样的，内掌柜。"

"叫我秦珮吧。"

"这怎么行！"

"那就叫嫂子。"

"你才多大呀。"

"你哥大。"

"我大哥呢？"

"回来就睡下了，喊了几次，不说话，也不吃饭，只是睡。"

"那就让他睡吧，这几天大哥没少受气，真担心大哥一时半会儿想不开。"

"你也没少受气，也跟着受累，不是你，这家怕是已经完了，我懂。"

“不至于。懂得了物极必反、阴阳互变的道理，世间万物都不至于丧人心志。”

“先生的话总是让人听着舒心，先生的才学、先生的为人无人能及。既然先生不愿说出自己的身世，嫂子就不去过问，可这一点也不代表我不想说说自己，大约女人更脆弱些，总想把心中苦楚说给指望得住的人听。”

“嫂子这么说，倒让赵监坐立不安了。看得出，嫂子绝非寻常女子，嫂子娘家该是十分殷实才是，且自小读过不少圣贤书籍。”

秦珮一时间泪眼模糊。兴许是压抑日久，无以宣泄，在这静寂的雪夜，面对眼前这位极为欣赏又颇为信赖的人，她很想倾诉一番，于是喃喃说道：“家父本乃河道文官，曾官至五品，只因黄河决堤，淹及两县，受灾民众数以万计，朝廷震怒，下旨彻查。却有恶人诬告，说河道工钱被家父私下侵吞不少，致使用于河道的工料严重不足，以至于堤防形同虚设。家父一个小小五品官员，河工银两未经他过手，何来侵吞！后来坐实，家父不过是代人受过而已。可气的是，既是代人受过，那过后该是还以清白才是正理，然而，家父却蒙冤两年，赋闲在家，无人理会。两年后的一天，也是这样的夜晚，雪下个没完没了，家父含冤离去。”

赵监倒杯水递给秦珮，秦珮湿湿唇，接着说道：“就在家父故去的一年头上，母亲也撇我而去，也是在这么一个下雪的夜晚，那年我才十六岁。”

秦珮哽咽起来。赵监一阵心酸，本想劝秦珮节哀，又觉说此话无用，于是走过去拍拍秦珮肩头。岂知这秦珮竟顺势把瘦削的肩膀顺势倚在赵监腰间。赵监忽觉血涌脑际，一时间头脑失忆，浑身麻木。只少顷，秦佩便擦着眼站起身来，含羞把目光移至窗外。隐隐传来三位客人沙哑的猜拳行令声，这声音在飘飞的雪花里显得沉闷异常。

“既是令尊已官至五品，那府上至少在开封才是啊，却为何嫂子到了这山野小寨？”赵监不解道。

秦珮擦干眼泪，继续说道：“那年我才十六岁，父母相继离去，忽然感觉天塌了似的，终日里只是哭。倒是刘金百般劝慰，很是温存。”提起刘金，见赵监满脸迷惑，秦珮继而说道：“刘金那时是我家的一个车夫。”似乎是明白后来的事，秦珮见赵监不经意间把眉头猛皱，旋即皱成一团。任秦珮如何想象，她都很难想到一个男人此刻的感受。鲜花满地，却生生闯进一头野牛；一锅佳肴，却凭空掉进两粒鼠粪。

“那时我少不更事，看刘金待我很好，就随他来到了他的老家半扎寨。岂知，刘金却是个成过家的人，只是他夫人得了急病于一年前故去了。”秦珮说到这里已是气喘吁吁，她孱弱的声音像是从远处传来。赵监看时，见她面颊红润，胸部一起一落。

赵监震惊之余，极为怜惜地望着秦珮，正要安慰秦珮一番，却听见院子里传来那三位客人凌乱的脚步声和肮脏不堪的说话声。

“要是再有个小小小娘儿们陪陪，那那该多多好啊！”

“都喝成这这这样了，估计跟毛毛虫一样，给你个小娘儿们你也干看吧。”

之后传来沉闷的关门声。

赵监轻轻开门，把秦珮送至后院，而后在前院走了一圈，吩咐柱子夜里别睡得太死。他进屋随便吃了几口东西，便倒头睡去。

雪停之后，半扎寨银装素裹。已经有早起的人在不宽的街面上留下零星的脚印。雪从树枝上悄然滑落。炊烟自房舍袅袅升起。几声犬吠后，小巷里传来公鸡迟到的报晓声，之后的小寨又归于宁静。

赵监起床很早，他顺寨墙走了一圈，雪的柔美，雪的圣洁，在这清晨的霞光里别有韵味。他自小在南方长大，对于雪的认知只是停留在概念里。

赵监愉悦的心情只伴他走回到大门口。最初看到的是满院子凌乱的脚印，这雪地上清晰的脚印，一时间弄乱了他本来宁静的心。他随即听到了从饭堂传来的吵骂声，夹杂着瓷碗瓷盘的摔碎声。

“不是你们在饭菜里放毒，就是这饭菜本身有毒。我两个哥哥本来好好的，昨晚却一个劲儿地拉稀，这会儿拉得快没有人样了，上吐下泻。”

“你说饭菜有毒，偏他们两个有事，你却好端端的，难道你们吃的不是一样的饭菜？”

“我本来就肠胃不好，昨晚就没怎么吃菜，不然我会跟瘦猴一样吗？你也不拿狗眼看看，看看我这干柴似的身子，是大吃大喝的人吗？”

“你才是狗！是狗也不是好狗，好狗绝不会吃了人家的还去咬人。”

接着又有摔碗盘的声音。

赵监疾步走入饭堂，大声喝道：“住手！”转脸对厨子李卫道：“李师傅，平日里刘掌柜是如何吩咐你们的？干我们这一行的，入店的都是客，跟客人这般吵骂，成何体统！小心你的工钱，到年底怕是你一个子儿都拿不到。”责斥完李卫，回头给那客人拱手一礼，而后厉声说道：“这位客官少安毋躁，等把事情查验清楚了再骂人不迟，您看可否？”

“这位是？”那“瘦猴”见赵监先呵斥李卫，而后还算客气地对待自己，自是气收了不少。

柱子一旁斜眼说道：“我家师爷。”

“瘦猴”冷眼说道：“师爷？让你们掌柜的出来说话，那个长得馋人的内掌柜也行。”

“你就跟我说吧，这事犯不着惊动掌柜的。”

“照你这么说，我们中毒这是小事了？”

“大事小事弄清楚了再说不迟，况且我没说这是小事。”

赵监随“瘦猴”来到他们所住的房间，见那两个所谓中毒者正躺在床上哼哼唉唉。赵监看面色，这两人与正常人并无二致，遂对“瘦猴”说：“既是中毒，就该请郎中过来看看，服些治病的汤药，只这么躺着毕竟是于事无补。柱子，快去叫郎中过来。”

“慢！”“瘦猴”连忙说道，“快要过年了，家里都急等我们回去置备年货呢，你们也得过年不是？这样吧，赔些银两，我们回家自己治病也行，这样一来，你们也省了不少事。”

赵监知道这是想要讹诈，却又不便揭穿，于是试着问道：“要赔你们多少才是？”

“一百两纹银，少一个子儿都不行。”

柱子大声叫道：“你们是住店的还是土匪呀？这分明是打劫！”

“瘦猴”听罢这话，看赵监一时没有反应，一丝狞笑渐现脸上，他厉声说道：“不赔是吧？”见赵监依然没有说话，于是跑到院子正中，向着大门外高声喊叫："要死人了！这里毒死人了！"

适逢保长从门口经过。保长大惊，遂进院查问详情。赵监将经过一一说了，见保长一脸不悦，忙让柱子去后院叫刘掌柜出来。岂知，刘金早就闻声来到前院，站门口一言不发。这些日子所经历的事情，让刘金苦不堪言，无所适从，他像变了一个人似的，木讷寡言。

保长没有理会赵监，径自走到刘金面前，怨声说道："你这东西顺出这样的事，无论如何你都说不清楚，关键是要尽快息事宁人，这么吵闹下去，你东西顺名声是小，我半扎寨的名声可是糟蹋不起，你刘金不嫌丢人，我还嫌丢人呢！做了这么多年生意，连这样的道理都不懂！你今后关门算了。"

刘金木然地望着保长，竟不知该如何回话。他看见大门口集聚不少看热闹的人，这些人黑压压站在雪地里，窃窃私语。他看见那"瘦猴"挽着袖筒在院子中间张牙舞爪。他感觉适才还晴朗的天空一下子黯淡不少，眼前这一切都恍若隔世。他愣愣地站着一言没发。倒是远远站着的秦珮，扭转身走向内宅。

"没见过这么欺负人的！坑人害人者，不得好死！有本事，你冲着我来！有本事，你把你姑奶奶杀了！"忽然间，刘真从后院跑出来，冲到"瘦猴"面前，暴跳如雷。

所有人都被眼前这一幕惊得一愣，没人想到这小丫头平日里轻言细语的，今日竟这般泼辣。

"瘦猴"居然被镇住，一时间哑口无言。只片刻，"瘦猴"高声叫道："谁不信，谁去房间看看我那两个兄弟，看他们拉稀拉得还有没有人样。你这黄毛丫头少来这一套，我见得多了，俗话说，好男不跟女斗。"

赵监忍了好久，正要上前劝刘真先回后院，这毕竟不是该一个女孩子出头的事，却见南北缘的掌柜钱贵从人群中挤出，满脸堆笑地走到"瘦猴"面前，仰脸说道："这位客官，出了这等事，这是谁都不愿意看到的，这不，连半扎寨的保长都出面了，你不看僧面也得看看佛面吧？"

"那好吧，看在你说情的分儿上，看在保长的情面上，那就把原先说的赔偿一百两银子，降为五十两吧。银子跟人命比起来，那什么他娘的都不是!”“瘦猴”道。

他话音未落，却见秦珮手捧一个紫红檀木盒子，自后院款款出来，到“瘦猴”面前，把脸扭向一侧，将盒子递给他，轻轻说道：“全拿去吧。你们走吧。”

“瘦猴”接过盒子，掀开盖子，但见盒子里珠宝成串，那珠宝闪光耀眼。“瘦猴”不觉一愣，下意识地看看钱贵，而后合上盖子，回了房间。

秦珮见赵监想要发作，又见刘真眼冒火光，看柱子和厨子正弯腰抄家伙，她把小手一扬，朗声说道：“争是不争，不争是争。该来的自然会来，该去的自然会去。是你的自然会有，不是你的有了也只是暂时。让他们去吧。”

人们望着“瘦猴”扶其他两人上马，而后三个人打马出了院子，直奔寨子的东门而去。

“散了，散了，有什么好看的！不在家置备年货，看起热闹来一个比一个有劲。走，走，走，走。”保长驱散人群，本想回头安慰一番刘金，见刘金一脸茫然，于是，尴尬地背着手，径自去了。

## 第 六 章

# 家人共聚谋生计
# 刘胜隐忍会钱贵

待集聚的围观者渐次散去，赵监把东西顺的人叫进室内。东西顺接二连三出事，这让所有人始料未及。福无双至，祸不单行，正应了宋明公所言。祸至却防不胜防，赵监一时间颇感无奈，又不得不安慰众人一番，于是走到刘金跟前含笑说道："大哥，从来没有过不了的坎。道家云：大寒既至，霜雪既降，吾是以知松柏之茂也。遇劫难，化之，而后方显英雄之本色。赵监早看出大哥绝非碌碌之辈，大不了换了门头，从头再来。那些个污浊小人，为之奈何！"

柱子忽然叫道："经赵先生这么一说，我想起来了，就是那个鳖孙！"

赵监不觉一愣。

柱子继续说道："就是他，那个躺床上装病的鳖孙是南北缘掌柜钱贵他表弟，家住大营，我在钱贵家见过他。他们既然是亲戚，那为何不住在他钱贵家？"

厨子李师傅气愤道："我说那钱贵假惺惺出来相劝，弄半天这是一场戏啊！掌柜的，我们不能放过那姓钱的。"

刘真尖声说道："我这就找姓钱的算账去，他得把我娘的首饰退回来。柱子，走。"

秦珮轻声说道："算了吧，关起门来这么说说还行，真去找那姓钱的理论，你手中有确凿证据吗？弄不好他会去衙门告我们诬陷他。他们既是敢这么结伙敲诈，就一定有了万全之策。'君子周而不比，小人比而不周’，去跟这种人讲理，不怕污了你的嘴！”

“就这么便宜了这帮龟孙吗？”李师傅愤然说道。

秦珮道：“李师傅呀，古时有两个和尚，一个名寒山，一个名拾得。一日，寒山问拾得：世间有谤我，欺我，辱我，笑我，轻我，贱我，恶我，骗我，我如何处之乎？拾得答：只是忍他，让他，由他，避他，敬他，不要理他，过十年后，你且看他。”

见李师傅一脸茫然，赵监不无敬佩地说道：“君子坦荡荡，小人长戚戚。圣人所说乃至理名言。你想啊，做了恶事的人，他不可能心境坦然，终日活在忐忑不安中，终究会自食恶果的。李师傅啊，内掌柜的学问，内掌柜的气度，非我等所能企及，跟着内掌柜，至少能使你我人品高洁。”

“他们这些恶人才不会忐忑呢！人品高洁的人，就不受别人欺负了吗？”刘真不屑道。

刘真的话让赵监一时语塞。

刘金少气无力地说道：“女孩子家，懂什么！”说时，手捂胸口，一阵咳嗽。“我一直弄不明白，他钱贵为何一而再再而三地祸害我们，我真的是没有坑过他呀！他家里进匪，与我刘金没有半点儿干系。”

“大哥呀，自古小人之心是难以揣度的。我们不说这过去的事了好吧？”赵监劝道。

刘金叹口气，缓缓说道：“那就商议一下来年的事吧。”

赵监思虑片刻，看看刘金，再望望秦珮，果断说道：“明日就是小年，东西顺也该关张歇业了，好让李师傅和柱子早点儿回家陪陪家人，置些年货。还望大哥嫂子及早忘掉过往的事，来年从头做起。不知东西顺往年收益如何。半扎寨不大，驼马店却是开了不下十家，都往一条船上挤，是很难捷足先登的。上次跟大哥商议过开家贸易商行的事，不知大哥嫂子是否有了决断。”

“开家贸易商行，专营茶叶或丝绸，这些东西都是山西陕西没有的。半扎寨位于通往南北的驿道上，很有地利之便，赵先生上次说过。只是开这样的商行，半扎寨可是没人这么做过。”

“正是半扎寨还没人做，我们才做。这样的商行南京很多，尤其是洋人的商行，名目繁多。”

“先生在南京很熟？”

“我在南京待过，也到过赤壁。先说丝绸的事。自明朝始朝廷便在南京设立丝绸织造局，我朝初年在此成立了规模庞大的江宁织造府，所生产的丝绸织品专供皇家所用，正因为南京丝绸仅供宫廷，而苏州丝绸则是民用，因而，南京丝绸无论是工艺还是选料上都胜过苏州丝绸。南京城外二十里有个小山村，隐居着一位老者，这老者曾是织造府一名监工，其技艺堪称上乘。赵监曾到过这老者府上，偏僻得极难找到，后院却藏着一个生产丝织品的小小院落，这里生产的丝织品悄然销往民间。”

“我听懂了。赵先生一定能从这里弄到便宜的宫用丝绸。那茶叶的事赵先生也有路子了？”

“湖北赤壁生产一种砖茶，引观音泉水制成，汤如琥珀，滋味醇厚，且易于储运。山陕等北方寒冷之地，人们多以肉奶为食，菜类较少，茶便成了人们消食去腻之首选，大哥没见住店的过往晋商少不得带茶砖销往北方吗？”

“这个我懂。那赤壁的茶山赵先生也熟吗？”

“我曾差人包下过一个茶园，这样一来，价格上自然会大大低于一般商人的进价。”

“这得多少银子呀！原先还指望着放申三那里的二百两银子能派上用场，眼下看来，这银子能不能要回来还是两说呢。”

“开商行所需银两我来筹措。至于你放申三那里的两百两银子，依我看这未必就是死棋。物极必反。那矿井挖了半年未见有煤，谁敢说再接着挖上一天两天，就还是没煤呢？”

刘金忽觉眼前一亮，其他人也不约而同地一阵欣喜。只片刻，刘金的眼光便黯淡下来，低声说道：“明摆着，那矿主是在耍赖。他又开了个矿井，我们去看过，新矿井已经出煤了，这不出煤的矿井他指定是不会再接着挖了。”

“大哥呀，正是他不准备再挖这个矿井了，才给我们提供了契机。你想啊，他新开的那个矿井就距这个老矿井不远，我们朝着他出煤矿井的方向挖，接下来的事我就不说了。”

“这这这不是挖人墙脚吗?”

“是他先行不义的。他挖出来的煤才属于他，地下的煤叫煤层，这煤层不属于任何人，顶多属于朝廷。何况地下的事谁能说得清楚，或许再挖一丈远就出煤了呢。既是申三也投进去钱，那就让申三去说，就说你们放他那里的钱不再去要了，就以这废井相抵。这矿井出煤了，是个宝；不出煤，就是个坑，一文不值。”

“那还等明年干啥?我明日就去找申三，不定把这小子美成什么样!”刘金忽然间喜不自胜。

秦珮的脸上泛出红晕，忙吩咐李师傅去准备酒菜。一家人推杯换盏，一个个醉意醺醺方罢。

翌日，刘金早早去见酒坊掌柜申三。申三正在门外挂灯笼，见刘金一早过来，且脸上没了上次来时的晦气，自是一阵轻松，唯恐刘金又来要钱，赶忙下了凳子，将刘金让至屋内，顺手拿起桌上的灶糖递给刘金。

刘金漠然说道：“放心吧，不是要钱来的。这灶糖是为灶王爷做的，是指望灶王爷在玉皇大帝跟前多美言的，还是别让我先吃了。”

申三拿起一个火烧递给刘金，接着笑道：“那就吃个火烧吧，发面做的，吃了它，来年金哥一定发发发。”

“那我就吃一个吧。”刘金说罢，竟将这巴掌大的火烧六口吃完。喝口申三倒上的茶水，刘金含糊不清地说道，“找你是有件要紧的事商量。”遂将赵监的主意一并说了。

申三一时间眉开眼笑，连称这主意不错，干吗要等年后，他明日就去见他老表。末了，申三又道：“其实呀，金哥，你才投进去二百两，我自己可是投进去了三百两，另有妹妹的一百两。都怪我当初鬼迷心窍。”

“眼下说这个还有什么用?”刘金道。

“金哥呀，要是我跟老表谈妥了，他答应我们接收那个矿井，我们挖井不得还需银子呀?我可是家中见底了，你的家底比我殷实。”见刘金摇头，申三苦笑道，“没有银子，指望什么去挖井啊?那些个挖井的民工可都是不见兔子不撒鹰的主!”

刘金无奈道："走一步是一步吧，你先去说说看，回头我们再做商议。"

申三连连点头。随后，他不解地问道："金哥呀，你请的那个师爷是什么来头啊？给他多少工钱呀？能想出这样的主意，感觉这人才智过人。"

"他不要工钱，给口饭吃就行。"

"啊？"

"赵先生本来是要考取功名的，因为家里出事，被迫无奈，只身一人靠游乡算卦为生。我也是看他才智过人，又忠厚实诚才把他留下的。"

申三将信将疑地点着头。见自己的女人二静在门口欲言又止，便喊过她问道："你像是有事，有事就说呗，老娘儿们磨蹭个啥呀？"

二静近前笑道："原是想等你们谈完正事再说的。"

申三打断她的话不耐烦道："我们正事已经说完了，你这个媒婆不会是又给谁提亲的吧？"

二静尴尬道："话一经你的嘴就这么难听！金哥呀，我娘家有个叔伯妹子，他男人不吭不哈加入了捻军，两年前被打死在开封城外，听说连个囫囵尸首都没有见着，又不敢吭声，只怕官府再找上门来。她男人家也算通情达理，几次劝叔伯妹子回娘家再找个好人家。叔伯妹子起初说什么也不肯，后来经不住双方老人一而再再而三地好言相劝，最后算是回娘家了。这妹子老大不小了，又拖了个孩子，去哪儿找个好人家呀？"

申三急得抓耳挠腮，终于忍不住，大声说道："这老娘儿们啰唆起来没完没了，你就说正事好不好？"

她白一眼申三，自顾说道："这叔伯妹子娘家有十亩旱地，用着长工，她小的时候读过几本书，不识字的男人她一个都不正眼看，就别说不干不净窝窝囊囊的男人了。上次金哥带你家赵先生过来，我见过他，赵先生白白净净，稳稳重重，一看就是个有学问的人。既然赵先生也是一个人过，不如给他俩撮合撮合。"

"你嫁给他算了！"申三忽然间醋意十足。

"看你说的！都几十岁的人了，说这话也不怕人家笑话，好在金哥不是外人。”二静生气地道。

刘金嗯了几声，算是应下。岂知这女人又顺势提起刘真的事来：“金哥呀，真真侄女的婚事你得催催呀，孩子也不小了，不及早把婚事给定了，别人会笑话的。再说了，人家男方可等不及了，你去大营问问，人家可是大户人家，上门提亲的天天都有啊。”

刘金又是嗯了几声，末了，他含含糊糊说道：“那是，那是。我回去说说，回去说说。”

刘金说完便起身走出酒坊，自顾去了。

申三望着刘金的背影一点点消失在熙攘的人群中，忽觉一阵伤感。刘金像是变了一个人，从前那个风风火火、脾气暴躁的人怎么一下子就变得有些木讷了呢？

雪的消融使得街上湿冷异常，冬日的阳光无精打采地漫过枝条，照在灰暗的残雪之上，闪着幽幽的光。

走在熙攘的大街上，沿街商贩的叫卖声，让刘金心烦意乱。有小孩在燃放鞭炮，爆竹的爆裂溅得残雪四起，飞到脸上，一阵冰凉。刘金用袖子抹去脸上雪渣，低头躲着行人。往年的这个时候，他已经开始置办年货，儿子提着竹篮，女儿身后跟着。

“刘掌柜这是去哪儿了呀？进来看看这新打的菜刀吧。”冷不丁从一侧铁货铺传来一声招呼。

刘金看时，见铁货铺掌柜的搓着手跟他说话。屋内炉子上呼呼的火苗蹿出两尺多高，两个人一个抡起大锤，一个用小锤轻打，一轻一重的咚嗒声传出老远。刘金向着那人应和两声，低着头径自去了。

忽然，刘金眼前一亮。透过人流，隐隐看见前方不远有辆马车缓缓走着，马车上端坐一人，这人的背影他极为熟悉，于是紧赶几步，追上马车。却是他远在开封的儿子回来了。

刘金的儿子名刘胜，是刘金前妻所生。早年刘金的前妻病故，刘金便携子去了开封，自己寻得差事后，将儿子寄养在开封一远房亲戚家。自从对秦珮有了非分之想，刘金恐秦家嫌弃，便生生不肯去认刘胜。后来他那远方亲戚带刘胜找到秦家，却被堵在门外，不得入内。门人唤来刘金，刘金一阵恐慌，适逢秦珮的母亲打门口经过，刘金便摆手让亲戚带刘胜快快离去，自己头也不回地进了内宅。之后竟三个月不见儿子。那时刘胜年幼，不知家父之忧，一次竟独自跑到秦家门外，在一石凳上坐等，且一等就是一天，只为悄悄看看他父亲。刘金闻言，泪不能禁，夜难成眠。好在刘胜自此不再去那石凳上坐等。如此一来，倒让刘金多了几分担忧，于是趁着一个雨天，悄悄赶往亲戚家。岂知，这刘胜看见刘金便跑到伙伴家躲了起来。在亲戚的数落声中，刘金红着眼离开了亲戚家。

这亲戚膝下无子，对刘胜自是溺爱有加，视同亲生。亲戚在开封城的柳荫巷开了一家杂食店，专做花生糕。开封周边盛产花生，这里的花生粒大、皮薄、味香，捣碎拌糖，烤干后色泽淡黄，蓬松酥脆，含口自化，城内城外乃至于外地往来客商无不喜用，小店生意自是来者盈门。

刘胜在亲戚家虽是衣食无忧，却免不了遭顽童讥讽，自小便孤僻寡言，只将一身蛮劲用于店内的活儿上，十岁上便将店里手艺学得谙熟，这让亲戚喜不自胜。年过二十，懂了父亲当初的无奈，也就不再倔强，到了年关就回半扎寨看望刘金。

见儿子回来，刘金不觉一阵欢喜。忙上车，只片刻便一道进了自家大门。

听见动静，一家人欢欢喜喜来到院中，帮刘胜卸下所带年货。秦珮看时，这儿子居然带回来一整只宰过的山羊，另有几盒开封糕点，一坛酒用绳子捆得粽子一般。秦珮忙问儿子为何未过中午就到了家，这么远的路。

刘胜笑道："不是说只有思乡心切才会归心似箭吗？"见秦珮只是笑着看自己，刘胜接着说道："昨晚住汝州了。开封店里从前有个伙计是汝州的，据说他母亲常年有病在身，家里虽有哥哥嫂嫂照管，他只是出些银两而已，可自己在外做事，毕竟心有不安，渐渐地也就没心思在开封待下去了。儿子这次回来，顺道去看了看这伙计和他老母。这伙计非要让我在他家住上一天，不喝上几杯横竖不让离开。"

"有嫂子了吧？也不带回来让大家伙看看。"刘真一旁插话道。

刘胜道："哪有啊！有了早回来禀报了。真真你可也不小了，小心再等下去嫁不出去。”

刘真噘嘴扭转身去，没再言语。

一旁的赵监听着这家人家长里短的温馨谈话，想到自己的身世，忽觉一阵伤感。只片刻，赵监便丢掉杂念，走过去拱手说道：“赵监见过公子！公子一路劳顿，还是进屋说话吧。”

“这位先生是？”刘胜早见一旁有个生人不住打量自己，起初以为是住店客商，听他话音，倒觉不像。

秦珮道：“这位是赵先生，是你父亲请来的师爷。”

“师爷？我家也用上师爷了？”刘胜吃惊道。

赵监不无歉意地道：“说用人好些。赵监原是一游乡算卦的，承蒙刘掌柜抬爱，留赵监店里混口饭吃。还望公子多多关照！”

赵监说罢，秦珮竟一阵心酸，却又不知何故，只拿眼望望赵监。

赵监接着说道：“适才听公子说起看望伙计的事，赵监一阵感动，公子之德与刘掌柜如出一辙。积善成德，而神明自得。德乃成事之本，刘家有公子后继，何愁日后不腾达！快进屋歇歇吧。”

一家人先后去了后宅。刘金慢腾腾走在最后，赵监几次礼让，他却依旧迈着缓步，赵监只好慢下来与他同行。见刘金神志恍惚，自进院就没再言语，刘胜不解地问妹妹刘真：“咱爹身体没事吧？”

刘真快言快语道：“身体是没事，只不过脑子像是受了刺激，最近都是这么怔怔的。”

“脑子受了刺激？什么事？”刘胜警觉地问道。

刘真道：“哥呀，最近家里接连出事，多亏了赵先生，爹才从匪窝里平安回来。”见刘胜把眼睛瞪得溜圆，刘真一本正经地说道，“起先是山上的土匪使计把爹弄走了，是赵先生把爹给救了回来。这都是南北缘那姓钱的干的坏事，是他给土匪探子说我们家里最有钱，不是个东西！接着，他又暗地里雇人到我们家，装作吃饭中毒了，硬是把咱娘的珠宝首饰给讹走了。还有，爹年初放在申三那里不少银子，前些天爹去找申三要钱，却是一个子儿也要不回来了，那钱都用到矿上了，爹和赵先生去矿上一看，那就是个废井，好说歹说人家也不给退钱。”

越听越乱，刘胜一时性急，眼睛冒火，他感觉自己的头颅正一点点变大，遂大声怪道：“你说清楚点儿中不中?”见刘真眼里噙泪，刘胜把目光望向秦珮。秦珮遂将近日家里发生的事一五一十慢慢说了。

岂知，刘胜听罢秦珮的细述，起身拉起刘真便走。一家人力劝，全然无用。赵监望望秦珮，快步跟了出去。

雪的消融使得青石铺就的街面一步一滑。赵监向着兄妹两个连喊三声，让其停下。他见刘真不住地回头望望，刘真像是很想停下，怎奈她的手被刘胜拽着，欲罢不能，一如疾风中的一枚鹅毛。

从人缝中见刘胜兄妹两个进了南北缘的大门，赵监长叹一声，暗道：“这年可怎么过呀!”

原以为钱家今日定会鸡飞狗跳，看刘胜这气势汹汹的架势，少不得生出是非。赵监路上已把如何善后虑得周全，毕竟时至年关，相安无事才是正道。岂知，进得院子，便听屋内谈笑风生。

“就要过年了，侄子提前过来给钱叔和婶子拜个早年。我婶子出门了?”

“你婶子出去置备年货了。大侄子刚刚到家就过来给我们拜年，钱叔高兴啊！回去先代我给你爹娘问个好，本来钱叔早该过去给你爹娘问候一下的，年底了，破事多，拖到今天也没有过去，等叔忙过这两天，过去找你爹好好喝上几杯，我们兄弟俩好久没有一起喝点儿了。”

“侄子不常回来，对家里疏于照顾，每次想起来总是觉得十分亏欠。我爹老实，脾气又不是很好，生怕他处事不周，得罪乡邻。听说钱叔平日里对我家多有关照，这让侄子心存感激。今日过来，就是看看钱叔，看钱叔身体硬朗，侄子也就放心了。”

“侄儿尽管放心，你在家不在家，我和你爹都会跟亲兄弟一样的。”

“快过年了，不知钱叔家里还缺什么不缺?缺什么侄子去汝州城里置办一些。”

“大侄子想得真是周全，叔这里不缺什么，照顾好你爹，叔也就放心了。”

像是春风吹暖枝条，花蕊正点点怒放，赵监的心忽觉一阵舒展。对于刘胜他知之甚少，初见时，感觉这是个毛头小伙，适才所闻，让他一时间另眼相看，佩服有加，才二十多岁个人，其城府和气度非常人能及。

自己的出现多少显得尴尬，此时的他进退两难。听屋内的谈话接近尾声，赵监笑着进屋，拱手一拜道："来得早不如来得巧，公子和小姐也在呀。赵监给钱掌柜拜个早年，谨祝钱掌柜来年气运和顺！时泽有成！"

钱贵不由一惊，这么多人过来贺岁，自是欣喜不已，忙起身还礼笑道："孩子们过来也就罢了，哪敢劳驾赵先生亲自登门！也祝赵先生来年诸事合意！祝东西顺一顺百顺！"

这时，从内宅走出个女孩儿，十七八岁模样，玉带绕臂，青丝垂肩，腰肢纤细，四肢纤长，上着对襟紧身短袄，下着夹棉凤尾长裙。她款款走到刘真身边，拉了刘真的手站在一旁一言未出。

刘真拍拍女孩儿的手，站起身来。却听钱贵怪道："玉儿，见人也不问候一声！"

刘真忙道："钱玉还小，再说了，姊妹们客气什么！"

钱贵一脸庄重地说道："这不赵先生也在嘛！赵先生可是见过世面的人，不怕人家笑话呀？"

赵监笑道："看来钱掌柜是拿我当外人了！呵呵呵。女孩子家叽叽喳喳也未必就好。"

几个人又闲聊了些天气之类的闲话，便出了南北缘的大门。钱玉拉着刘真的手送至门外。看两人亲若姐妹，赵监怎么也想不到这亲如姐妹的人日后会成为情敌。

望着赵监、刘胜、刘真远去的背影，琢磨着这些人今日登门就只是拜年，还是另有别意？钱贵拍拍脑门，愣愣的如坠云雾之中。

## 第七章

# 赵监大意露身手<br>土匪庙中敛钱财

刘胜只在半扎寨住了两天，三天头上，刘金便催他早日返回，毕竟开封那边他养父养母更需要陪伴。虽是很想留儿子在家过年，可思前想后，又觉不妥，于是买了点儿山货放车上让刘胜带回开封。

秦珮自是极力挽留，刘胜虽是刘金前妻所生，但秦珮视若己出。刘真则没有表现出不舍，反而催刘胜早走，省城过年一定比山寨热闹，若非秦珮拿眼白她，她甚至要随刘胜一道去开封过年。

送走刘胜，赵监一下子觉得这家里空空荡荡，昔日有厨子和柱子在，再有客商熙攘，倒不觉怎样。他给刘金和秦珮打过招呼，便一人走上大街，信步走走。街上依旧人流如潮，叫卖声此起彼伏。碧云巷里门可罗雀，没了外地客商，又时至年关，昔日的唱曲声、嬉笑声、脂粉气已随风逝去。赵监知道，等过了正月十五，顶多过了正月，碧云巷又会一如往昔。

经过杂货铺，赵监买了几张红纸，要了一套笔墨纸砚，想回去写几副对联贴上，长久疏于写字，倒觉得极不适应。踱步到寨门，忽有一辆马车迎面而来。赵监看时，却是申三和二静脸上挂着喜气自寨外回来。冬日的阳光漫过枝丫，散淡地洒在申三脸上，这笑脸斑斑驳驳，一如盛开的莲花。

吁的一声，申三叫停马车，一脚点地下了车，开口便酒气扑鼻："赵先生啊，我给那矿主老表谈好了，过了年我们就可以接手矿井了。老表说不算我和金哥的银子，他自己投进去了五百两，若是日后出煤了，得还给他这五百两。”

赵监道：“他说的日后是多久？”

申三道：“没说。”

赵监道：“三年五年也是日后啊。”

申三狡黠的目光一闪，瞬间领悟道：“此一时彼一时。眼下是我们追着他要钱，等着让他追着我们要钱吧！赵先生这是要写对联呀？”

“也给我家写几副吧？赵先生。”二静在马车上俯身说道。

赵监笑道：“回头过去拿吧，这红纸买得多。”

“对了，赵先生，上次给金哥说过，不知道金哥给你递话没有，嫂子想给你提一门亲事。”二静在车上笑吟吟说道。

赵监忙谢道：“谢嫂子抬举！只是赵监家破人亡，若非刘掌柜收留，赵监至今还在游乡算卦呢，赵监习惯于一人独处，不想拖累别人。”

二静道：“怎么会是拖累呀！虽然赵先生来半扎寨不久，寨子里可都知道赵先生是个有本事的好人，男人只要有本事，不愁日后养不了家的。”

赵监惊觉道：“都知道？”

二静四顾后轻声说道：“这话你可不要说给金哥听。寨子里不少人都知道金哥被山上的土匪弄走的事，是你只身把金哥给救了回来。土匪窝哪是一般人敢进去的呀！没本事谁敢只身闯匪窝？”

“老娘儿们的嘴可真快！赵先生，别听这野猫子瞎叫。”申三不耐烦地骂完，便提臀坐到车上，笑对赵监道，“我先回去了，回头我过去，我们一起商量一下煤矿的事。”

望着马车远去的背影，赵监满腹心事地踱回东西顺。

一路上，赵监顾虑重重。很多时候，你大事张扬，却是知者甚少；相反，你想极力遮掩的事，到头来却是欲盖弥彰。他不想名声远播，他很想默默无闻地度完残生。按说，他已经属于故去的人，活下来他不知道是对是错，他随时准备着去那边陪伴大哥，因而，也就不想连累别人。

远远地见秦珮在院门口站着，东张西望。赵监便快步迎了过去。不想，秦珮见赵监回来，却转身回了室内。

赵监进屋，将红纸铺上桌子，逐一叠成长条状，而后拿来一把小刀，将红纸裁成春联的形状，便开始磨墨。秦珮在一旁专注地看着，她看见赵监白皙的手在桌上跳跃，宛如女人在做针线活，那份娴熟那份精致，非圈内人难以企及，这让秦珮一时间匪夷所思。紧接着，见赵监的手指捏起毛笔，在砚台上吸墨后，将一副春联一气呵成。秦珮的眼睛忽然冒出炽热的光，她的小嘴微微张开，显得惊讶万分。

上联：喜居宝地千年旺

下联：福照家门万事兴

横批：喜迎新春

让秦珮惊讶的倒不是这副春联的字义，而是字体。赵监的字书风遒媚、秀逸，结构严整，笔法圆熟，颇具“赵体”书法之韵。秦珮曾在闺门时，常见先父伏案临帖。先父极其喜爱松雪道人的“赵体”书法，即便遇到赝品，也要买来挂至书房，挥笔临帖，因而，久而久之，先父的字自然就有了松雪道人的神韵。

睹字思人，秦珮一时间泪眼汪汪。她很想上去握住那握笔的手，她很想上去抱抱这写字的人。秦珮不能自已，径自抽泣起来。

赵监写完一副春联，才将毛笔放在笔架上，忽听秦珮的抽泣声，转脸见秦珮正拿手绢拭眼，他诧异万分，欲言又止，一时间茫然不知所措。慌乱间，他想走近秦珮，迟疑一下，却走向脸盆，他将沾了墨汁的手浸入水中，一时间凉彻周身。他冷静下来，洗洗手，静静说道：“赵监没有猜错的话，嫂子定是想家了，想令尊令堂了。”

秦珮又是一惊，暗道：这冤家为何这般懂我！

“金哥、嫂子，在家吧？”忽然院中传来二静的声音。

“春联这么快就写好了？赵先生这字写得真不赖！”一进屋，二静便惊叫道，“我家得用三副春联。往年都是去张秀才家里要春联，这张秀才今年说什么也不写了，嫂子，你猜因为啥？要的人多，他舍不得自己的红纸了，他又不好意思收费。”

秦珮扶二静一旁坐下，笑吟吟道：“你就只管拿，我替他当一回家。

赵先生买的红纸多，他写字又快。”

赵监正把三副春联卷起来用绳线扎好，听秦珮这话，他忽觉一阵熨帖，竟情不自禁地笑出声来。女人间的谈话总是别具趣味，往往不经意间的微末小事，却能被说出异样的味道来。赵监把扎好的春联递给二静，却见二静的眼睛正盯着自己看。

“嫂子呀，也不知道金哥回来给你说了没有，我娘家有个叔伯妹子，她男人当了捻军，死在了开封郊外。赵先生一直单身，我想让他们见见，你看？”二静笑道。

“让我看有什么用！这得让赵先生看才是！”秦珮说时拿眼酸溜溜望着赵监。

赵监却是一脸凝重，二静的热情让他感激万分，只是自己的身世无人知晓，自己的心迹无人能懂，包括秦珮，他又不能说出，于是推辞道：“赵监何能之有，劳嫂子再三撮合。嫂子美意赵监心领，只是赵监乃颠沛之人，无以成家，待日后居有定所了再说不迟。承谢了！承谢了！”

赵监说罢，拿起写好的春联，又舀了半碗剩稀饭，只身去了院门口。适逢刘金携刘真自外头回来，刘真把手中鞭炮塞给刘金，搬来凳子，帮赵监贴上春联。

三人正要返回院内，却见保长和张老边说边向这边走来，他们身后跟着一帮寨丁。

“刘金呀，你家的安保费还没有交吧？”保长远远喊道。

“没有吧。”

“那就回去拿吧，我和张老就不进院了。”

刘金低头去了内宅。望着刘金幽暗的背影，张老低声问保长：“我看这刘金近些日子像是一下子老了许多，愣愣的不是有病了吧？”

未及保长回话，倒是刘真快语说道：“我爹没病啊！寨子里怎么隔三岔五地到每家每户收钱呀？前天不是才收过吗？”

保长道：“孩子呀，你是不懂，前天收的是每个月该交的修寨墙的份子钱，今天收的是安保费。寨子不修，大家伙能安生吗？没有安保费，这帮日夜守护寨子的人去喝西北风啊！”

赵监忙道："张老、保长，孩子家不懂事，刘掌柜回去拿钱了，请进屋坐会儿吧，外边冷。"

赵监话音才落，就见刘金拿着银子缓缓走了出来。保长示意手下接了银子，并在册子上做了登记。正要离去，却见张老正聚精会神地端详春联。保长看时，忽觉眼前一亮。两人年轻时都曾科考过，虽是名落孙山，但对于字体所能体现出的写字人的功力，都心知肚明。刚要问赵监，却听张老开言问道："这春联出自谁手？"

赵监道："不才献丑了！"

张老和保长不觉相视一下，异口同声道："字不错。"而后去了下一家。

二静走时，秦珮把她送出院门外。赵监望着这个热情的女人双手拿着卷好的春联，风姿绰约地消失在街的尽头。

过年，对于儿孙都在外奔波的人来说，则意味着尽享天伦；对于辛劳一年或忙于农耕或忙于行商的人来说，则意味着一种真正意义上的休闲；对于一个羁旅之人来说，却是意味着深深的孤独和无尽的思念；而对于一个不敢显露身份只得隐姓埋名的羁旅之人来说，意味着残忍。

今年的年夜饭异常简单，刘家接二连三出事，少不得让一家人丢了往年的兴致。在没完没了的鞭炮声渐次沉寂之后，半扎寨的夜空显得静谧异常，偶有一支钻天猴哧的一声划破夜空，继而砰地炸响，之后的夜便尤为寂静。

正月初一的第一声鸡鸣姗姗来迟，大约是报晓者受了鞭炮声惊扰的缘故。少顷，低一声、高一声的鸡鸣声依次传响于古寨的上空。

屋子正中的火炉上，铜壶忽然哧哧冒出热气，夜间添进的煤块此时燃得正酣。几乎一夜没有合眼的赵监穿衣下床，简单洗漱后，对着铜镜理理辫子，正正衣装，而后，拿起事先预备好的黄纸，轻轻推门出去。他来到驼马棚一侧的空地上，把黄纸搓开，点燃后，向着东南方缓缓跪下，轻轻叩了四个响头。赵监起身时已是泪流满面。

东南方的夜空，仅有几点星光在寒夜中寂然挂着。黎明前的半扎寨静谧安详。

回屋经过驼马棚时，赵监看见他的那头驴不安地在槽边蹭着下颚。赵监上前拍拍驴的脖子，转身回到室内。刚刚将门掩上，却听毛驴发出一声苍凉的嘶鸣声。

当最初的晨光映亮窗台的时候，赵监听到了敲门声。却是刘金手提一个藤篮，要请赵监一道去关帝庙进香。赵监迟疑片刻，随刘金走向大门。忽听身后有声响，回头见是秦珮和刘真正忙不迭尾随出来。刘金停下来，肃然说道："我们这是去关帝庙给关老爷上香，又不是去看大戏，女人别去关帝庙。"

"为啥呀，爹？"刘真不解道。

见刘金迟迟无语，赵监笑道："真真呀，尽管都是迷信，可你爹不让去，那就不去吧。一是关老爷一生不喜欢女子近身；二是关老爷的后人多不幸，女子是养育后代的，还是不去沾惹邪气的好。"

见刘真一时无语，秦珮拉她回了内宅。

距寨子东门不远处有个山陕会馆，虽是天未大亮，会馆内的关帝庙前却是人头攒动，烟雾缭绕，蝙蝠般的灰烬在低空盘绕，只少顷，头顶便飘落一层。关公泥像前，有人拿树枝拨弄着燃烧的黄纸，火苗映在人脸之上，红彤彤烤鸭般油亮。

只排队就排了半个时辰，轮到刘金进香时，刘金将篮子里的柿饼等祭品摆上祭台。柿子有招财利市之意。上过三炷香后，刘金虔诚地在脚前的蒲团上跪下，赵监也随即一并跪了。两人许了心愿，却迟迟不肯起身，倒让身后排队者时不时发出一阵故意的咳嗽声。刘金起身后，从兜里掏出几枚铜钱，轻轻放进面前的功德箱里。

关羽骁勇善战，生死不悖，明礼诚信，忠孝节义，山西陕西商人自古便把义薄云天、精忠贯日的武圣视若护佑自己的神，世世敬拜。同时，正经商人多以关羽的诚和义来约束自己，因而，有山陕会馆之地必有关帝庙宇。

赵监随刘金走出关帝庙，忽见一人在人群中闪了一下便消失不见。这人头戴狗皮帽子，小脸被耷拉下来的护耳掩去一半，他鼻翼旁趴着的土鳖般的黑痣给赵监留下极为深刻的印象。是山里匪首，上次赵监去山洞营救刘金时两人有过交手。此人新年下山，莫非又要使半扎寨招致祸端？赵监转身对刘金说道：“大哥，你先回去吧，我想在这里静坐一会儿，这么多形形色色的人前来上香，倒是一道不错的景致。”

刘金心不在焉地应了一声，便提着空篮出了山陕会馆。

赵监见刘金走远，忙一手遮脸，在熙攘的人群中四处寻找匪首。倒是那匪首主动现身，忽然间站在赵监面前。赵监猛然一惊，见关帝庙对面的戏台上空无一人，便轻声问道：“请借一步说话可好？”说完看着戏台。

匪首异常镇定地随赵监登上高高戏台。两人站在柱子旁，相互望着对方，均不言语。戏台下人声熙攘，鞭炮声沉闷异常。有商贩在这大年初一的清晨来此叫卖，叫卖声夹杂在鞭炮声中，显得孱弱无力。

“年糕，新炸的年糕。”

“牛肉干，关老爷爱吃的牛肉干。”

匪首姓张名悉，自小家境殷实，后遇官司，不得已逃离家园，落草荒山。两人首次相遇时，赵监在山洞的果敢行为和犀利言辞，着实让他不敢小觑，居然在这大年初一的清晨再次相遇。张悉不想去招惹此人，无论眼前这人是何来头，无论他在山洞里所言是真是假，不去招惹是非之人乃张悉的底线。他知道，无底气，赵监断不敢如此妄为。此刻，张悉见赵监低头沉思，便直言不讳道：“先生请我上来，所为何事？不会是只让我听这叫卖之声吧？”

赵监理顺了思绪，遂慢条斯理地说道：“既然你肯叫我为先生，那我理应也得称你为先生。看得出，先生绝非粗人，不可与一般的强人相提并论，想当初先生定是读过‘四书’之人，或许考过功名，一定是后来出了什么意外，万不得已才流落他乡，上山落草，不知在下是否猜对。”

匪首眼里忽然闪出异样的亮光，他迟疑片刻，眼神忽又黯淡下来，静静说道：“过往之事，不提也罢。说吧，叫我上来，所为何事？若是仅问身世，在下无暇奉陪。”说完，便要转身离去。

“慢！”赵监厉声说道，“请先生上来，是想成全于你，说是救赎，也并非不妥。先生上次在山洞给足赵监面子，赵监至今无缘承谢，今日先受赵监一拜。”赵监说罢，拱手深深鞠了一躬。见匪首一阵张皇，于是自顾说道："先生此次下山，定是有所图谋，自年前你的人午夜越寨洗劫南北缘后，半扎寨新增不少寨丁，此时的寨门口就有二十名寨丁守护，倘或一声锣响，刹那间会有上百寨丁云集于此，即使有三头六臂，谅你生翅难飞。"

匪首忽然间面露狰狞，不屑道："先生以为我张悉全无防备？实言相告，偌大个山陕会馆内，我的人怕是不下三成。大过年的，张悉本不想兵刃相见，此来仅是为打个牙祭罢了，我的弟兄也得过年不是？"

听罢此言，赵监忽觉一阵轻松，却并未全信，不压压这人气焰，不定日后还会惹出什么事端，遂正色说道："万事有度，过犹不及。先生年前已经洗劫过南北缘，所获不会不够过年。大年初一，此番再来洗劫上香之人，先生不怕关老爷生怒？偃月刀不会吃素。"

"洗劫？这话可是难听！张悉本就不想劫谁，想那贡品如此之多，功德箱内的铜钱也不会太少，张悉不来拿走，最终也是填了那看守会馆的晋商腰包，那晋商并不缺钱，不像我们弟兄仅够吃喝。"匪首轻声说道。

听这匪不再高声，且话里并无多少恶意，赵监遂和颜细语道："既是这样，那赵监就不去阻挠了，只是不要惊吓他人为好，等上香者走完，你等悄悄拿了东西，分批依次走人。若是惊扰寨丁，少不得一场恶仗，那样对谁都没有半点儿益处。"

张悉点头应下后，翻眼问道："此事算是谈妥。接下来先生能否亮出身份，好让张悉开开眼界，先生何方神圣，竟让张悉屡次甘拜下风！眼下太平军不是已经那个了吗？捻军也是其势不再，莫非太平军还有反转之势？"

赵监四顾之后，闭眼说道："知之过多，易受其害。先生还是不问的好。"说罢，赵监走下戏台，自顾去了。

张悉愣愣地望着赵监的背影消失在熙攘的人群中。

天过正午，待山陕会馆里前来上香者渐次离去，张悉的人也陆续走了不少，仅留三人寸步不离那年末守院的晋商。这三人将这晋商胁迫至关帝庙里，两个人一齐跪下，向着关老爷的泥像连连叩头。接着，一个人掏出短刀，抵在晋商腰间，低声说道："快把功德箱打开，而后陪我们走出寨子。经过寨门时，不要紧张，不要声张，不然的话，我不想杀你，这刀子可不一定听我使唤。记住了?”

晋商吓得面无颜色，慌忙把功德箱打开，任这三人将怀里塞满。而后，晋商陪这三人一同走出寨门，向着山里走去。

在山道转弯处，三个土匪拍拍晋商肩膀，随后，兔子般撒腿奔向山的深处。

## 第 八 章

# 开钱庄张炽回寨
# 办商行刘金迟疑

晨曦初现，薄雾渐消，山寨的黎明原是一天中最为静谧的时候。小北河逶迤东下，万泉河静静流淌，两河夹角处的半扎寨水汽集聚，白露密浮于灰瓦之上，轻雾浅罩于树梢之间。犬睡鸡歇，人懒马倦，偶有早起的商家冷不丁一声叫卖，恰像一枚柿子熟落于平静的湖面，涟漪过后，依旧水面如镜。

正月十五那最初的静谧后来是被激昂的锣鼓声打破的。随着薄雾渐渐收起，街面上依稀出现踩高跷的人，稀疏的白雾间渐次露出五颜六色，这些戏装打扮的人，身高者踩低跷，身低者踩高跷，由开路棍打头儿，后面出现白蛇、唐僧、丑婆、姜子牙的装扮者，他们踩着鼓点，做着夸张的手势和表情，诙谐风趣。

渐次出现不少围观的女人，她们跟着队伍或扭着腰肢或舞着双臂，或是既扭着腰肢又舞着双臂。孩子们则尾随其后，只是一味地戏耍打闹。

日出数竿的时候，这些不知疲倦的人们绕了寨子两周，最后集聚在打谷场上稍作歇息。随后，就在打谷场上原地表演，锣鼓声跟着响起。

打谷场这边锣鼓喧天，山陕会馆内则是人声鼎沸。戏台上居然有一个戏班在唱着大戏，板胡声中那女子悲戚戚不时哽咽。两边的声音间或混杂一起，却一点儿不妨人们的兴致。

秦珮拉着刘真来到山陕会馆时，见保长、张老等一帮绅士正坐在院子当中的藤椅上看戏，身边的茶几上摆满瓜子、花生之类的零食。戏台上正唱着《断桥》折子戏。

哭啼啼哎把官人急忙搀起，
把为妻的曲情事啊细听来由。
悔不该你听信那法海禽兽，
逼为妻饮雄黄将恩作仇，
奴官人吓死在了罗帷帐口，
丢不掉咱的恩爱情一日三秋。

秦珮自小听父母私下里哼戏，她自己非但爱听，没人时还会哼上几句。看刘真不耐烦的样子，秦珮啪地打掉扯她的手，站一旁听得入迷。刘真的小手被秦珮打得生疼，噘着嘴不再言语。

忽见赵监慌慌张张进来，在秦珮身边耳语几句，之后，秦珮再无看戏的兴致。刘真忙问母亲所为何事，秦珮竟扑哧笑出声来，伸手捏一把刘真白皙的脸，之后拉上刘真快步出了山陕会馆。刘真看见赵监跟在她们身后，刘真看见她母亲时不时地回头望望赵监，刘真发觉她母亲的目光里满是喜气。

回到自家院子，刘真见院子里放着两个箱子，一辆马车停在院中，白马依旧套在车上，马的鼻子哧哧喘着粗气。他父亲的责斥声沉沉的很有力气。于是急急进屋，只看了屋内一眼，刘真差一点儿昏厥过去。她见张炽那冤家正垂首站在门里，刘金一脸怒气。

秦珮搬来一把凳子放在张炽身后，示意张炽坐下。赵监忙去倒来一杯茶水，轻轻放在张炽身边的桌子上。见刘金依旧满脸怒气，秦珮在一旁显得不知所措，赵监便打破尴尬，低声说道："大哥呀，今日才正月十五，你看张炽就大老远来到这里，想必他尚未破五就从家里起身了，这大过年的，人家多不容易，还是让张炽先安顿下来，好生歇息后再议不迟。你说呢，嫂子？"

"是呀，她爹，这大过年的，刘炽只身自山西过来，让他稍作歇息，然后再议行不？"见刘金没再言语，秦珮忙引张炽出来，领他去了他之前住过的那间房子。

刘真转身想出去，去帮张炽收拾行李，却听刘金粗声说道：“真真，你别去！”

赵监望一眼刘真，而后自己出去，将白马入棚，马车靠墙，再和张炽一道把箱子吃力地搬到屋里。他见秦珮正低头收拾床铺，脸上带着笑意。在男人看来，女人收拾床铺的动作异常美丽。秦珮弯腰时，不厚的棉衣凸显出她细细的腰肢。秦珮的长发低低地扫在床上，她的脸被长发遮去，仅留白皙的脖子。

秦珮帮张炽收拾好床铺，回身见赵监正愣愣地望着自己。她走到赵监身旁，两人挨得很近，彼此能感到对方的呼吸。赵监嗅到了秦珮那特有的温润的香气，这暗香曾经出现在他沉沉的梦里。两人望着张炽一点点自箱子里拿出他的东西，三个人一直没有言语，但听沙沙声时不时响起，那是张炽在整理空空的账册，似乎还有不少的票据。

收拾停当，三个人依次坐下后，赵监开言问道：“张炽呀，你跟刘掌柜说什么了，把他气成那样？”

张炽怯生生回道：“我什么还都没说呢，他看见我进来就是一顿臭骂。不过，这不能怪他，是我不懂事，惹怒了刘掌柜。”

赵监笑道：“张炽呀，晓得错就好，能回来，即便有错便不是什么大错了。你这次怕不是路过吧？”

张炽道：“不是路过，我想永久留在半扎寨。已经很对不住刘真，对不住婶婶和叔叔了，我不能一错再错，我想在半扎寨开家钱庄，日后就在半扎寨安家落户。”

赵监和秦珮不约而同将眼睛瞪得溜圆，相互对视一下，秦珮试着问道：“开钱庄可是要有不少银子的。再说，开钱庄仅凭你一人能行呀？”

张炽道：“我带了不少银票过来，去洛阳和汝州的钱庄就能兑成现银。还有两个伙计几天后过来。”

“看得出来，张炽此来是一箭双雕，一是想在生意上有所作为；二是要和刘真喜结连理，我说得没错吧？”赵监笑道。

“先生说得极是。只是，只是还不知道婶婶和叔叔能否同意我娶刘真。”张炽言罢偷眼看看秦珮。

对于年轻人所言，秦珮欣慰之余，自是将信将疑，两年前张炽就说过要娶刘真的话，却让刘真一等就是两年。刘真对张炽的情分之深，她做母亲的心知肚明，只是这两年来张炽为何音讯皆无，始终是个谜，让秦珮一时间难以回复。

秦珮只知张炽乃山西一富商之子，却不知他自上次辞别半扎寨，回到家中仅过月余便一病不起。当时张家遭人暗算，生意一败涂地。一日，家中来了个太谷富商，乃张家世交，这富商有意接管张家所余生意，包括三处临街铺面，保张家两年内走出困局。其条件有二，一是张家恢复当初家产后，三年之内的生意盈利双方各分五成；二是其膝下一女，要许配张炽。其女乃张炽发小，自小便喜欢张炽，虽是提亲者踏破门槛，这女子却独爱张炽。张炽的父亲经过此次生意上的劫难，便一蹶不振，倒是两个兄长擅自做主，替父亲应下此事，气得张炽卧床不起。

思前想后，毕竟张家的世代家业是重，任其败落下去，张家子孙谁都无颜面对祖上，张炽便忍气认下这门婚事。岂知，两年后，张家生意未见任何起色，依旧气息奄奄。一气之下，在一个风雨交加的夜晚，张炽的父亲沉郁日久，溘然故去。

待张炽的父亲三七过后，张炽两个兄长便毅然赶走那太谷富商的人，而后撕毁契约，找到母亲死活要分了家业，三兄弟各立门户。念及各立门户说不定胜似眼下这奄奄一息，张炽的母亲无奈之下，只好应下。

张炽在钱庄做过事，钱庄的生意他轻车熟路，又不想看见他那两个兄长，还有一条就是半扎寨一直让他梦牵魂绕，刘真曾让他激情四射，不能自持。自己曾许诺刘真，今生今世一定娶她，可两年了，他非但没有兑现承诺，竟连封书信都从未写过，于是，愧疚之下，将所分家产变卖之后，换成银票，大年初五便驱车出了家园。

张炽说罢，看着秦珮。

秦珮见张炽的眼里含着几分辛酸，才二十来岁个孩子，却经历了几多变故，秦珮自是怜爱有加。想到刘金对张炽多有积怨，怕是一时半会儿化解不开；她又不能直说刘真对他一往情深，苦苦等了他两年。于是，秦珮静静说道："既是要开钱庄，那就用心先把生意做好，余下的事都是小事。男人嘛，不比女人，男人应以立业为重，无业，何以成家!”

赵监理会秦珮话中之意，遂起身说道：“公子奔波数日，鞍马劳顿，还是歇息一下吧。”

秦珮起身，随赵监一同去内宅找刘金去了。

刘金依旧话语不多，秦珮再三相劝，劝他消了怒气，给张炽个好脸色，至于是否同意刘真这门婚事，接下来看看再说。刘金犟驴一般，只是一味摇头。吓得刘真既不敢吱声，又不敢去张炽房间见他，搓着手一筹莫展。

适逢申三和二静过来，话题自然也就自此绕开。

二静进屋，见刘真和赵监都在，便径直坐在秦珮身边，笑眯眯说道：“嫂子呀，咱好歹也得给人家个痛快话不是？大营那家真是看上咱真真了，隔三岔五地过来让给提亲。我去过那家，殷实着呢，孩子高高的个头，细皮嫩肉的。真真这孩子也真的该有个婆家了！瞧你和金哥一点儿都不急，一个个都是大脾气。”

秦珮见刘金低头不语，又见刘真把头摇得拨浪鼓似的，她苦笑着摇头说道：“别人急，人家不急，我有什么法子？”说罢，瞟一眼刘真。

刘真忙道：“噢，对了，我屋里炉子上还坐着茶壶呢，只怕水都煮没了。”没等说完便张皇地去了。

“这丫头，鬼着呢！咱不说真真的事了。”二静扭转头看看赵监，笑道，“赵先生啊，我那娘家妹子说好了明儿个来我家玩，你抽空去看上一眼行吧？成与不成看一眼又不用交税什么的！”

“你这老娘儿们怎么这么多事！我跟金哥的正经事一个字都还没提呢!”申三不耐烦道。

“我这怎么就不是正事了呀？再说了，你们那煤矿上的事，那又放不坏不是？”二静依旧乐呵呵说道。

秦珮捂着嘴笑道：“咱不理他们了，走，跟嫂子后屋说话去，他们男人说话都这个味，欠他们什么似的，哼!”说罢，拉了二静去了内宅。临出门，瞥一眼赵监。

赵监立时觉得痒痒的似有一枚鹅毛自胸前滑过。这鹅毛像是滑过胸前，掠过腋下，奔后背去了。

三个女人相继离开后，屋内安静下来。忽听室外传来毛驴的长叫声，闷闷的，高一下，低一下，抑扬顿挫。斜阳慵懒地挂在西窗外，只把鹅黄的光映上窗棂。炭炉烧出的青烟在室内集聚不少，自窗子透进的光照在青烟上，瀑布一般。

“三儿呀，听赵先生说，接手矿井的事你跟你那老表说好了？”刘金少气无力地问道。

申三不无忧虑地说道：“说是说好了，只是还没有签下合约。为这个事，这年我都没有心思过，原打算今儿过来跟你商量后，明儿就去找老表把合约给签了，可想来想去，总觉得不敢这么贸然行事。一是万一我们继续挖井，到头来还是挖不出煤，这可如何是好？二是这挖井的银子我可是拿不出几个子儿呀！”

刘金看一眼申三，喃喃道：“我也是拿不出多少来。要不算了吧，我还是老老实实做我这驼马店生意吧，年前赵先生说的开商行的事，我看还是停停再说的好。”刘金说过，看看赵监。

赵监原以为刘金早已在筹划做商行的生意了，岂料他的变化却如此之快，年前刘金还信誓旦旦，才过这几天他便要改辕易辙，这让赵监始料未及。毕竟这不是他赵监自己的事，于是他不再多说什么。

“开商行？”申三一时来了兴致。

刘金遂将年前赵监的主意细细说了。申三听罢，居然面色红润，显得兴奋异常。他说他那烧酒坊平日里也就卖出那么点儿酒，仅够日常所需，且做酒这生意死气沉沉的没有半点儿新意，早已厌倦，正想找个新的行当，以图有所转机。原先为接手矿井的事他兴奋了多日，可想来虑去，毕竟那风险之大，非他之力所能应对，若是刘金能多垫付些银子，还能继续下去，可刚才听过刘金的话，便心灰意冷了。

看天色向晚，西天的晚霞已将窗外的老槐树映得绯红。听两人聊得火热，且刘金有意要留申三喝上几杯，赵监起身说道：“大哥，你们聊着，我出去一会儿。”见刘金点头后，又和申三说矿井之事，赵监便轻轻推门出去了。

赵监走到马棚，将毛驴牵出，又拿来一把小铲，出大门便骑上驴子，而后出寨门奔山里而去。

山里清冷，虽有晚霞映照，山风贴在脸上依旧针扎般生疼。赵监把帽子拉得极低，领子竖起老高，骑驴上摇摇晃晃，并不时四顾。山中静寂，连只野兔都不见，满山树木光秃秃黑枝刺天，鸟窝黑黢黢夹在树杈之间，随风摇曳。

寻到上次掩埋物品的地方，赵监下驴，向四周张望后，用小铲小心翼翼刨开松土，从里面取出一个极为精致的小盒子，从盒子中拿出一张银票，塞入怀中，之后，再将盒子放入坑内，埋好后，骑驴回了半扎寨。

刚到院门口，却见柱子和厨子站在屋檐下向自己招手。赵监上前一阵寒暄，问了些过节的鸡毛蒜皮之类的琐事，随后将缰绳递给柱子，自己回屋去了。

看桌上已摆了酒菜，二人却并未开席，料是二人在等着自己，于是一阵熨帖。赵监在桌前坐下，随手掏出银票递给刘金，轻声说道："大哥，这是两千两银票，你先拿去用着。"

"两千两？"刘金和申三不约而同惊叫道。

"先用着，不够再说。"赵监言罢，端起酒杯笑对二人道，"未过正月都是年，赵监敬刘掌柜、申掌柜一杯，旧年去矣往事去，今岁初来新运来，来年一定福运腾达！"

三人边喝边聊间，赵监一直感觉申三时不时想探问他的身世，不止一次提及银票的事。这银票的事不说开，怕刘金也心犯嘀咕，于是，赵监借了酒劲慷慨陈词："圣人云：众人重利，廉人重名，贤人重志，圣人贵精。正所谓人各有志也！赵监承蒙刘掌柜挽留，才在半扎寨落脚，如若不然，赵监还在四处游乡算卦呢，知遇之恩，须当厚报。何况，人总得有个事做，才不至于心空手闲，却并非要图个什么。而去做事也得看是何事，是为何人做事。良禽择木而栖，良臣择主而事，讲的也是这个理。赵监早年家境甚好，稍有积蓄，后遭变故，便心灰意冷了，况不才乃一介书生，手无缚鸡之力，无才独撑门事，出个主意，谋个计策倒是还算凑合。"

申三醉眼迷离地望着赵监，他早就觉得赵监绝非等闲之辈，这会儿感觉此人深不可测。无论如何，赵监肯这么慷慨地自愿拿出这么多银票来，着实让他万分感动。竟一时间嫉妒起刘金来，心底酸酸的只是摇头慨叹。

刘金也惊诧于赵监接二连三地施恩于他，先是赵监只身去匪巢营救他，后又百般说服他生意上另辟蹊径，这会儿又自愿拿出两千两银票让他迎渡难关，可这赵监真的什么都不图吗？这让刘金一时间陷入茫然中。

赵监见眼前这二人皆心存疑虑，遂独饮一杯，红着脸喃喃说道："银票放我这里也是放着，难有他用，如今拿出来却能派上用场，将来生意盈利了，再将银票还我；若是不盈利，或者是赔进去了，这生意是我出的主意，不怨别人。赵监不图什么，但图有个事做，有口饭吃便可。"赵监说时，拿眼看看周围，他竟下意识地想起秦珮，他的眼前蓦然间闪现出秦珮那白皙的小手来。

赵监这一通表白让刘金和申三一下子彻底释怀，于是忙不迭给赵监敬酒，仿佛刹那间身份逆转，仿佛赵监摇身一变成了他们的主人。

"照先生所言，既要接下矿井，又去经营商行，同时去做两件事，我心里没底啊。"刘金不无顾虑地轻声说道。

"赵监觉得，刘掌柜和申掌柜既是自小光屁股一起长大，刘掌柜当初敢把二百两纹银交给申掌柜经营，可见你们交情非同一般。刘掌柜若是把矿井之事托付给申掌柜经营，自己则能专心经营商行，这样一来，两者不误，各有侧重。既然你们投进矿井的五百两银子，眼看是打了水漂，如若不再继续投入，那之前的投入便难见回本；若是继续投入，便有很大胜算，正所谓置之死地而后生。道家所谓的物极必反，重阳必阴，重阴必阳，讲的也是这个理。"赵监望着刘金和申三，正色说道。

赵监见刘金的眼里冒出亮光，一道道晶莹夺目。他好久未见刘金的眼睛这般有神了。

赵监迟疑片刻，接着说道："我拿出这两千两银票的事，赵监不想让外人知道，你们兄弟酌情使用便是。"

赵监本想再叮嘱些什么，见刘金和申三不住点头，也就罢了。

不知何时，秦珮和二静已站在里门的幽暗里，正静静地望着这边。赵监起身要请她们入席，两个女人摆手说在后宅用过了，她们只这么安静地站着，出神地望着这三个男人。

## 第九章

# 钱庄开业生是非
# 矿井掘进出事端

张炽的两个伙计自山西赶到半扎寨，是在元宵节后的第三天，两人稍事休息便随张炽去看一家临街宅院。这宅院两进两出，临街铺面就在大门一侧，原是山西商人买来做皮货生意的。如今河南地界匪盗猖獗，战事频发，非但人口日减，就连动物也日渐稀少，又逢半扎寨筑新寨墙，每到月初就有寨丁上门索要分摊给每家商户的银两，且这分摊费在逐月递增，各种税银又是名目繁多，这晋商老早便萌生退意，欲卖掉此宅，回老家重拾制醋旧业。

“小老弟呀，你年龄不大，却是慧眼独到，居然知道半扎寨乃经商宝地。看这古驿道穿寨而过，南北客商络绎不绝，这不，才过十五，就有驼队打此经过。”晋商说时，拿手指指门外。

张炽看时，果见有驼队慢腾腾自门口经过，那驼背上搭着的货物几乎要刮到门框。

尽管这晋商这么说无非是想把宅院及早出手，却不知张炽来此经商，多半是醉翁之意。于是，两人一拍即合，且皆大欢喜。末了，晋商笑呵呵说道：“老弟今日便可差人接手铺面，至于后宅，宽限老朽三日如何?”

张炽自是点头应下，遂让两个伙计去铺面看看。他之所以急于买下这出宅院，多半是不想在刘真家多待。一是他急于把自己的“业”立起来，好让刘金和秦珮刮目相看；二是不想天天看刘金那张耷拉的脸，他自信终有一天会把刘金的脸由冷变暖；还有一条就是住在刘真家居然无缘和刘真相处，刘真每每和他说话，便招致刘金怒目，这一点让张炽极不舒服。

一开始，张炽就小觑了开钱庄的艰难，尽管这钱庄是张家分号，张炽也曾在钱庄做过事，可一旦独自经营，却发现绝非易事。好在有两个伙计不分昼夜、殚精竭虑地帮助他，钱庄终于筹备停当。

原本是想从老家带来一块牌匾的，因走得匆忙，又虑及此乃新店，用老牌子怕不吉利。见刘真家的对联字体苍劲，张炽问后，知这对联出自赵监之手，于是再三恳请赵监，赵监最终答应为其题字。见赵监的题字遒劲有力，张炽自是满心欢喜，遂请人将该字印刻于木板之上。

当“半扎钱庄”的牌匾高高挂起之后，张炽忽觉一阵眩晕。黄昏时的风骤然紧了许多，一片枯叶自大门外穿堂而入，这枯叶在室内旋了几圈，最后落在茶几上。张炽轻轻将枯叶拿掉，颓然坐在一侧的凳子上。

恍然间见刘真正款款走来，冬日的风撩起她的长裙，斜阳将她修长的身影映在青砖之上，一阵暗香随之侵入张炽体内，于是忽觉一阵战栗。定神看时，却是隔壁南北缘驼马店的掌柜钱贵携夫人和千金过来道贺。

“午间还没见牌匾挂起来，刚刚听钱玉说，她见伙计在门外挂牌匾，原本是过来帮衬一下的，不想这牌匾可挂起来了。张掌柜年轻有为，前程不可限量，可喜可贺，可喜可贺！”钱贵拱手说道。

张炽忙起身，拱手还礼道：“承蒙钱掌柜关照！张炽感激不尽，初来乍到，多有叨扰，今日伙计还去贵府借用梯子，日后少不得还会给府上平添烦扰。”

钱贵夫人走近张炽，拿炽热的眼光望着张炽，笑吟吟说道：“左邻右舍的，张掌柜这么说可就见外了不是？一看就知道这屋里是男人收拾的，没个女人，全凭男人去收拾房间，怎么收拾都是邋里邋遢的。”她迟疑片刻，看看钱玉，接着说道，“玉儿呀，你一天到晚就知道捯饬你那古筝，我越听那古筝声越不如人家戏台上的二胡声入耳。今后别再捯饬你那古筝了，没事的时候，过来帮张掌柜收拾一下房间，像收拾房间之类的活，本身就不是男人干的嘛！”

“不敢当！不敢当！这怎么使得！内掌柜您太客气了！”张炽一阵张皇。

“怎么，嫌弃我们妇道人家？”

“不，不，张炽不是这个意思。”

“日后生意做大了，怕我们过来讨杯水喝不成？”

“看内掌柜这话说的！如若不嫌，张炽随时恭迎内掌柜来舍下一坐。”

“这话我可记下了，到时候可别嫌我们妇道人家扰了张掌柜。”

听这话里似乎有话，钱贵不耐烦地说道：“你还有完没有？这几天张掌柜一定累得够呛，你没看他满脸疲惫吗？让张掌柜好好歇息一下吧，等开张那天，我们再过来道贺不迟。”说罢便转身出屋。

张炽百般承谢后，将这一家人送至门外，而后望着这三人才走几步便进了南北缘的大门。

张炽回到店内，细细品味起这个性情泼辣的内掌柜的话，却并未品出几分异样的滋味来。倒是感觉他们的女儿钱玉虽是始终无话，却是不住地拿眼打量他。张炽摇摇头，笑着回后宅去了。

半扎钱庄开业这天，保长、张老等乡绅、半扎寨其他知名商家掌柜应邀前来道贺，人们把门外不宽的街面挤得风刮不透，凡自此经过者，不是勉强侧身挤过，便是绕行别的街巷。门前不少人望着牌匾指指点点。张老则用手指在另一手掌上写着什么，并不时仰头看字，觉察到有人注意他，于是放下手，显得若无其事。

刘金和赵监自然也在受邀之列。赵监见自己的字引人注目，自是暗自欣喜，却是低着头不瞧别人。刘金站在人群中显得不知所措。自张炽此次过来，刘金至今尚未正眼瞧他，这多半是积怨所致，也使得秦珮和刘真不敢接近张炽。可这僵局总得打破，毕竟张炽和刘真情真意切，毕竟张炽千里迢迢自山西过来实属不易。见张炽在钱庄门口极为拘谨地致答谢词，赵监碰碰刘金胳膊，轻声说道：“大哥，你看张炽紧张得够呛。他毕竟还是个孩子，他之前的错你也知道那是另有其因，身不由己，可人家已再三致歉了，杀人不过头点地，你还让人家怎么做？自他这次过来，你一直没给人家个好脸色，他和真真的婚事你也没有吐口，弄得这两个孩子有话不敢说，想见不敢见。万事有个度，过犹则不及。这已经够难为他了，对他有所惩戒也就行了。”

赵监的耳语声被鼓掌声打断。刘金定神看时，见张炽已把答谢的话讲完，他红着脸怯生生望着保长。

保长润润嗓子，大声说道：“诸位，张掌柜的话令人感动。张掌柜不远千里来到半扎寨开办钱庄，此乃我半扎寨之荣光，一则说明半扎寨声名远播；二则说明张掌柜慧眼独具。张掌柜年纪轻轻便有此魄力，有此实力，其前程不可限量。我等当敞开胸怀，接纳并欢迎张掌柜在半扎寨施展抱负，并为其提供力所能及的帮助。相信有在场诸位的捧场，半扎钱庄必定能日进斗金、财如江河！另外，张掌柜来寨子里开办钱庄，得益的只怕就是在场的各位，有用不上的钱，存进去，要比放家里稳妥些，急用钱的，张掌柜定不会怠慢各位。张掌柜今备薄酒，以谢诸位，请诸位到后院入席。”

刘金凑近赵监说了句什么，恰被掌声淹没。赵监没有听见，本想去问，却被人流冲散拥向后院，于是罢了。

后院摆了五桌席面，张炽请了寨子里有名的德丰苑的一帮厨子过来，地道的豫菜味漫过屋顶，香飘飘随风远去。刘金看时，糖醋软熘黄河鲤鱼焙面、牡丹燕菜、白扒广肚、炸紫酥肉、翡翠鱼丝等等色形俱佳。

“赵先生，明日家里置备些酒菜，你把张炽叫过来，一家人单独庆贺一下，孩子的事是该说说了。”刘金才在席前落座，便轻声对一侧的赵监耳语一番。

刘金的话分明是应允张炽和真真的婚事了，赵监一阵欣喜，忙点头应下。

半扎钱庄开业仪式的前半场并无半点儿瑕疵，然而，在敬酒的环节上，这个浑身透着稚气的张炽却弄出些不谐的音符来。保长乃一寨之长，请保长在仪式上致辞名正言顺，保长和张老坐了首桌，这理所应当，可是，张炽诸桌敬酒时迟疑片刻，却从刘金和赵监这桌开始，大约是这桌离张炽站的地方最近，抑或是张炽念及刘金身份特殊的缘故。这让保长和张老大为不快。赵监看见张老皱皱眉，稍后微笑着拍拍保长的肩膀，而后在保长肩头耳语一番，大约是说张炽毕竟是个孩子之类的话，或许是说刘金乃张炽未来丈人，这不得而知，总之，赵监看见保长摇摇头，随后他的脸色便由冷变暖了。

张炽对刘金的称谓也让在场的人一阵唏嘘。张炽一手拿杯，一手执壶，来到刘金面前，躬身点头后，将酒满上，颤声说道："张炽给刘叔敬上一杯，张炽不当处，还望刘叔包涵！半扎钱庄自今以后敬请刘叔多多照应！"

刘金自然没想到张炽的敬酒会从他这里开始，更没想到在这本该客套几句的场合，张炽却说出这意味深长的话，这让他一时间略显尴尬。然而，却有一股暖流舒缓地流经周身，似一杯温酒缓缓下肚。刘金忙起身，笑道："张炽年轻有为，敢作敢当，浑身透着一股劲儿，刘叔相信，半扎钱庄一定能顺风顺水，如日中天！"说罢，将张炽的敬酒一饮而下。

先是张老啪啪地拍手，随即各桌旁的掌声响彻一片。

把张炽的敬酒喝完，刘金脸上泛出红润，刚刚坐下，又起身向着众人拱手一拜，笑呵呵说道："半扎钱庄今日开张，还望在座的各位日后多多捧场！"

看着张炽在逐一敬酒，看着张炽清秀的脸和单薄的身子在桌前晃动，刘金忽生一种从未有过的怜爱之情。

赵监把这一切看在眼里，不觉一阵欣慰。他知道刘金的开心意味着什么，他为张炽高兴，更为刘真高兴。然而，他忽然看见刘金的脸色一下子黯淡下来。顺着刘金的视线，赵监看见钱贵的夫人和千金钱玉却在收拾张炽的房间，钱玉的脸上透着红晕，正和她母亲说笑，她们的身影不时闪现于室内幽暗里。

刘金心中五味杂陈，勉强撑到宴席结束便匆匆赶回家中，坐在椅子上一言不发。

刘真原本是偷偷去了半扎钱庄的，只站在远处悄悄看到张炽怯生生讲话，至于讲的什么，一句没听清，她只看见张炽的脸上带着喜悦，间或有几分拘谨，仅此便让她欣喜不已。等到一干人依次去了后院，自己便哼着曲儿回了家。见秦珮，遂将见闻一五一十给母亲说了，母女俩兴奋得互相打趣。

“一个姑娘家，独自去偷看男子，也不怕人家笑掉大牙！叫上你娘不是也好给你打个掩护？”秦珮逗趣道。

“娘啊，看你说的，人家不是怕你说我没出息嘛！远远看看，这也不是什么丑事！”刘真嗔怪道。

午饭后，忽见刘金疾步回来，一言不发便颓然坐下。刘真近前看时，见父亲一脸愠怒，却未敢去问，便走到母亲身边拉拉秦珮，然后拿手指远远地指指刘金。秦珮走近刘金，正要问话，却见赵监进来，于是用疑问的目光望着赵监。

赵监自然很懂秦珮，只一笑，便走近刘金，轻声说道：“大哥，临走时我跟张炽说好了，让他明晚回来用饭。”

“回来？这里压根儿就不是他的家！我早就说这个东西不是正经玩意儿，你们偏都不信。”刘金虽是丢了从前的火暴脾气，但这慢吞吞的话听来却依旧句句刺人。

刘真适才还喜气洋洋的脸这会儿已是愁容满面，她拿眼迷茫地望着秦珮。

秦珮听了刘金的话不觉悚然一惊，只少顷，便和颜说道：“她爹，咱不急啊，什么事慢慢说，若是气能化解一切的话，那咱连觉都不睡了，一直气到明日天亮。”

赵监用极为欣赏的眼光看看秦珮，他忽觉一阵感动。这个颇具大家风范的女人每一言每一行都无不浸润着贤淑、优雅与从容。

见刘金依旧不语，直把秦珮和刘真急得搓手、挠头，赵监便将今日宴席间所见一一说了。刘真听罢，啪地摔掉手中捏着的一团毛线，气呼呼欲夺门而出，却被秦珮一把拉住。秦珮静静说道：“真真呀，你找谁去？去找张炽，你知道是张炽请她们去做家务的？去找钱玉母女，人家怎么你了？你就别去丢那个人了。‘作德，心逸日休；作伪，心劳日拙。’自古奸佞小人终究会劳心而竭。争是不争，不争是争。”

刘真似懂非懂地望着赵监，她的眼里溢出泪水，委屈地任泪水簌簌下淌。

“大哥呀，听我这一次吧，也算是给我个面子，我已经给张炽说过，让他明晚过来聚聚，承诺给人的事，出尔反尔，日后让我何以为人！等他过来，你们谁都不要言语，看我如何教训这小子。”赵监断然说道。

赵监把话说到这个份儿上，刘金自然是默默应允。倒是刘真忽生怜爱之情，生怕张炽挨揍，便轻声说道：“赵叔啊，明儿最好是先让张炽讲清楚这事情的缘由再说，肯定是那狐狸精自个儿愿献殷勤，你别看她平日里默不作声的，鬼点子多着呢！爹，你说呢？”

见刘金依旧无语，赵监无奈地摇摇头，而后摆摆手示意刘真和秦珮别再纠缠这事了，他懂得该如何去做。随后，赵监对刘金说道：“大哥，这个事明晚再说不迟。申三那边是否该去看看了？”

刘金恍然道：“是该去看看了，不知矿上出煤没有。这申三拿银票时急着呢，银票拿走这么多天了，却连个人影都没见着，走，这就过去看看申三在家不在。”

远远地见申三的酒坊外聚了不少人，赵监知道，这里一定是出了什么有争执的事。半扎寨弹丸之地，人口密集，工商业发达，闲人自然不在少数，这里的人又偏爱看热闹，但凡谁家高声争执些什么，立时，这家门外保准会有人集聚，人们指指戳戳，窃窃私语，能把芝麻说成斗，能把煤块说成雪，喋喋不休，乐此不疲。赵监随刘金走到酒坊门口，果见二静正和几个寨丁理论着什么。

这个一向性情泼辣的女人面对几个泼皮似的寨丁，倒显出几分拘谨来，素来快言快语的她，这会儿说话却是吞吞吐吐：“这煤矿又不是开在半扎寨，几十里地远，赶车去都得大半天，寨子里收税跟这个矿怎么也不沾边呀！你们来我家要收几十里开外的矿上的税银，这说得过去吗？再说了，我家男人去矿上十来天了，如今连块黑点的石头还都没见着呢，你们这就要收税，这还让人活不让？要收税银，你们、你们、你们找我干啥？家里一个子儿都没有了，全被我家男人拿到矿上去了，这不就剩这几坛酒，自打过了年，就没人过来买过酒，家里哪里有钱啊！”

一个寨丁不耐烦道：“每次来你家征税，你就没有一次痛快过，实在不行，那就用酒抵税吧。”

听罢这个寨丁的话，二静忽然大叫起来：“你们是寨子里人过来收税呀，还是山上的土匪下来打劫呀？你们问问半扎寨这么多商户，这些年里有几家过得滋润些？税多不说，建新寨墙的钱不找衙门去要，也得由商家分摊，如今这兵荒马乱的，再有土匪生事，生意难做，这样下去人可怎么活呀！”

寨丁厉声喝道：“就你事多！修寨墙还不是防捻军防土匪吗？还不都是保护你们商家？衙门里要是有钱，还轮到你说？你给还是不给？”

二静不依不饶道：“怎么，你们要抢不是？我找保长评理去。”说罢，径自去了。倒是让几个寨丁一时间愣在那里无所适从。

返回路上，赵监小声问刘金：“大哥，真如二静所言，半扎寨这么多商户，竟没几家日子过得滋润些？只表面看是一点儿看不出来的。”

刘金叹息道：“这世道真是大不如以前了，不少商家，表面看还算光鲜，其实呀，其实活下去都难。别的人家不说，就说我家吧，我家在寨子里还算得上殷实的，可是，老弟呀，要论起我这家底来，想必你是心中有数的。”

“中原之南，则瘴气横生，多毒虫野兽，地无三尺平，天无三日晴，实乃蛮荒之地，借此，人们尚能安居乐业；中原大地，幅员辽阔，且气候宜人，物产丰富，历朝历代，王侯将相，无不虎视中原，然而，在这中原古道之上，商贾林立之地，却无昌明之象，岂不怪哉！由此可见，病入膏肓者，良药难除痼疾。”赵监忽觉刘金正用异样的目光看着自己，便赶忙打住，余下的一句“不重生难见光明”未及说出。意识到自己一时之激愤，便言语失当，赵监遂将话题绕到别处。“明日一早，我们赶车去趟矿上吧，看看矿上的情况如何。刚才二静说，矿上还没出煤，申三去矿上十来天了吧？”

刘金道：“可不是嘛！是该去看看了，只愿这次投进去的银子及早见到回报。”

翌日一早，柱子把马车套好，自己赶车，拉上赵监和刘金奔矿上去了。

走出老远，赵监回头看时，见秦珮独自站在门口，静静地望着马车走远。她的绛紫色披风在晨曦中显得分外耀眼，披风的下摆不时被晨风扬起，绕腿飞扬。

小路崎岖，路面凹凸。颠簸了一个时辰，马车逶迤经过赵监上次来过的那座关帝庙前。没有听见哀婉的河南坠子声，赵监探头看时，见庙里空无一人，想必那位老者游乡去了。赵监望着关帝庙一点点变小，最后消失在薄雾的苍茫里。

渐渐露出井架的轮廓，几根黝黑的木棍直愣愣伸向乳白色的浅雾中，两只小鸟分立于井架之上，警觉地望着门口。所谓的门，无非就是一排篱笆简单围了一圈，只在小路这边留个缺口，再用一根木棍在缺口一横。忽然传来几声凌厉的犬吠，接着是一声熟悉的问询："你你你们找谁？"

赵监见问话者仍是上次那位看门者，此人依旧身披黝黑的大衣，大衣的衣襟处油光发亮。赵监下车上前说道："老弟，不认识了？年前我们来过这里。"

"来来过？你你你这口音可不不不是本地人。"

"老弟真是厉害，我一开口你就能听出来我是外乡人。申三申掌柜在吧？有劳老弟去通禀一声好吗？"

"还还通通通禀！你们进进屋坐坐吧。申掌柜，申掌柜，有人找你，在我我我屋里。"

赵监一行尚未进屋，便见申三愁容满面地从薄雾中出现。赵监看时，申三一身污垢，鼻翼两侧粘着石粒，满头乱发，双眼无神，赵监不觉心底一沉。接手矿井、注资深挖当初是他赵监的主意，看来至少到今日，矿井仍未见煤，申三的脸色便是结果。

"三儿呀，咱不急，慢慢来。这次我和赵先生过来是看看你，知道你在这里受苦了。我和赵先生都没去过井下，都想下去看看这地底下到底是什么样子。"刘金安慰道。

申三原是想说上几句牢骚话的，听过刘金这温存话语，一时间忘却了想发的牢骚，遂差人提来一盏马灯，点燃灯，自己提着，陪刘金和赵监顺斜井弯腰而去。柱子好奇，拴了马，快跑过来，正欲跟随下去，却被刘金扭头喝道："好生看管马车，这又不是去看戏，有什么好看的！"见柱子因急忙收脚而几乎跌倒，赵监向柱子招了个手，便低头去了。

巷道高及人头，宽不过车，呈斜坡状伸向地下。走了一袋烟的工夫，便有刺鼻的烟熏味和酸醋的味道渐次袭来，空气污浊，湿气粘脸，不时有水滴自头顶落下，脚下偶有水坑，在油灯的暗光下，水坑萤火虫般闪着晶莹的光。三个人深一脚浅一脚幽灵般晃动着，马灯映出一张或半张蜡黄的脸，黄脸忽明忽暗。

依稀看见前方有火光，火光熄灭后，是刺刺啦啦的煎炒声，一如炽热的油锅里放进去了葱段和姜片。少顷，叮叮当当的打击声越来越重。

走到跟前，见刘金和赵监正茫然地望着现场，申三讲道："我以前也不知道这矿井是如何向下开凿的，这些工匠都是行家里手，干起来轻车熟路。巷道小，不敢用炸药，石头又异常坚硬，大锤、钢钎拿它没有办法，就用木柴烧，等把岩石烧得烫手后，扒开火堆，用醋浇上去，这样，岩石就开裂了，然后再用锤捶打，用钢钎撬。"

赵监听罢，一阵唏嘘，未曾想到，挖井竟如此之难。赵监忽觉自己当初的主意有欠熟虑，弄得申三深陷其中，欲罢不能。若是事遂人愿，方能罢了；若是事不如愿，自己难辞其咎。

洞中弥漫着刺鼻的醋和烟雾的味道，空气稀薄，呼吸困难。只怕弄出人命来，赵监刚要提醒申三，却忽听一声惊叫："出煤了！出煤了！"赵监看时，见才被撬开的一块石头后，出现漆黑的煤层，这煤层在油灯的暗光里，闪闪发亮。

一帮工匠欢呼雀跃，眼里闪出莹莹泪光。申三张臂抱住刘金，一阵哽咽。刘金拍拍申三肩膀，一时间泪流满面。赵监却镇定许多，他想得更多的并非出煤本身，看这极为恶劣的矿井环境，时至今日没有弄出人命来，实乃万幸。

等一帮人平静下来，赵监说道："祝贺申掌柜！挖了这么长时间，终于见煤了，可喜可贺，可喜可贺！只是，只是这井下这么开凿，势必会造成巷道里空气稀薄，申掌柜不得不防啊！"

申三迟疑片刻，踌躇满志地说道："赵先生说得很有道理，只是眼下已经见到煤层了，接下来就不需要再用木柴烧石头了。"

赵监想想申三的话也不无道理，接下来面临的只是如何把煤运出井的问题了。于是，刘金和赵监各自对工匠说了些感激之类的话，并再三叮嘱，让其注意安全，之后，便开始返回。忽然传来一声巨响，接着一阵冷风扑面而来，赵监下意识地拿手捂脸。未等赵监睁开眼睛，便听一个工匠惊呼道："不好了！冒顶了！"

赵监看时，但见一大堆碎石已将来路堵死，烟尘弥漫，地动山摇。呼吸立时变得困难起来，却是无人惊叫，一帮人愣愣地面面相觑。马灯的灯罩里，油灯的捻子还在燃烧，但见烟尘瞬间将灯罩上浮了一层厚厚的尘埃。

空气与外界隔绝，极小的空间里挤聚这么多人，不消多久，这里的人便会一个个窒息而亡，申三心里十分清楚，多待一会儿则意味着什么，于是，忙抄起铁锹奔向乱石堆，哑着嗓子喊人赶快过来，至少得挖出个小洞来，爬出一个是一个。

没有工具的人就用手扒，仅片刻，刘金的手便血肉模糊，加之呼吸已经吃力，于是他轻声对身边的赵监说道："赵先生，大哥怕是难以出去了，你还年轻，体质好，撑的时间长，如果你能活着出去，真真和张炽的婚事就拜托老弟了。真真这孩子一点儿不听话，自小把她惯坏了。"

赵监泪眼模糊，痛心疾首地说道："大哥呀，快别这么说了。这巷道不宽，塌下来的碎石不会太多，我们这么多人，一定会扒出个口子的。"

刘金自顾说道："还有你嫂子，我刘金这辈子最对不住的人就是她了。本来人家家境很好，大家闺秀，人好，家教也好，自小读了不少书，却生生被你大哥给骗到了半扎寨。今后你要替大哥还上对人家的这份亏欠。"

"你说什么呢，大哥！别说话了，省点儿体力。"赵监说时，已感到呼吸困难，力不从心。

已经有人昏厥，不大的空间内弥漫着死亡的气息。

赵监正悔恨自己当初不该出此下策，以至于使得这么多人要含恨九泉。他用铁铲猛力捅向巷道顶端的碎石上，忽然，铁铲竟深深陷了进去，收回铁铲时，一个小洞出现了，凉风嗖嗖而入。于是他赶忙连铲几下，立时一个斗大的洞口呈现眼前。

人们一个个自洞口爬出时，已是精疲力竭。

柱子正在井口转悠，忽见不少黑人鱼贯而出，自是惊诧莫名。弄清事情缘由后，他忽觉双腿发软，赶忙扶刘金和赵监上车，又和申三说些什么，见申三催他离开，于是赶车返回半扎寨。

马车回到寨子，天色已晚。寨子里星星点点的灯火在苍茫中若隐若现。

秦珮正和刘真在饭桌前坐着，一旁的张炽低着头满脸灰暗，他们在坐等刘金和赵监回来。当刘金和赵监满脸灰黑、一身石屑出现在眼前时，他们无不大惊失色。秦珮颤抖着问明情由后，颓然趴到桌子边，大哭不已。

## 第 十 章

# 刘金决意弃旧业
# 赵监化装下江南

泰极否来，否极泰至。赵监曾后悔自己建议并出资让申三深挖矿井，如今终于见到煤层，虽是遭遇惊险，险些葬身井下，可毕竟他当初的建议初见成效，一盘死棋正慢慢走活。接下来无非是清理巷道，加固巷顶，等把冒顶和渗水的问题处理停当，风险也就可控了。“但愿矿井别再出事。”赵监暗暗祈祷道。

三天过后，刘金的情绪逐渐平复过来，忽觉矿井见煤乃天大喜事，之前的焦虑和等待、之前的彷徨与惊吓和如今的矿井见煤比起来都属微末小事了。遂将家里人召集起来，让厨子做了一桌好菜，谢绝一个前来住店的外地客商后，关了大门，便大喝起来。

几杯酒下肚，刘金激动异常，便起身走到赵监跟前，动情说道：“赵先生是我刘金的救星，每逢我遇到劫难，总是赵先生第一个出现，总能化险为夷。先是我被土匪劫走，是赵先生铤而走险，单枪匹马闯匪穴，不但救了我刘金，还没给他们出一个子儿的赎金；接手矿井这事，全凭先生的谋略和果敢，换别人，如何也想不出这样的主意来。如今矿井就要出煤了，不但先前投进去的银子能如数收回，今后一定能有大钱赚。再说说这次井下遇难，还是先生第一个挖通了通道，若是通道不能及时挖通，耽搁下去，一定会死人的，我们被堵死在那么小的空间里，空气进不去，每个人吸气都已经困难。先生是我刘金的大恩人，我敬先生一杯酒，余下的话都在酒里了。”

这样的话，平日里刘金是不会说的，今晚他把感恩之词一股脑儿说了，倒让赵监一时难以消受，红着脸接了酒杯一饮而尽。饮罢此杯，赵监谢道："大哥这么说就见外了，若不是大哥当初挽留，只怕我赵监这会儿还在游乡算卦呢！大哥所说的这些事，是让我有幸遇上了，遇上这样的事，任谁都不会袖手旁观的。"

秦珮望着赵监，深情说道："先生本该受此谢恩。先生所言'任谁都不会袖手旁观'，那得看他有无这个能力了，无其力，不旁观又能奈何?"

秦珮的崇敬之情可谓是不动声色，却让人明显感到她话中之意，这让赵监内心一阵酥甜。没有比秦珮的赞赏更好的东西了，哪怕仅为这异样的赞赏，他都愿意倾其所能，士为知己者死，大概讲的也是这个理。人处在兴奋中，不经意间就会喝多，好在秦珮不时地委婉相劝，并示意刘真不要劝酒，尽管如此，一个时辰未到，赵监和刘金便醉眼迷离了。

刘金高举酒杯，忘情说道："自今以后，刘家的生生生意全听赵先生调停，明日，明日就开始收拾房子，把把驼马店改成贸易商行。先生啊，你年前说了这事以后，大大大哥一直是犹豫不决，今晚大哥总算是下了这个决心，大哥知道先生的主意不会有错。先生去年就为大哥算过卦了，卦里说大哥我今年吉星高照，进财添丁，福禄有余，月德照临。"

"爹呀，平日里你忘性最大，给你说个事，一转脸就忘，今儿是怎么了？卦里这么难记的词儿你居然都能记住呀!"刘真一旁逗趣道。

"那那那是当然！你没看这是什么事啊！孩子家，你不懂。"刘金喝高后一向是眯眼欲睡的样子，"过几日，我和赵先生就就就去南方进货，柱子也去。说干咱就干，银子花不完。哈哈哈哈。"刘金那一双半眯着的小眼一时间亮光闪闪。很快这小眼便慢慢合上，一丝丝笑纹却一直挂在厚厚的鼻翼两侧，一如静静的水面荡起的细小波纹。

秦珮和刘真扶着刘金缓缓去了后宅。柱子和厨子则扶赵监去了厢房。

等刘金鼾声如雷，秦珮便走出后宅，她想去赵监房间看看，想看看赵监的被子盖好没有。这个外乡人谜一般让她捉摸不透，他像浑身透出一种魔力，让秦珮一会儿见不着他便失魂般着急。

秦珮不知道她是怎么了，一想到几日后这冤家就要陪刘金去南方进货，这一走怕是没有一个月难以回来，她便感觉像是他走了一般的心无着落。月色似水，夜风轻柔。秦珮看着脚的影子在月光中晃动，这影子晃到门前的阴影中便骤然不见。秦珮轻轻推推门，没有推开，知是里面插了门闩，于是，在门口站了一会儿，便移步走向后宅。夜很静，身后传来赵监的毛驴吃料发出的窸窣声。秦珮迟疑片刻，缓缓走向马棚。毛驴停下嘴巴，未出一丝声息，只用小眼静静望着秦珮。秦珮伸出小手，放在毛驴的额上，而后，她看着自己葱白般的手指，顺毛驴的鼻翼缓缓滑下。

夜很静。

适逢柱子起夜。夜色中，见秦珮在马棚站着，柱子一阵惊慌，忙将衣服裹紧，小声说道："睡前喂过草料了，这点儿小事不用内掌柜操心，快去睡吧，内掌柜。"

秦珮轻声应着，缓缓去了。

翌日，赵监把毛驴自棚里牵出，说要让毛驴出寨透透气，活动活动腿脚，牵出大门便骑上驴奔寨门去了。叮叮当当的敲击声渐次传来，赵监看见工匠门已经开始修筑寨墙。条石从山里采来，大多不很规则，工匠便在条石的凹陷处多挂些灰料，边沿和表面整齐些的朝外，凹凸不平的朝里，看似歪核桃裂枣的石块一经工匠的手，垒在墙上居然像模像样。

正看时，忽听得身后传来马蹄声，回头一看，是保长和两个寨丁骑马向寨门走来。赵监拍拍毛驴让出道来，本想保长会径自过去的，哪料，保长停下马，扭头问道："赵先生早啊，来看他们修筑寨墙，还用得着骑上你这宝贝驴子呀？"

赵监忙道："保长啊，这毛驴终日憋在家里，日子久了，担心它给憋出毛病来，这不，就骑上它出寨子走走。"

保长笑道："看来这毛驴也有贵贱贫富之分呀！老王家碾坊那头毛驴终日拉磨，起早贪黑，难分昼夜，就这，它还不一定吃得好、吃得饱，拉磨时，眼睛被挡着，想伸头闻闻碾盘上的谷子，它都弄不清鼻子到碾盘有多远！你这毛驴倒闲得憋闷了。"

赵监打趣道："不知道我这毛驴的祖上是否就是张果老骑的那头

仙驴。”

几个人大笑不止。末了，保长说道：“既然这驴子想出去撒撒欢儿，那就随我们去山上走走吧，说不准还能遇到个母驴呢！”见赵监略显迟疑，保长接着说道：“邻村的人在山上打石头，去的人不少，就是不出货，就这几个垒墙的工匠，山上运下来的石块居然供不上他们用，邻村的人不会是又想涨价吧？”

赵监知道寨子里的人多半开着商铺，很难腾出人手去山上取石，于是便请临村的人上山，寨子里则出钱买下他们运下来的石块。赵监原本是想去山里取根金条回来的，几日后便要随刘金去南方，想私下备点儿零用钱，以防不测，却被保长叫上一同上山，自己既然说了是出去闲走的，辞了保长多有不妥，于是赵监便欣然应下，随保长顺着弯弯曲曲的山道，奔采石场去了。

山上荒草萋萋，林木光秃。北方的严寒已将青翠打成枯枝败叶，这对一个生长在南方的人来说是难以想象的。不时有野兔在荒草枯叶中游动，鸟儿则毫无遮掩地暴露于秃枝之上，偶有小鸟警觉地去荒草中啄食草籽，胆小的野兔踢一下后腿就能把小鸟吓飞。

“赵先生，你的字写得可是异常老到啊！颇有松雪道人的书法之韵，又是自成一体，没有几十年的工夫，怕是如何也练就不成的。张老对你的字也是喜爱有加，他前天见我还说起你的字来，新寨墙不日便可完工，想请先生为寨门题字，有望先生斟酌。”保长的话里颇有几分恳切。

赵监惊讶道：“保长，赵监不敢造次！如此庄重的事如何容得一个本乃游乡算卦之人献丑！赵监知道，半扎寨寨子虽小，却是藏龙卧虎。再说了，为寨门题字，那是千古之幸事，该由名士贤达来题才是。”

保长笑道：“半扎寨哪有什么名士贤达？再说了，即便有所谓说的名士贤达，可这名士贤达的字就一定会好吗？先生你就不要推辞了，为寨门题字的事我们思虑很久了，非先生莫属。”

赵监激动万分，为新修寨门题字，对谁都是莫大的荣誉，自己身微言轻，能当此大任自是欣喜不已，于是就在驴上拱手谢过保长。一行人逶迤奔向采石场。

虽是初春，却依旧寒意料峭。赵监看见有人抡着大锤，汗流浃背，大锤打在钢钎上咚咚作声。双手紧握钢钎者，则缩着脖子，把脸扭向一边，任由抡锤者喊着号子，把大锤狠狠砸向手握的钢钎。这手握钢钎者需有多大的勇气和对于抡锤者的信任啊！赵监不由得叹道。起初这大锤打到坚硬的岩石上，岩石仅出现小小的斑点，随着斑点稍大变深，再将钢钎打入，让钢钎一点点吃进岩石，岩石坚硬，钢钎吃进去自然十分艰难。山坡下忽然传来整齐划一的号子声，赵监看去，却是几个人在抬滚落下去的石块。人们把石块一块块抬到路边，有石匠将石块逐一切段、去棱，再将修整过的条石一块块搬到马车上。

见山上采石如此艰难，赵监忽想起前些日子在矿井下的见闻。既然井下挖岩石能用火烧，山上为何不能？既然在烧焦的岩石上浇醋能迅速使岩石表面变脆，那浇水该是能行。于是赵监把自己的想法给保长说了。保长即刻差人取来木柴，放在岩石上烧，又取来凉水候着，随着浓烟升腾，山上火光冲天，蔚为壮观。却听山下有人喊话："喂，怎么了？"

山上向下回话："没事。试试新法子。"

只两袋烟工夫，人们撤掉木柴，迅速把凉水浇在烧过的岩石之上，随即听到刺啦啦的声响。接着，有人抡起大锤用力打上岩石，一锤下去，竟然碎石乱飞，于是一片雀跃。

忽然，不远处火光蔓延，竟是山坡燃起大火。原来，人们只顾欢喜，没人顾忌适才撤去的木柴，未熄灭的木柴不动声色地将枯草点燃，于是一点点蔓延开来。山下搬运石块的人早见山坡燃起火光，却是无人提醒，以为还是山上在试用什么"新法子"，任火焰渐次蔓延，于是，一燃不可收拾。

白天救火是极其艰难的事，你把这一片火焰打灭，不知不觉中，身后又燃起火苗，火苗的游动如蛇芯子般神出鬼没，往往是灭了这边，另一边火焰又起。好在这一天风力不大，不然的话，局势难以控制。

山上的人均将上衣脱掉，拿衣服灭火，蓝天下，浓烟中，火光里，一帮人张牙舞爪，似魔鬼乱舞。山下的人终于看清山上的人是在救火，而非试验什么"新法子"，于是，一同奔往山上。一个时辰过后，山火终被扑灭。

返回山寨时，赵监和保长显得狼狈不堪，不只衣服被山火烧焦，头发及眉毛也发出刺鼻的焦煳味。两个人相视一笑，摇摇头各自去了。

下江南的时间及相关事宜总算最终敲定下来。这看似复杂，分步走异常简单。存货的库房，将原有的客房稍作改造便可，门头的改造更趋简单，因刘金不舍得他原有的牌匾就此作废，赵监便将牌匾取下，把牌匾反转过来，重新刷过油漆，提笔写上“东西顺商行”，但等茶砖及丝绸运送回来，便将新的牌匾挂上。

“在你们回来之前，还把这牌匾原先的一面朝外挂起，咱东西顺驼马店暂且开着不行吗？”秦珮眨着眼问道。

赵监做主道：“当然可以。”见刘金暗自发笑，赵监忽觉一阵熨帖。

即便是官道，也并非所有路段都能行车，半扎寨出东门便是蜿蜒的崎岖小道，仅马队、驼队能过。刘金、赵监和柱子仅需各自备好马匹，带足路途所需，返程时，自有当地马帮负责送货，只需给够送货银两。

一早醒来，赵监并未急于去马棚查看马匹，他知道昨晚柱子忙了半宿，新换了马掌，检修了马鞍，喂足了马料，就连缰绳都是新换的。别看柱子平日里粗手粗脚的，一旦用心，便事无巨细。

赵监洗漱完毕，从行囊里掏出一个小小的布包，捏出几缕胡须，然后对着铜镜，小心粘在上唇和下颏上，自我端详后，开门出去了。

秦珮正站在马棚边，专注地望着赵监的房门。见赵监出门竟是这番打扮，秦珮一阵慌乱，她的小嘴半张，双手僵硬地停在胸前。随即，秦珮快步走过去，定定望着那张既熟悉又陌生的脸。

赵监极不自然地摸摸胡须，尴尬地说道：“是这样的，之前我去过赤壁那家茶园，此次前去，那边情况不甚明了，不想让他们过早认出是我，所以就做了这扮相。”

秦珮疑惑道：“你们是去买茶，又不是去偷茶！再说了，这里距湖北少说得有一千里，至于这么早就把假胡须粘上吗？”

“这不得适应适应吗？不及早适应了，到时只怕这东西粘着难受。”

“那你现在就不难受了？”

“只是先试试。”

“这东西是哪儿来的？”

“我包袱里之前就有。”

秦珮若有所思，没再多问。片刻，秦珮说早饭已经备好，干粮也备了不少，还有风干牛肉、腌制咸菜等，还让赵监多带几件换洗衣服，路上一定小心。

望着秦珮这张纯真善良的脸，望着她疑惑不解的眼神，赵监忽觉一阵愧疚和伤感，他本不想对秦珮有半句谎言，不想辜负秦珮一向对他的信任，可这事出有因，他实属无奈，于是，低下头，不敢面对秦珮。

早饭做得极为丰盛，厨子说全是内掌柜一人所做，内掌柜只让他一旁看着。赵监看时，见桌上摆了六碟小菜，咸鸭蛋去壳切开，露出鲜红的蛋黄，蛋黄亮亮的浸出蛋油。韭菜馅包子热气腾腾，微微透着甜味，此乃他爱吃的南方味道。大米粥煮得米烂汤浓。尚有一盘蛋炒饭，牛肉粒、红萝卜丁、香葱末加上白米饭，品相极佳。

赵监低头用完早饭，却不敢正眼去看秦珮，他感觉到秦珮就在他身后静静地站着，他似乎听到了秦珮低沉的呼吸和怦怦的心跳。

秦珮和刘真把他们送出寨门，而后望着刘金、赵监和柱子骑上马渐渐远去，一点点消失在山丘的幽暗里。

三个人过大营，走鲁山，越过伏牛山便到了南阳地界。看斜阳西坠，暮色浓罩，赵监和刘金商议后欲赶往南阳城内夜宿。眼见南阳城遥遥在望，就在快马疾驰中，刘金忽见不远处有一垂柳掩映的临水小镇。这小镇居于溪水一侧，自伏牛山南麓下来的一条溪流蜿蜒绕镇而过，木桥搭在溪水上，使得镇子与官道互为帮衬，镇子托官道而兴盛，走官道因镇子而便当。刘金喊住了赵监，指指不远处的小镇高声说道：“赵先生，你看这镇子比半扎寨还要安静，今晚住这里如何？到南阳城内还有一段路要走，再说了，住进城里，明日一早不还得回到这条官道？这里的客栈肯定比城内便宜些。”

赵监想了想，觉得刘金说得不无道理，于是勒缰绳放慢马步，三个人小心上了木桥。

小镇上居然设有正经驿站，南来北往的客商及差役多留宿于此，小镇自然也就繁华尽显。夜幕才现，湿气集聚，淡淡的雾霭均匀地布满周遭，使得沿街的灯笼如同梦幻一般。唱曲的、测字的、要猴的、舞棍的、卖山货的、卖小吃的、卖干菜的，直把不宽的街道边塞得几无驻马之地。

寻得一个稍偏的客栈，三个人牵马进了后院，却被一个伙计拦住。这伙计笑得腮帮子快要掉下，躬身说道："实在对不住各位客官，竟让客官自个儿牵马进来，小的这几天拉稀，这不，正要往茅房里跑呢。"伙计说时，伸双手接了三根缰绳，用头示意道，"客官走正门吧，正门就在柳树边，这马就交给小的吧。"

刘金竟扑哧笑出声来，扭头对柱子说："看看人家！拉稀都得忍着，柱子呀，回头我们店里来了客人，你也得学会这么巴结，你巴结的不是人，是银子。"

柱子笑着应了。赵监蓦然一愣，想了想，摇摇头笑了。

进客房稍事休息，赵监提议去街上用饭，刘金自是同意。三个人便来到一家卖南阳烩面的馆子，点了四个小菜，要了一壶赊店老酒，另有三碗烩面。奔波一天，几杯酒下肚，自是浑身舒坦。

"刘掌柜、赵先生，我就纳闷了，同样是官道边的小镇子，这边怎么就不修寨墙啊？我们半扎寨修个土寨墙还是不行，又修石寨墙。"柱子忽然问道。

这倒是个正经问题，让刘金一时间无从应答。他望望柱子，摇摇头，一仰脖，酒杯见底。

赵监想了想，认真答道："我觉得是这样的，你们看对与不对。这个小镇虽是毗邻官道，往来的外地客商和半扎寨相比，该是大抵相当，这里却毗邻南阳城，南阳城定是驻兵很多，且是州府衙门所在，班头衙役捕头捕快自然不在少数，土匪、恶人纵有三头六臂，谅他们也不敢前来滋事，建寨墙也就等于是形同虚设。半扎寨就不可同日而语了，半扎寨远离州府县衙，远在一隅，地处僻壤，且周边山丘纵横，匪盗自然猖獗。"

刘金点头称是，喟然说道："这里的商户可比半扎寨的商户活得滋润呀！人家至少不用分摊修寨墙的钱吧，半扎寨修寨墙的钱不知道要收到猴年马月，据说寨子里居然开始从钱庄里贷钱了。"

柱子道："寨子里不是每个月都从各商户那儿收钱吗?"

刘金道："不够用，据说，还差得远呢。好了，好了，不说这烦心事了。你们吃好没有？吃好就行，回去睡觉。"

三个人走出烩面馆，见天已大黑，大街小巷却是灯火通明，红红的灯笼式样各异，却是高低一致，蜿蜒伸向街的尽头。远远地传来说书的声音。刘金好久未曾听过艺人说书了，于是疾步走向一个茶馆。

虽是初春时节，乍暖还寒。茶馆里却有不少人亦品茶亦聊天亦听一位老者前台说书。很难说那外地客商真能听懂这河南口音极重的民间曲艺，大约是羁客夜间寂寞，只为打发时间罢了。另外，镇上妓院虽有，可也总不能日日都去，年龄稍长者，却是不愿去那声色之地。

刘金择一桌前自顾坐了，赵监和柱子自是随着落座，听这说书人半眯着眼娓娓道来。

"话说当年这太平军李开芳部，被官兵追到黄河边儿上，眼见那黄河水望不到尽头，于是就四处找船。哪里能寻到木船！木船早早被官兵收归北岸。无奈之下，这李开芳率部星夜取了兰仪，直达开封城东十八里的太平岗。你道这太平岗就真的太平？他孤军深入，在哪里待久了，很快就会被赶上来的官兵合围。李开芳一点儿不傻，离开封城咫尺之遥，他却绕道过去，攻占中牟，大军得了补给后，下郑县，取巩义，在汜水口北渡黄河。"

说书人正说时忽而睁大眼睛，见对面坐着站着的人听得入迷，他却忽然停下，慢慢端起面前桌上的茶杯，缓缓喝了两口，又将茶杯缓缓放下，接着拿起惊堂木，啪地拍在木桌上。赵监才从故事里回过神来，听到惊堂木响，不觉一阵颤抖。说书人自然不知道赵监何方人士，更不知道他此时在想些什么，只顾接着说书。

"你道渡黄河那是过个小河沟？船少人多，还剩一千多人没有过河时，官兵已追到汜水口。无奈之下，副将张华易率众掉转马头，弃了渡口，奔密县而去。一路猛杀，取长葛，围许州，过西平，趋罗山，而后入湖北麻城，最后至太湖与其西路军会师。列位客官听了，许州之战惨烈至极，据说太平军伤了一员虎将，这虎将因伤势过重，不能随队征……"

忽然间，说书人戛然停下，愣愣地望着门口。

赵监转身看时，却见门口进来一帮官府捕快。捕头逡巡一周后，径直走到台前，从怀里掏出一张画像，伸到说书人眼前，厉声说道："这都多久的事了呀！你这老头是从哪里得来的这些战事详情？莫非你就是这画像上的人吧？"

说书人战栗着说道："大人您可不敢开这样的玩笑！我在这镇上说书二十年了，一天都没有离开过镇子。看看我这小儿麻痹的腿，走个路都费劲，我还能去打仗？"

那捕头哈哈大笑。笑过之后，厉声喝道："居然这么巧，老头刚才所说的这名这太平军虎将，祖籍就在南阳城，是官府通缉要犯，数月前有人见过他，左腿已经致残，凡有人看到此人而不报官者，与此人同罪。"

捕头说罢，一扬手，带着随从去了。

说书人惊魂未定，看时辰不早，摇摇头，让众人散了。

赵监回到客栈，彻夜未眠。

## 第十一章

# 赴茶山刘金遇险
# 进河南马帮蒙难

一行人过邓州直下荆州。这天抵达荆州城时，见天色尚早，刘金想一寻关羽的印迹，毕竟关云长在行商之人心中的位置至高无上。赵监思虑片刻，感觉去关帝庙一拜要胜似浏览别处，于是，打马去了荆州古城南门的关帝庙。

关公镇守荆州十余年，其忠、义、仁、勇之气千古流芳。见院内数株银杏已吐新芽，刘金、赵监和柱子自银杏树下走过，进了正殿上香，祭拜之后便辞别这关羽府邸故址，而后顺长江一路东去。

初春时节，油菜花尽情开放，长江岸边雨水充沛，空气湿润，青天碧水，草绿花黄，孤鹜邀群雁斗勇，春日逼绿水争辉，好一派南国风光。赵监自小在南方长大，自然不觉得这有什么异样，倒让刘金和柱子好生欢喜。柱子扯嗓子嗷叫多次，不是刘金拿眼瞪他，这小子一身的蛮劲，说不准只想驮着马儿跑。

距赤壁不远处有一茶山，山不高，顶部平缓，椭圆形两面环水，茶树整整齐齐缠绕满山。远远望去，团雾低锁山腰，难掩青翠耀眼，白雾山姿倒映水中，恍然间竟一时分辨不出哪是影子哪是茶山。却有一只白鹭自远处游来，轻轻滑过茶山下的水面，立时，水中的茶山便晃悠悠支离破碎，那白亮的涟漪一层层荡漾开去，一如落入水面的船帆。

一条小路自山下铺向山巅，一个茶农正从山上缓缓走下，而后消失在绿树掩映的山谷里。山崖下有一处白墙灰瓦的房舍，房舍一侧正袅袅升起炊烟。刘金他们走近房舍，迎接他们的却是一只猫般的小犬。几声犬吠后，适才下山的老者走出来将刘金一行让进院内。

院子不大，却有一条曲径直通背后的山崖。赵监知道顺小路便可走进一个山洞，山洞里通常存着许多茶砖。

一进屋，老者便将茶泡上，立时，醇香满园。

“老先生身体还是这么硬朗，也难怪，这仙界里的人哪一个不是神仙？之前我来买茶时，老先生就是现在这样，一点儿没变。”赵监笑着搭讪。

老者没怎么端详赵监，一开口便让赵监欲说无言：“客官你年前来时我着了凉，病恹恹的，指定没有这会儿硬朗。”

赵监知道老者一定是记错人了，他最近一次来这里也是三年前的事了，抑或是他脸上的胡子使然，不会是老者见谁都这么说，以显得亲近和自然？无论如何，老者没认出自己就好，免得生出是非来。

“你们这次来茶山想带多少砖茶啊？我这里可是不多了。”老者直言道。

赵监看着刘金说道：“老先生，你这茶山一年能出多少茶呀？若是我们全部包下明年这茶山所产的茶，你老给开个价吧。”

老者一愣，逐个望望眼前这三人，而后将信将疑地说道：“你是说你们要买下这茶山一年的全部茶叶？我们还没有这么做过。不过，等我儿子从寨子里回来，我跟他商量一下。这报价可是没法报啊，每一年的行情和收成都不一样的，再说了，老主顾来了，总不能一块砖茶都不卖给他们吧？”

“你这茶山一年能产多少砖茶，你心里大约有数，两成你留着，其余全部卖给我们如何？”

“这听起来是不错的买卖，你们最好是跟我儿子谈。”

“那好吧。我们先去看看砖茶吧。”

“我这就带你们去。”

一行人走出后门，见不远处便是一个山洞，顺洞口进去，仅行数步便是几排木架，这木架直直地伸向山洞的幽暗里。老者指指木架上的砖茶说道：“就剩这么点儿了。”

“这么少？”

“你们没看这是几月份了？六月份新茶才开采，现在正是青黄不接的时候，你们来早了。”

“说个价吧，老先生，这些茶我们全要了，至于明年的茶价，就听您的，稍后跟您儿子谈。”

“就剩这点儿茶了，反正我也不愁卖，就照您年前的价格吧。”

赵监忽觉无所适从，他年前压根儿就没来过这里，却又不便说透，于是试着说道：“行吧，就按年前的价格，我们是您的老主顾了，怎么着您老也不会多要的。柱子，帮老先生点点这架子上共有多少货，让老先生算算一共得多少钱。”

柱子应着，随老者走向山洞的幽暗里。

等老者把账算好，一行人边说边走出山洞。到院中赵监望着远处云雾低锁的茶山，忽想起运输的事，便问道：“老先生和当地的马帮熟悉吧？有劳老先生请个马帮给我们送货如何？”

老者憨厚地笑着说：“马帮是有，只是这得让我儿子去跟他们联络。”

不知道他儿子还得多久回来，几个人没有回屋，只在院中转悠。倒是老者体谅等人者的焦虑，建议赵监他们去茶山上走走，免得干等着着急。刘金首次来南方，更是首次见茶山，见这里仙境一般，本就很想上山看看，经老者这么一说，自是欣然应下。于是，三个人出了院子，奔茶山而去。

薄雾渐次散去，天空蓝得染过一般，湿润的空气微微透着甜味，其间糅合了茶树淡淡的幽香。

站山顶，见远方水天一色，夕阳的余晖仅把不宽的水面映出水红，被山遮着的水面依旧是瓦蓝生辉。

赵监忽听刘金轻叹一声，不禁转身问道：“大哥是想家了吧？”

刘金摇头说道：“不是，大哥忽然觉得这大半辈子活得窝囊，要是活在这样的地方，什么破生意也不做了，种点儿粮，养点儿鸡，该有多好啊！”

“大哥想做陶渊明啊？大哥你想过没有，陶公的那份悠然那可是腾达之后才会有的，没经历过腾达的生活，任谁都很难做到真正意义上的回归，并非所有人都可以悠然见南山的。”赵监笑着说道。

像是忽然想起什么，刘金走近赵监，低声说道：“老弟呀，大哥不知道你想怎么安排你将来的生活，既然是家破人亡了，那就该早点儿再成个家，没有个家，没有个热炕头，总不是个事呀？二静不是三番五次地说要把她的堂妹介绍给你吗？也没见过她堂妹长什么样子。”

柱子一旁插话道：“我见过，长得水灵着呢，你们想啊，拿不出门、搁不到台面上的人，她敢说给赵先生吗？”

听柱子这话也不无道理，于是，刘金道：“这么说来这女人不会差，不然二静不会在我跟前拍胸脯说好，她说她堂妹守寡两个年头了，也有几个提亲的，这女人就是不见，也许这就是给老弟你预备的，说不准她本该是你的。”

赵监听过这两个人的话，显得异常沉郁，适才舒畅的心境这会儿荡然无存。少顷，赵监轻声说道：“人各有志，当一个人心死之后，想要重生，何其难也！赵监历经变故，便无欲无求了，成个家反成拖累。是你的，终归于你；非你的，勉强不来。前方不远处便是赤壁古战场，一世之雄，而今安在？北宋苏东坡曾邀好友夜游赤壁，留下千古名赋。‘且夫天地之间，物各有主，苟非吾之所有，虽一毫而莫取。惟江上之清风，与山间之明月，耳得之而为声，目遇之而成色，取之无禁，用之不竭。’人这一生，真正的机遇只有一次，错过便别再奢求。”

刘金望望柱子，柱子望望刘金，两人茫然不知赵监所言。

自茶山上下来，远远望见一帮人聚在茶农门外，赵监走近才知是陕西客商要买茶叶。老茶农百般说服陕西客商，说家里所有的茶都卖给了河南客商。怎奈这帮人死活不信，硬是要出银子强行装货。

“他们不是还没有交钱吗？谁先交钱砖茶归谁，多简单的道理，你这老头怎么就这么死劲！”一汉子蛮横地说道。

“这可不行，人得讲个诚信，事先答应人家的就得说话算话。这不，人家回来了。”老者说罢指指身后。

任谁都没有想到的是，就在老者转身那一瞬间，那陕西汉子竟推了老者一把，老者自然全无防备，于是一个趔趄，倒在地上。

刘金自是看不下去，便气冲冲跑过去挡在汉子身前，那汉子以为刘金要动手，于是，抢先捡起地上半块砖头，用力砸上刘金头顶。立时，刘金倒在血泊中，不省人事。

柱子自然是挺身而出，与那陕西汉子打成一团。一时间，赵监竟不知道该劝住柱子，还是去照管刘金。恰在此时，老者的儿子自寨子里返回茶园。见此情景，却不明就里，只是一声断喝，喝住打架的人，而后扶起父亲。待他问明情由，反身进屋，拎着一把杀猪刀跑了出来。

陕西客商见状，便上马鼠窜了。

刘金的头顶被砖头生生砸出个深坑，血流不止。赵监进屋里胡乱扯了块白布，把伤口包上，又扯出一根布条将白布紧紧捆在头部。血是止住了，刘金却仍旧昏厥。柱子哭喊了很久，刘金终于醒来，他茫然地望着周围的人，竟全然不知刚才发生了什么。

“这陕西客商简直就是一帮强盗！光天化日之下就敢无端行凶。‘灾人者，人必反灾之。’这世道哪里才有乐土！何日才见紫光啊！”赵监气愤道。

“他们哪里是什么陕西客商！一帮无赖，还不是寨子里茶坊的人支使的？欺行霸市的小人！”见赵监不解地望着自己，这个叫江安的人接着说道，“几个无赖在寨子里开了个茶坊，从茶园买来砖茶，然后再加价卖出。外地客商又不傻，谁不知道直接到茶园买茶便宜些！见没人去茶坊买茶，这帮人就生出歹意，拦截哄骗欺负外地客商，再有就是直接到茶园捣乱，茶园还得折本卖给他们砖茶。”

“官府不管这样的事吗？”柱子在一旁问道。

“别提官府了，官府除了加税，还是加税，新茶还没长出来，税官就来了，年年都是这样，税官总比新茶来得早。我一提起这样的事，总是肚子疼，今天不说了，不说了。”江安无奈道。

赵监义愤过后，淡淡说道：“普天之下一个色！原以为富庶之地，人们的日子会好过些，看来这鱼米之乡也不比半扎寨好到哪儿去，善良的民众只会忍，但凡还有口饭吃，就能忍。”

“不忍又怎样？”江安茫然地望着赵监。

“是啊，不忍又如何？多少聚众造反者，起初还轰轰烈烈，到头来还不是比造反前还惨！不说这些了。令尊让我们和老弟谈谈包销你们来年砖茶的事，砖茶全部由我们包销，你们可省了不少麻烦事。”

“乍一听是这个理，可是，我还有不少的老主顾，人家老远赶来买砖茶，我这里一块不给，无论如何，这情面上是过不去的吧。”

“那就你留下两成，其余我全买下。”

“砖茶的价格我可没办法提前订下来，谁也不知道茶的收成会是怎么样。”

“价格老弟你说了算，都是实诚人，实诚人不会挤对实诚人，这一点我心里清楚。”

“既然老兄这么说，看在这位大哥被人打成这样的分儿上，我就破天荒答应你，明年给你的价格比正常售价低三成。其实我心里一直难受着呢，大哥是在我家被人打成这样的，我江安于心何安！”

“那就一言为定了，等明天装茶时一并把明年的订金付给你，只愿我们能长久相互帮衬。另外，听令尊说，老弟和当地马帮也熟，我们想请马帮把砖茶运往河南。”

“我只知道马帮多是跑湖南和云南的，不知道他们愿不愿意去河南，这会儿不早了，明天我找他们问问。”

“老弟实诚，相信老弟一定能行。”

“我去试试再说吧。对了，这大哥的伤势不轻，你们快去寨子里瞧瞧郎中吧，寨子里也有客栈。不怕你们笑话，我这家里只有三床被褥。”

三个人辞别江安，骑马奔不远处的山寨去了。

刘金的头部是硬伤，该是并无大碍。郎中仔细搭脉后，查看一下包扎部位，遂让徒儿拿来一壶药水，举起葫芦，小心在包扎过的伤口处滴了几滴，说是这药水不仅消毒，两日内保准伤口结痂，三日便可去掉头上裹布。

赵监自是一阵欣慰，末了，问郎中：“请问先生，这药水有这么好的功效，能否卖给我们一壶，即便我大哥这伤势无须再用，拿回去也好以备不时之需。”

郎中眨巴一下眼，从老花眼镜边透出一丝混浊的光，喃喃说道：“你以为这是自山涧灌来的？还要一壶？老朽三年才配出这一葫芦药水来。”

赵监忽生好奇心，又担心刘金伤势，随即问道：“先生这药水不会是拿清明之甘露浸药而来的吧？分一点儿给我们如何？一点儿不亏待先生，你看得多少钱？”

老郎中站起身，捋着山羊胡声调抑扬：“何止是清明之甘露！老朽自幼随师深山采药，最终悟得一方，取清明时节晓枝之甘露，此枝须是楠木之枝，此楠木之枝必有猕猴攀过。甘露取来，再泡以焙干之灵芝等数剂中药，放地窖整整一年方可见光。”

未等郎中讲完，刘金已面无颜色，他摸摸怀里的银票，哑声说道：“居然忘记我们还有急事要办，回头再来打扰。”说罢，起身就走。

赵监摸出几个铜钱放桌上，谢过郎中，与柱子一同出了中医堂。

翌日，三人赶到茶园时，见马帮的马队已在等候。马帮的帮规赵监早有耳闻，用马帮运茶自然心安。

八匹马依次装好砖茶时，天近正午，老茶农死活要留刘金他们饭后再走。虑及还有马帮这么多人，一并留下用饭多有不便，推让中，赵监扭头见马帮的人已席地而坐，拿着皮囊，啃着干粮。于是，赵监便不再推辞，匆匆用过午饭，在前面领路，一行人蜿蜒向西而去。

湖北境内，湿润之地，却一路无雨，自打进入河南南阳地界，便有春雨淅淅沥沥，雨不大，路却异常难走。过了南阳，才到伏牛山脚下，见前方窄窄的官道上陷进一辆马车。刘金打马近前看时，见两个人累得满头大汗，在修崴断了的车轴。

听见马蹄声，刘金回头见马锅头已到跟前。所谓的马锅头却并非此人大名，出发前马队的头领须将饭锅扣在自己的马背上，马帮便称头领为马锅头。马锅头见状，下意识地取出铓锣，“嗡！唆！嗡！嗡！”连敲几声，后面的马队听见铓锣声，立刻停下，人们一时警觉起来。

马锅头绕着这辆断轴的马车走了一圈后，仔细端详着修车人，而后查看两边能否过马。官道很窄，且路边泥泞不堪，歪倒的马车已将官道几乎占严，人能过，过马也勉强可以，只是每匹马两侧分挂着重重的砖茶，茶和马加起来宽度该是与马车大抵相当。

眼见眼前这马车一时半会儿难以修好，马锅头把目光望向路边。官道的右侧是条溪流，溪流汩汩流淌。官道左侧是山脚下一片斜坡荒地，乱石凸露，布满杂草，自山坡伸下来的沟壑，远远地被松树遮掩。

马锅头下马，只身走下官道。荒地并不泥泞，虽有乱石绊脚，走起来并不艰难。马锅头探路返回后，打响铓锣，之后，他牵马领头走下官道，后面的马依次跟着走向荒坡。就在马锅头重又上了官道，望着逶迤的马队，刚要深出一口气的时候，忽听一阵骏马的嘶鸣，看时却是一队轻骑自松林中冲出，直奔马帮而来。

马帮负重的马匹一阵惊慌，不时有马脚下打滑，几近歪倒，马帮的人均掏出家伙，严阵以待。

松林中冲出的一队轻骑，极有秩序地站出一个半圆形，马帮被围在荒岗上，适才还在修理马车的两个人，此时站起身来，从车上抽出火枪，直挺挺立在路上。

看装束和所持家伙，赵监知是遇到捻军了，土匪不会这么训练有素。赵监下马后把缰绳递给柱子，走上前刚要说话，却见马锅头只身走了过来，望着赵监说道："此事与你无关，既然是你把货物交与马帮运输，那途上的事就是我马帮的事了，这是道中的规矩。"

"哪位是头人？请出来说话，马帮途经贵地，请头人给个方便。"马锅头不卑不亢道。

队中闪出一个年轻人，此人面部清癯，不宽的面颊间却长着个极大的鹰钩鼻，"鹰钩鼻"朗声说道："一点儿都不想难为兄弟们，不多要什么，留下一匹马上的货物，然后你们继续赶路。"

马锅头回道："马帮有马帮的规矩，丢失一件货物，我马锅头就得断指一根，还望头人体谅！"

鹰钩鼻极不耐烦道："兄弟众多，都得吃饭，都是穷苦出身，本来就没有狮子大开口，别再啰唆了，外边天冷。"

眼见没有回旋余地，鹰钩鼻索要并不很多，不是过不去的坎，还是息事宁人的好。想到这里，赵监上前对马锅头轻声说道："就依了他吧，这人索要并不很多，算是我们送人了，不算是路途丢失。"

岂料，马锅头脸色骤变，厉声说道："掌柜的您这是打我的脸！马帮有马帮的规矩，起初装了多少货，到地方还得卸多少货，缺一件我马帮罪不能赎。”

赵监和刘金一阵感动。刘金见鹰钩鼻想要发作，便上前劝马锅头就此罢了，免得生出是非。见马锅头没再吱声，只气呼呼低头叹息，他示意捻军将马帮最后一匹马上的货物取走。哪料马帮这牵马人未经马锅头同意，执意不肯让卸货。忽听啪的一声，牵马人中枪倒下。捻军极快地抢走货物，策马而去。

明知道火拼不过那二十多个手持火枪的捻军，马锅头无奈地望着血泊中的兄弟，一时间泪眼模糊。

望着路上孤零零横着的那辆破马车，柱子愤然要去烧了它，不然这马车还会坑害别的人。赵监摇摇头说：“算了吧，你还是省点儿火吧，这怨马车吗？你烧了这马车，还会有石头或者深坑等着你，根子不在这里。谁都知道活得艰难，可总得活下去不是？”

众人含泪把马帮的兄弟挖坑葬了，而后马队踏着泥泞向半扎寨的方向蜿蜒而去。

## 第十二章

# 赵监钱庄说婚事
# 刘真内室扇张炽

刘金和赵监带马帮一进寨门，便在半扎寨引起不小的轰动，不少商户看戏一般簇拥来问长问短，知是刘金在倒腾新生意，羡慕者有之，摇头者有之，人们指指点点，议声切切。

卸完货已是正午时分，见马锅头命人在院中支锅造饭，刘金便上前拦住，说厨子已经做好午饭，一路上他们风餐露宿，多有不易，还失了一个兄弟，临走前本该款待一顿，小酌两杯才是。哪知这马锅头执意不肯，硬是要自己造饭，而后简单吃了，便要返程。

刘金拿出一个布包递给马锅头。马锅头打开布包，点过后又退回一锭银子。刘金拦住他，动情说道："你失了一个兄弟，我刘金心里难受，多给点儿我心里好受些，收下吧。"

马锅头执意不要，黯然说道："你失了货物，没让我赔偿我就已经很感激了，马帮这次没有尽到职责，使掌柜的失了不少货物，我马锅头一直心怀愧疚，怎么好再多拿银子！"

刘金道："老弟呀，你是知道的，那点儿货是我自愿让出的，并不是你马帮失误造成的。"

马锅头道："那也不行。"

无奈，刘金只得收回银子，目送马队依次出了大门。赵监将马帮送至寨门外，不无感动地望着他们一点点走远。

马帮的故事感动了家里所有人。在饭桌上刘金动情地讲完路途经历，秦珮、刘真和柱子无不唏嘘不已。对于自己头部被砸的事，因伤口已好，刘金就没有提及，免得下次再去时家人担心。

“你们南下之后，店里生意还算不错，几乎每天都有住店的。我一直在想，既然现有这生意还行，那何不两个生意同时做呢?”秦珮忽然瞪大眼说道。

这倒是个两全其美的主意，赵监一直急于想帮刘金把生意做大，却没有想到这两者兼顾的事。做茶叶和丝绸这样的贸易，本可以不开临街门店的，要面对的主顾其实多半还是外地客商，这一点之前就思路明确，既是不需门店，那两者兼顾该是可行的。赵监用极为欣赏的目光望着秦珮，意味深长地说道：“怕是在座的之前都小觑了内掌柜，仅凭这个点子足以印证内掌柜非但清艳脱俗、书香沁人，商人的潜质也非常人能及，可喜可贺。”

赵监的盛赞直把秦珮美得面色绯红。刘金自是心花怒放，只是不经意间一丝酸酸的味道像是一缕轻烟，远远地飘了去。

“那就在大门外挂起两个牌匾，让赵先生再写一个，我上去挂。”刘真天真地笑道。

“不用重写，只需把这原有的牌匾一锯两半即可。”赵监静静说道。

一时间所有人愣愣的，少顷，又恍然大悟，很快便领悟出赵监所说的一锯两半是把牌匾的厚度一分为二，原有的牌匾本就是正反两面都有字，一面是原来的“东西顺驼马店”，另一面是赵监新写的“东西顺商行”。

借着酒兴，众人一阵欢呼。大约是刘金尚未从马帮死人的事件中解脱出来，或者是自己还笼罩在重伤的阴影里，他神色黯然地说道：“人活着怎么就这么难！做小生意也难，做大生意更难，真想什么都不做了。”

“大哥呀，难也得做，什么都不做，活着会更难。我们此次南下，所到之处，所见所闻，谁活得容易？既是无力改变现状，唯有适应才是正道。既然大哥这么说，以赵监之见，我们原先定下的做丝绸买卖的事，暂且搁置下来吧。适才内掌柜的主意确实不错，眼下把之前的老本行稳定下来，加上茶叶买卖就够我们忙活的了。另外，申三申掌柜那边，我们还有份子，将这三项生意打理顺畅，每年的收益当是非常可观。”赵监顺着秦珮的点子和刘金的态度，瞬间理出这样的思路来。

赵监蓦然发现刘金的眼中闪出亮光。很多时候，人是需要及时有个明晰的方向的，可行性方略越早明晰，心中就会越敞亮，一旦目标明确后，飘忽不定的心才会有了着落。其实，刚才的刘金正是心无着落，才感觉眼前一派茫然。

为使刘金完全释怀，赵监接着说道："此次南下，购茶的途径已经理顺，跟茶园已口头达成一致，送货的马帮我们待他们不薄，相信下一次找他们送货，料是并无大碍。这么一来，再次购货，大哥完全可以不去，顶多我去，其实，柱子去就行，其余人把家里的事打理顺畅就是了，这看似繁杂，理顺了，其实也异常简单。”

“俗话说得好，难者不会，会者不难。经先生这么一说，我心里一下子就敞亮多了。她爹呀，你就别犯愁了，我一个妇道人家都心里有数了，大老爷们儿该是打起精神的时候了。”秦珮拍拍刘金肩膀笑得面如花开。

接下来的几天，众人把砖茶摆上货架，两块牌匾依次挂上，茶叶生意算是正式开张。刘金独自去了趟矿上，回来时腮边都挂着笑容，矿上已经出煤，而且销量还行。

赵监去了趟半扎钱庄，一是看看张炽这孩子的生意做开没有；二是和张炽深度谈谈，张炽和刘真的婚事也该有个结果了。

见张炽满脸愁容，赵监直接就问："钱庄生意如何？"

张炽摇摇头无奈地说道："原先我把钱庄生意想得过于简单了。"

“那是用银子的人少，还是愿意存钱的人少？”

“两者都有。两年前我来半扎寨，看这里商队接踵，商号熙攘，此次过来，尤其是开了钱庄之后，半扎寨却是一日比一日萧条。”

“哪里都萧条，我和你刘叔去了一趟湖北，你刘叔叹息不已。”

“茶叶的生意不是做起来了吗？跟我这钱庄生意比起来，其他生意风险都小得多。”

“这么说来你是遇到什么风险了？”

“是。钱庄才开业不久，保长过来说修筑寨墙的银子快要接济不上了，要借贷三千两银子，日后逐月还贷。可是，这个月一两银子都没有还来。”

“三千两！一次借贷这么多？”

“保长说越是后期用银子越多，几个寨门还都没修，修寨门是最费银子的。”

“寨子里将来拿什么还贷？”

“还不是每个月从各个商户那里收！”

“三千两银子，这得收到猴年马月呀！”

“起初我不知道寨子里每个月能收多少，不然说什么我也不会一次借贷这么多。当初我还挺高兴，钱庄刚刚开张就有这么一笔生意。”

“现在知道了？”

“才听人说。”

“起初为何不给你刘叔通个气？”

“刘叔一直生我气，他就不理我。”

“按说开钱庄若是借贷多，那是好事。可若是还钱困难，那不把钱庄拖死了？”

“谁说不是呀！”

“既然已经是这样了，那就随遇而安吧，没有什么过不去的河。哦，对了，你和刘真婚事你是如何打算的？”

“我当然是急着把婚事早点儿办了，可刘叔一直不点头，弄得真真也不敢问他。”

“既是想早日把跟真真的婚事办了，那就本本分分，不要跟不相干的女人来往，免得误会。”

“赵叔啊，张炽对天发誓，我从未招惹过不相干的女人，当然了，有人时不时过来帮忙收拾一下东西，这倒是有的。可那非我本人之意，左邻右舍的，相互帮衬一下……”

“帮衬半下都不行！”赵监忽然抬高了声调，“你的内室只有真真能去！”

张炽一阵紧张，喃喃说道：“知道了，赵叔。自今以后不会让外人进我内室。”

这个怯弱的孩子怯生生的模样，倒让赵监蓦然间忽生一丝怜爱。起身时，赵监和颜说道："我回去好生劝劝你刘叔，好好替你解释一番，解了他心中疙瘩。任谁看见有女人在你内室，都不会熟视无睹，知道吗？其实，你刘叔是喜欢你的，真真和她娘那就别说了。"

张炽感动得手足无措，忙给赵监茶碗里续水。赵监起身说道："不用了，我该走了。钱庄的事看好了就大胆去做，年轻人就得有股子冲劲。至于寨子里借贷的银子，依我看来并没有太大风险，寨子在，商户就在，商户在，就有钱可收，无非是偿还期限稍微延迟而已，这是有原因的。"

张炽连连点头称是，一直把赵监送至钱庄外很远。望着赵监走进熙攘的人流中，张炽心中欣喜不已，之前蒙罩心头的阴霾一下子烟消云散。当张炽走到钱庄门口时，却见隔壁钱贵的女人正向钱庄走来，于是张炽紧赶几步钻进柜台里，埋头算起账来。他用余光见这女人款款进了钱庄，之后逡巡一会儿，看柜台里没人抬头，于是扭着腰肢自顾去了。

张炽接连接待了三个来柜台存银的商户，居然还有一位邻村的年长者。见这年长者腿有小恙，走路迟缓，张炽便走出柜台，扶老者在椅上坐下，然后让伙计办了手续。目送老人缓缓离去，见天色不早，张炽正要示意伙计关张，却见隔壁钱掌柜和夫人并肩进来。

"张炽呀，把婶子这点儿银子也存进钱庄吧，银子不多，好歹也算是给钱庄攒点儿人气不是。"钱掌柜的女人说着，把一个布包递给张炽。

张炽接了布包递给伙计，自己陪两人一旁落座，说了几句感谢的话，又扯了些无关紧要比如天气之类的话题。见钱掌柜的女人接过伙计递来的存银凭证后，却没有起身的意思，张炽感觉这两人像是有事要说，于是便示意伙计回后院去了。

钱掌柜干咳两声，极不自然地笑着说道："张炽呀，眼下别的生意都难做，你这钱庄做得还不错，听你婶子说每天都有不少人前来存取银子，不得不说张炽能做事、会做事，钱叔高兴啊，起初我是怎么说的？起初我就说，别看这张炽年纪轻轻，他的聪明劲在脑门子上长着呢！"

钱贵的女人媚笑道："谁说不是啊！连钱玉这丫头都能看出来张炽绝不是一般的生意人能比得了的，论本事，自然那是没得说；论人品，满寨子全汝州也找不来第二个能及张炽这样知书达理、宽厚待人的年轻人。类似这样的话，也记不清钱玉这丫头悄悄给我说过多少遍了。这孩子就敢在她娘跟前想什么就说，一见生人就害羞得脸红耳赤，我怎么就养了这么个不争气的孩子。”

钱贵的女人到最后居然把话说到了这个份儿上，张炽不得不劝上几句，于是笑着说道：“张炽哪有你们说的那么好！按说女孩子害羞点儿是好事呀，婶子，一个女孩子家，在生人跟前咋咋呼呼，那成什么样子了？”张炽说完，不经意间自心底溢出一丝美滋滋的快感，像是一缕幽香在夜深人静时悄然袭来。大约没有人排斥说给自己的溢美之词，年纪轻轻的张炽概莫例外。

钱贵的女人迟疑片刻，接着张炽的话说道：“张炽说得很对，女孩子内秀点儿总比大大咧咧的好些，不是你婶子说话难听，我就看不惯像刘真那样的，疯疯癫癫的跟男孩子似的。婶子知道你张炽是个重情好义的人，有担当，不负人。婶子还知道你来半扎寨开钱庄，多半是为了不辜负刘真，你们以前好过，不娶她你怕对不住她，婶子说得没错吧？其实呀，你没有一点儿对不住她，你们两个好过，即便有个什么事，就全是你一个人的过错吗？”

张炽一时间居然无话能对，愣愣的无所适从。

钱贵的女人接着说道：“但从这一点就能看出张炽的为人，大丈夫，有担当。德行好的男人，哪个女孩子不倾心啊！我说咱家钱玉在梦里都喊着张炽的名字。我说的对不对呀，她爹？”

自己的女人一股脑儿讲出这样的话，倒让钱贵一时觉得脸红耳赤，却又不敢驳这女人，于是搓着手，欲言又止。

此时的张炽被感动得眼噙泪水，竟不知该如何应对，支支吾吾地说了些感激的话。见两人起身要走，张炽忙站起挽留，要请两人后院吃饭。

钱贵的女人笑着说道：“连个女人都没有，我才不吃你们男人做的饭呢，也不知道能不能把饭做熟。哦，对了，天就要热了，这里蚊虫多，这把扇子你拿去用吧。”说罢，将扇子塞给张炽，两个人依次出了钱庄。

张炽愣愣地站在门口，目送他们才走几步，便转身进了南北缘的大门。

张炽喊伙计出来把钱庄的门关上，自己径直去了内室。他把那把扇子放枕边，和衣躺下，从头到尾回味适才钱玉母亲的话。却有一股暗香淡淡地侵入鼻孔，继而，香散周身。像是一滴墨汁不经意间滴落宣纸，墨迹一点点洇湿开来。这是把粉红色的苏绣团扇，白色蜡梅的枝条上，立着一只勾头的布谷鸟。张炽把团扇压在脸上，一时间，扇子的脂香滑腻让他欲罢不能。如行云，似流水，肌肤滑润，唇若点樱，面如芙蓉，弯眉恰如新月初上……

伙计喊过两次，张炽才慵懒起来，忽觉一身湿汗。夜幕初降时，人易孤独，望窗外繁星点点，很想独饮几杯，于是喊伙计拿来老烧自斟自饮。饭没吃下多少，酒却下去不少，昏昏然一身舒展。

神在游荡中，心处两可间，张炽迷离中跌入椅子里，只少顷便没了知觉。

真有暗香沁人，刘真进来时，袭入香风阵阵。

原来，赵监自钱庄返回，便将这边面见张炽的事说了，他力劝刘金成全这桩婚事，毕竟孩子情深意切，刘真非张炽不嫁，张炽自山西远道而来，多半是为了刘真。终于，刘金同意了这门婚事，并催促早点儿把婚事办了，免得再生出什么是非来。

秦珮的心里总算是一块石头落了地。旋即，便暗自打算置备嫁妆的事了。

刘真自是欢喜不已，只说出去买个东西，便疯癫癫跑到钱庄来，要把这喜讯及早告知张炽。

喊开门，刘真疾步来到张炽内室，却见张炽正歪在椅子上醉眼迷离。终于把张炽摇醒，便急着说家里已答应他们的婚事。岂知，这张炽愣愣问道："什么什么……婚事？"

刘真端来一杯水，生气地说道："你喝了多少马尿呀！张炽，人家背着家里人跑过来，是要告诉你一个好消息的，你却这么对人家。"

门外站着的伙计忙道："大小姐，是这样的，掌柜的刚才多喝了点儿，真是对不住大小姐！"

“没你的事，你忙你的去吧。”刘真不耐烦道。

见伙计走了，刘真喂张炽喝了两口水，然后扶他在床上躺下。忽然，枕边的那个团扇映入刘真眼帘。刘真拿起团扇只端详片刻，便恼羞成怒地将团扇掷在地上，随即踩烂，然后，一把揪起张炽，歇斯底里地叫道：“狗张炽，你不是人！钱玉的扇子怎么会放你的枕边？你起来，你得给我说清楚！那狐狸精什么时候又来了？呜呜呜呜……”

伙计并未走远，听见张炽内室传来刘真声嘶力竭的声音，赶忙跑过来，怯生生说道：“大小姐，您息怒，掌柜的内室这阵子没人来过，小的敢给大小姐拍胸脯。”

“那这把扇子自己长腿了？”刘真眼冒血丝，把伙计吓得两腿发软。伙计自然不知道女人在这样的事情上所表现出来的决绝是难以想象的。其实，伙计并没看见张炽拿团扇回来。

张炽被刘真生生拉起时，依旧没醒，只含糊其词地说了声：“是你吗？真真，想你了。”说时，张炽伸手去摸刘真的脸。

刘真啪的一声扇了张炽一耳光，这让门口的伙计极为生气。伙计走进来，怒气冲冲地推开刘真，把张炽放倒在床上，为他脱去鞋袜，又将被子轻轻搭在张炽身上，而后伙计退回门口，瞪眼望着室内。

刘真颓然坐在椅子上，哭声连连：“张炽呀，为了你，我苦苦等了近三年；为了你，我忍受了多少人的冷嘲热讽；为了你，我遭受家里人多少数落；为了你，我推掉了多少提亲的。到如今，你居然这样对我！呜呜呜呜……”

哭过之后，刘真抹抹脸，踉踉跄跄走出张炽的内室，扶着墙，走向钱庄的大门。

刘真回到家里，没有理会任何人，径直进了后宅，然后进屋倒在床上。

刘金、秦珮和赵监本来是在商议刘真婚事的，刘金的意思是早早办了算了，寨子里的人大都知道这门婚事，就在钱庄院里一同把客人请了，他们这边就不再办理宴请了，张炽的父母亲都没在这里，这免去好多麻烦事。

秦珮却说不能这么急，至少得请人按照各自的生辰八字算出个良辰吉日，就这么一个女儿，不能草草办了。

刘金说还请什么人算呀？赵先生不是就能算吗？这让秦珮捂嘴窃笑，她居然忘了赵先生原先就是个算卦的。

忽见刘真木然地回来，看都没看众人便径直去了后宅。想起这孩子出去时哼着小曲，回来竟这般失魂，定是出了什么事，这让秦珮一阵心沉，于是起身跟去。秦珮喊了好久，刘真才把房门打开，秦珮才问一句，刘真便号啕大哭起来。

问清了事情缘由，秦珮拍拍女儿的头，默默带上门出去了。她是女人，她懂得女人遇到这样的事，此时对她说什么都是徒劳，孩子内心的伤，绝非旁人几句安慰话所能化解的。

刘金听了秦珮细述，忽觉一阵心悸，忙捂住胸部，一时间脸色发青。赵监忙去倒水放到刘金身边，不无担忧地说道："大哥呀，得空你得请郎中看看，你这心悸不是一天两天了，任其这样下去只会越来越重。"见刘金只是点头，赵监接着说道，"照嫂子所言，真真去时张炽是在醉酒中，真真走时他还没醒。既是张炽酒醉未醒，那真真就是没有从张炽口中得到真言，仅凭一把扇子就断定张炽和钱玉有染，我觉得这未免草率了些。我去钱庄时，我能感觉出他对这桩婚事有多么期盼，不是真真牵着他的心，不是他对真真一片真情，他张炽至于不远千里来半扎寨开办钱庄吗？他去哪里不能开钱庄？话说回来，这扇子也不会平白无故地出现在张炽床上，这其中定有蹊跷。真真看见钱玉的扇子，伤心至极也在情理之中，等明日我把张炽叫来，问清楚再说不迟。"

刘金轻声说道："别让我看见他。"

赵监忙道："那好吧，我去钱庄问问他。对了，嫂子，真真怎么知道那把团扇是钱玉的呀？"

秦珮心烦地说道："这样的团扇真真也有一把，真真和钱玉去年去汝州赶庙会时，两个人一人买了一把，真真自然记得真切。"

赵监陷入沉思。

## 第十三章

# 刘真婚事再生变
# 钱贵寨头碰硬钉

翌日，赵监来到半扎钱庄，见钱庄已经开门，却未见张炽身影。伙计说，掌柜的昨晚心烦喝高了，起床晚了点儿，这会儿正在后院用饭呢。

赵监径直来到后院，适逢张炽抹着嘴自伙房出来。张炽见赵监脸色不好，不觉一怔，以为是赵监才起床尚未用饭的缘故，遂笑道："赵先生可真早，还没吃吧？来伙房凑合着用点儿？"

赵监阴着脸说用过了，让张炽借一步说话。张炽便把赵监让至室内，茫然地望着赵监。

"张大掌柜昨晚睡得可好？"赵监站着冷冷问道。

听这话里带着异样的味道，张炽便不敢怠慢，忙把茶沏上，小心翼翼地试着说道："有点儿累，昨晚用饭时就一个人喝了点儿，没想到的是，居然喝多了，一觉睡到天亮。您这么早过来，莫非是刘叔要让我过去？"

"一觉睡到天亮？没人把你弄醒过？我的意思是其间没人进你内室？"赵监试探道。

张炽一阵诧异，摇摇头茫然不知赵监所言。见赵监直直望着他，忽想起该把伙计叫来问个究竟，于是张炽高声唤着伙计名字。少顷，伙计近前愣愣望着张炽。

"昨晚我喝多回内室后，有没有人来过我内室？"

"刘小姐来过，还喂你喝水了呢，我以为您清楚着，您一点儿都不记得呀!”

“真真来过?你怎么不早说?昨晚喝的什么酒?后劲居然这么大。没事了,忙你的去吧。”

赵监立时明白了许多,脸色瞬间温和不少。倒是张炽一直如坠云雾中,他急切地问赵监:“赵叔啊,出什么事了?”

“还是我先问你吧,你床上有把扇子,谁送你的?”赵监忽然觉得自己过分了,张炽好歹是钱庄掌柜。

张炽却没觉得赵监的问话有什么不妥,他早把赵监当成长辈,既是赵监这么问,一定是真真看见扇子,引起了误会。于是张炽忙解释道:“昨天钱掌柜和他夫人过来存银子,说半扎寨蚊虫多,钱婶顺便把手中的扇子留给我了。是不是真真误会了呀?我得过去给真真说清楚,免得她多想。”

“你先不要过去的好,回头我让真真过来找你,你忙钱庄的生意吧。张炽呀,今后遇事要多个心眼。”赵监说罢,拍拍张炽的肩膀,自顾走了。

张炽苦笑着,一筹莫展。

事情已经很清楚,钱贵女人的所为,有心也好,无意也罢,外人无论如何是无话可说的。回来后,赵监把事情的因由一一说了,秦珮一脸的不屑,她那一向清高的眼神望着窗外低沉的阴云,一言未发。刘金只怕心脏再疼,暗暗劝自己不再生气。刘真一旁赌气道:“把老娘都搬出来了呀!谁想嫁给张炽谁就嫁吧,反正我是不想再看见他,恶心!”

赵监迟疑片刻,冷静说道:“傻孩子,明摆着是有人想捷足先登,人家正在瞌睡时,你想给人家送枕头去?依我看,得及早把婚事办了,免得夜长梦多。若是早点儿把婚事办了,也就打消了别人的非分之想,今后也就安宁了。张炽这孩子,年轻有为,德行也好,钱庄生意也算做起来了,横竖你都挑不出人家的毛病来,也难怪有人眼热。咱真真还真有眼光,傻孩子有傻福!”

赵监这一通剖析,尤其是后面的夸奖,直把真真适才还噘着的小嘴说得咧开了笑,她却不敢笑出声来,于是拿手捂在小嘴上,只用撒娇的眼神看着赵监。

秦珮用极为敬佩的目光看看赵监，而后对刘金说道：“她爹呀，赵先生的话很是在理，那就及早把孩子们的婚事给办了吧，别让别人看笑话了。”

刘金终于点头应下。随后刘金郑重地对赵监说道：“先生回头去对张炽说，让他备份厚礼过来，不能太便宜这小子了！”

于是，一家子人皆大欢喜，忙让赵监算算哪一天是两个人的黄道吉日。既是择日，自然得知道两人的生辰八字，刘真的生辰八字都知道，可张炽的生辰八字赵监还没去问。赵监正要起身去找张炽，刘真却张口就说了出来，这让在场的人猝不及防。婚期很快定下，秦珮脸上泛出笑意。

斜阳西坠时，一支驼队进院内竟无人知晓，直到驼队的人在院中汲水洗涮，屋里人才听见出来。刘金责怪柱子，说他不好好在院里待着，坐屋里听那些鸡毛蒜皮的家务事干啥。柱子忙帮客商自井里汲水，一边嬉笑着小声嘀咕：“这么大的事才不是鸡毛蒜皮呢！再说了，也没人指派我出来不是？”客商凑近柱子轻声说道：“敢给掌柜的顶嘴？不卖力提水，小心我把你这话告诉你掌柜，我可一字不落都听见了。”柱子嬉笑着瞪瞪客商。

“掌柜的，上次我来半扎寨时，你这门外可是挂着一个牌子呀，才几天呀，就又挂起一块，又做上别的生意了？”客商洗着脸心不在焉地搭讪道。

刘金让柱子去马棚张罗，自己在井边一边汲水一边陪客商闲聊：“一个远房亲戚住在湖北山里，院子后面满山都是茶树，说过多次，让我帮他卖点儿砖茶。本来我这驼马店开得好好的，懒得管他这破事，可人家非要把上好的砖茶送来，说是保本价让我帮忙卖点儿，没办法，亲戚连着筋，不管又不行。”

客商忙道：“我这次正要去湖北那边进些砖茶的，你亲戚的茶山在哪个地方？”

刘金道：“山里边拐弯多，说了你也找不着。你带的什么货？也送湖北去？”

“醋，送鲁山，明日一早就能到。”

“鲁山城里有商家要买你们山西的醋？半扎寨东南五十多里地有个小寨子，那里就产醋啊。”

“照你这么说，你们河南也产茶，那我们何必跑湖北去买茶呢？货色各异。”

“你在鲁山卸了货光着骆驼背跑湖北？我这里就有现成的砖茶。”

“让我看看，是不是地道货。”

“我这纯正的湖北砖茶，没经别的手，才送来没几天。你老弟去湖北可不一定能买到好茶，新茶六七月才开采，这会儿正是青黄不接的时候。”

“走，看看你的茶。”

很快就成交，不经意间，一桩生意就此谈好，这让门口站着的赵监很是敬佩刘金。

见这边刘金和客商聊得火热。马棚那边，柱子正将铡过的干草用双手掬着放进槽中，随后从桶里捧出玉米粒撒到槽中的干草上，又在上面浇点儿水，再拿棍子在槽内搅拌。骆驼开吃后，柱子又去另一个槽边，做着同样的活计。赵监和秦珮打了招呼，便出门去了半扎钱庄。

张炽正跟伙计说话，他的脸上泛着倦意，却是目光刚毅。窗外透进的光斑斑驳驳涂在清癯的面颊之上，张炽的脸显得冷峻异常，他望着伙计问道：“你是说，那把扇子是真真撕烂后，又用脚踩碎的？昨晚她还扇了我一记耳光？”

伙计战战兢兢道：“是的，掌柜的。我当时没敢进屋，只在门口站着。”

张炽忽然抬高了声调：“我要是死在内室，你也不敢进去是吧？”

伙计支支吾吾道：“小姐发怒时很吓人，我当时是怕这个时候进去她会更生气，只顾心疼掌柜的，就一直在门口站着。小姐是过分了，掌柜的自小在家老掌柜都没舍得碰过一指头。”

看见赵监撩长袍跨进门槛，张炽扬扬手，让伙计出去了。赵监见张炽并未像往常一样起身让座，不觉心里一沉。他在适才伙计坐的椅子上坐下，直言道：“张炽呀，你和真真的婚事总算定下来了，成婚的日子我也选好了，回头你置备点儿礼物去看看两位长辈，当着两位长辈的面你也表个态，自此两位长辈就算将女儿正式交给你了。你和真真的事真是不容易，可如今哪有容易的事啊!”

赵监本以为张炽会感动异常，本以为张炽会起身给他鞠上一躬，毕竟他赵监为此事费心劳神。然而，张炽非但没有动容，在椅子上丝毫未动，反倒冷冷说道：“谢赵先生连日来为此事奔波数趟，也感谢两位长辈对张炽的抬爱，更感激真真的一片真情。张炽近来身体欠安，再加上半扎钱庄开业不久，诸多事弄得我焦头烂额，我和真真的婚事最好是停停再说。”

张炽的意思再明白不过，看张炽满脸冷峻，这个平日里一向怯弱的人这会儿所表现出的刚毅和果敢，让赵监一时觉得劝说半句都是自找没趣。于是，赵监起身说道：“也好，等你身体好了，再说不迟。”说罢，赵监提袍出了客厅。

张炽出来随赵监走出大门，而后一拱手，转身去了钱庄。

听罢赵监的叙说，刘金和秦珮一时沉默。刘真起初无语，片刻，她起身说是去见见张炽，推婚之事想让张炽亲口对她说。赵监拦住刘真道：“要去也不能今日去，缓缓再去不迟。”

春日的斜阳已将马棚顶映出暗红，一道紫红光柱自西墙的破洞中蹿出，直愣愣射在驴头上。这毛驴茫然望望西墙，又接着低头吃草。

新石头寨门的修建是在寨子周围的石墙完工之后，修寨门颇费石料。保长差人请赵监过去议事是在一个阳光明丽的上午。赵监迈进保长家门，却见张老也在，他们只请自己，而没让刘金同来，这一点让赵监颇感意外，保长俨然已将自己看成半个寨里人，使赵监欣慰不已。赵监拘谨地坐下之后，张老竟亲自执壶给赵监倒水，保长则拿出新茶亮给赵监看，嘴里念念有词：“看看，真正的信阳雨前新茶，儿子托人捎来的，闻着都有兰花的清香。”

“若非赵先生过来，老朽只怕是难有这口福啊!”张老逗趣道。

赵监忙起身，拱手施礼道：“有何吩咐差人通禀一下即可，如此这般，倒让赵监坐立不安。”

“能有什么事！不过是请先生过来闲聊一会儿罢了。如今这石寨墙业已完工，为寨门题字的事，想和先生聊聊。”保长说得极为自然。

为寨门题字的事之前保长曾专门说过，此次这么郑重之中又说得这般舒缓，这让赵监一时间难懂二人心思。

“我和张老都是极为敬重文好字佳者，先生的字乃我平生之未见，请先生为寨门题字，对先生有丝毫之怠慢便是我等对斯文的亵渎。”保长郑重说道。

赵监心中一块石头蓦然落地，他起初还以为保长请他来另有他事，这个时候再行谦让就未免显得做作了，于是满口应下，保长和张老自是满心欢喜。至于东西南三个寨门各题什么字，几个人暂时还都心中没数，张老说各自回去斟酌后来日再议。适逢张老的家人过来喊他有事，赵监随着他们出了保长家门，各自去了。

赵监径直去了寨子西门。见高高的门楼背后是绵延的低山，已有浅绿遮罩山梁，一只苍鹰自寨子外的老树上飞起，呼扇着巨大的翼翅向着蒋姑山翩然而去，蓝天之下，苍鹰的身影显得孤单而又凄凉。叮叮当当敲击石块的声音凌乱低沉。木头搭起来的架子上，工匠在躬身抹灰，抹灰之后，再将条石搬放在适才抹过的白灰之上，而后勾缝，瓦刀勾缝时发出的声响像是笨拙的手指划过一架古旧的扬琴。条石的运送却是别出心裁。工匠在两根高高竖起的木头顶端横陈一根木棍，这木棍上套着一个竹筒，竹筒上搭着一根麻绳，绳子的一端拴着石块，另一端被一个人攥着，这人用力拉绳时，顶上的竹筒就转动起来，麻绳另一端的石块便徐徐升起，待石块升到木架等高时，有人伸手拉过麻绳，将石块留下，如此反复。

赵监好奇地看了好久，之后徐徐走出寨子，望着蒋姑山发呆。忽想起适才飞过的苍鹰，这苍鹰远远望去鸿雁般健硕。大哥当初也是一副健硕的身材，只可惜到后来逐渐消瘦，终难回春，纵使天意难违，可大哥永得敬仰。忽然间两个字闪现于赵监眼前：鸿奖。

赵监反身回寨，循着来时的路只片刻便到了寨子南门。南门本就不大，门外无路，开此门只为人们用水便当。万泉河顺寨墙汩汩流淌，用青石凿就的老龙头喷泻出清凉的山泉，经久不息。赵监凝视着水边，见浣女临水捶衣，那黝黑的棒槌被举起时，甩出水珠一串，水珠白晶晶雪花般飘飞。一块长条青石斜浸水中，小鱼绕石漫游，石上木槌咚咚，游鱼竟不为所动。看老龙头吐出的山泉白亮欢快，赵监暗道：龙泉。

自南门顺寨墙向东不足二里地，便是石寨的东门。赵监攀上寨墙，举目眺望，见寨门外不远处有个秀水寺，寺院旁石块相连，凹凸不平，酷似鱼鳞。赵监微微一笑，喃喃说道：鳞绣。

三个寨门的名字已在腹中，赵监正要转身回去，想立刻写就，却听身后传来一声怪怪的问话："赵先生为何一个人发笑，莫非是看见尤物了？"

是钱贵静悄悄地出现在赵监身后。赵监拱手一笑道："钱掌柜见笑了。"

"赵先生今日心情不错，顺寨墙一起走走？"钱贵道。

赵监有事在心，无意多走，正欲辞别钱贵时，却听钱贵又道："原地聊会儿也行，赵先生没有要紧事吧？"于是赵监不便推辞，就在原地听钱贵有何事讲。

钱贵逡巡一下，见周围无人，遂低声说道："赵先生自来到半扎寨，可是好事做了无数，刘金刘掌柜洪福不浅啊！"

赵监心不在焉地说道："赵监不才，能做什么好事！"

钱贵一本正经道："赵先生不必过谦，半扎寨谁人不晓，自打赵先生到了刘金家，刘金的生意如日中天，先是你让他和申三合伙接手废弃的煤矿，眼下煤矿已经出煤，据说煤炭卖得不错；接着，你又帮他做起砖茶生意，说来也怪，这生意搭锯就有末，才几天呀，一个山西客商就一次买走一半，想想都让人眼馋。"

赵监一哂道："这是刘掌柜能干，也是刘掌柜的福报，跟我关系不大，我顶多是动动嘴皮而已。再说了，赵监本乃游乡算卦之人，承蒙刘掌柜挽留，如今相互帮衬一下实属应当。"

"都说赵先生不单单智谋出众，人品也好，今天我钱贵算是领教了。很想请赵先生帮我南北缘也做点儿别的生意，比如茶叶，我钱贵不会亏待你赵先生，盈利部分你我对半分如何？据说你帮刘金做生意，他一文不给。"钱贵直言不讳道。

见赵监正用诧异的目光望自己，钱贵又道："要不四六开，我四成，你六成?”

赵监正色说道:“不是刘掌柜不给，是我赵监不要！钱掌柜是如何知道这么多内情的？我赵监孑然一身，有口饭吃便别无所求，什么四六开！茶叶的生意钱掌柜最好别做，别的生意多了去，怎么偏往这一条道上挤？比如钱掌柜可以去做丝绸买卖，瓷器也行啊，这些都是山西、陕西、蒙古所没有的。”

“关键是我不知道该从哪里下手，还得有劳赵先生帮衬一二啊!”

“去年底，钱掌柜不是四处嚷嚷说土匪把家里洗劫一空吗？开启新的生意是要大本钱的。”

“哪能一文不剩啊！再说了，我那两个儿子在省里都做着生意呢，活钱还是有的。”

“钱掌柜，恕我无能为力。常言道：忠臣不事二主，烈女不更二夫。圣人云：道常无为，而无不为。还是量力而行，顺其自然的好，望担待!”

赵监的回绝如此干脆，反倒让钱贵丢了原有的顾虑，他迟疑片刻，低声说道:“赵先生不想成家，怕受拖累，可一人独居，难免夜间寂寞。碧云巷里新来个唱曲的，年方一十七岁，还没接客，我想把她包下来，供先生享用。”

赵监一时间哭笑不得。钱贵本是好意，说重了伤人；说轻了，怕他误解。沉默片刻，赵监拍拍钱贵肩膀，淡淡说道:“其实，其实我是个废人。”

钱贵愣愣地望着赵监，随后将信将疑地细细品味赵监的话，良久没有言语。赵监说了句:“无论如何，钱掌柜的美意我领了，谢钱掌柜!”说罢就要走下寨墙。然而，钱贵轻轻一句话却让赵监浑身一颤。

钱贵喃喃说道:“谁说赵先生待在刘金家是为了秦珮，胡扯!”

钱贵的声音极低，赵监本是听见了的，只是对于这样的话他懒得回应，于是只当没有听见似的，悠然下了寨墙。

## 第十四章

# 题匾额赵监服众
# 听茶道女人入迷

宣纸就在饭桌上铺开，赵监拿来笔墨，稍加思索，执笔在手，以腕运笔，辅以右臂合力，只片刻，“鸿奖”二字已成，继而再书“鳞绣”“龙泉”两张，三张宣纸分摊于三张饭桌之上，满屋墨香。刘金进来时，见饭堂俨然成了书房，忽想起什么，对赵监道：“这些字是保长让你为寨门写的名字吧？”见赵监点头应着，刘金接着说道，“保长和张老当年都考过功名，就凭他们这么看中你的字，不懂字的人也知道赵先生这字有多好，能写一手这么好的字，却连个写字的地方都没有，待会儿我跟你嫂子商量一下，你搬到后院住吧，后院还有两间房子闲着，少说得有个放书案的地方。”赵监推辞道：“前院就挺好，我又不常写字，再说了，住到内宅我自己都感觉不大方便。”

适逢秦珮自后院出来，接了赵监的话道：“一家人有什么不方便的？眼下不比从前，自打兼做茶叶生意，明显是前院的房子吃紧了，你搬到后院住，这不又腾出一间客房来？”

赵监忙道：“我夜间打呼噜。”说罢，自己先笑起来。

秦珮抿嘴一笑，两个酒窝立时出现在小嘴两边，她扫一眼刘金，再望着赵监道：“你打呼噜能比过你哥？你哥打呼噜能把窗外的麻雀吓跑。”

赵监笑道：“嫂子可真会开玩笑。”

秦珮止了笑，一本正经说道：“我说的一点儿不假。是前天吧，天色稍亮时，外边窗台飞来几只麻雀，吱吱喳喳的。本想再睡会儿的，可这麻雀就是不走，正想下床去驱赶麻雀，你哥适才还睡得安稳，这会儿忽然间鼾声如雷。再细听时，麻雀声一下子没了。”

三个人自是笑声同响。刘真闻声进来，不知他们因何而笑，只俯身端详桌上的大字。片刻，刘真眨眼问道：“这字比牛头都大，做啥用啊，赵叔？”秦珮忙道：“是保长请你赵叔给寨门题的。”刘真道：“赵叔的字一定是寨子里最好的，不然保长才不会让赵叔写呢，他自己就天天趴桌上写字，保长给咱钱不给？”刘金醒悟道：“对呀，既然是为寨子里写字，那寨子里就该给咱写字的钱，这纸这墨不都是钱买的？”秦珮一脸的不屑，她俯身吹吹未干的墨汁，又顺势贴近字迹深深吸了一口气，而后抬头说道：“孩子这么说说也就罢了，大人也这么说！”刘金瞪眼说道：“这么好的纸，这么大的字，难道白送他们？寨子里收税的时候可是一个子儿都不会少收的。”

眼看又要吵架，赵监忙把话题岔开，他突然问刘真：“真真，你去见过张炽没有？”

刘真道：“我才不去呢！懒得见他。”

赵监一时着急起来，忙道：“张炽也没有找你吗？这么下去不就成一盘死棋了？原以为搁置几天自会有所转机的，看来我还得去一趟钱庄，我这月老可真是难当啊！”

“张炽已经把话说到那个份儿上了，去有何用？该有的自然会有，不该有的皆徒劳，赵先生就别去讨这没趣了。”秦珮淡淡地说道。

赵监依旧想挽救这桩婚事，可眼下球在张炽脚下，他不踢出球，别人只能眼睁睁看着。既是秦珮这么说，那就等等看会否有转机，于是，赵监把纸张叠起来夹在腋下去了保长家。

赵监进门时，自一侧厢房出来个用人，这用人极为恭敬地要接赵监腋下之物，翻眼看看竟是几张皱纸而非别的重物什，于是领赵监去了客厅。

赵监步入保长家客厅，遂将腋下的字拿出，逐一展在方桌上。用人引保长进来时，赵监正端详花架上的一盆兰花。保长见赵监的墨宝后一阵惊讶，忙吩咐用人快快叫张老过来。打发走用人，保长自己动手去沏茶，之后站字前凝神屏息。

张老进来时，带进一阵煦风。张老径直走到方桌前，挨紧保长聚精会神，他的眼睛溢出亮光，他的手指在裤缝处频频挪动。良久，张老踱至赵监跟前，不无敬佩道：“先生之字无须赘言，只是这字义老朽参详许久，还望阐释。”

赵监起身道：“不才献丑了！‘龙泉’和‘鳞绣’就无须赘述，单讲这‘鸿奖’二字，‘鸿’即大雁，李太白有诗云：‘长风万里送秋雁，对此可以酣高楼。’李白借鸿雁明志，以抒高洁之追求。‘奖’即辅助，出自《左传》：‘皆奖王室，无相害也。’两字之意，即为此门能辅助半扎寨飞黄腾达，还可阐释为半扎寨可辅助来往客商鹏程万里。”

张老和保长齐声鼓掌。张老激动道：“原本只知道赵先生的字字体浑圆，力透纸背，写经换鹅，却不知赵先生才高八斗、学富五车，领教了，领教了。”

保长接着张老的话道：“今日真正开了眼！我半扎寨竟也藏龙卧虎。原本我也想出三个名字来，这一看，无论如何是拿不出来了。这就差人将赵先生这三个名字刻在三块条石上，择日将匾额送上寨楼。”

正说时，却见布匹店的女掌柜慌张张跑来，这女人未开口便泣声涟涟。保长忙问何故。女掌柜捂着肚子说她家男人不行了，快让保长过去看看。原来，这女掌柜连生四男却无一千金身前使唤，不甘心，四十岁上竟又有了身孕。四个男孩逐渐长大，家里却无别的生计，一家老小皆以这布匹门店为业，聊以维持。不想，修寨银两的分摊费在逐月增加，另有赋税若干，使得这性情孤僻的男人终日哀叹，眼见女人的肚子一日隆过一日，这男人终难承受，恰逢寨丁上门催钱，女掌柜便让他出去借钱，以解当下之急，岂料，这男人一时没有想开，便寻了短见。

家里男人撒手人寰，眼见这女人要独自养活五个孩子，其生计之艰难可想而知。半扎寨为修寨墙惹出人命来，传出去人何以堪！于是，保长匆匆去了布匹店。

“张老，寨墙不是就要完工了吗？寨子里收上来的银子还是不够？至于去每家催交得如此之急？”赵监不解道。

“赵先生你有所不知，建石寨越是到尾声用银子越多，三个寨门的用工用料大大超了当初的预估。你想啊，寨门一如人面，寨墙尚可粗糙些，寨门却不可，寨门须用上好条石，长宽一致，大小均匀，且所用条石须能工巧匠将石头表面凿平，仅凿平还是不够，还得凿出麻点，这样好看。”提起修寨之事，张老如数家珍。

“原先不是说好从半扎钱庄借贷出来的银子要逐月偿还吗？似乎是寨子里没有跟钱庄兑现。”赵监忽想起张炽所言。

“实在是对不住钱庄，原本是承诺人家逐月偿还的，可每月收上来的银子抵不住修寨门的开销，这也是没办法的事。好在寨门就要完工，寨门一旦完工，接下来就可以逐月兑现承诺了。”张老愧疚地说道。

“张老啊，您是知道的，钱庄不比别的行当，开钱庄就是要把银子动起来，钱庄的银子一旦整个困住，那钱庄必死无疑。”赵监对张炽一向心存好感。

张老正要开口，见保长阴着脸进来，他便急切问保长：“有救吗？”保长道：“人都凉了，一家子人，早点儿干啥去了！这男人一去后院就把自己挂梁上了，吃饭时才发现。没钱就没钱呗，至于这样嘛！弄得我张嘴没话说。”张老叹息一声道：“我再拿出一百两吧，寨子不能再出事了。”保长道：“张老啊，你已经是出钱最多的了。”张老道：“能有什么别的法子！”

修寨子本是为寨子里的众商户谋平安，至于能否谋来平安尚在两可之间，到头来竟弄得众商户怨声载道，苦不堪言，甚至于逼出人命来，这让保长和张老始料未及。眼见寨子里两个头面人物束手无策，赵监起身问道：“还得多少银子方能解了眼下困局？”

保长看看赵监，情绪低落地喃喃说道：“寨门的完工还需时日，怕是没有五百两银子难解困局。想想后面的事，也让人头疼不已，寨门落成后，少不得会有州府里官员、邻村乡绅前来庆贺，寨子里不置备几桌酒宴只怕情面上过不去。”

赵监踱着步思虑片刻，毅然说道：“这样吧，既然寨子里眼下如此艰难，我明日捐给寨子里一千两银票。我赵监所食之黍、所饮之水、所走之道，皆寨子赐予，为寨子略尽本分乃分内之事。”

保长和张老听错了一般，相互对望一下，然后不约而同地看着赵监，几乎是同时问道：“一千两？”见赵监点头称是，保长随即说道：

“只知道赵先生之前是游乡的算卦先生，是刘金的执意挽留才让先生留在半扎寨辅助他打理生意，起初听说你帮他不取分文，反正我是将信将疑，今日才深信不疑，赵先生不仅谋略过人，才华横溢，且身有千金。俗话说得好，身有千金，行止由心。懂了这句俗语，也就不难理解先生之所为了。刘金能有赵先生辅助，乃刘金之福！半扎寨能遇上赵先生这样的贤达之士，实属举寨之幸！”

赵监忙拱手谢道：“保长言重了！您这么说倒让赵监如芒在背，坐立难安。赵监只是做了点儿想做的微末之事，正如保长所言：行止由心。丹阳真人云：长要心定，行住坐卧皆是行道。”

保长便不再谦让，只说等寨子完工后，速将每月所收银两尽快把借贷还上。末了，保长试着说道：“寨子举办落成之时，是否请张老出面邀请知州任大人前来莅临庆典？凭着张老的威望，那任恺任大人断不会不给面子。届时，我找时机给任大人提提，看能否让州府出点儿银子，毕竟建如此规模的寨墙，所需银两之多，州府不会不察，让州府多少出点儿，我等也就少了点儿心头之忧。”

张老满口应下，并称这主意不错，州府一旦下拨款项，即便再少也不会少于寨子里半年的进项，如此一来，借贷的银子便不愁逐月偿还了。

赵监自保长家出来，才走几步，又折身回来，见保长和张老依旧在他的题字前指指点点，他莞尔一笑，低声说道：“保长、张老，我明日就将一千两银票拿来，只是，只是此事还是不去声张的好，我不想让他人知晓。”

换别人是巴不得借此扬名的，若是寨内商户自愿捐助五百两，而后提及要将自己的名字刻于这寨门之上，尚不为过，况赵监并非寨内商户。保长和张老无不对赵监钦佩之至。

二静竟把堂妹领到东西顺，说是要买块砖茶让堂妹捎回去，孝敬大伯。赵监进院便闻听说笑声随麻雀飞至门外。这女人硬要赵监讲讲饮茶的益处。赵监本南方人氏，对于茶道自是知之甚多，见秦珮只是抿嘴笑着，正不知辞了还是应下，却见柱子自门前走过，于是喊上柱子，说道："柱子呀，过来给申家太太讲讲饮用砖茶的好处，在茶园人家讲起茶道来，我看你听得津津有味。"柱子走到门口探头说道："先生啊，你让我说说给驼马铡草拌料的事还差不多，骆驼几更天爱吃料，几更天爱瞌睡，马是几更天想喝水，几更天想排便，我指定是说得头头是道，可这喝茶的事，你就别难为我了。"

二静本来在嗑着瓜子，听柱子这一说，口中瓜子竟把这女人一时噎着。眼见呛得满脸通红，秦珮忙把茶碗递给她。秦珮捂嘴笑道："你这死柱子，看你说的什么话，你想把我们都笑死啊！"二静的堂妹则低着头不敢看人。刘真用手绢拭把眼，怪道："快去拌你的马料去吧，我们在说茶的事，柱子你说这样的话可真会找时候。"柱子转身要去，忽然扭过身，看着刘真道："没有马，只有驴。"又引起一阵哄笑。别看这柱子愣头愣脑，逗起乐来，鬼点子一点儿不少。

二静止住咳，怪起赵监来："都怨你赵先生，明知道柱子讲不出个什么道道，你偏让他说。我是想托堂妹给大伯捎块砖茶回去的，我们都没喝过这样的茶，你不讲讲这茶的好处，堂妹不用心听听，回去如何讲给大伯听！再说了，甭说是你嫂子我托了秦珮请你讲，就是一个外地生人要来买茶，人家让你讲讲你的茶，你不讲只怕也是不好吧！"

"好好好，我讲，我讲，论起道理来，横竖我是说不过你们女人的。这样吧，我们先去看看茶吧，边看边讲。"说着，赵监便起身去开库房的门。

推开门，一扭头，见四个女人已到门口，赵监便指着货架上的砖茶说道："此砖茶属于青砖茶。"刚开口，赵监的话便被二静打断："赵先生，你可别糊弄我们娘儿们，你上次说是茶砖，这次说是砖茶，到底是茶砖呀还是砖茶？"赵监摇摇头苦笑道："我的天！茶砖和砖茶是一码事，怎么叫都行，就像是你做馒头时揉好的面，你叫它面块也行，你叫它块面还行，这懂吧？"见几个女人咧着嘴笑，赵监接着说道："这些属于青砖茶，哦，对了，嫂子，砖茶没多少了，该去进货了。"秦珮笑道："别打岔，进货那是你们爷们儿的事，找你大哥说去，咱现在说茶道的事，好不好？"赵监忙道："好好好。这些属于青砖茶。"赵监的话又被刘真打断："赵叔啊，你这句话可是说过三遍了，不会是今儿个只说这一句吧？”赵监正要叫苦，却听扑哧一声喷笑，看时却是二静的堂妹。这女人立时满脸通红，羞涩中带着怯弱。赵监没敢去看她，没听见似的缓缓说道：“砖茶分为青砖茶、米砖茶、黑砖茶和花砖茶等，我们这茶属于青砖茶，茶是青褐色，汤色却是红黄明亮，煎煮后的茶水浓香可口，提神御寒，化滞利胃。”忽然，二静问道：“什么是花枝立委？”赵监忙道：“不是花枝立委，是化滞利胃，也就是帮助消化的意思，这么说吧，你吃多了，肚子胀得难受，那就煮茶喝，然后你就不肚胀了。”秦珮忽然捂嘴弯腰大笑不止。赵监笑过，侧身看时，见门口站着刘金、柱子和厨子，他们正茫然望着屋内。

“你们还让赵先生活不让？以为在里边干啥呢！一群疯子。出来，出来，到院子说不也一样吗？弄得我们给骆驼铡个草都铡不成。”刘金板着脸说道。

刘金的呵斥过后，本以为一帮人会安静地出屋，岂知，屋内的嬉笑声直把屋顶的三只麻雀吓得奔墙头去了。

“二静，你能不能静一点儿，吵死人了知道不知道？你要是天天在家也这样，真不知道申三怎么活！”刘金拉把凳子院中坐了，跷腿说道。

二静嗔怪道：“金哥，你就知道吼我，你怎么不吼秦珮呀？怎么不吼真真呀？吼真真你心疼，吼秦珮你不敢，就那点儿出息想着我不知道呀！”

扑哧一声，刘金大笑起来。赵监不觉一愣，他似乎是从未见过刘金如此大笑过，于是自己也跟着笑起来。仿佛是最初的鸡鸣，鸡们听到第一声鸡叫，便跟着鸣唱起来。满院子笑声荡漾。赵监的驴子正埋头吃料，却忽然停住，抬眼望望这边，而后不屑地重又埋下头去。

“柱子，搬个桌子出来，还有凳子，再去库房拿块砖茶，都过来，让赵先生煮壶茶，再给我们讲讲茶道，边煮茶边讲茶道，这茶恐怕更有味道。”刘金今日兴奋异常。

四个女人围坐桌前，叽叽喳喳，这让赵监一时觉得极不适应。一直显得拘谨的二静的堂妹此时舒展许多，她抬头时面部正对赵监，赵监看时，见这女子年龄在三十岁上下，却有一副好牙齿，这牙齿玉一样的温润，画出来般的细小整齐，牙齿总是被薄唇掩着，偶尔才显露不多。她眉宇间挂着一丝忧郁，眼神里透着贤淑和善良。

赵监无意间瞟一眼秦珮，却发现秦珮正用异样的眼神望着他，于是他仓皇收回目光，拿起一块掰开了的茶，去了厨房。

只少顷，赵监便提着茶壶来到院中桌子旁，见柱子早已将茶碗依次摆开，于是逐一倒上，立时，满桌芳香。赵监放下茶壶，品一口碗中茶，柔声说道："请各位细品，这茶香味纯正，口感醇厚柔滑，是不是?"见众人品后无不点头称道，赵监接着说道："其实煮和泡都行，只不过煮一下味浓；直接拿开水泡，起初味道稍淡罢了。煮也好，泡也好，茶在开水中最好是停留一会儿，这样味道更醇厚。"

"味道真好！这茶水比麻油还好看。赵先生啊，好好的茶叶为什么不直接拿来泡着喝?却把茶叶做成这砖的样子，黑黑的，看着跟驴屎蛋一样。"二静道。

"二静啊，狗嘴里怎么也吐不出象牙来!"刘金不板脸的时候也会逗趣。

赵监一哂道："最初人们把茶叶制成茶砖为的就是运输方便。你想啊，松散的干茶叶如何运往千里之外！大西北瓜果菜类较少，人们多以肉、奶为食，长此以往，身体自然不适，史书就有'嗜食乳酪，不得茶以病'的记载。大西北高寒之地自古就有'宁可三日无粮，不可一日无茶'之说，即便眼下，肉、奶、茶仍是个别地区人们生活之必需。"

说到此处，不只四个女人听得入迷，刘金也是屏息凝神。赵监最后说道："至于喝茶对于身体的好处，适才在库房说过，我就不再啰嗦了。所以，平日里还是多喝茶的好。哦，我这可不是老王卖瓜，嫂子你买不买自便。"说罢，笑着望着二静。

二静回过神来，依旧是大大咧咧的神情："本来是想听你说说茶砖有什么好处的，可赵先生你这说道里，怎么听都有推销的味道啊。嫂子本来是只给大伯捎去一块的，我自己也带回家一块吧，回去煮着喝。申三住矿上十天半月的见不着人影，嫂子这跟守寡一样，这样下去不定会守出什么毛病来，这茶不是能治病嘛!"二静说罢看看堂妹。

刘金忽然问道："申三上次回来说没说煤矿的事，都正常吧?"

二静道："他说正常，就是每天出煤太少，着急。"

刘金道："跟寨外河里的水一样多，那煤就不值钱了，有钱挣就行。刚刚说到哪儿了呀？哦，你们说吧，我帮柱子铡草去，不是你们闹，这会儿草早铡完了。"刘金说罢，起身去了。

回到刚才的话题，秦珮立时明白过来，这个看似大大咧咧的女人其实心思缜密，带上守寡的堂妹来听赵监讲茶道，怕是多半还是为了婚事。秦珮望着二静问道："堂妹叫什么呀？"二静道："叫大妞。"赵监几乎笑出声来，忙借机咳嗽两声，随后端起茶碗一饮而尽。他见秦珮正不怀好意地看着自己，便起身要去马棚帮忙铡草。

"你家要铡多少草啊，用得着那么多人？赵先生啊，再坐一会儿吧，待会儿我也去帮忙铡草行了吧？"二静不悦道。

赵监重又坐下，他见大妞正用热辣的眼光望着自己，便知这大妞已心仪于他。忽然意识到今日他有炫耀自己学问的嫌疑，这类似于孔雀的开屏。没办法，这缘于动物属性，很多时候身不由己，于是，赵监坐着只是品茶。

倒是秦珮能解其中味，既是二静三番五次欲将堂妹介绍给赵监，此番又把堂妹带来，说是买茶，她清楚这买茶背后另有他意，只赵监傻傻的，没事人似的。一直这么推托，这任性的二静心有不甘，赵监愿不愿意这桩婚事，最好接触一下，然后再做决断，如此一来，即便不愿，二静断不会再纠缠下去了。想到此，秦珮笑道："太监急，皇上不急。赵先生啊，大妞听你讲茶道听得入迷，这天色还早，你带大妞出寨走走吧，再给大妞讲讲别的稀罕事儿，你见多识广，大妞一定爱听。我和二静要说点儿女人间的事儿，不想让别人听。"

二静忙道："是啊，是啊，你们出去走走吧，都是过来人，也都是单身，不怕外人说三道四的。去吧，去吧。"

见大妞羞涩地站起身，原地站着，赵监懂得大妞的意思，于是径直走向大门，大妞随即跟了出去。

## 第十五章

# 大妞荒野表心意
# 申三木屋逞兽行

初夏的傍晚尚有些许凉意。高岗下的麦子鹅黄待收，热风扫过，麦香黏人。石寨东门外的河道边，自石缝里长出一棵弓腰杏树，乌鸦在树上啄食时显得肆无忌惮，橙黄的杏子生生被鸦嘴啄得稀烂，乌鸦却不再理会，任由烂杏啪啪掉下，直将河边的石头弄得污迹斑斑。

顺斜坡走过拱桥，山石路面便凹凸不平，马掌在石面上磨出的痕迹，伤疤般清晰可见。走出寨门老远，赵监回望时，见老和尚依旧在秀水寺门口扫地，巴掌大的门口，和尚扫起来慢条斯理，津津有味。适才赵监和大妞自门口经过时，这和尚用异样的眼光望着赵监，赵监看他时，和尚便把目光移到脚尖，赵监再看他时，发觉这和尚又在看着赵监，赵监不知道这和尚正想些什么，只跟和尚点了个头便领着大妞走向官道的远方。

大妞的面颊绯红，她单薄的上衣更显胸的轮廓，下坡时高高隆起的胸部摆幅更大，丰乳在宽大的上衣里跳跃得汹涌澎湃。赵监偷窥一眼那跳跃处，顺势再次回望那门口的和尚时，和尚却被柳树掩映在青翠的绿芽中。

两人不由得放慢脚步，不觉中汗水正悄然浸湿衣衫。赵监恍然间忘却了大妞胸部之外的一切，他茫然不知所措，只这么僵硬地走着。倒是大妞的话提醒了赵监，大妞喃喃说道：“赵先生，走累了，衣服都湿了。”

赵监这才意识到自己像是中邪了，他深呼一口气，尴尬地笑笑，旋即清醒许多，于是两人在路边席地而坐。已经有灰暗的暮色逐渐遮去草地的亮光，迎面鹅黄的田间，却依旧白亮。他闻到了青草的芳香，渐渐地，这芳香里糅进了女人身上特有的幽香，他感觉到大妞的体温正一点点接近他的身体，他忽然问道："你怎么不说话呀？"

大妞轻声说道："不说话多好啊！"

"我是有家室的人。"

"嗯。"

"我和我的女人走散了。"

"嗯。"

"听二静说你男人参加了捻军？"

"死了。"

"你也是个苦命人！"

"呜呜呜……"

"既然他死了，你该早点儿找个男人才是。"

"心死了，看谁都不顺眼。"

"那如何看上我了？"

"你和别人不一样。"

"哪里不一样？"

"哪里都不一样。你心好，又有才，长得也好看。"

"怎么知道的？"

"我一不傻，二不瞎。"

"我可是有家室的人。"

"知道，像你这么好的人怎么会没有家室？"

"既然知道我有家室，那怎么还要和我好？"

"愿意。"

"我可是没法娶你的。"

"知道。"

"那你还……"

"愿意。"

两人返回时，天已黑下，略带凉意的风轻轻抚过，麦香阵阵。

东寨门外的秀水寺大门紧闭，赵监侧耳细听，里面的诵经声隐约可闻。赵监望望那淡黄色的院墙，和大妞走向寨门下的幽暗里。赵监喊过两声，寨丁探头看看，不多时，寨门吱呀呀徐徐开启。

二静还在与秦珮说话，她不时抬头望望黝黑的窗外，见赵监和大妞进来时，她深深出了口气。秦珮看看大妞的脸色，又盯着赵监朗声说道："赵先生讲起茶道来头头是道，看把人家大妞听得满脸疲惫。"大妞一昂头道："是我非要赵先生多走一会儿的。"赵监正不知说什么是好，却听大妞说道："赵先生是有家室的人，虽然眼下和家里人走散，总还是能够找到的，我大妞不想拖累赵先生。认识赵先生我大妞很是知足，多谢秦姐，也谢谢二静姐，你们为我的事没少费心。不早了，我们也该回去了，二静姐。"

二静遂起身便要辞别，秦珮却是执意挽留，说是申三又没在家里，与其回去自己做饭，倒不如就在这里让厨子随便置备点儿吃了。于是众人重又坐下。

夜深人静时，二静带大妞回到家中。听后院酒坊的做酒师傅在划拳行令，那抑扬顿挫的声音吵架一般。二静嘟囔道："天天闻酒气，还没闻够，恨不得整天泡酒缸里。"进屋尚未坐下，又道，"大妞啊，当着秦珮的面姐没法仔细问你，听你的话音，像是不乐意跟了赵先生？"

大妞道："姐呀，不是不想跟了赵先生，只是我没有那个命，赵先生说他有家室，那意思再明白不过，这么好的人，也不可能轮上我。再说了，姐，你没见秦珮姐看赵先生那眼神？我是看见了，你再想想她说的话，她是生怕别人碰了赵先生。都是女人，我能懂。"

二静点着头若有所思，少顷，二静道："自打一开始我就觉得你和赵先生的事她不冷不热的，起初还以为是秦珮她担心赵先生瞧不上你，经你这么一说，还真是这么回事。不过，金哥好好的，她秦珮也只能放在心里罢了。"

大妞轻轻笑道："姐，人跟人是不一样的，有的人，她买来一件喜欢的衣服，即便这衣服不合身，挂在衣橱里发霉，她也舍不得让给别的女人穿。"

二静想想大妞的话不无道理，着急地问道："你们两个的事赵先生最后是怎么说的？"

大妞道："姐呀，我配不上赵先生，你是知道的，赵先生才貌双全，你说他一次拿出来两千两银票给刘金和我姐夫他们用，像这样的好男人是打着灯笼都找不来的。别人怎么想我不管，反正我是配不上人家，至于他说的他有家室，这无论是真还是假，既然他这么说了，我就不想去拖累赵先生，只要是他愿意的事，我都会依了他，我怎么着都行。"

二静听罢大妞的话，忽觉眼睛湿润，大妞的痴情和善良深深打动了她，于是伤心地说道："往往是好人没好命，那你今后该怎么办？"

大妞目光空洞地说道："姐，我姐夫去忙矿上的事了，咱这酒坊里缺人手不缺？要是缺的话我下来给你打个下手行不行啊？"

二静立时说道："咱姐妹俩没有不行的。你来了我也有个说话的人了，不然的话你姐整日憋在店里，不忙死也得憋死不可。后院那两个做酒的男人一说话就是赖话，没个正形，没法跟他们说话，你看看人家赵先生，文绉绉、白净净的，出口就是书香味。"

大妞望着门口街面的一块亮光说道："其实吧，姐，我想来店里帮忙，多半是想着这里离他近，即便不见他，想想他就在这里不远的一家院子里，我这心就有了着落。"大妞说时，眼里泪光晶莹。

二静一时间鼻子发酸。她知道大妞自心底真正爱上了赵监，她知道一个女人熬过这些年有多不易，如今好不容易遇见个心仪之人，竟然还是这么个结果。想到此，二静不觉潸然泪下。

两个女人相对哭过后，感觉时辰不早，便关上店门，回内室去了。大妞卧床，辗转难眠，忆起草地销魂之事，恍若幽梦。隐隐传来做酒人沙哑的猜拳声："六六六啊，五魁首啊……"猜拳声的间隙中，夹杂着打更人粗重的吆喝声和梆子声："时至二更，天气干燥，小心火烛。"

翌日，申三赶车自矿上返回寨子。日出数竿，却不见店铺开门，想这女人独自打理酒坊，多有不易，清晨贪睡，并不误生意，平日所卖散酒，多是被寨里人买去，寨里人并无清晨喝酒之陋习。申三去过陕西北部，见牧民居然清晨饮酒，酒在北方乃男人之必需。于是回到寨子，便萌生出做酒念头，本想是做出酒来销往北部的，怎奈做酒之初没有虑及运输的事，等做出酒来，却发觉那马背两侧，怎么也不适宜圆圆的酒缸挂上，且千里迢迢，万一掉下，必是酒洒满地，前功尽弃，最终还是罢了，做酒只卖本地。

大妞开门时，申三一阵吃惊。他不知大妞昨晚住在家里，他见大妞睡意未退的脸上泛着红晕，他见大妞高高隆起的双乳被薄薄的衣衫遮罩，更显神秘。大妞倚门站着，她怯生生地给申三打过招呼，便拿起扫把去扫门前的街面。申三拴马后直接去了后院。

二静正收拾床铺，见申三这么早回来便知一定有事，丢下手中活急着问道："这么早就回来像是有事吧？"

岂知，申三贼一般关上门，二话没说，径直过去便把二静按到床沿，他就站在地上解开了裤子。二静推搡后嗔怪着，只片刻便草草了事。

申三拉开门，惬意地笑道："隔个十天半月的，就是不一样。"

二静道："没脸的货，急急地回来就为这点儿事？"

申三道："矿上那个厨子家里有急事得回去三五天，要是再找个厨子吧，只用人家这三五天，没法给人家说。我是想让你去矿上凑合几天。煤矿的生意一天好过一天，咱这酒坊今后不开算了，拴人还挣不了多少钱。"

二静道："酒坊虽然赚钱不多，可好歹是个稳当生意。再说了，后院那么多做酒的家什，大大小小都是钱买的，做酒时，都能派上用场，不做酒了，就成废物了，糟践了多可惜！申三呀，我去矿上三五天还行，让我天天待矿上，你压根儿别打我的主意。"

申三想了想，嬉笑道："那你隔三岔五去一次矿上算了，让我那个一下你再回来，省得我撇下那么多事往家里跑。"

二静道："闭住你那臭嘴！你这臭嘴天天跟吃屎了一样。"

忽想起大妞来，申三道："大妞什么时候来的？"

二静道："前天。这次不走了，她想在酒坊帮我打打下手，这下总算是有个说话的姐妹了。"

申三道："以前让她来酒坊帮忙，说什么都不肯，这回怎么愿意了？"

二静道："我昨晚带她去金哥家见过赵先生了，回来她就主动给我说想留在酒坊陪我。"

申三眨巴眨巴眼，望定二静道："他们见过了？就只是见见？"

二静道："赵先生昨晚带她出寨子走了走。他们的事不一定能成。"

申三不怀好意道："走走，还晚上，去草地里了吧？怕是已经成事了。自从你上次给她仔仔细细说了赵先生的为人后，我看她就已经迷上赵先生了！"

二静骂道："你狗嘴里吐不出象牙来。滚，滚，滚。"

申三道："好好好，不说赖话了，咱说正经事。你看这矿上做饭的事是你去还是让大妞去，横竖也就三五天，你们随便去上一个，这样一来酒坊也就不用关门了。"

二静想想也是，于是，两人出了内室。

二静把矿上的事说给大妞后，大妞迟疑良久，最后大妞应道："那还是我去吧，酒坊的买卖我还不熟悉，做饭还是能凑合着来。"

大妞去后院收拾一番，提溜出个包袱来，她先将这包袱扔上车，随后攀上马车随申三去了。

大约女人天生就有做饭的潜质，大妞一进伙房，简单看过伙房里的原料，挽起袖子先蒸馒头。面缸里本就有现成的面渣头，大妞将渣头扒出，先用温水把渣头泡开，然后揉进面里，之后将面盆搬到炉子旁取温。就在面发酵的当儿，大妞开始切肉，再将大白菜搬来五棵，逐一切了。待面发好，大妞开始蒸馒头，蒸锅坐上后，将馒头一一摆上。炒菜时，颇费力气，所谓的锅铲实际就是种菜用的铁铲，需双手翻炒。铁锅磨盘般大小，翻炒时恍若给外头的马车装煤。炒肉之后放白菜，佐料放过后再兑水，兑水之后放粉条，如此这般，一锅大锅菜告罄。大锅菜在兑水前是要放些酱油的，有利于肉菜入味，酱色艳丽。等大妞把小米粥做好，起先放在另一个火炉上的馒头业已蒸熟。

十多个大男人狼吞虎咽后，大妞将伙房收拾干净，看工人各自洗过的碗还算干净，大妞便拖着疲惫的身子去了属于自己的小木屋，她简单洗洗脸就和衣躺下了。

野外的夜比寨里静谧很多，夏日的风柔和温顺，只将门外一棵小树的枝叶扫上门边，发出嗞嗞的声响。屋内闷热，大妞找来一块纸板当了扇子在身前“吧嗒”。

传来轻轻的敲门声，随之是申三的说话声：“大妞，屋里热，给你一把扇子。”

大妞忙道：“不用了，姐夫，我都睡了。”

申三又道：“我都拿来了。另外，姐夫得给你说说明天做什么饭。”

大妞起身开了门，站门口接过扇子便问：“明早不还是馒头稀饭吗？中午做什么？”

申三把大妞拉进屋内床边坐下，轻声说道：“中午做捞面吧。没做过这么多人的饭吧，我看看把小手使成什么样子了。”说时，已伸出扇子般的大手去拿大妞的手。

大妞赶忙躲闪，忙道：“没事的，姐夫。你快去睡吧，我瞌睡了。”

申三嬉笑道：“这会儿知道瞌睡了？昨晚跟赵先生在一起恐怕就不瞌睡吧！”

“别动我！再动我就喊人了。”

“嘻嘻，喊人？这里的人都是我出钱雇来的，我还怕你喊人？”

“姐夫，你别这样。姐夫，求你了。”

“姐夫能怎么样你呀！大妞啊，你是不知道，多年前你嫁给那个不中用的家伙时，姐夫就难受了好多天，你分明是一块花地，硬是给猪拱了。”

“你说的什么呀，姐夫。”

“你再动我，我真敢给我姐说。”

“给你姐说？那你就说好了，你姐知道我碰你了，你姐还会留你在酒坊吗？你不是想经常看见赵先生吗？”

“我……我……”

“听话啊，大妞，就这一次，这次以后姐夫要是再有非分之想，天打五雷轰，姐夫不得好死。”

“不不，你不能这样，你这是丧尽天良。你就不会跟人家赵先生学学？看人家那为人。”

“姐夫今晚就丧尽天良一次，男人都这德行。你还别给我提那赵先生，你以为他有多正经？跑到金哥家一住就不走了，不是喜欢上秦珮嫂子了才怪呢！俗话说得好：夜猫子进宅，无事不来。看透不说透，还是好朋友。”

“胡扯八道！你别乱往赵先生头上泼脏水。好歹赵先生是对你有恩的人，不是赵先生拿出来一千两银票，你这煤矿能开张吗？以为我不知道呢！”

“你以为那银票是给我的？那是给刘金的好不好？算是刘金的股金，是刘金的也就是秦珮的，到头来我还不得一分不少地还给刘金？连本带利。”

“总之，不是赵先生这钱，你拿什么开矿！”

“大妞你这话说得确实在理，今晚就不给姐夫讲道理了好不好？今晚你依了姐夫，今后矿上、酒坊你想在哪里干随你挑，想干活就干活，不想干活就歇着；今晚你不依了姐夫，你哪里都待不成，你想天天见到赵先生的美梦一定会落空。今晚的事你要是让你姐知道了，你照样是哪里都待不成，你看着办吧。”

“你就不怕对不起我姐？你不怕，我还怕对不起赵先生呢！”

“你这么说，我更来气，凭什么他赵监能沾腥，而我就不能？”

“你说的是什么呀！姐夫你论理不论呀？”

“姐夫今晚就是不想论理，明天开始再论理。姐夫说话算话，姐夫对天发誓，就这一次，妞妞，你就了却姐夫这个心愿吧，不然姐夫死不瞑目。”

“看你都说的是啥！”

“听话啊，妞妞。”

“赵先生，呜呜呜……”

申三亟不可待地压了上去。

传来一声猫头鹰的啼鸣。之后的夜静谧异常。

## 第十六章

# 汝州知州赴庆典
# 山林捻军进古寨

赵监近日心烦意乱。砖茶业已售罄，看利润还行，刘金便急于再赴湖北进货，鉴于上次刘金在茶园遇险，加之刘金年纪稍长，长途奔波本就极耗体力，赵监想自己带柱子前往，怎奈保长有话，让他最近切勿外出。保长说寨门已经完工，但等知州大人得空前来参加庆典，庆典之时，万一任大人问及这寨门题匾之事，当事人不在恐有不妥。

刘金进来时，赵监正斜倚床头看房顶。他见纱状的蜘蛛网搭在两根椽子间，一只硕大的蚊子困于网上，这蚊子使出浑身解数百般解困，终难脱身，于是罢了。那蜘蛛远远看着，见蚊子不再动弹，便顺丝赶来，得手后退至原处，蜷缩着品味适才的美味。赵监想，那蜘蛛腹中之物何止小小的蚊子，该有他的热血才是。想到此，忽觉胳膊痒痒，一挠，真有疙瘩隆起。

“这房顶低，屋里闷热，后院那两间早给你腾出来了，就是拖着不搬。都是一家人，谁都没拿你当外人，还是及早搬到后院住吧。”刘金一进屋便轻声说道。

赵监忙起身说道：“我还是住前院吧，大哥，你的呼噜声打雷一样，我的呼噜声一点儿不比你小，两个人一声高过一声，你还让不让人家睡了？还是算了吧。再说了，我喜欢听毛驴的吃料声，毛驴的叫声也好听。”

说来也怪，赵监话音刚落，那毛驴居然“咿呀咿呀”地鸣叫起来，这声音抑扬顿挫，余音袅袅。于是两个人哈哈大笑。

忽想起开封的刘胜，赵监道：“大哥呀，不知公子刘胜在开封那边的生意如何。他在开封还没成家，一旦在那边成了家，只怕再想让他回来就难上加难了。你看我们的生意日渐做大，煤矿上虽是由申三主理，大哥对申三又极为信任，可你想过没有，你所占股份毕竟远大于申三，不指派个亲人待矿上终究不是个事。还有这茶叶生意，加之客栈生意，三种生意单凭你我怕是心余力绌。”

刘金思虑片刻，点头说道：“你说得是。当初只是想把生意做大点儿，可一旦生意做大了，没想到的事情就出现了，比如眼下，眼看着该去湖北进货，你是担心我身体吃不消，不想让我去，可你又脱不了身，让柱子一人去又不放心，这么远的路。过年刘胜回来时我就问过他有没有回半扎寨的打算，这孩子很孝顺，他说那边两个老人身子骨不好，身边没个人照顾怕是不行。孩子都这么说了，我还能说什么，毕竟人家抚养他一二十年。至于先生所说的煤矿上的事，我不是没想过，也不是像你说的对申三有多信任，只是没有别的法子。申三跟猴一样，我心里清楚，不过，自小他就怕我这是真的，他做事会掂量的。煤矿出煤，原本就是先生点石成金，把一步死棋给走活了，这是我当初想都没敢想的事，他申三也不会想到这天上掉馅饼的好事会砸到他头上。既然是我们这边促成了这桩好事，你还拿出那么多钱来，人要是还有一点儿良心的话，说什么都不会做出不地道的事情来。”

赵监无奈道：“既是眼下没有别的法子，那就暂且顺其自然吧，正所谓‘和其光，同其尘’。”

“去湖北的事，我看这次还是我跟柱子一块儿去吧，再让他熟悉一下那边的情况，下次就可以让柱子独自去了，反正是有马帮负责送货的。”刘金道。

赵监道：“要不缓几天，等寨子的落成庆典过后我跟柱子一起去，我是担心大哥路上受罪，怕你吃不消，毕竟年龄不饶人。眼下新茶已经开采，此去不用担心茶园没货。”

“路再远，是马跑，又不是大哥跑路，先生不用担心。你得空去矿上看看，只随便看看就行，查看矿上账目的事还是由我来，免得申三对你不满。”刘金道。

赵监点头应下后，刘金回内宅去了。

刘金和柱子南下湖北才三天，保长差人来告知赵监，寨子的落成庆典已定在明日。保长的人走后，赵监见一个驼队满载货物慢吞吞进了院子。平日里是柱子安顿骆驼的，见商客一边卸货一边嘴里嘟囔着什么，赵监恐客商不悦，便上前牵着骆驼。等货物卸去，遂将骆驼牵向马棚。岂知，今年是厨子李卫的本命年，老婆给他做了件红色短裤，早晨洗过，正挂在绳上晾晒，偏有一阵强风刮过，红色短裤不偏不倚被风吹到骆驼的耳朵上，于是这耳朵旗杆般挑着红红的短裤迎风猎猎。骆驼见不得红色，惊恐之下甩头奋蹄。这短裤倒也出邪，骆驼甩头竟也不能将它甩掉，于是骆驼生怒，跳起老高，赵监像是一枚枯叶般被骆驼顶出一丈开外，重重撞在石槽上。

这一幕恰被自后宅出来的秦珮看见，这个一向婉约绮媚的女人此时疯了般奔向赵监，骆驼仍在奋蹄，她却全然不顾。好在客商找准时机，扯掉那红色短裤，死死拉住缰绳，这骆驼终于息怒。

赵监只是一时昏厥，醒来见秦珮正单腿着地，另一只腿支起赵监的头颅，正拿手帕轻擦赵监额上血迹，她的小手葱白般在眼前游来游去，一如碧水之中游动的鲢鱼。赵监见秦珮头发散乱，黄昏时的风将长发忽而贴在秦珮脸上，忽而扫过赵监的面部，赵监一时觉得脸上痒痒，而又温柔芳香，他看见秦珮脸色煞白，泪眼汪汪。

厨子将赵监搀扶进屋，放在床沿。他见赵监忽然站起身展展双臂，径直走到门口，笑道："像是做了一个梦。没事啊，没事。"

秦珮长出一口气，嗔怪道："还逞能！都把人吓死了。"说时，见刘真站门口出神地望着她，她看见刘真眨着眼睛，若有所思。

夜深人静时，秦珮来看赵监伤势，她说明日赵监要参加庆典，额头一块擦伤，有碍观瞻。赵监笑道："你以为我是什么大人物啊！还观瞻。哎呀呀！又疼了。"说着，便在床沿坐下。秦珮忙挨着坐下，正要去掏手帕，却见赵监诡笑一下，知是赵监装疼，于是拍了赵监一下，又说了些闲话便带上门去了。

翌日，赵监照照铜镜，见额头的擦伤已经发暗，不似昨日血红，却正处脑门正中，的确不很雅观，于是喊过刘真，要来脂粉，将擦伤处抹了厚厚一层，而后奔庆典会场去了。望着赵监的背影，刘真暗道：聪明人谁都喜欢。

寨子里的高跷队前来助阵，在西寨门外的空地上原地转圈。锣鼓队分列寨门两边依次排开，声声激昂。保长、张老及寨子里和寨子外相邻村寨的乡绅名流齐聚一堂。赵监则站在圈外，安静地看着头顶的匾额被一块红布遮罩，他看见一只麻雀将黢黑的双爪立在红布块的上沿，仪态安详地俯视着寨楼下翘首以待的人们。

锣鼓声响响停停，大约是敲打时间久了手臂发困的缘故。人们不时举目远眺，见窄窄的小路上空空如也，站得双腿发困，依旧不见知州大人的大驾出现。

有眼尖者最先叫道："来了，来了，我的天，那么多人！"

赵监看时，见汝州知州任恺却是弃轿骑马而来，这个五品文官着白鹇补服，水晶顶冠，八蟒无爪蟒袍，两侧是带刀随从，身后是携枪兵士。赵监迟疑着踅至保长身后，他用手指蘸上口水后旋即将额上的脂粉抹掉，而后对保长说："保长啊，我这头昨日被住店的骆驼踢到了，原以为不妨事的，这会儿却疼得头晕，我就不参加这庆典了吧？"

保长看看赵监额头的伤痕，点头让赵监去了。

任恺下马时，早有随从将随身所带马凳放于马下，任恺踩凳下来，径直走到张老和保长跟前，扬扬手算是给众人还了礼，立时锣鼓声戛然而止。保长高声说道："半扎寨新寨落成之际，承蒙任大人大驾莅临，此乃新寨之幸！实属举寨之福！现请任大人为石寨落成揭幕。"

立时，掌声四起。任恺神采奕奕，徐徐走到寨门口，伸手接过张老递来的一根绳子，只轻轻一拉，寨门上头的红布便飘然而下，"鸿奖"二字赫然呈现，原本立于红布之上的那只麻雀摇摇头翩然而去。任恺端详良久这"鸿奖"二字，随后回转身蔼然一笑道："各位乡绅，各位贤达，半扎寨新寨落成之际，本官有幸前来道贺，荣幸之至！任恺赴任之初，曾专程到访，知古寨山清水秀，民风淳朴，且举寨祥和，商贾兴盛，皆因望族引领得体，里胥治之有方。吾朝多劫，先有太平军滋事，再有捻匪袭扰，土匪蜗居山里，伺机掠民之事也时有发生。今寨墙高筑，坚壁清野，再有寨丁勤勉，谅宵小顽冥之徒定会闻之胆寒，不敢再行滋扰，如此一来，半扎寨皆沐和风之下，实属幸事一件!”

之后，厚重的寨门徐徐开启，一行人簇拥着任大人看过寨门，循着石寨向着南门走去。

“这寨门上的匾额出自哪位之手?”路上任恺问道。

果然被问及此事，张老忙道：“寨子里有个叫赵监的人，此人笔力尚可，当然了，他的字跟任大人的字比起来那还是差着一截。”

任恺道：“这人在吗?”

保长忙道：“本来是来了的，谁不想一睹任大人的风采！只是他昨日被骆驼踢了，适才头晕得厉害，支撑不了，又回去躺下了。”

张老道：“任大人您看是否叫他过来?”

任恺道：“既是有伤，那就算了。半扎寨藏龙卧虎啊!”

任恺之言，既道出了对赵监之字的欣赏，也留住一个文人的自尊。

一行人顺寨子走了半圈，而后在保长引领下来到“德丰苑”。宴席自是置备停当，保长邀请任大人给众人讲个祝酒词。任恺张嘴就来：“首先谢半扎寨诸位的盛情！新寨子既已完工，就该让其发挥应有的作用。太平军虽败，其余孽犹存，朝廷必当斩草除根，不留后患。捻军眼下已是强弩之末，不足为患，但绝不可掉以轻心。至于山间土匪，相信有在座的诸位运筹，有诸多寨丁昼夜守护，区区匪寇，不足挂齿。最后，谨祝半扎寨三门瑞气，万里和风。谢诸位!”

任恺进士及第，讲起话来自是面面俱到、游刃有余。

酒宴结束时已是夏日西斜。席间，保长试着问任恺，半扎寨修寨工程浩大，所用银两自是超出预算，不得已，才去钱庄借贷，眼见钱庄逐月催贷，还贷又是遥遥无期，看州府能否体恤一二，好使寨子渡过难关。任恺听罢，面露为难之色，叹息之后，连连摇头。保长见状也就罢了。

保长哪里知道任恺之苦衷。咸丰年间，朝廷就有上谕下达各省，着各省督抚督办民间修寨事宜，所需款项皆由民间自筹。修寨筑堡既是御敌之用，所用款项本该由朝廷出资，怎奈大朝早已是多事之秋，外有洋人要挟赔款割地，内有太平军、捻军虎视京畿，朝廷非但奇缺御敌之银，还缺御敌之兵。仅以河南为例，除却八旗官兵八百多人驻防省城开封外，全省布防的绿营兵不足一万六千人，巡抚统率标兵两营，两千余人，提督统率标兵三营，三千余人，又有河北、南阳、开归三镇总兵，各统兵一千，河南、卫辉、汝宁、归德各设参将，兵各一千，如此一来，一县之城，兵不满百，如遇战事，难免捉襟见肘，故而，朝廷便下旨让民间自保，自建寨堡，自招寨丁，所需开销，悉以自筹。

送走任恺等人，保长、张老等便各自散去。没有人知道，恰是这一日的黄昏，一帮骑马人悄无声息地住进了半扎寨。

夏秋交替之时，天高云淡，虽是日暮黄昏，天际依旧湛蓝。女人在老龙头边洗衣，孩子在万泉河里嬉戏。不远处的磨坊传来石磨吱吱的声响，这石磨声在哗哗的泉水声里显得沉闷异常。高高的水车被截流的河水冲击，笨拙地转动，然而，这水车带转的石磨却一点儿不慢，石磨日复一日年复一年地磨出半扎寨人日常所需。

铁匠铺近来却悠闲许多，随着寨子的完工，修寨所用的铁制工具自然少了不少。但屋里的火炉一刻没有熄灭过，那长长的火蛇依旧蹿出老高，叮叮当当的大小锤子交替打在铁砧上的浑厚声音依旧抑扬顿挫，火星在锤下飞溅，火苗将暮色里的街面映出暗红。

一位老者在晒场说书。老者一眼独盲，满脸沟壑般的皱纹昭示着生活的艰辛。老者手拉二胡，右脚脚板上套根绳子，绳子连着一根木棍，木棍连在跟前吃入地下的一根木柄上，木柄上端固定一个空心木棒，他右脚一动，这木棍便敲打在那空心的木棒上，木棒发出清脆的梆梆声。梆梆声和着凄婉的二胡声，伴着老者低沉的吟唱，混合出一种悲咽的河南坠子曲调。

> 年年有个三月三，
> 王母娘娘庆寿诞。
> 众八仙赴罢了蟠桃会，
> 王母娘娘便开言。
> 王母娘娘开仙口，
> 出言来再叫太白李金仙。
> ……

晒场上围坐不少前来乘凉听书的人，男女老少息声禁言，只初秋的风裹着丝丝凉意，在日暮时分拂过晒场，吹动一侧的树叶，生出窸窣声。一个顽童大约是难懂抑或是难耐这如泣如诉声，顶多是好奇，他悄悄迂回到老者跟前，探头端详那棒子的敲击处，随后试着伸手去摸。他的手指尚未触到木棍的当儿，便招致大人一声断喝，顽童旋即逃匿，老者脸上露出一丝不易察觉的微笑。不时有人向老者跟前的箩筐里放些馒头、油饼等食物，也有人丢几枚铜钱进去，老者均不理会，直把那凄婉的坠子唱得让人黯然神伤，声调之高，就连寨门上值守的寨丁也能隐隐听见。

在寨门尚未关闭之前，寨子里来了六个人，他们各自牵着高头大马，马背上却没有晋商那笨重的货物，只有少许包裹。这六人进得寨门后，三个人牵马进了刘金的东西顺，另外三个去了不远处钱贵的南北缘。

起初，赵监正给他的驴子喂食，听见马蹄声，赵监便离开驼马棚去接待客人。这本是柱子的活，怎奈柱子随刘金南下湖北尚未返回。来者却很是客气，没让人帮助收拾行装，不像是老熟客咋呼着喊人帮忙。这三人要了晚饭，安静地吃过，说是在马上颠簸一路，腰酸背痛，想去寨子里随意走走，松松筋骨。赵监简单说了可走的路线，便由着这三人去了。

三人出门后，其中一个勾头回来，轻声问赵监："寨子里有那个的地方吗?"见赵监迟疑，那人又道，"就是销魂的地方。"赵监小声说："出门不远右走，走一箭之地，你就听见唱曲声了，那个小巷叫碧云巷。"

"那人说的什么呀，赵叔?"赵监回身走到屋门口，却听刘真在幽暗处冷不丁问道。

"女孩子家别乱打听事，回后院吧，平时别动不动就往前院跑。"赵监道。

见刘真噘着嘴回了后院，赵监便独自在院里转悠。他见厨子李卫已将伙房收拾停当，便喊过李卫去驼马棚给马喂料，自己依旧在院中踱步。

原本是月挂中天的，不知何时，薄薄的云已将圆月遮罩，那圆月只露昏光于稀疏的淡云里。轻风吹拂下，西墙边那棵老杨树叶声窸窣。李卫在马灯的暗光里拌料，一边的毛驴发出不安分的顿蹄声。赵监走过去抚抚驴头，那驴一下子安静下来。李卫笑道："赵先生啊，你这毛驴真的很通人性啊，我刚才给它喂料，越喂它越是不安分，不是摇头就是顿踢。"赵监道："是啊，驴子本就胆小，大约是因为它个头小，见不得身旁立着三匹高头大马。你要是把它放进鸡圈里，它指定不会胆小，若是有哪个鸡子惹着它了，它一抬腿就能踩死一只。"赵监这话把李卫逗得哈哈大笑，赵监也随之笑出声来。离开马棚时，赵监又道："自古就是君子量大，小人气大，恶人胆大，善人福大。然而，不是恶人，你有时必须故作胆大，不得已而为之。"厨子揣摩着赵监的话，似懂非懂。

二更时那三人敲门回来。见他们进屋不多时就熄了灯，赵监这才关门睡下。

翌日，那三人早早起来，却不吃饭，说是出去走走，便带门出去了。他们循着寨墙，走遍整个寨子。回来时，厨子已将早饭端上桌子。这三人匆匆用罢早饭，付了饭钱和房钱，牵马去了南北缘。他们刚到南北缘门口，住在南北缘的另外三人约好似的正巧出来，于是六个人上马奔东门去了。

这六人自东门进来，又从东门出去，这一点极为反常。赵监望着他们离去的背影，有种不祥的预感悄然袭上心头。恰在这时，南北缘的掌柜钱贵匆匆向这边走来。钱贵拱手跟赵监打了招呼，便一同来到赵监的房间。

钱贵尚未落座便开言说道："赵先生啊，我怎么看这几个住店的人都不像是商人，昨晚在你这里住的三个人没有什么异常吧？"

赵监心事重重道："这话也正是我想问钱掌柜的。他们昨晚从东门来，今早又从东门走，这一点极为反常，总感觉这几个人鬼鬼祟祟的，指定不是正经商人。"

钱贵低声说道："他们的包袱里像是藏有家伙。"

"你看清了？"赵监急急问道。

“没有看清。不过，那用粗布包着的不是大刀就是火枪，还叮当作响。也不像是土匪呀，什么东西都没偷。”钱贵道。

“可怕的也正是他们什么都不要，什么都不稀罕。不过，他们昨晚吃过饭就急于打听哪里有声色之地。”

“去了吗？”

“像是去了。”

“这么说，他们是为色欲而来？住在我那里的三个人可没有出去。”

“恐怕没这么简单。怎么看他们都不像是土匪，土匪没他们整肃，怕是捻军无疑。”

“捻军？”

“钱掌柜，你别怕，犯不着为捻军害怕。捻军大都是穷苦出身，过不下去的人才去当了捻军，当然了，也有个别的是被人胁迫而去。一群乌合之众，鼠目寸光，各自为战，能有什么好前景！试想，当年太平军势如破竹，四大天王谋略过人，英勇善战，他们尚且难撼朝廷，区区捻军奈之如何！惜造反者皆因内耗过大，招致中途夭折。”

“赵先生啊，你这话说得是不是有点儿远？他们反朝廷也好，不反也罢，这跟我们有什么相干！改不改朝换不换代你我都是开店换口饭吃，我关心的是我们半扎寨能不能有个安稳日子。”

“你瞧那才走的几位是个干大事的人吗？换了你，你想在半扎寨做点儿什么文章，既是不想让人看出来，那你就该扮作商人的样子，弄几块石头装袋子里不行吗？也好冒充一下里面是货物。你自东门进来，而后从西门出不行吗？也好让人觉得你就是途经此地的经商者，哪怕是你从西门出去，山里绕一圈后再绕到东边去也行啊！从这一层来讲，这些人不是脑子有问题就是目空一切，脑子有问题者好对付，目空一切者同样好对付。”

赵监这一席话让钱贵不由得暗自佩服，他心中悬着的石块蓦然落地。末了，钱贵道：“愿上天保佑半扎寨平安无事吧！噢，对了，赵先生，用不用把这可疑之人的事告诉保长？”

赵监道：“人都走了，给保长说了有什么用？即便人没走，人家只是住个店，顶多去销销魂。还不清楚这些人是什么来头，我这也只是瞎猜而已，再等等看吧。”

回家的路上，钱贵暗自揣摩：这赵监到底什么来头，他一点儿都不像是个算卦先生。

## 第十七章

# 贩砖茶刘金回寨
# 历艰辛刘真成婚

刘金和柱子带马帮自湖北回来已是亥时，只在寨门前喊门就耽搁了足有一袋烟工夫。那值夜的寨丁说这个时辰开门，他们做不了主，须征得队长应允，不然他们少不得挨骂，把刘金气得只想骂娘。无奈，只得好话说尽，让寨丁快点儿去禀报队长。

寨门终于开启。回到家里早已是饥肠辘辘，于是刘金忙唤厨子快去做饭，并再三叮嘱多做八个人的饭。马锅头听见，过来说不用做他们的饭。刘金执意不肯，到家了，还让马帮支锅造饭这未免过于不近人情，说出去会让人笑掉大牙。然而，就在两人争执的当儿，马帮的人已经将大锅支起在马棚的边上，他们自带木柴，只片刻，火苗便腾腾升起。

两个人造饭，其余人卸货，卸货完毕，又逐一将马牵进马棚，再从他们所带的麻袋里倒出饲料，给马喂上，然后开始在院子正中搭建帐篷。所有这些活他们做得井然有序，这让一旁看着的赵监很是敬佩。

刘金从茅房出来，见状很是生气。今晚没有客人住店，那么多客房空着，他们却执意要搭建帐篷，这一点让刘金匪夷所思。赵监道："大哥呀，他们自然知道你是出于好心，可马帮有马帮的规矩，随他们的意吧。"

本就两个人的饭，回屋时，厨子已将晚饭做好。见桌上菜品不多，赵监遂让厨子赶制两个，然后，再要来一壶老酒，陪刘金在桌前坐下。

"我给大哥敬上一杯，这一路上没少吃苦，干了。柱子，你傻愣着干什么？一起喝。"赵监举杯笑道。

“年龄大了就是不一样，这也没干什么活，就只是骑骑马走走路，就觉得骨头散了一样。看人家马帮的人，那可是屁股就没有挨过马背。”刘金叹道。

“毕竟有这么远嘛！柱子觉得怎么样？”赵监一边劝酒一边聊道。

“我没事的，看了外面的风景，也见了不少稀罕事，我算是开眼了。”柱子狼吞虎咽地支吾着。

“讲点儿稀罕事呗，下次我也想去。”一旁的厨子羡慕道。

“那正好，下次去湖北，你们两个结伴。”赵监顺势说后，见两人对视一下，喜不自胜。

柱子抹把嘴讲道：“赵先生啊，昨晚我们又住在了上次住过的那个小镇子，就是南阳城外的那个。马帮的人就在官道边的一块临水空地上搭起了帐篷，他们用网绕了一个圈子，跟院子一样。我和刘掌柜还想住上次住过的那家客栈，却怎么也找不着，正要问的时候，走过来两个妖里妖气的女人，伸手就拉住了掌柜的马缰绳。你说也怪，她们怎么知道我不是掌柜的呀？她们说：‘这掌柜的一看就是大富大贵的人，今晚怎么也得让我姐妹一起侍奉侍奉您！’这下可把刘掌柜吓坏了，他牵马就跑，我本来是在弯腰整理鞋袜的，起身可看不见刘掌柜了。人家姐妹根本不理我，见刘掌柜跑了，姐妹俩哼着小曲就走了。我急着去找刘掌柜，人多，却走错了路，寻了半天，却发现自己走到了寨子的边上。见一个小孩在逮蛐蛐，就上前摸着小孩的头问：‘这是什么地方啊？’那小孩说：‘这是我的头！’”

刘金本来正在咽下一口酒，没忍住，呛得满脸通红，立时怪道：“这种事不要在家里说！”

“不在家里说，那要去哪儿说呀？去碧云巷里说？不说就不知道你们男人在外都干些什么了？”不知几时，秦珮和刘真已站在后门的幽暗里。

“你看我干什么？我又没出去！”见秦珮正拿眼盯着赵监看，赵监大声申辩道。

满屋人哈哈大笑。却见刘金摆摆手，又指指屋外道：“小声点儿，马帮的人估计已经睡了，人家可是一直走了一千多里地。”

于是，不再有人大声逗笑。柱子吃过饭和厨子出去后，赵监请秦珮和刘真过来坐下，话题自然而然就回到了刘真的婚事上。

赵监陪刘金小酌了几杯，他推开酒杯，看着刘真道："真真，你和张炽的事到底该怎么办呀？你们就这么一直拖下去不成。你们不急，我可快急死了，吃上你们的鲤鱼太难了！"

刘真怪道："这又不怨我，是人家不愿意了，我有什么办法？"

赵监追问道："你一直就没去找过张炽吗？"

刘真高声道："我干吗要找他？他怎么不找我？"

刘金责斥道："怎么给你赵叔说话呢？你不是孩子了。"

见刘真不再言语，秦珮一旁道："上次张炽把话说到那个份儿上了，真真去找他该如何开口！有那个心的话，他自会来家说道说道的。"

刘金怪道："还不是因为真真打了人家吗？一个女孩子家像什么样！哪里不能打，偏要去打人家的脸，偏偏还让店里伙计看见，他张炽好歹也是个钱庄掌柜，你让人家如何站在人前！"

刘真委屈道："谁让他床头放着钱玉的扇子呢？再说了，又不是真心打他，打得又不重。"

听了这话，刘金既好气又好笑，再怎么说真真还是个孩子，于是刘金求助似的望望赵监。赵监自然是听出刘真的话里隐含的对于张炽的情意，他自斟一杯，仰脸饮下，又摇头说道："世道不太平，总感觉要出点儿什么事似的，孩子的婚事该及早办了才放心。明日我再去会会那小子，惹我恼了，我把这小子的脑壳摘下来。鲤鱼难吃，鲤鱼难吃呀！"赵监说罢站起身，摇摇晃晃走向自己房间。

秦珮很想上前搀扶一把，最终还是没有伸手。倒是刘真忙过去扶住赵监，一同去了。

刘金叹道："还是赵先生用心，这家里什么事他都当成了自己的事，这让我该怎么报答人家啊！"

秦珮忽闪着明亮的眼睛，欲言又止。

次日，赵监来到半扎钱庄时，张炽正在后院客厅与一个外地客商谈事。那客商见有人进来，忙起身道："那就这样吧，有劳张掌柜再宽限几日，既然有客人，那我就先行告辞了。"那人和赵监互相拱手后辞了出去。

张炽忙把茶泡上，礼让赵监坐了上座。赵监从腋下拿出包好的一块砖茶道：“这是刘掌柜昨晚从江南带回的上好砖茶，非要我给你捎来一块，说你平日里喜欢喝茶。”

张炽一阵脸热，极不自在地说道：“这，这该是我张炽先去看望刘叔才是的，只是不知道刘叔昨晚回来，张炽失礼，张炽失礼了，有劳赵叔回去给刘叔说一声，就说我张炽回头置备一份礼，专程过去看刘叔。”

好似是一盘死棋瞬间又现转机，赵监在得意于自己棋艺的同时忽觉张炽上次所言也是一时气话，于是，悬着的心安稳许多，他品口茶水说道：“其实，真真一直在后悔当初不该那样对你，只是这丫头自小给惯得不成样，心里后悔就是不愿自行说出来，却是经不住我一说，我说我要找你算账来着，你猜她怎样？她好话替你说了一大堆。”赵监说罢哈哈大笑。

张炽愧疚道：“赵叔，其实当初一点儿都不怪真真，都是我的错。我当初听说有人给真真提了一门亲事，男方是大营的，家境很是殷实，为此我还专程去了大营一趟，我见那个男的长得也行，于是也就灰心了。可昨日听申三申掌柜家的婶子说，当初她是给真真提过这门亲，真真说什么都不答应，连见都不见。”

赵监道：“给真真提亲的事你是听谁说的，又是你的那个邻居吧？对于提亲的事，真真一直很反感，说什么都不答应，真真对你这份情我都很感动。”

张炽屈身拱手给赵监施一大礼，眼里含着泪光说道：“还请赵叔替侄儿在刘叔和婶婶跟前多美言几句，回头张炽登门谢罪！”

赵监起身道：“谢什么罪！你何罪之有！不就一点点误会嘛，说开了也就没事了。道家云：理无常是，事无常非。好了，我该走了，吃上你们的鲤鱼可真难！”

赵监的话竟把张炽逗乐，张炽笑道：“回头侄子专程下河给赵叔逮鱼去。”

赵监走后，张炽刚把适才赵监所用茶碗拿去洗了，钱贵的女人王隽携女儿钱玉便款款而至。这个精力充沛的女人一向心机过人，她明知张炽两年前曾和刘真有过一段旧情，至于这两人是否出过那种事，至于坊间传闻是真是假，除却两人，外人无从知晓，她却依旧乐此不疲地执意将女儿许配张炽。盖因张炽家境殷实，立业有成？可钱玉虽非身处钟鸣鼎食之家，可也绝非荆钗布裙之辈，然而，王隽为此事却是煞费苦心。

“赵监来了？远远地看背影像是赵监，又是撮合你和刘真的婚事的吧？这人可真烦人，又不是他自己的事，一天到晚瞎操心。”王隽在赵监坐过的椅子上坐下，边示意钱玉一旁坐下，边嘟囔道。

“是这样的，婶子。我和真真的事寨子里的人恐怕都知道些，真真一直等我两年多，不娶真真，我怕对不住人家。”张炽异常干脆地说了自己的意愿。

本以为王隽听后会就此有个了断的，岂知王隽反而愈加执着，大约是越是争着要的东西就越是显得金贵的缘故吧，这王隽一时间显得亟不可待，她激动道：“什么叫等你两年多？那是她没有遇到好人家，要是遇到个说得过去的，你看她会不会等你。张炽你就是太实诚，你知道她这两年里就没有见过别的男人？”

“婶子呀，这一点我张炽深信不疑。其实吧，钱玉真的是个好妹子，长得好，又贤惠，话不多，到哪里都是一副怯生生的样子，没有哪个男的不喜欢，钱玉妹子一定能找到个比我好的。”张炽动情道。

钱玉难为情地说道：“娘你就别再说了，别让张炽哥为难了，本来张炽哥和真真姐两年前就好上了，不是为了真真姐，张炽哥才不会跑到半扎寨开钱庄的，这些事寨子里人都知道的。”

王隽忽然变色道：“你这死闺女，娘这不是为了你好呀！你反倒替人家求情。”

张炽道：“婶子呀，不管怎么，今后我都会对钱玉好的，我们本来就常在一起玩儿。”

王隽怪道：“那是不一样的事！真是孩子。”

送走王隽母女俩，张炽如释重负，尚有几分愧疚萦绕心间。见赵监拿来的那块砖茶还在茶几上，忽想起该去趟汝州城置备点儿礼物了，半扎寨确实没什么可买，于是吩咐伙计收拾好马车，自己驾车奔汝州去了。

马车来到寨子西门外，忽有一粒石子迎面飞来，这石子不偏不倚正巧砸在枣红马的马背上，然后又反弹到马车上，几乎是擦着张炽的颈项而过。张炽看时，却是刘真领了几个孩子在用弹弓打树上仅存的桃子，一个男孩流着老长的鼻涕歪头眯眼专注地向着树上瞄准，张炽装作疼痛的样子喊了一声，立时，这帮孩子鸟兽般散了。

见是张炽，刘真仰望树上桃子，一言不发。

张炽近前问道："用弹弓能打掉树上桃子？怕是比用手拽下桃子都费劲。"

刘真道："管得着吗？"

张炽笑道："你不猜猜我这是要去哪里吗？"

刘真道："懒得猜。"

张炽道："我要去汝州城里买聘礼，明日就给你送过去。"

刘真眼睛一亮，看一眼张炽淡淡说道："不稀罕。"

"一起去？"

"不去。"

"可我不知道该买些什么呀！不懂这里的风俗。"

"不管。"

"俗话说好男不跟女斗，你打了我，我都不生气了，你反倒气得跟驴踢了似的，论理不论！"

"说的什么呀！你才跟驴踢了似的。"

"听话啊，真真，陪我去趟汝州城吧。"

"不去。以为我不知道你安的什么心，陪你去了汝州城，说不准你会变着法儿找理由不肯回来，一会儿说车坏了，一会儿说天黑走路不安全，指定会让我在汝州城里住一宿，哼。"

张炽终于忍不住大笑起来，暗忖道：真真怎么会把我的心思揣摩得这么透？见张炽这般大笑，刘真道："被我说中了吧？"

张炽收住笑，认真说道："住一宿又怎样？各住各的，我又不碰你。"说罢见刘真把嘴咧得烂杏一般。张炽接着说道："不去算了，即便我买回来的聘礼不好，谁都别怪我。"

刘真挖苦道："谁敢怪你呀！谁敢说你半个不字，说不准又把哪个女孩儿请到内室去了。"

张炽一听真真又要揭他老底儿，赶忙收嘴，扬扬鞭仓皇去了。

张炽将马车一直赶到汝州城中大街十字街口，见这里青砖黛瓦、画梁雕栋，贡院、钟楼、文庙、城隍庙人头攒动，药铺、菜铺、理发铺、掌鞋铺，油坊、酒坊、米面坊、布匹坊，在沿街两侧幌旗舞动。

张炽买来两坛老酒、两匹花布，又去药铺要了一盒老山参，见城隍庙门口有艺人在捏糖人，忽想起刘真，于是买来三个糖人，轻轻放入装山参的盒子里。在一家钱庄门外，张炽坐在车上滞留良久。出城时，深秋的晚霞已将高高的城墙映得橙红，他见城头有兵士游动，他见兵士的枪头上闪着寒光。

三十里路，马车跑起来不消多时。远远的西寨门已在灰暗里，炊烟自寨墙顶端袅袅升起，薄雾渐渐遮去了寨楼的旗幡，半扎寨沉浸在一派安详中。

该是关张的时辰了，半扎钱庄却是店门大开。张炽自门口经过，见店内幽暗里站立一人，影影绰绰。那人看见张炽，从幽暗里走向门口，急急说道："张掌柜总算回来了。"张炽看清这人是申三的女人二静，示意伙计出来将马车赶回后院，遂问道："内掌柜等我有事吗？"二静道："是有点儿事，钱庄伙计说张掌柜去汝州城了，还说你很快就会回来的，我就一直等着。"张炽道："实在是抱歉啊内掌柜，让内掌柜久等了。"说着，张炽把二静让进店内。

张炽请二静坐下说话，二静说不早了，还是不坐吧。她看看周围没人，凑近张炽小声说道："我这里有点儿银子，想存在你钱庄里。"

张炽不解道："我虽是出门了，可两个伙计都在店里，干吗非要等我回来呀？不就是存银子的事吗？伙计办理跟我办理其实是一样的。"

二静道："我不想让外人知道存银子的事。"

张炽笑道："内掌柜呀，你或许不知道我们钱庄的规矩，客人存银和取银对于我们来说都是极为保密的事，不用交代，哪个伙计都不会说出去的，这一点敬请放心。"

二静道："那我还是想让你办。"

张炽道：“这一点儿不难，来吧。”

张炽进到柜台里面，拿出账簿，静静望着二静把椅子上的包袱抱到柜台，等着她把包袱打开。张炽大致一看，约有五百两银子，他不由得望望二静，二话没说，就把包裹里银子逐一拿出，整齐地摆放在台面，而后让二静确认。之后，张炽将票据开好双手递给二静，待二静确认无误后，再把这五百两银子逐一放到身后的箱子里。

二静临出门又小声告知张炽：“过几天再来存点儿，存银子的事一定不要让外人知道。”

张炽道：“内掌柜敬请放心，您不说我们也会谨记，这是我们行内规矩。”

送走二静，张炽心犯嘀咕：在钱庄存银子，再正常不过的事了，二静为何如此小心？

翌日，张炽带上从汝州城里购得的聘礼，外带一包银锭，小心翼翼地去了刘真的家里。婚事自是很快定下，刘金和秦珮不由得深深出了口气。张炽走后，刘金非要请赵监喝上几杯，赵监便不去推辞，一家人晚餐时欢声笑语。

接下来的日子里，刘真和张炽的婚事如期办理。刘真出嫁时哭哭啼啼，临上轿子，赵监上前逗趣道：“抹什么鼻子呀！才几步路啊，又不是嫁到了很远的地方，想回来你抬头就到。记住，喜宴上你得多给赵叔端上几杯，还得给我夹一块鲤鱼肉，到家给张炽说，他也得给赵叔夹上一块，不然我可饶不了他，这么艳丽的一朵花，生生给这小子摘走了。”

秦珮抹着泪破涕而笑道：“你们这婚事多亏了你赵叔！过那边给张炽说，日后他胆敢欺负你，你赵叔可饶不了他，都知道平日里你赵叔把你溺爱得不成样子。”

刘真是撒着娇进的轿子，恋情历经近三年，有情人终成眷属。没有人知道两人日后的日子是甘是苦，没有人知道半扎钱庄的运势如何，在这风雨飘摇的当下，半扎寨船一般居于两河之间，风寒酷暑，秋去冬来。

这一年的冬天似乎格外寒冷，雪厚掩壑，冰冻盈尺。好在山里枯树连片，寨子里的人们早已备足御寒所需。赵监闲暇之余时常登上寨楼，眺望远山苍茫，近观炊烟升腾。当诸多条蓝烟同时从白皑皑的房顶升起时，那种浩大，那种缥缈无论如何是赵监在南方难以目睹的，这或许正是他喜欢独自登上寨楼的缘由。

大雪封山后，申三便撤离了矿上，煤矿仅留两人看守。当刘金去酒坊见申三询问矿上盈利多少时，申三拿出一张二百两银票交与刘金，说矿上账册忘记带回来了，等雪消之后他就去矿上拿，等他把账册拿回来，兄弟们再细细算来，这些银子算是当初刘金的那份股金，让刘金暂且收好，余下该得的来日再说。

申三这含含糊糊的话让刘金不明就里，眼看年关将至，本该是清算今年账目的时候，可这大雪隔断了通往煤矿的路。不管怎样，账是放不坏的，刘金这么想着便心安许多。

# 第十八章

## 捻军使计进古寨
## 二静生怒闯军帐

大年过后，将进二月时，半扎寨竟再遭一场暴雪肆虐，一年两场暴雪，实属近十年之未遇。通向寨内的官道已无从分辨，道路两侧的沟壑与路面一般平整。老龙头的上方已被大雪覆盖，只下沿依旧吐出清泉，周遭热气升腾，冰挂挂满两侧树杈，不时有一尺多长的冰挂哗哗坠入水中，而新的冰挂又在渐次生成。往常雪停之后便有人清扫店铺门外积雪，此次却是例外，年关前后，半扎寨就不再有外地客商打此经过，更无过往官差，自然也就沉寂异常，邻近正午，街上依旧阒然无声。谁家的小狗大约是有什么急事，慌张张跑上大街，却发觉行路之难绝非想象，它的每一次跳跃，头部均挂起白雪，而每一次落下，又都深埋雪中。

雪地里出现三个寨丁，一人手拿账册，另外两人抬着木箱，他们在沿街逐一敲门，身后留下深深的雪窝，比狗留下的大了许多。

“月底了，该交税了，开门，开门。”寨丁敲门时喊道。

布匹店的门板移开后出来个人头，这人道：“可真准时！也不嫌冷。给。”

手捧账册者问道：“这是税钱，分摊费呢？”

“寨子不是年前都修好了嘛，怎么还要收分摊费呀？”

“不收分摊费，钱庄的借贷你自己还呀？”

“这什么时候是个头啊！生意一天不如一天，这都一个多月了，才卖出几尺布，哪有钱交啊！”

“没有钱是吧？那就跟我们去一趟寨公所吧，去了你就有钱了。”

“我的娘啊！等一下，我回去翻翻柜底。”

“快点儿，快点儿。”

良久，这人出来时夹着半匹布，哭丧着脸道：“家里确实是一文钱都没有了，要不你们先把这匹布拿去，等雪化以后有人买布了我再去拿钱把布换回来。”

手捧账册的人说：“你自己把布送到寨公所吧，你让我们抱着你的布去收税吗？”说罢，三个人敲响了隔壁的大门。

除却这三人在商铺门口留下些杂乱的声息和脚印，平日里熙攘的大街上此刻静谧异常，雪平如镜。

雪的消融异常迟缓，春的印记姗姗来迟。当寨子稍稍恢复一点儿人气时，自东门外蜿蜒来了十个牵马人，这十人分住在南北缘和东西顺两家。寨子里的人们已习惯于客商的入住，这十人的到来自然也就没有引起人们注意。翌日，寨子里又来了十个人，分住于其他驼马店。外地客商大都只在寨子里住上一宿，次日便离寨远行，除非是人犯疾病或是驼马有恙。人畜有恙，掌柜的自是翌日一早便请郎中或兽医来看，可这二十人商议过一般，除却用饭就只是睡，除了去茅厕，一般不出房门。第三日的上午进来十五人，天近黄昏时，再来十五人。这样极有次序地进寨且他们马背上并无过多货物，这一点自然引起人们警觉。

赵监是后来才知道寨子里三日之内已进驻五十个来路不明者，他跟刘金密议之后，背着客房里的五个人一道去了保长家。岂知，保长家里已坐了包括钱贵在内的不少人。

钱贵疑惑道：“年前我店里就住过几个可疑者，说他们是行商的吧，又都没带什么货物，说他们是赶路的官差吧，看着又不像，口音各异。这次来的这五个人，跟上次来的人都一个品性，话不多，傻子一样，吃了睡，睡了吃，问他们这是要去哪里，他们随手指一下说是去山西。”

另一个驼马店掌柜的接着说道：“是，是，就是这样子。我试着碰碰他们的包袱，差点儿招来一顿臭骂，那包袱里面硬邦邦的，像是家伙。”

保长听罢驼马店掌柜的话，正色问寨丁队队长：“你是几时发觉不对劲的？进来这么多来路不明者，你现在才想起过来说？”

寨丁队队长不安道：“起初就进来几个带货不多的人，谁知道后来越来越多。他们是来寨子里住店的，又很守规矩，怎好不让他们住店！况且这几天进寨子的还有别的熟悉的和不熟悉的客商，很难一个个辨别谁是干什么的。”

“你别说了，快去把张老请来。”保长不耐烦地打断寨丁队队长的话。

只片刻，寨丁队队长尾随张老来到客厅。张老听罢一干人的话，沉思良久后，轻声说道：“且不论近几日住进寨子里这些是好是坏，但就住下来没走就事出反常，未雨绸缪，不可迟疑，老朽的意思是应即刻差人禀报州府，以防不测。”

众人连连点头。保长望望寨丁队队长，果断说道：“你即刻带上三个随从，骑快马赶赴汝州，据实禀知任大人，快去快回。”

寨丁队队长即刻起身，走出客厅，众人望着他的背影快速向大门口走去。然而，这背影却在门洞口忽然停下，少顷，人们看见寨丁队队长的背影在一步步后退，继而，门洞口出现两根黝黑的火枪管。

一群端着火枪的人一步步逼着寨丁队队长退至客厅，其中两人旋即将大门关上，并端枪分立两侧。保长的家眷和用人见状后一阵惊叫，一个持枪者旋即大吼一声，瞄准女眷，大院里立时安静下来。

人群中闪出一个赤手者，赵监看时，见此人剑眉星眸，清新俊逸，清瘦干练，移步时自带几分从容。若是捻军，可此人的气度完全颠覆了赵监对于捻军的认知；若不是捻军，这又该是何方神圣竟如此胆大妄为。想到此，看客厅里各位面色如土，赵监遂起身问道：“敢问阁下何方高人，小寨得罪处还望指点一二，至于拿黑管对人？”

赤手者竟被赵监的话逗乐，他极有兴致地走近赵监，笑道：“黑管？能将火枪称之为黑管者，绝非寻常之人。统统把枪撤了，你，拿黑管对向女人，成何体统！记住，任何时候，女人都不可拿枪伺候。”见手下赶忙把枪收了，赤手者拱手一拜道：“在下张宗禹，亳州人氏，本欲借道北去，怎奈连日征战，折兵损将，不得已，想在此地休整一番，叨扰处还望诸位担待！敬请放心，非不得已，在下断不会损诸位半根毫毛。

今日这般，仅是劝诸位少安毋躁，不可禀报官府，不然，这古寨若是化为灰烬，实属可惜。男人好说，我队伍里天天死人，可这满寨子女眷，我张某人无论如何是不忍目睹其香消玉殒的。”

张宗禹说得轻描淡写，在座的听来却是毛骨悚然。

保长听罢，想镇住张宗禹，于是凛然说道：“张头领，你大约不知我寨中兵士多少、火枪多少，他们手中的家伙也不是吃素的。”

张宗禹冷冷一笑道：“你寨丁五十人足矣。鄙人还知道你这五十人里青壮汉子不足三成，余者皆老弱，你吓唬个土匪和毛贼还行。你寨子里火枪不足十支，火炮三门，对吧？而鄙人手下进寨者，虽区区五十人，可他们个个身经百战，手刃清兵皆不下三百人。你得知道，今晚还会有三百人进寨，明晚还有三百。”

听罢，保长颓然坐下，不再言语。

倒是张老瞬间权衡了利弊，于是和颜说道：“不知张头领需半扎寨做些什么？青山不改，绿水长流。”

张宗禹笑道：“这位长者乃明智之人！以卵击石无异于引火自焚。”张宗禹看看赵监，接着说道：“我倒是欣赏这位先生的器宇，你们哪位是寨子里当家的？没有弄错的话，您就是吧？”

赵监道：“你看我像吗？你还是回答张老的话吧。”

“那好。”张宗禹道，“张某就喜欢跟爽快人议事。其实诸位不必担忧，也不必厌烦我张某人，张某别无他意，仅想借此宝地休养生息，待来日兵强马壮时再挥师北去，战山西，捣京师。若是寨子能供养我大军数月，且不报官，不滋事，我张某定会秋毫不犯。何必与民众为敌呀，民众本就是我等之衣食父母。尔等不见这清朝早已是千疮百孔吗？它除却愚弄百姓、榨取民膏、昏庸无能、割地赔款，再就是挥霍无度、尔虞我诈，不更姓改物、创制天下，则浩浩华夏定会被渐次割去，饥民遍地，永无宁日。”

知这张宗禹仅是弄些吃的，并无别的奢求，保长和张老心安许多。虑及举寨安危，先稳住此人，而后见机行事，两人对视一下，便满口应下。

岂知，张宗禹一扬手，过来一个人，他当即吩咐道：“你带十人今晚开始住在这里，与这家人形影不离，再派十人住在这位张老家中，我等既然来了，说什么也得护卫诸位举家之安危。”他又转身面对众人道，“另外，自今晚始，寨门的守卫交与在下，稍后请队长将你的人撤走，我的人自会按时上岗。最后，张某再啰唆一句，今日之事，请勿声张，寨子里要一如往常，尤其不可惊扰外来客商，你我的口粮不是还得指望那些外地客商吗？万勿生出什么是非来，张某不想看到满寨火光。”说罢，径自去了。

无人知道这张宗禹家境殷实，有沃田千亩，长工不计其数。其父张富新素以礼教管束子嗣，盼其读书出仕。怎奈张宗禹自幼叛逆，虽是读书无数，《诗》《书》《礼记》《大学》《中庸》，读得滚瓜烂熟，却是不屑应试，自是少不得屡遭责罚。眼见张宗禹逐日长大，上门说媒者自是络绎不绝，官宦之女、名门千金他竟一概不愿，偏喜欢上一个长工之女，一来二去，这长工之女居然身怀六甲。不得已，张富新私下差人将这长工招至书房，许以千金，又拿来一包中药，命长工拿回去让女儿服下，然后携女远走他乡。长工哀求再三，终也无果。其女闻之，在日暮黄昏投河而亡。自此张宗禹便不再回家，常与幼时伙伴饮酒高歌。

一日，两支捻军合围亳州，三日破城。会盟前，适逢张乐行树旗起事，张宗禹便投奔过去。那张乐行见大户公子前来投奔，自是满心欢喜，遂将张宗禹招为师爷，帮办文墨。后见张宗禹非但文采出众，使枪弄棒、军事谋略也是样样在行，于是便将禁卫军交与张宗禹统率。随后，张宗禹随张乐行转战淮北、淮南等地，与太平军使兵一处，屡屡重创清军。同治二年，张乐行殉难，张宗禹临危受命，率大军三万驰援天京，中途却遇三路清兵围堵，大战于鄂东。天京失陷后，张宗禹整合捻军，以骑兵为主，赴河南，势如破竹。连年征战，折员过半，不得已，便急于寻偏僻之地休整，以图再战。

适才，张宗禹命人控制了保长和张老以及其家眷，寨丁队队长自然不敢轻举妄动，便随张宗禹的手下穆天顺逐一将寨门的守卫交了。接管寨门之后，这穆天顺在寨墙之上升起狼烟，不多时，竟有三百捻军依次进寨，如此一来，半扎寨尽落捻军之手。

张宗禹将大帐设在山陕会馆之内，他稍作歇息，便将副将统统叫齐，肃然说道：“如今半扎寨已在我掌控之下，表面看似乎大功告成，其实不然，这才仅仅是个开始，难处还在其后。”见众人疑惑，张宗禹接着说道：“半扎寨虽是僻壤之地，山丘纵横，可距汝州城仅有三十多里。一旦州府获悉我大军进寨之消息，必定派兵来剿。如何才能做到不使消息外泄，让半扎寨一如往常，这才是接下来难啃的骨头。诸位有何高见尽请讲来。”

一侧队列中闪出一人，此人面色紫褐，膀阔腰圆，他拱手一拜道：“大帅，以某将的意思，为确保万无一失，该把寨中所有商户弄出来，集中到一个地方住，然后我们的人再冒充这些商户进驻他们家，每日里替他们接来送往，这样一来寨子里跟往常一样，就不会被外人察觉了。”

张宗禹扒拉着手边一本发黄的旧书，拿眼望望进言者，又扫视一下其他将领，和颜说道：“陈福元讲得有些道理。你们也都说说自己的想法，看能否从中取出些妙策来。”

副将穆天顺出列道：“某将认为应该在寨门上做文章，我们的人控制好寨门，本寨人一律不准外出，顶多允许他们指派一两个固定的人替众人外出办事。这样一来，这外出的人肯定不敢泄露消息，因为他们很清楚，我们一旦发觉走漏风声，那一定是他们两个干的，这两人的妻儿老小都在寨子里，给他们一百个胆他们也不敢。”

“还有哪位有不同妙策？”张宗禹道。

一位参将道：“某将一点儿都不担心寨子的人，我们又不难为他们，大帅不是说过嘛，我们眼下吃他们的，用他们的，最后会给他们打个收条，等将来大帅坐上皇帝老儿的金銮宝殿，一个子儿都不会少还他们，给他们说清楚不就得了？听说寨子里的人富得流油，银子多得用不完，都存进钱庄了，与其存在钱庄里，跟我们先用了能有多大区别呀！再说了，我们这是在干惊天动地的大事，又不是把银子花在了妓院里。对了，听说寨子里就有妓院啊！你们看我干啥？我又没去过妓院，早憋成毛毛虫了，去了也是白去。”

军帐里居然嬉笑开来，治军并非一概板脸，这一点张宗禹可谓张弛有度。笑声之后，张宗禹收起笑容，肃然说道：“是让你献计，不是让你说虫的事。”于是那参将接着说道：“某将不担心寨子里的人，担心的是那些住店的外地客商，怕他们把消息捅出去，万一驼马店的人委托外地商人给州府捎信怎么办？我们得防备这一点。”

见良久再无人献言，张宗禹起身说道：“诸将听令！鉴于寨子过小，大军难以悉数进驻，今将大军一分为二，五成留守山中，五成进寨休整，半个月后轮换。进寨将士须严守军规，搭帐篷住在晒场，每家驼马店仅留三人，顶多五人，一是为约束掌柜的不敢造次；二是为给外地客商留出足够房舍。但凡发现有巧取豪夺、滋扰寨民者，严惩不贷!”

张宗禹走下帅位，在众将跟前踱着方步继续说道：“穆天顺，你稍后去知会保长，让寨子里抽派若干寨丁协守寨门，此协守之意众将领会不?”见众将一头雾水，张宗禹接着说道，“其协守之意就是让其辨别出寨的客商里是否夹杂有本寨人，这一点至关重要。”众将听罢连连称道。

众将散去，张宗禹拿出一本线装书看得专注。一个随从将一杯茶轻轻放在他右手边，之后踮脚退下。不多时，这随从又蹑手蹑脚进来，轻声说道：“大帅，外头有个叫申三的人非要见您，死缠着兵卫就是不走。”

“这人是如何知道我住这里?”张宗禹警觉地说道。

“是守护寨门的穆将军带他来的，听穆将军说这人在寨门口缠磨很久了，差一点儿跟守门人厮打起来。”随从道。

“噢？有这种事？带他进来。”张宗禹丢下手中的书，对于这个不知天高地厚的人他陡来兴致。

申三进帐时显得并不拘谨，似乎是适才在寨门处被欺负了，脸上带着怒气。张宗禹看时，见眼前这人愣头愣脑，一脸的刁钻相在他侧目时显露无疑。张宗禹开口斥道：“姓啥名谁?”

申三回道：“申三。”

“你好大胆子，先是在寨门滋事，这会儿居然敢跑到我大帐来，可见你不是长着三头六臂也是胆识过人。”

“不，不不是我要找事的，是你的人不但不让我出寨，还动手打人。”

“无知者无畏，我信了这句话。说吧，你急于出寨所为何事？”

“是这样的，大帅，来找大帅那是觉得大帅一定比他们讲理，能当大帅的人，那指定是通情达理、心地善良的人，不讲道理、胡搅蛮缠的人一定当不上大帅。”

“呵呵，你这刁民居然是个马屁精。快讲，出寨何事？我没闲工夫听你叨叨，你以为这里是你家后宅？”

“是这样的大帅，我在张村那边有个煤矿，投进去不少银子，煤矿好不容易出煤了，生意刚刚有点儿起色。前天我回寨子拿夏天的衣服，这不，一回来就不让出去了，矿上那么多人，还有不少煤，井下还在干着活，我不去矿上，万一那边出什么事可如何是好，毕竟工人是在地下干活，人命关天啊大帅！”

“你有你的理由，我有我的规矩，军令既下，须人人遵守，请回吧！”

“大帅呀，矿上一旦出事，我全家可怎么活呀！大帅，如果今日不能出去，明日我能出去吧？”

“一两个月怕是出不去。”

“我的天！这不是要我的命吗？大帅求你放我出去吧，我出去后不再回来了行不行？”

“不行。来呀，轰出去。”

随从扯起申三的衣领只一把便将申三搡到大帐口。申三再三乞求道：“大帅呀，求您开恩啊，您不能这样啊，我一两个月不去矿上，我那煤矿就等于是完了呀！那可是我一家人的命根子呀！”

外面忽然传来一阵争吵声，接着是女人的哭诉。张宗禹怒道：“何人吵闹？”

随从忙跑了出去。申三却道：“大帅，像是我家女人的声音。”

张宗禹正要开口，却听随从进来道：“一个女人在会馆外非要进来，被卫兵拦下了。”

张宗禹道：“是此人的女人，连同此人一同轰了出去。”

随从正要赶申三出帐，却见申三的女人二静披头散发，疯了似的跑了进来，两个卫兵竟然没能拦住。二静见申三好端端的，只是哭丧着脸百般无奈，她捋捋乱发尴尬道：“街上的人说你在寨门挨打了，又被捆到这里来了。你这死鬼，人家不让出去那就不出去呗，走，回家去，咱不出去了，不要那煤矿又能怎样？死不了就好。谁厉害就让他厉害去，咱惹不起咱还躲不起吗？人死不过头点地，哼！”说罢，拉起申三就走。

“慢！”张宗禹忽然舒心地大笑起来。这个带刺的女人一如晚秋的玫瑰，虽是少了些春日里的娇嫩，可多了些花叶的厚实，且暗香敦厚。他端详着二静，白净的肌肤，散乱的长发，还有那高高隆着的胸部让张宗禹忽觉眼前一亮。

“不就是寨子暂时戒严几天吗？此举是防范土匪伺机滋事，至于要死要活的吗！你身上带着酒香味，女人也喝酒？”张宗禹走近二静。

二静道：“我家是卖酒的。”

张宗禹迟疑片刻，回到帅位上望定二静道：“这么说寨子里那家酒坊是你家开的了？不错，一家做着两个生意，确实不易。来呀，送男掌柜出寨，只是请你务必恪守军规，不可将寨子里的事情说了出去，如若不然，接下来你家这两个生意怕都做到了尽头。”

申三千恩万谢后随女人走出大帐。他忽觉今日闷热异常，看天时，见浓浓的云只将些许零碎的光漏将下来，天宇间混沌一片。风极小，没能吹动乌云。院墙边的槐树上只叶片勉强挪动一下身子，便又静下身来，纹丝不动。麻雀却在老槐树上蹿上蹿下，喳喳乱叫。

张宗禹走出大帐，望着那女人的背影一点点消失在院子的尽头。

“老子云：将欲取之，必先予之。”张宗禹喃喃道。

“您说什么，大帅？”随从伸头问道。

“哦，想起适才看过的书来。”张宗禹道。

# 第十九章

## 统领晒场肃军纪
## 保长衣袖藏鼠药

随着寨子的戒严，诸多矛盾接踵而至，这一点让张宗禹始料未及。寨子里不少住户寨外有地，眼见要到麦收季节，麦农少不得要去地里查看麦子哪天能割。不少店家得去汝州等地进货，货物只出不进只怕难以为继，仅这几百捻军的口粮就足以让人挠头。捻军的帐篷将寨子里本就不大的晒场占挤得水泄不通，寨外的麦秆收割回来在哪里去壳，在哪里晾晒，诸如此类的问题还有许多，处理起来一点儿不比军务之事轻松，有时张宗禹去保长家，有时保长来军帐相商处置举措，张宗禹实难应付，渐渐地便心生烦躁。

送走保长已是夜色苍茫，见随从把饭菜逐一端上桌子，张宗禹看时依旧是馒头和玉米粥、一盘辣椒煎豆腐、一盘油炸花生米。张宗禹让随从抱出酒坛，倒了一碗，端起来一饮而尽。随从再倒时，坛子里仅滴出数滴，随从怯生生看着张宗禹道："大帅，我这就去酒坊拿酒。"

"你也吃饭吧，稍后一起去酒坊。"张宗禹说时，眼角露出一丝不易察觉的微笑，一时间，烦躁全消。

走出山陕会馆，步入文昌阁半圆拱门时，忽听一阵哭泣声。循声而去，隔着厚厚的门板，这哭声越发凄惨。透过木板夹缝，张宗禹看见一个小女孩伏地哽咽，一旁的男子呆若木鸡，坐着纹丝不动，一个女人散乱的长发已将她面部遮盖，她平躺在一张芦苇席上，两臂瘫软。张宗禹示意随从叫门，随从又敲又叫，屋内的人不为所动。倒是从隔壁颤巍巍走出一位拄拐老者，老者摇头说道："有事明日来吧，这家人出事了。"

随从忙问："出什么事了？"

老者道："这家女人上吊了。"

张宗禹道："老先生知道这家女人因何上吊吗？"

老者道："还不是因为有人作孽！别的能有什么事？多好一个人呀！"

张宗禹不解道："作孽？哪个作孽？"

老者叹息道："还能有谁呀？这年头永远有过不完的兵。"老者说罢回转身点着拐杖回屋去了。

料是有兵士滋事，仅是这老者怕说出实情招惹是非，便如此搪塞罢了。想到此，张宗禹示意随从强行开门。随从会意，拔出随身短刀，只在门板缝隙处轻轻一撬，一块门板便被这随从轻易取出，他接着再卸掉另一块门板，而后两个人闪身进入屋内。男人惊惶不已。孩子吓得止住哭声，哆嗦着暗自哽咽。

张宗禹缓缓蹲下身子，拿手放在女人的鼻下，女人已经没了气息。他望望地上的孩子，起身后扶起男人，问道："你只消点头便是。我来问你，你的女人是不是被我的兵士欺侮了？"见男人点头，他接着问道："你和孩子出去办事，你的女人一人在家，然后我的兵士趁机闯进你家。你回来发现后，打骂或是责斥了你的女人，你女人两边受辱，于是悬梁自尽？"见男人依旧点头，张宗禹转身对随从道："传我的令，所有人晒场集合，让陈福元半个时辰内查出此人，然后突审看是几人作案，我就在此等候。还有，请保长诸家问问今夜有无外地客商在寨子入住。"

见随从应下后速速去了，张宗禹便俯身将孩子扶起，之后向着地上的女人深深鞠上一躬，退后一步缓缓说道："张某人对不住你们一家人，明日我会厚葬逝者。作奸犯科者，罪有应得。"

张宗禹自怀里掏出一根金条，塞进男人手里，他见一旁的孩子已不再哆嗦，只用异样的目光望着他，于是他在一旁椅子上坐下，闭目养神。

张宗禹掏出怀表看看，一个时辰即将过去，却未见随从返回，一丝愠怒显露眉间。正要起身离去，却见随从气喘吁吁跑进来说事已办妥，并告知今夜无外地客商进驻寨子。张宗禹遂对这家男人道："难得今晚无人入住，还真是巧合。兄弟，请随我去晒场看看，孩子一人在家陪她母亲行吗?”见男人迟疑片刻而后点头应下，他便大步出了屋子，奔晒场而去。

晒场上的帐篷已被悉数收起，捻军队列整齐，一侧的火把腾腾燃着。张宗禹命人去知会保长，让寨丁敲响铜锣，有愿意前来观斩者一概不拒。少时，破铜锣沿街响起，一如哭哑的嗓子在声嘶力竭。火把将晒场照得通亮，人们三五成群疑惑不解地来到晒场边上，只远远望着晒场，窃窃私语。副将陈福元举着火把来到张宗禹跟前道：“大帅，遵您吩咐，一切准备停当。”

张宗禹没有理会，径直走到队列前面，高声说道：“庄子曰：灾人者，人必反灾之。常言道：军有军令，家有家规。即便你无视军令，不守家规，可你是人吧？你绝非孙猴子一般从石缝中来，你家也有女人，你定然是上有母，下有女，中有妻，倘或你家里女人被人强行糟蹋，你断不会置若罔闻，何况你是军中人。军令如山倒，但凡违抗军令者，格杀勿论！来呀，将作奸犯科者带上来。”

几个兵士将五花大绑的两个壮汉推到队列前。见这两人筛糠一般，张宗禹厉声喝道：“尔等还有什么话说?”

被绑者低头一言不发。围观者却是议声切切。火把的血红将这两个被绑者的面部映得油光发亮，双颊汗水直流，大约是背后的绳子捆得过紧，两人的双肩耸得老高，项间的青筋蚯蚓般鼓着。

见两人无话可说，张宗禹大声说道：“推了下去，斩!”

立时，四个兵士推着两人来到晒场边，就在血红的火把下，刀起头落。人头在晒场滚出老远，刀口处冒着血泡。围观者一阵惊呼，之后是窃窃私语。随张宗禹来到晒场观斩的那个男人仿佛此时才回过神来，他扑通跪下，号啕大哭。

“孩儿她娘，仇给你报了，你就瞑目吧。也怨我呀，我该死，我不是东西。我太不争气了，跟了我，你没过上一天好日子，临死身上穿的衣服还是你在娘家时做的，我对不住你跟孩子啊，呜呜呜呜……”这男人泣不成声。

人群中响起啜泣声，不少女人揮泪摇头。

张宗禹轻咳一声，接着说道：“诸位父老兄弟姐妹，都怪本帅管束无方，以至于出此人命大事，自今以后，本帅定当严整军纪，杜绝此事发生。其实，我等都是穷苦出身，只因国无宁日、民不聊生才聚众起事。君不见沿海一线，何处没有洋人肆虐，洋人屠杀焚烧奸淫掳掠，无所不用其极。别的暂且不讲，但说供朝廷享乐的圆明园，花掉白银一千六百万两，历时一百五十年建成，最后竟被洋人付之一炬。朝廷昏庸无能，挥霍无度，以至于国库空虚，难养御敌之兵，外无御敌之策，内乏安民之慈，只一味征税，哪管饥民死活！当今之朝廷早已是病入膏肓，若不及时改朝换代，任其糜烂下去，我泱泱华夏迟早会悉数归于洋人。如今，天降大任于斯人也，我等该醒而起身，挽狂澜于既倒，扶大厦之将倾，望寨中有识之士能与我等一道，治举国之糜烂，还华夏之玉洁，日后换了新朝，何愁我等不香车宝马、锦衣玉食！”

张宗禹这番极具煽动性的即兴演讲竟立竿见影，人群中立时闪出两人，说明日便收拾行装随大帅征战，人群一阵骚动，议论纷纷。张宗禹见今晚的举措收到实效，便陡来兴致，接着说道：“我的军帐就在山陕会馆之内，军帐的大门随时为父老乡亲敞开，张某翘首以待诸位有识之士前来议事，共谋大业！”

有人鼓起掌来，人群中随之响起稀稀落落的掌声。赵监看时，领头鼓掌者却是适才啼哭的那位男子。

见人群渐次散去，晒场上的兵勇也开始搭建帐篷，赵监又愣愣地站了一会儿便动身返回。无论如何，张宗禹今晚让他耳目一新。张宗禹之大名他早有耳闻，此人足智多谋，骁勇善战，乃捻军西路军统帅，曾被太平天国封王。起初捻军还与太平军使兵一处，军事上协调一致，互为照应，可后来两者渐生嫌隙，各自为战，以至于兵力分散，被清军击散。原本以为张统领乃一介书生，缺乏胸襟，今日一见，此人却器宇不凡，果断决绝，且所率之师军纪尚可，似乎能成大事，于是赵监忽生辅佐之心，刹那间已枯之树欲泛新芽。

“大哥，你在那边还好吗？”赵监忽然喃喃说道。

“是赵先生吧？你大哥是谁呀？”忽然间张宗禹站在赵监眼前。

赵监不觉一愣，忙回道：“想起老家的一位长兄来。张统领今晚可谓风头出尽，张统领治军之严，为人之胸襟真是让人可敬可佩。”

张宗禹笑道：“赵先生过奖了！赵先生给人的印象极为深刻，在保长家赵先生只那一句话便让张某人眼前一亮。”

赵监警觉道：“噢？敢问是哪句话？”

张宗禹道：“黑管。赵先生不记得了？能把火枪称之为黑管者，绝非寻常之人，张某没看走眼的话，赵先生一定不是一般生意人。”

赵监忙道：“承蒙张统领抬举！今日不早了，改日登门讨教可好？”

张宗禹眯眼说道：“张某人随时恭候！”

两人说罢，就此别过。张宗禹忽想起酒坊，想起那性情泼辣的女人来，于是掏出怀表看看，感觉为时过晚，于是莞尔一笑，回了大帐。

翌日一早，赵监开门时，见刘金在院中踱步，他的脸上显露出失眠才有的倦态，无精打采，眼圈发暗。刘金进屋时回望了一下院中，而后将房门轻轻关上。他近来不只担忧自己的生意，更多地担忧起张炽的生意了，毕竟张炽已是女婿。

赵监简单整理一下床铺，给刘金挪挪凳子，自己就在床沿坐下，关心道：“大哥没有睡好吧？少安毋躁，一切都会过去的。道家言：骤雨不终日，飘风不终朝。”

刘金道：“越想越是睡不着，半扎寨怎么成了这个样子了，这什么时候是个头啊！砖茶卖完了，我们却哪里都去不了。放在申三煤矿上的银子也不知道多久能够收回。大哥最担心的还是张炽的钱庄，钱庄借贷给寨子里的银子眼下连利息都难以见到，更别说本金了，这不是个小数目，万一有个三长两短可怎么得了！”

赵监笑道：“表面看大哥是为钱庄担忧，实际上大哥还是在疼女儿啊，真真是个有福的丫头，嫁过去后我看这丫头胖了不少。”

刘金道：“这孩子就是个没心没肺的人，遇上天大的事她都不愁不焦。”

“有人替她愁，有人替她焦，这就是福！寨墙寨门完工之后，寨子里不是在逐家收着银子，逐月还钱庄了吗？”

“这么多捻军住在这里，寨子里收上来的银子不够这些人的口粮，哪有多余的银子还钱庄！大哥是担心寨子出大事，最近大哥的右眼总是跳得厉害。”

“大哥呀，天塌下来有树顶着，你放心，保长和张老他们不会任由寨子出事的。再说了，寨子能出什么事？我家无非是少些买卖，少挣点儿银子罢了，这现状不会长久，你想啊，捻军是要直捣京师的，怎么可能长久滞留此地，眼下只是休整而已。至于借贷银子的事，张炽手里攥着寨子里的契约呢，有契约就不怕，即便将来改朝换代，半扎寨还是半扎寨。改朝换代，这管老百姓何事！春去秋来，老百姓还是一日三餐，一年三百六十五天还是一天一天地过。”

“你的心可真大!”

“呵呵，本来就没有什么可担心的，只是大哥你多虑了。你想啊，捻军是跟朝廷过不去，是想改朝换代，若是真能改朝换代，老百姓的日子指定比眼下好，你没看看眼下老百姓过的是什么日子呀！半扎寨里毕竟是经商者众多，日子自然好过些，可邻近村子里的人就没有这么幸运了。”

“可一旦世道乱起来，能有老百姓的好果子吃?”

“若是身上长个脓包，你是任其这么一直长着呀，还是想及早把脓包挑破，让其尽快结痂?”

“你说的是有道理，可大哥觉得你这话怎么跟那捻军头领的话相似呀?”

“大哥呀，理都是一样的理，跟谁说没有干系。这会儿你想开没有？若是依旧存有心结，那就一起去见见保长他们，看保长有何打算。”

“经你这么一说，我这心里敞亮多了。也不知道保长有没有什么万全之策，要不我们一起去趟保长家吧。”

两人起身后开门出去了。

保长家依旧住着几个捻军，捻军说保长乃一寨之长，护卫保长家安全干系重大。这些人住在大门口的西厢房里，吃喝由保长家用人送来，平日里极少游走别处，只在大门口转悠，虽也不妨一家人日常生活，却像是鞋面上趴了只苍蝇般让人极不舒服。保长自然懂得张宗禹之良苦用心，因而他一般不随便外出，以免引起猜忌。

见赵监和刘金一前一后来到客厅，是否该把客厅的门关上，保长迟疑良久。这个平日里就谨小慎微的人自捻军住进宅院便如惊弓之鸟，大气不敢深出。他虑及更多的倒不是寨中商家的生意该如何张罗，也非捻军口粮该如何落实，他清楚一旦寨丁去逐家收银，只消说收取银两是置备捻军口粮，众商家没有不交的，毕竟活命要紧。他担心的是捻军进寨之事就这么一直不告知州府，怕将来难逃干系，仅收留窝藏叛军这一个罪名便能使他祸及三族，可一旦告发，张宗禹早已明言会把全寨一把火烧光。眼下，即便想去告发，他纵有三头六臂也是出不了寨子的。保长就这么在愁苦中度日如年。他伸头看看外面那几个游动的兵士，最终没有关门。

“保长啊，我家里住的那五个兵士每日的口粮该如何解决呀？你看这每天也没什么生意，他们吃的也都是钱呀！”刘金叫苦道。

保长皱皱眉头，艰难说道：“再忍忍吧，回头寨子里会按人头把银子给你们的。至于生意，我是一点儿办法都没有。你们忧虑的生计上的事，我忧虑的是寨子里住着这么多捻军，将来州府问罪下来，我该如何善后。”说时，保长自兜里摸出一包东西来，“你们看这是什么？耗子药，我给自己备的，万不得已时，我会用它来换取全寨人的性命。”

刘金和赵监忽然间倒吸一口凉气，他们不约而同被保长的话深深打动。刘金本是来诉诉苦衷，顺便打探一下保长有何良策的，哪料这包耗子药却成了保长的锦囊！于是便不再多说什么。

赵监蓦然间意识到了事态的严重，他起初跟刘金一样并未虑及州府的反应，如次看来，此事涉及了朝政。思虑片刻，赵监起身道：“保长，您得想开点儿，您是全寨人的主心骨，全寨人的安危系于您一身，没有过不去的坎，赵监这就去会会这位捻军统领，劝其不日开拔。”

见保长正用期待和疑惑的眼光望着自己，赵监起身欲走。刘金忙起身道：“先生啊，这可不是儿戏呀！”

赵监微笑一下，即刻意识到自己把话说满了，随即补充道：“我去试试吧，看能否说通。看那张统领也是读过书的人，动之以情，晓之以理，明之利害，予之所需，谅其不会不为所动。”说罢，转身去了。

保长和刘金忙送至客厅门口，然后望着赵监的背影消失在院墙的另一边。随后他们听到赵监的斥责声："看什么看！鬼鬼祟祟，娘儿们似的。走，前面带路，去见你们张统领。"保长和刘金相互望望，满脸迷茫。

赵监在兵士的引领下来到山陕会馆门外，老远便对卫兵高声说道："快去通禀你家统领，就说赵监来见。"卫兵通禀后返回门口，正要说话，却见赵监自顾去了，卫兵和兵士愣愣地看着赵监的背影暗自嘀咕：这人是谁呀，这么横！

张宗禹正在帐中翻阅一本旧书，见随从领赵监进来，便把书随意放在案前，拿眼望着赵监在椅子上落座。他正要问明赵监所为何事，却听赵监朗声说道："张统领真有雅兴，在此多事之秋，人心惶惶之时，居然还有兴致看那风花雪月之《石头记》。"说时，赵监竟走近案头，拿起《石头记》随意翻看一下后，小心将书放下，面露惊讶之色，遂肃然说道："没看走眼的话，张统领案头这本《石头记》乃甲戌本，即脂砚斋甲戌抄阅再评本，抄评于乾隆十九年，怕是现存最早的抄本了。"

"噢？慧眼识得金镶玉，真情奏出凤求凰。赵先生一点儿不敢小觑，只随意一看便能识出这甲戌本《石头记》，在下五体投地，五体投地呀！来呀，上茶。"待随从将茶碗敬上，张宗禹忙起身就在赵监身边落座，极为恭敬道："能识得这《石头记》为甲戌本者，实属凤毛麟角。实不相瞒，此书乃家父珍藏，在下临行前悄悄收之囊中，一为此书确实传世不多，乃稀世珍宝；二为见书如见父也。"

"甲戌本之所以为稀世珍品，乃此本之外的本子，其共同的祖本已被人修改，修改者却并非曹雪芹，也未经曹雪芹过目便传之四海，因而那改过的本子也就大不如原本。"

"是啊，甲戌本最接近曹先生之原稿，所谓'增删五次'，是在甲戌之前，甲戌之后，曹先生再没改过原稿，可见，但凡与甲戌本有异文者，均非出自曹先生之手。对了，赵先生此来不会是仅谈《石头记》的吧？有事尽请讲来，在下断不会拂了先生面子。"

"既然张统领如此爽快，那赵监也就坦言相告了。其实赵监此来是为张统领谋利的，捻军眼下兵员不足，你何不将那山中土匪悉数收了，土匪个个能战，你稍作调教便是战将，这总比你从穷苦人中征兵，然后费心劳神地训练强出许多，再说了，自穷苦人中征来的人就一定能训出精兵强将来?”

“噢，张某受教了。早就看出赵先生绝非等闲之人，今日听君一言，如醍醐灌顶啊，佩服，佩服!”

“岂敢，岂敢!”

“冒昧问上一句，先生隐于山寨，莫不是另有所图？仅为小小生意，张某人断然不信。”

“赵监并无所图，只为有口热水热饭，至于信与不信那是你的事。”

“若是张某有意请先生出山，共谋大业，不知先生有无此意?”

“对于张统领，赵监之前仅是耳闻，那晚晒场目睹张统领之风采，确有仰慕之心，只是事出仓促，容赵监三思。”

“张某人恭候佳音！适才先生所言收编整肃土匪之事，张某极有兴趣，只是该如何收编，从何处下手，还请先生赐教一二!”

“既是张统领有此兴致，那赵监就去匪巢走上一遭，先去游说一番，探探实情，然后再做打算，至于能否如愿，尽人事，听天命。”

“那就有劳先生了，张某在大帐设宴恭候先生，先生觉得此去带兵多少为好?”

“一个不带，是游说，非攻打。”

“自然是不能攻打，张某的意思是担忧先生之安危。”

“带兵越多越危险，一人最安全，这一点想必张统领不会不知其中道理。”

“先生说得有理，那就有劳了，张某恭候佳音。”

赵监迟疑片刻，望定张宗禹道：“不用我说张统领你也知道，你这大军进驻半扎寨，已经扰乱了寨子原有的模样。大军在此稍住尚可，时间久了，你得虑及民众疾苦，一旦民怨沸腾，其后果不可设想。”

张宗禹忙道：“这个道理但凡带兵之人都懂，我这也是无奈之举，若是赵先生此去山中能把土匪收之麾下，我张某人稍作整训，定当不日开拔。”

赵监听罢，满意地点头说道：“晓知张统领颇具帅才，在如何征兵、如何筹粮、如何安民上，张统领定然深谙此道，断不会只在羊群中的一只羊身上拔毛。”

张宗禹听罢哈哈大笑：“赵先生此比喻真是妙哉！”

张宗禹将赵监送至山陕会馆大门之外，他用仰慕和疑虑的目光望着赵监步入文昌阁那拱形门洞，而后消失在寨墙的阴影里。

## 第二十章

# 入匪穴赵监游说
# 进酒坊统领杀人

当最初的朝阳将殷红洒上寨墙，闷热便悄无声息地弥漫整个山寨。老龙头经久不息地吐着山泉，水声闷闷，水花白亮。已经有早起的女人在河边捣衣，黝黑的棒槌抡起时，水珠飞扬。小狗在女人身边专注地盯着水中，见游鱼浮至水面，便伸爪去抓，之后垂头丧气，悻悻然奔别处去了。

赵监骑毛驴走出寨门时，张宗禹送出老远。当毛驴走上山间小道，赵监回望山寨时，张宗禹已在虚无缥缈间。

途经断桥，赵监的毛驴顺溪流绕过断桥时，见原先斜插溪水的几根朽木已散烂水中，青苔爬满朽木，游鱼啃食青苔。一头野猪慢吞吞来到溪边，咕咚咕咚弄出水声，这水声惊了毛驴，毛驴发出咿呀咿呀的嘶鸣，叫声抑扬顿挫。赵监伸手拍拍驴肚，这毛驴便不再吱声，只专注地看着脚下的羊肠山道，向着山包的另一侧绕行而去。

匪首张悉正与手下下着象棋，忽听有人禀报，说外头一个叫赵监的人求见，张悉丢了手中棋子，捋胡须思虑许久。这赵监何许人也，他详情不知，但赵监怀中却藏有洪秀全私印，这一点让他不敢小觑，会面两次，此人所显露出的智谋和胆识绝非寻常人所能企及，此人极有可能曾是天王身边之人，可他隐身山寨所为何事？据说太平军已败，可捻军尚在，曾几何时，太平军与捻军使兵一处，打得清兵溃不成军，他略有耳闻，可这赵监如今只身来到这里又是为何？这让张悉一时间不明就里。

张悉的手下边收拾棋盘，边拿小眼看着张悉道：“大哥，你说这姓赵的怀中揣有太平天国洪秀全天王的私人印章，这人应该是洪秀全的军师之类的大人物，太平天国失败后，一干人四散藏身，说不准这人就是朝廷正在缉拿的要犯呢！换个名字还不容易。”

张悉眼中冒出幽幽光亮，像是黑夜里的饿猫忽然望见一只肥硕的耗子般眼馋，他没有在手下人跟前坦露心扉，只暗自想道：我张悉只因有命案在身，万不得已才逃入深山，落草为寇，要是坐实这姓赵的就是洪秀全身边的人，然后把此人拿下送到官府，官府会不会将功赎罪，免我一死呢？真能这样，谁愿意终日过这耗子一样的日子呀？

“请赵先生上座！”张悉道。

赵监进来时揉着眼，山洞里光线极暗，且有污浊之气，一时间让他难以适应。他见山洞洞顶有个碗口大小的洞口，从洞口可以望见蓝天。才进洞，空间稍大，往里看，则有黢黑的小洞伸向里面，那小洞仅能过人。大约这里便是议事厅，大大小小的石凳排列山洞两侧，高台上则安放一把木头做成的简易座椅，椅子上铺着羊皮。

赵监举目望去，见那铺了羊皮的椅子上空空如也，正要问领路者张悉何在，忽见一侧的幽暗里站起两人。张悉却并未坐上高台之上的那把木椅，而是随赵监就在一侧的石凳上对脸而坐。

“赵先生远道而来，张悉没有出洞远迎，实在是抱歉得很哪！”张悉道。

赵监道：“张先生客气了，怎么说你我也是老朋友了。”

“俗话说不打不相识嘛。看我这洞中比外头凉快得多。”

“长久住山洞怕是会犯眼疾的，里面这么暗。”

“老兄啊，我梦里都想住那三进三出的大宅院啊！没法子不是？”

“老弟呀，若是有机缘让你来日住上那三进三出的大宅院，甚至于住进王宫相府之类的地方，你乐意一试吗？”

“赵先生大老远来我这破洞里，不会是专门奚落我的吧？兄弟我也没有冒犯于你。”

“张先生您这么说就不够朋友了，我吃饱了去哪里都能消食。”

“这么说，赵先生特意过来该是有要事了？你们都出去，我和赵先生谈点儿正事，不喊你们，谁都不准进来。”

赵监见偌大个议事厅仅剩他们两人，于是轻声说道："张先生，大丈夫生于乱世，当带三尺之剑立不世之功。知你当初也是读书之人，欲考功名，仅是惹上人命官司，不得已才山中落草。如今既是乱世，自是英雄辈出之时，君不见太平军、捻军风起云涌？像你这般居于丈余之地苟且偷生，有何出息！你一人得过且过也就罢了，你不该为随你出生入死的这帮兄弟谋个好前程？"

张悉万没想到，赵监此来竟为说服他与朝廷为敌。他张悉当初仅是走投无路才来山中避难，功名利禄却一直是他心中幽梦，几时也不曾想过与朝廷为敌。但赵监的话却是雷鸣般振聋发聩，细细想来，也不无道理，一旦成事，则万古流芳，耗子般蛰居陋洞，则必定碌碌一生。想到此，张悉试着问道："若是我等都想谋个好前程，请先生指点迷津。"

"迷津欲有问，平海夕漫漫。我赵监本来已是心死之人，满怀愁绪，举目无亲，也是近日才稍稍见些光亮，便想起张先生来，愿与张先生一道走出迷津，步入通途。"赵监说时，见张悉频频眨眼，便知自己所言不甚具体，可他无法将话说透，毕竟率先将自己赤裸裸袒露人前绝非智者所为，他毕竟还没有弄清张悉的主意。

张悉迟疑片刻，犹豫道："赵先生的意思是若是我等欲成就大事，先生愿与同行？"

赵监遂点头应是。

张悉随即问道："若是我等愿随先生共谋大业，该从何处起步？弟兄们要投奔哪里？总不至于让我等这几十号人就另立大旗吧？"

赵监道："赵监此来仅是听听先生意愿，若是先生有此意愿，赵监再从长计议。若是无此意愿，权当是一阵清风吹过，一阵笑谈而已。"

张悉道："我张某有此意愿，容我和弟兄们商议后再给先生回话好吧？"见赵监连连点头，张悉接着说道："就要和先生共谋大业了，先生何许人也，张某不知敢问不？"

赵监笑道："敢问不敢问你都问了。该告知时我自会告知，眼下告知与不告知一点儿不妨碍先生和手下商议，是吧？"

张悉忙道："那是，那是。"

赵监环视左右，疑惑道："这么小个山洞，如何能容得下几十号弟兄啊?”

张悉起身道:“先生有所不知，我这是洞里连洞，初看，那边只是个仅能容身的通道，其实，过了那个通道，里面还有大洞。”

赵监笑道:“早就看出先生是成就大事的人。能否让在下开开眼哪?”

张悉乐呵呵说道:“先生过奖了。不嫌弃的话请先生随我到里面走走。”

两人离开议事厅，顺不宽的通道走向山洞的幽暗里。忽有一阵冷风顺通道飕飕而过，赵监不觉一颤。过了不宽的通道，果然出现一个跟议事厅一般大小的洞穴，只是稍低而已，这洞穴又有不少通道通向别处，迷宫一般。赵监正要好奇地问张悉，忽听一阵女人娇滴滴的嬉笑声自一个不大的洞口飘然而至。赵监茫然地望着张悉。

张悉尴尬地笑道:“让先生见笑了，这也是没办法的事，毕竟兄弟们还都年轻，不养几个女人，如何留住兄弟们啊!”见赵监像是遇见妖怪般地瞪大眼睛，张悉忙道:“先生敬请放心，虽是我等平日里劫些钱财，可都是生计所需，至于这些女人，没有一个是抢来的。”

未等张悉把话说完，赵监急着问道:“莫非这些女人是自愿来这山洞供你的手下消遣?”

“那倒也不是。都是些走投无路的人，其中一个是在路边捡来的要饭的瞎子，还有一个是三碗小米换来的孤儿，没法子，也得让人家活命不是?”张悉道。

赵监讥讽道:“照你这么说，你还是施恩与人的大善人了?于心何忍!”

“话也不能这么说啊赵先生，不信你进去问问那几个女人，看我等亏待她们没有?但凡弄来好吃好喝好穿的都是由着她们。前日我还问她们，若是有想下山者，我派人送她们，结果是没一人想走，都说在这里至少有口饭吃。”张悉一脸的无辜相。

赵监今日算是开眼了，他不曾想到这污浊的匪窝之中居然还有这等事情。想当年，翼王军中曾有军妓，天王晓知后大为光火，为此事，两王曾弄得生分多日。可那毕竟是军帐，毕竟军饷丰厚。看来，不到民间断不知草民之苦，朗朗乾坤朗朗月，幽幽天地幽幽风，世道怎么到了如此境地！但凡有口饭吃，但凡能够活命，谁会在此苟且偷生啊！赵监再无心思巡视山洞，于是反身回到议事厅。

赵监走出山洞时，天已正午。张悉执意挽留，赵监谢过之后，辞别张悉，骑上毛驴下山去了。

骄阳西斜，热气黏人。赵监忽觉饥肠辘辘，于是下驴走上一个山坡，见一棵树上坠着青桃，他伸手扯下几个，在身上蹭了蹭便吃了下去。然后让毛驴去水边饮罢山泉，骑上驴奔山下而去。

远远地见秦珮在大门外徘徊，高高的寨墙将秦珮单薄的身子裹在幽暗的影子里。当看见赵监骑驴渐行渐近时，秦珮孩子般扭身回了院子。赵监正要开口说话，却发觉门口的人影不见了，他暗自笑笑翻身下驴走进大院。

秦珮悠然走到马棚，她拿起扫把清扫马槽，她的动作极为舒缓，抬臂时她纤细的腰肢显露无遗。赵监牵驴走近时，秦珮没有察觉似的一言不发。倒是赵监不满道："这柱子是越来越懒了，该他干的活硬是不干，跑哪儿去了这是？"

秦珮懒洋洋道："我让柱子出去买米了。好意思问人家去哪儿了，怎么不问问自己去哪儿了？都出去一整天了。"

赵监差点儿笑出声来："闷得慌，就去山里走了走。"

秦珮道："山里景致该是不错的吧？你自己？不过上午大妞可是来过。"

赵监道："来过就来过呗，你这么看我干什么？"

秦珮道："人家问你了。"

赵监道："问就问呗。她来有事？"

秦珮道："她说二静让她过来看看咱家还有砖茶没有。"

赵监道："她们不知道出不了寨子，没法子去进货？"

秦珮道："你知道人家真的是来买茶的？"

赵监道："呵呵，买不买茶这关我什么事？你这么看着我干啥呀？像是我偷了人家东西似的。"

秦珮道："就是偷了。"

赵监道："偷了？我偷什么了？"

见秦珮没再说话，赵监便没话找话道："大哥呢？又去老槐树下看人家下棋了？"

秦珮道："他有那份闲心倒好了，申三回不了寨子，他想见见申三也见不着，外地客商越来越少，这砖茶也早卖光了，一旦闲下来，他就心烦意乱，没事找事，看什么都不顺眼，这不吵过柱子又吵厨子，打发他们出去买菜买米了，说是要多存点儿吃的，以防不测。还能有什么不测呀！这世道再能乱到哪儿去！"

"你今天是怎么了？跟大哥吵架了？大哥生就是做生意的料，一会儿没生意做他就心慌，就像是拄拐拄惯了的老太太，你把拐杖给她要走，她一准儿一步都不愿走，她又不是走不成，习惯而已。"赵监劝道。

大约是将刘金跟小脚太太想在一块儿了，秦珮竟扑哧一下笑出声来。赵监自秦珮手中要过扫把，自顾说道："好了好了，我来吧，这样的活儿不是你们女人干的，回去吧。"

秦珮将扫把拍在马槽里，嘴里嘟囔道："又不是没干过。"

望着秦珮这无来由的嗔怪，赵监摇摇头觉得好笑又颇感无奈，女儿都成家的人了，还跟孩子一样。赵监知道，很多时候女人的迁怒并非针对某件事情，这更多是一种情绪上的无助与宣泄，但他不知道的是女人的嗔怪与迁怒是分人的。

忙完马棚里的事，天色渐暗。两人就在院子当中的小桌旁坐下等饭。厨子和柱子回来后只一小会儿便把晚饭做好，端上小桌。厢房门前的小桌上空着，等那几个捻军回来后再上饭不迟。柱子才把饭菜置备停当，刘金便从外边回来，三个人用饭时话语极少，赵监思虑着该是今晚就去山陕会馆，将今日进山面见匪首的事知会张宗禹，还是明日再去。

当赵监饭后睡去，决定明日再去张宗禹大帐时，他怎么也不曾想到张宗禹夜间的所为，整个颠覆了赵监的初衷。

张宗禹将一部人马带进山里轮训，因有部分新招兵士入列，训练很是艰辛。回到寨子，见随从端上的饭菜并无新的花样，且帐中早已没酒，于是草草吃了晚饭便在帐中踱步。忽觉体内一阵躁热，竟想起白皙丰润的二静来，于是，精心收拾一番行装，而后照着铜镜捋捋头发，奔申三家酒坊去了。

二静和大妞才将酒坊的地面扫净，正要关门歇业时，却见张宗禹和随从一前一后进了酒坊。

那天晚上二静也去了晒场，张宗禹那极具煽动性的演讲和魄力给她留下极为深刻的印象。二静忙给张宗禹让座，并让大妞倒水。张宗禹看遍屋内陈设，不经意地问道："这装酒的土陶简陋了点儿，也不便于携带，若是改用瓷坛装酒品相不知要好出多少，用瓷瓶则便于携带。"

二静忙道："这酒都是卖给寨子里的人，顶多邻近村寨里的人过来买点儿，乡下人没那么多讲究。"

张宗禹道："也没打算销往外地是吧？对了，缺人手，你家男人顾不得这小小生意。男人还在矿上？"

想起上次大闹张宗禹军帐的事，二静尴尬道："回来就出不去了，他敢回来呀？上次不是您开恩，恐怕他至今还得待在寨子里。"

张宗禹心不在焉道："嗯嗯，今晚先要一坛酒吧，喝完再来买。"说时，摸出一个银锭放桌上。

二静见抽屉内的碎银不够找零，便转身去了内室。她把一个木箱自床下抽出时，忽听门外传来脚步声，便随即把木箱重又推回原处，起身见张宗禹已进到内室。张宗禹进来时手捏银锭，他将银锭轻轻放在桌上，随即说道："内掌柜不必急于找零，多余的银子先存你这里吧，免得下次拿酒时还得付钱。"见二静迟疑，张宗禹接着唠起家常来，"你家男人自上次出寨后就一直没有回来？"

二静道："出一次寨那么难，不想再给您添乱。上次为了出寨大闹您的军帐，实在是不好意思。"

张宗禹道："那不叫添乱，不是你大闹军帐，我还不知道寨子里不只有好酒，更有好人。自今以后，你男人想出就出，想进就进，我明日写个手谕给你送来，有了这手谕，随便哪个寨门他自由出入便是。"

二静不好意思道："这样不好吧，您这是在破坏您自己定下的军规。再说了，申三经常回寨也没什么要紧事，不回寨也好。"

张宗禹嬉笑道："那他要是想你了呢？隔三岔五地回来一趟亲热亲

热也再正常不过了，男人嘛，你让他独自在矿上干熬，不定会惹出什么事来。再说了，你还年轻，又这般妩媚，一个人独处也寂寞不是?”说着，张宗禹便凑近二静。

二静忙闪开，紧张道：“看您这话说的，我都这么大年龄了，又不是姑娘家。”

张宗禹走近二静道：“你非但不老，看哪里都馋死人。”

二静战栗道：“您不能这样，大帅，您再这样我叫人了。”

张宗禹已把二静抱在怀中，他将嘴巴贴到二静耳后，轻声说道：“美人儿，我还怕你叫人不成?你又不是不知道我是何方神圣，我的贴身随从就在外头，此人杀人眼都不眨一下，他曾一人独闯清兵大营，如入无人之境，此刻只消我一声令下，他所到之处不会留下一个活口，不信你就试试。”

二静哭泣道：“大帅呀，您行行好放过我吧，这是我家呀！要不改日我去您大帐行吧?”

张宗禹哪会听进二静的话，只稍用力气，便将二静平放在床上。二静不敢喊叫，又拗不过张宗禹的力气，只得闭眼暗自啜泣，任由张宗禹在她身上使尽蛮力。

忽然咣当一声，房门被大妞奋力撞开，大妞疯了般扑向木床。张宗禹蓦然想起，进来时竟一时疏忽，忘记把房门的门闩插上，他气急败坏，只一把便将大妞推到一侧的方桌上，大妞的脸部立时被划出一道口子，鲜血直流。大妞全然不顾，当她再次扑向木床时，张宗禹已将床边针线笸里的一把剪刀拿在手里，他只扬手一划，大妞的项间便有一道红线腾空升起，这红线像是一根飘带当空舞了一下，而后缓缓落下。

是张宗禹的随从将大妞的尸首拖出内室的，随从随之将房门带上，旋即扑通一声跪在门外，自责道：“我该死，不该这会儿去茅房。”

张宗禹穿戴好衣服，随手摸出一根金条放在床上，闷声说道：“真是对不住了，你自己买口棺木吧。此事最好不要声张出去，就说她有事想不开自杀身亡的。回头我让随从送过来一份我的手谕。”

二静神志清醒时，她见大妞静静平躺在门口的幽暗里。

## 第二十一章

# 捻军大帐生舌战<br>高岗草甸起坟茔

像是一个雨后的傍晚，彩虹尚未消退，茅屋前的一汪池水被映得绯红。先是彩虹沉入池水，七彩斑斓，鲜亮如洗，随着衣服浸入池水，那彩虹便荡悠悠四散开去。大妞就着一块青石板面，举棒槌敲击衣服的背影看上去影影绰绰，可那啪啪的木槌声清爽响亮，一如树杈间百灵鸟的啼鸣。忽然间，木槌声停滞了，看过去，大妞的背影愈加模糊，赵监揉揉眼，适才还模糊的背影这会儿悄然不见。以为是大妞滑入水中，赵监立时吓出一身冷汗来，他旋即跑到池边，非但人影不见，木槌和衣服均荡然无存，只那雨后的彩虹依旧模糊地沉在水中，随涟漪荡漾开去。

一阵急促的敲门声惊得赵监一时弄不清是否依旧在梦境。终于听清楚是刘金的声音，赵监惊醒后忙披衣下床。

“快快快起来，申三家里出事了！”刘金在门外结巴道。

见天色微微泛白，赵监茫然间穿好衣服，一开门见刘金一脸阴沉。赵监随刘金来到后院时，见二静正披头散发疯子般痴痴发呆，秦珮在一旁不知所措。赵监正要问话，却听二静喃喃说道：“赵先生啊，大妞是为了见你才愿意留在我家的，苦命的人啊！”

忽觉一阵眩晕，赵监把持住自己，急切问道：“大妞怎么了呀？你快说。”

见二静依旧恍惚，刘金道：“大妞死了，昨晚的事。”

赵监忙道：“死了？她人在哪里？”

刘金道：“二静家。”

赵监没有多问大妞的死因，径自抽身奔酒坊去了。

酒坊的大门半掩，赵监进来时，见两个做酒的伙计哆嗦着站立一侧，大妞依旧平躺在内室门外，她项间的血已不再流淌，熟睡了一般满脸安详。赵监屈身拿手搭在大妞鼻子前，片刻，转脸问伙计："大妞是怎么死的?"

一个伙计支吾道："是那个捻军头领杀的。"

赵监已略知是谁，却依旧问道："哪个头领？知道什么原因吗?"

伙计道："就是那天晚上在晒场讲话的那个捻军头头。起初我们也不知道前院出事，后来听见内掌柜哭声才赶过来的，我们不知道这是怎么了。"

说时，刘金和秦珮扶着二静进了酒坊。赵监就在二静身边蹲着，他示意两个伙计退下，闷声问二静："我没有猜错的话，那姓张的昨晚喝多了，他帐中酒不够，便连夜来酒坊买酒，趁了酒劲，便调戏大妞，大妞自会羞辱于他，这姓张的便气急败坏，失手杀了大妞。二静，我说的对吧?"

二静神志恍惚地说道："他好像没喝酒，也没有调戏大妞，更不是失手。大妞没有羞辱他，大妞是为救我。"

赵监这下清楚了，若是让二静说出那不堪回首的细枝末节来，未免过于残忍。赵监盛怒之下，面色铁青，他撕下一张窗纸，轻轻盖在大妞面部，然后迈步出了酒坊。秦珮忙跟出大门，不无忧虑地喊他两声。赵监没有理会，径自去了。

天色渐亮，薄雾低锁，山寨笼罩于凄迷的混沌中。铁匠铺里血红的火苗蹿出两尺多高，似乎要穿透房顶般的火舌汹涌，叮当叮当的铁锤声闷闷地在晨雾中回荡。铁匠铺掌柜的站门口见赵监低头走来，高喊一声："赵先生早啊，您这是要去哪儿呀?"见赵监没听见似的疾步走过，于是悻悻然嘟囔着退回铺子。

赵监气冲冲来到山陕会馆，见大门未开，两个卫兵傻子般立于大门两侧。赵监径直走近大门，抬脚便踩那朱红大门。卫兵不干了，撕扯之下，赵监抽手啪的一记耳光，扇得一个卫兵一时间愣在原地发呆。赵监随即高声喊道："张宗禹，你开门！张宗禹，耗子一样躲洞里，非大丈夫所为！张宗禹，你开门！”卫兵见眼前这位乃昨日张宗禹亲送至寨门之外的骑驴者，知来头不小，只咋呼着不敢上前阻挠。

良久，张宗禹的随从开门时，一脸茫然。他正要发火，仔细一看，见踹门者却是张宗禹座上宾客，便不敢造次，伸手将赵监让至院内。赵监大步来到军帐，见张宗禹正在穿衣。

“赵先生这么早过来，莫不是昨日去山中游说土匪大有斩获？我这庆功酒宴还没摆上啊！”张宗禹道。

赵监盛怒之下，反倒出言极为缓慢：“张宗禹，算我赵监眼拙，错看了你，怪我自己，这个话题暂且不讲，我此来只想问清一件事，待我弄清了我便不再打扰你。”

张宗禹自知理亏，低声问道：“赵先生请讲。”

“你平日里都是把自己置于军规之外吗？”

“没有的事。军规乃我本人制定，我自然要率先垂范、身体力行。”

“那你该如何解释你昨晚的暴行？你在晒场上力斩兵士，其凛然正气却让人误解为你乃浩然君子。”

“酒坊家的两个女人是你什么人？莫非与你有染？之前我的手下曾惹出事来，被我斩首晒场，你赵先生可是并未到大帐兴师问罪的。”

“不是我什么人你就可以为所欲为了？你的军规只是用于你的手下不成？之前若是你一直这样将自己置身法外，那我便无话可说了。实属赵监有眼无珠，昨日我赵监还屁颠屁颠地进山为你游说土匪，今日看来，你不配。”

“那那那土匪答应收编的事了？”

“你张宗禹还能张口问及此事？我都替你脸红，不知你想过没有，像你这样的品性，这样的无视法度之人，谁敢跟你一起打天下？试问，无视法度者能打得了天下吗？”

“姓赵的，你羞辱本帅羞辱够没有？”

“赵监并无羞辱于你，是你自取其辱罢了。道家云：国无义，虽大必亡。人无善志，虽勇必伤。谨记！”

“赵监你何许人也，胆敢在此出言不逊！不怕我火枪走火？我忍你多时了。”

“既来之，则安之，赵监本就没打算活着出去。赵监本来就是已死之人，早该随大哥驾鹤西去，却偏偏隐于乱世。”

“大哥？没有弄错的话，你该是洪秀全帐下之人，我留意你很久了，对你这般客气也是出于此因，你休要得寸进尺！他洪秀全如何？道光十六年，洪秀全借教传经，收拢人心。咸丰元年聚众起事，举兵北征，虽是出广西，战湖南，饮马长江，可定都天京后又该如何？到头来还不是功败垂成？”

“不许你亵渎天国，你张宗禹不配提及天王。天王性情慈善，天性柔弱，过于看重兄弟情分，到头来却是重义伤己。若是当初天王不顾兄弟情分，杀伐果敢，心狠如你，太平天国断不会月坠花折、胎死腹中。”

“你休要替洪秀全遮羞，定都天京后，他十年不出后宫，后宫佳丽两千多任其享用，我昨晚才碰了一个女人，你就敢骂我品行不端。不是他洪秀全沉溺酒色，怠于朝政，哪会发生天京变乱！可怜东王杨秀清随洪秀全金田起事，南征北战，立下不世之功，到头来却在午夜被北王韦昌辉斩其头颅，除却全家尽遭杀戮外，同时被杀的隶属东王的精兵名将竟有两万之众。”

“你是只知其一不知其二，为何大哥身居后宫？还不是当初重情重义，予以诸王过大的权力，以至于到后来尾大不掉。大哥征佳丽于后宫，皆为让诸王悉知大哥喜好女色，无意惩治不法之王，其所为还不是以求天京平安？此乃万不得已而为之，可谁人晓知大哥之良苦用心！可怜大哥一再迁就，到头来却无人能懂，反而变本加厉，最终酿出天京变乱。若当初大哥心狠手硬，独揽朝政，不给诸王太大权力，太平军断不会出此内讧，自相残杀。倘太平天国不出变乱，不派孤军北伐，而是循序推进，步步为营，当今朝廷怕是早就俯首称臣了，哪还轮得上你这捻军胡乱忙活！”

“这么说来，在下冤枉你家大哥了？可无论如何，他洪天王难辞其咎，把一个大好态势生生断送。”

“你张宗禹好意思责怪别人！同治三年春，天京被围，你声称率师驰援天京，却为何迟迟不见你的影子？以至于两个月后天京失陷。原本是指望你来驰援天京的，到头来却是竹篮打水一场空。”

"天地良心，我张宗禹确已尽力，无怨无悔。我大军才到鄂东，清廷僧格林沁亲率的蒙古骑兵、湖广总督官文率领的鄂军、河南巡抚张之万率领的豫军，还有安徽巡抚乔松年亲率的皖军便合围过来，我纵有三头六臂也难以如期抵达天京，清廷这围点打援的战术此次被用得游刃有余。当等得知天京已陷，我再去又有何用!"

张宗禹说罢，两人已是气喘吁吁。听两人争得不可开交，随从端着茶壶怯生生不敢进帐，这会儿见两人暂歇，便小心进来，将茶碗逐一摆上，缓缓倒上茶水后，轻轻去了。

"你的大军何日开拔？寨子已不堪重负。"喝口水后，赵监问道。

张宗禹迟疑片刻，叹息一声道："再说吧。"

这模棱两可的回话让赵监极不舒服，他厌烦道："昨晚之事你如何善后?"

张宗禹低头喃喃道："一时失手，愧不堪言！我给内掌柜留下了一根金条，有劳她给死者买口棺木，将其好生安葬，我会去坟前割腕谢罪的。至于内掌柜，等她气消之后我再登门赔罪。"

赵监道："就这些？你好自为之吧。"

见张宗禹蔫蔫的早已没了平日里的嚣张气焰，赵监想来虑去，又没别的法子，于是站起身，看都没看张宗禹，自顾去了。

赵监回到家里，没见刘金和秦珮回来，知是两人仍在陪着二静，他便去马棚牵出毛驴，跟柱子打了声招呼，骑上驴奔寨门而去。守门的兵士自是不敢盘问，眼睁睁看着赵监目中无人地骑在驴上，摇摇晃晃消失在官道的远方。

赵监在邻近村寨的街面上来回走过两趟，没有见到棺材铺子，街上冷冷清清，两侧商铺门可罗雀。迟疑间，却见之前见过的那位唱河南坠子的老者在一棵老槐树的树荫下自拉自唱，唱的依旧是《罗成算卦》，听者却是一点儿不厌。

……劝君家别嫌俺的卦礼贵，

我能算这生死在眼前。

隔山能算几只虎，
隔海能算他龙几盘，
乌鸦打俺头上过，
我能算羽毛全不全……

老者的粗布短衫已被汗水浸湿，芭蕉扇扔在破盆一边，破盆里趴着几枚铜钱，一个火烧已被热气蒸干。坐听坠子者多是老人，或袒胸露乳，或用扇子不住呼扇。见一位老者起身离去，赵监便上前问道：“老先生，街上没有棺材铺吗？”

老者打量一下赵监道：“街上能开棺材铺吗？那棺材铺对着谁家谁家都不干。”

赵监想想也不无道理，以为是这街上没有棺材铺，正要谢过离去，却见那老者顺手一指，打着哈欠说道：“西边村头有个土地庙，土地庙边上就是棺材铺。”

赵监谢过老者，来到土地庙时，见棺材铺空无一人，一口刷过黑漆的棺木摆放在门口，漆味扑鼻。赵监喊过两声，却见一个女人懒洋洋自庙里走了过来，赵监便搭讪道：“大嫂，在那边乘凉啊？店里没人，不怕东西丢了？”

赵监说过，立时便觉得此话不妥。果然，那女人不经意道：“这东西不怕丢，让你偷你偷啊？”赵监干笑道：“那是那是。大嫂啊，能找几个人吗？还得有辆马车，把这棺木送到半扎寨东门外。”大嫂问：“东门外哪个地方？”赵监道：“哪个地方都行。”大嫂吃惊道：“哪个地方都行？”赵监道：“无论哪个地方，只要是那地方不碍事，土质松软就行。”大嫂瞪大眼睛道：“你是说要临时打墓？”赵监道：“是的。”大嫂问：“你把棺材直接送墓地，那人呢？”赵监道：“我把人背过去，或者是用毛驴驮过去。”大嫂盯着赵监，疑惑自己是否在梦中，她拍拍脑门道：“我怎么就弄不懂啊，你是说，就在这里找人去半扎寨东门外，随便找个地方打墓，棺材也送到墓地，然后你把死人背过来安葬？长这么大，我头一次听说有这么安葬人的，真是稀罕事。”赵监忙解释道：“人死得突然。还有就是寨门进出不便。”大嫂摇头道：“你快别说了，你说了我也听不懂，我这就找人找车去，你付钱吧。”等赵监把银子付给大嫂，他见大嫂遇见鬼似的，一边将银子塞入怀中，一边一步一回头地奔街上喊人去了。

赵监疲惫地蹲在门口，忽又起身在棺材铺找到一桶水，他拿起木瓢舀出水，咕咚咚一饮而尽，之后又蹲在门口，眼望大嫂一点点消失在街的尽头。

大嫂回来时身后跟着五个男人，其中一个赶着马车，车上堆放着打墓用的铁镐和铁铲。这五人将马车赶到棺材铺，他们用异样的眼光看看赵监，而后把车上的工具拿下来，用力抬起棺材放到车上，接着再把工具放在棺材一边。五个人分坐车头和车尾，他们让赵监骑驴前面带路，一行人顺小道奔半扎寨而去。

赵监回望时，大嫂正站在棺材铺门外的暗光里，正愣愣地望着他们走远。

马车在崎岖不平的山路上跳动，车上的人筛糠般颠来抖去。当远远望见前方高处那巍峨的寨楼时，斜阳已将火球隐于山梁的另一侧。

赵监骑驴走在前头，忽见道旁斜坡上一块草地极为熟悉，这草地仅马车般大小。山坡本是斜刺而下的，偏在这草地处留下一片平整。草地的对面原本是麦田，麦子已收割，麦茬间农夫点种的玉米已长出一人多高，玉米秆病恹恹无精打采。官道则界河似的将草地和田间分割开来。眼前这草地对于赵监来说再熟悉不过，这里留下过他和大妞的倾心交谈，感知过两人的呢喃絮语，可如今已物是人非。赵监忽觉一阵刺心的痛，他停下来望着草地痴痴发呆，当听见身后有人催促时，赵监已是泪流满面。

“快点儿吧，天不早了。”马车上的人喊道。

“到了。”赵监揉揉眼，低声说道。

“到了？埋在玉米地？”

“不是玉米地，是山坡上那片草地。”

“我的天，这么高，怎么抬上去啊！山坡上石头多，打墓很难。”

“有劳了，我加钱。”

见马车上的人爽快地应下后翻身下车，赵监抢先走上斜坡，仔细看过草地，而后喊人上来。他望着前方一望无际的玉米地，暗道：大妞啊，你就住在这里吧，每年的麦熟时节，你都能看到金黄的麦子，跟我俩当初看到的景色大致相当。

五个人开始弯腰打墓，赵监在一旁静静看着。良久，赵监噙泪走下斜坡，骑上毛驴向寨里去了。

进了寨子，赵监绕到布匹店，买了些白布外带一根绳子，然后牵驴要去二静家。岂知，这毛驴看见白布竟磨蹭着不肯移步，赵监抚抚驴头，毛驴依旧纹丝不动，看天色向晚，赵监挥泪抬脚踩了一下驴肚，然后这驴眨眨眼，跟着赵监去了。

二静已将大妞放在床上，一张床单盖在大妞身上。

二静见赵监进来，无力地问道：“干啥去了?”

赵监道：“去给大妞买棺木了。”

“买来了？在哪儿?”

“在寨外的草地边，雇了五个人，正打墓。”

“嗯。出不了寨子，没法给叔叔说，我做主，就把大妞埋在寨外吧，这样大妞也就离你不远。本来大妞留在寨子里就是为了能够看见你。我问过她在寨子里待久了想不想家，她说有你的地方就是家。”

赵监再也抑制不住，放声大哭起来。良久，他将毛驴牵进屋内，用买来的白布把大妞裹上，而后抱起大妞轻轻放在驴背上，再用绳子捆紧，又在绳索里别进一把铁锹，牵驴出了酒坊。寨子里大约不少人知道了昨晚发生在酒坊里的事，人们远远地站着，翘首望着这边，叹息不已。二静羞于出门，无脸面对乡里乡亲，只远远地看着赵监独自牵驴走在空阔的大街上。

适逢保长和张老去山陕会馆找张宗禹说事，见赵监的驴背上驮着死人，张老欲言又止，他那厚厚的老花镜后面藏着一双充满诡异的眼睛。张老拉保长站立街道一侧，躬身让毛驴自身边走过，而后望着赵监的毛驴一点点消失在寨门外的幽暗里。

秀水寺门口站着一个僧人，他双手合掌于胸前，低头念道：“是人更能三七日中，一心瞻礼地藏形象，念其名字，满于万遍，当得菩萨现无边身，具告是人眷属生界；或于梦中，菩萨现大神力，亲领是人，于诸世界，见诸眷属。更能每日念菩萨名千遍，至于千日，是人当得菩萨遣所在土地鬼神，终身卫护，现世衣食丰益，无诸疾苦，乃至横事不入其门，何况及身。是人毕竟得菩萨摩顶授记。”

赵监单手成掌置于胸前，向这僧人一颔首，自寺前走过。忽然间，毛驴发出一声嘶鸣，这嘶鸣声立时传至深涧，万泉河上回音激荡。赵监忙抚抚驴头，这驴便立时安静下来。毛驴踩着青石铺就的桥面，过了万泉河，一步一个脚印地走向不远处的那块斜坡草地。

五个打墓人已将墓道挖好，坐一侧挥汗如雨。赵监小心将毛驴牵上斜坡，他最先抽出那把铁锹，然后缓缓解开系在大妞身上的绳索。见两个汉子过来帮忙，赵监忙伸手拦住。他一人艰难地抱起大妞，将大妞轻轻放入棺木，而后示意那两个汉子抬起棺木的盖子把棺材合上。

当棺木徐徐被下到墓道，赵监从怀中摸出几枚碎银塞给汉子，承谢之后让这五人赶车去了。这五人走出老远，仍旧回望这斜坡草地，他们的眼神里充满迷茫。

残阳把最后一抹血红洒向山梁时，这边的斜坡上已是昏暗苍茫。赵监用铁锹一铲铲将黄土撒向墓道，他时不时拿衣袖抹眼，衣袖上有汗水有泪水湿漉漉黢黑一片。毛驴站在一侧静静望着赵监，它蹄边就是茂盛的草地，这毛驴嗅都没嗅嫩草，只一味地用小眼茫然地看着赵监。

当大妞的坟丘最终隆起，赵监颓然伏下泣不成声：“大妞啊，你就好好睡吧，我会时不时过来陪你，陪你看麦浪，陪你看夕阳，只要我还活着。你本来是可以找个人家的，为了见我，你执意留在半扎寨。我赵监本是已死之人，活过今日却不一定活过明日，明明知道我赵监给予不了你什么，你却全然不顾，是我害了你啊！”赵监抹把鼻子，“张宗禹，我与你势不两立！虽然我手无缚鸡之力，眼睁睁看着你害了大妞辱了二静，却不能动你一根手指，可一点不代表你能全身离开半扎寨。灾人者，人必反灾之。终有一天，我要拿你张宗禹的人头来坟前祭奠亡灵，你等着！”

赵监起身时已是暮色四合。热风吹过，对面的田地里哗哗作声。毛驴忽然仰起头咿呀咿呀一阵乱叫，这声音循着黝黑的田垄渐次远去。

## 第二十二章

# 寻杀手张老解囊
# 送书信姚叶受命

寨门早已关闭，寨楼上马灯的暗红鬼火般闪烁。湿热的风捎来些许河水的清凉，而随着风的倒向，湿热重又黏身上挥之不去。在这闷热的夜晚，蚊虫全然没有忘却寻找饕餮之处，赵监不知道他的毛驴是否被蚊虫叮过，他的后背和双脚却是不时被蚊虫悄然伏上，随之便奇痒无比。

慈善的和尚在寺院门口纳凉，他见赵监骑驴走近，起身轻声说道："阿弥陀佛！寨门早已关闭，若是不能进寨，那就在寺院住上一宿吧。"

赵监承谢道："谢师父慈悲！我去叫叫寨门试试，叫不开的话还真得叨扰师父了。"

和尚道："阿弥陀佛！"

赵监来到寨门下，他已经没了力气大声喊叫，只轻声对寨门上的兵士说道："请老弟开门。"

寨门上那兵士借了月色仔细打量寨外这位骑驴人，见是上次气势汹汹的出寨者，于是轻声对身边的兵士道："还是那个骑驴人，他这次怎么不横了呀？上次出寨时跟驴踢了一样。你快下去开门吧，慢了又得挨骂。"

那身边的兵士道："这人是什么来头啊？长着一副驴脸，他居然敢当着大帅的面骂大帅。"

"别问了，快开门吧。"兵士道。

赵监回到家，见刘金和秦珮正焦急地等他。桌上的饭菜已经放凉，厨子便要端去加热，赵监摆手说不必，秦珮道："忙了一天，午饭一定是凑合着吃的，到自己家了，说什么也不能再凑合了。李师傅，端下去吧。”

李卫下去后，赵监便将今日去军帐如何与那张宗禹反目成仇，又去哪里如何买的棺木，如何安葬大妞的事一一说了。刘金听后不安道：“那张宗禹不会跟你过不去吧？可别让他来咱家找事呀！”

秦珮不屑道：“他杀了大妞，没让他偿命就已经便宜他了，他还能找什么事？”

刘金张皇地看看窗外，压低声音怪道：“女人家什么都不懂就别乱说！这年头哪里有讲理的地方？这又不是我们自己家的事，没必要为这个跟人家翻脸。”

秦珮道：“寨子的人都像你这样忍气吞声，那姓张的今后会更加肆无忌惮。再说了，大妞和二静并非跟我们没有一点儿瓜葛呀！申三在矿上没法回寨，他家里出这样的事，我们一概置之不理，于心何忍！”秦珮说罢，生气地站起身，虑及赵监一定饿着，忙去厨房催菜去了。

刘金胆小怕事，缺乏担当，除却生意及金钱之外的事，他一概不甚关心，这一点赵监早已知晓，可眼前申三家里一人丢命一人受辱，在此大是大非面前，秦珮所言极有道理，于情于理他都该挺身而出。想到此，赵监道：“大哥呀，任何时候在大是大非上都不可忍气吞声，若是一味迁就，到头来只能是让对方得寸进尺。万事皆有度，过犹不及。作恶者往往不屑于圣人所言，其结果必定是咎由自取。强极而衰，衰极而强是应了天道的，你等着瞧，他张宗禹终有一天会遭天道惩治。”

刘金道：“你说的大哥不懂，只要你别去惹事就行，大哥只想让家里别出乱子，好好活着比什么都好。”

见秦珮亲自把饭菜端上，赵监道：“大哥呀，不是我们不想好好活着，而是别人不让我们好好活着。你放心，我不会惹出什么事来，我先吃饭了。”

秦珮望着赵监狼吞虎咽的样子，不觉一阵心酸。忽想起下午保长来过，于是轻声说道：“午间保长来找你，他也没说什么事。”

赵监道：“这会儿太晚了，那我明日过去一趟。”

刘金道：“无论找你什么事，咱都别出头惹事。”

赵监道："好的，大哥。"

秦珮问："把大妞埋哪儿了？"

赵监道："埋在寨外山坡一块草地上了，那里背山面田，也算是一个好居所了。"

秦珮伤感道："明日想去看看大妞。"

刘金道："你能出寨？"

秦珮道："想让赵先生去给那姓张的说说。"

刘金道："你算了吧。"

赵监道："还是听大哥的吧，等等再去不迟，说不准这几天张宗禹就会挥师北去，等秋季雨季到来，不便于他骑兵征战。再说了，我今日已晓以利害，寨子本就不很富裕，供养大军难以为继，等他几日看他如何打算。"

刘金急切问道："他同意没有？"

赵监道："他的话模棱两可。我知道他眼下兵力不足，且整训不够，就他这样的兵力，一旦与清兵交手，必败无疑。"

刘金道："明知道打不过清兵，他万一拖着不走呢？"

赵监道："得让他走，还得让他明白一点就是，他此时不走，将来想走怕是难以走掉。没有猜错的话，保长找我恐怕也是商议该如何让捻军早点儿离开的事，你想啊，捻军就这么待在半扎寨，日后被州府获悉，保长他难逃干系！"赵监说时，面色凝重。

刘金和秦珮从未想过保长的难处，经赵监这么一说，刘金竟担忧日后朝廷会否拿半扎寨的众商家算账。赵监说这难说，即便寨民悉数受到州府惩戒，也是任谁都没有办法的事，只得走一步看一步。不过，相信保长和张老该是有了万全之策，让刘金和秦珮放心就是。

刘金哪能放心得了！这个心窄之人，一宿全无睡意，眼睁睁望着屋顶，直至东方欲晓。

赵监来到保长家时，保长正在院中踱步。见赵监进院，保长乜斜一眼西厢房住着的几个兵士，大声对用人道："快去把张老请来，得合议一下收税的事。这个月怕是得多收些税银，不然的话，大军的口粮都成问题。"

用人去后，保长和赵监一前一后来到客厅，落座后，保长问道："把大妞安葬了？"见赵监点头，保长又道："昨日我和张老先是去见张宗禹，而后去申三家安慰一番二静。多亏了刘金和秦珮，不是这两口子苦口婆心相劝，二静怕是已自缢身亡了，真是作孽！"赵监问保长："你们去见张宗禹，他都说些什么？"保长说："我们去时他还在气头上，他说你把他骂了个狗血喷头，还说你前脚刚走，我和张老后脚就到，说我们这是轮番跟他过不去。"赵监道："他还是没有提及几时离寨的事吧？"保长叹道："没有。"赵监迟疑片刻，冷冷说道："若让他早日离开寨子，不给他施加压力看来不行。"保长道："这正是我和张老急于见你的原因，我们得想想法子，他这样赖着不走，终究不是个事。"

张老匆匆进来时，两人都未起身。张老道："你们接着说，我先听听你们的想法。"

保长道："我们商议的任何计策都得把寨子的安危居于首位，万不可惹怒这姓张的，以防他气急败坏时真的把寨子付之一炬。他说过这样的话，无论他的话是真是假，我们都不得不防。"

赵监道："照着保长的思路，若要保寨子不出事端，首先得控制住张宗禹，使之无暇发令。所谓的擒贼先擒王，杀贼先斩首说的就是这个理。当然，若是能有法子让他自愿离开那是最好不过的事，正所谓'不战而屈人之兵，善之善者也'。不知两位结识有武林高手没有？"

张老轻声说道："这一点我和赵先生想到一起了。若要出其不意制伏张宗禹，非武林高手难以奏效，一是他的军帐戒备森严；二是他带有火枪，一般人很难靠近。我倒是想起一个人来，此人身手不凡，只是这人远在嵩山。"

赵监和保长几乎同时"啊"了一声。保长道："嵩山倒是不远，可如何派人去找？眼下没几个人能出得了寨子。"

张老为难道："这也正是我犯愁的地方。按说我本人去最好不过，可我家里住着几个兵士，他们贼一般盯着我，再说了，他张宗禹断不会这个时候放我出寨。我若写封书信找个人带去也不是不可，只是这带信的合适人选得细细斟酌。"

赵监正想说他是不二人选，一是他去能把事情说透；二是自己能够轻易出寨。可昨晚刘金再三叮嘱他不要惹事。刘金所虑不无道理，他若出寨传书，万一此事走漏风声，势必祸及全家。祸及他赵监是小，可刘金是无辜的，尤其是秦珮，若是秦珮为此受到丁点儿伤害，他赵监死难瞑目。良久，赵监说道："这带信之人事关全局，需慎之又慎，我们各自都思虑后再行商定吧。不知张老所说之人有何背景，所需酬金如何，按惯例酬金是事前给还是事后给？"

保长接话说道："是啊，此事可不等同于一般的杀人越货，酬金少了怕是难以请动人家，酬金多了，眼下寨子里真是捉襟见肘。"

张老道："三年前的一天，我去汝州大牢探视一个旧友，旧友同监有个光头汉子，这汉子因玷污了一位邻居大嫂，被人告到衙门，衙门便拿了此人入监。岂知，就在此人入监后第三日，那嫂嫂的男人犯急病而亡，这女人大约是有情于光头汉子，又虑及男人死后自己孑然一身，她竟独自跑到州府衙门翻供说没有被人欺凌，乃自己心甘情愿。没多久那汉子便被放出了监号。汉子出监那日，适逢我再去监号给旧友送些吃的，我们在路边有过一番长谈，知此人重情重义，功夫了得，只因家境贫寒，为吃口饱饭曾入少林寺做过武僧。却因不忘少时一邻村女子，偷偷跑出寺院与那女子相会，后被方丈发觉后轰出少林。汉子家境贫寒，眼睁睁看着邻村那心仪女子被邻家娶进家门。那日汉子噙泪说道，日后他要想法子挣钱，哪怕是杀人越货他都愿干，只要有钱赚，有用得着时就去登封城外嵩山脚下的怀义村找他。既是此人急于挣钱，那我们就各取所需。至于酬金，多与少都由我一人承担，具体事宜得见到此人后方可拟定。"

保长道："修建寨墙时，张老已经捐钱多次了，眼下怎好再让张老出资呀！"

张老摆摆手，不让保长推辞，他说保寨子平安乃大家分内之事，有钱出钱，有力出力。最后，三人理出一个这样的思路来：首先派人把张老的书信带给那汉子，同时给他一些所需银两，让汉子乔装成外地客商进驻寨子，然后张老和保长伺机接触汉子，将交办之事悉以告知。一旦事成，趁捻军群龙无首之时，便立即报官，外有官兵围攻，内有寨丁策应，里应外合，何愁不把这帮捻军驱除出去。捻军已经在寨子里杀死两个人了，但愿寨子里别再死人。至于派何人去嵩山脚下面见汉子，三人一时没有主意，于是各自散了，待回家后慢慢考虑。

赵监刚刚进院，刘金便亟不可待地问道："保长找你什么事呀？"

赵监道："还不是征税的事，眼下除了征税还能有什么事！征税难，不征税更难，这么多人总不能喝西北风吧。"

刘金叹道："保长可真难啊！换成我，非得愁出病来不可。"

赵监道："所以大哥就没有当保长。"

刘金笑道："你哥本来就不是这块料，压根儿也就不去想这当保长的事。"

秦珮在一旁道："关键是想了也是白想不是？我可是替你哥想过的，可这不是单凭想想就能想来的。眼瞅着保长一天比一天苍老，寨子里又有那么多忙不完的事，每次看见保长都让人心疼！"

刘金道："我还是安心把生意做好吧。哦，对了，能不能去给张统领说说，让他网开一面，让我们去湖北进些砖茶回来。家里的砖茶早就断货了，昨日铁匠铺的掌柜过来要买茶，我们连一块都没有了。"

听了刘金的话，赵监忽觉这是一个契机，若是以南下进货的名义出寨，然后再绕到嵩山脚下，而后再南下湖北，这可是神不知鬼不觉的事。在这闷热的夏末，在这令人窒息的寨子里待久了，出去走走何尝不是一件两全其美而又惬意非常的事。于是赵监道："是该南下进货了，让我想想该如何去跟张统领说，不知道他给不给我这个面子。"

赵监回到房间思前想后，反复掂量，不知不觉已是黄昏时分。在这多事之秋，他一旦南下，没有一个月时间难以回来，这期间不定寨子里会出些什么变故。一旦那杀手来到寨子，无论他得手与否，寨子里都少不得一场恶仗，寨子的安危、秦珮的安危他不得不虑。

忽听毛驴发出一阵不安的躁动声，接着院子里热闹起来。赵监出门看时，见一个驼队进了院子，那掌柜的有点儿面熟，正在想何时见过此人，却听那人朗声说道："赵先生别来无恙？上次姚某途经半扎寨，厨子说你去湖北进砖茶了，这次总算是见到你了。"

听口音赵监才想起此人是谁，于是忙迎过去笑道：“这不是姚掌柜吗？姚掌柜可是发福了，满面红光，器宇轩昂，一眼就看得出姚掌柜定是发了大财的人。前年年末随你的驼队来到半扎寨，一晃居然快两年了。来来来，先歇会儿。柱子，快帮姚掌柜卸货。李师傅，今晚多弄几个菜，我得陪姚掌柜喝上几杯，说什么也得尽尽地主之谊呀。”

姚掌柜笑呵呵随赵监就在屋门口凳子上坐下，赵监忙把茶水端上，两人一边品茶，一边望着柱子协助姚掌柜的伙计忙着卸货，闲扯些无关紧要的话。见西厢房有人鬼头鬼脑地张望，姚掌柜问道：“你那屋里住的人也是外地行商的？”

赵监忙道：“是啊是啊，途经这里。姚掌柜呀，这院子里燥热，看这骆驼呼哧呼哧喘气就让人冒汗，还是进屋说话吧，我这屋子墙坯厚，冬暖夏凉。”

两人各自搬上凳子进屋后，赵监便直言问道：“姚掌柜回山西途经登封不？”

姚掌柜道：“不经过登封。赵兄有事？”

赵监道：“是有件棘手的事，若是顺道的话，想拜托老弟捎封书信去。我这里脱不开身，大哥非要我明日就随他去湖北进茶。”

姚掌柜为难道：“绕路太远，我这商队不比单人快马便当。虽是商队里有匹马，可这马也是驮满货物的。”

赵监道：“我这也是受人之托，别人还专门留下个银锭，说是托人办事总不能亏了人家。”赵监说时，拿出个银锭放在桌上，一副为难的样子。

姚掌柜看看银锭道：“捎封书信不值一个银锭的，看来这人富得流油啊。”

赵监道：“值与不值，那是人家的心意。姚掌柜此去黄河渡口途中也得歇息不是？若是趁途中歇息之时把你那马上货物卸下，差人骑快马该是很快即可抵达登封的，本来就不是很远。”

姚掌柜迟疑片刻，望望桌上银锭，面露为难之色，接着说道：“姚某一向敬重赵先生的为人，若是拂了赵先生面子，只恐日后见面时难堪。”

赵监借机说道："知道姚掌柜是个热心肠，赵监有幸结识姚掌柜乃幸事一件。这人要是命里该托谁的福，那是前世注定的，你看我来半扎寨时就是随了您的驼队，不然我赵监单人单驴的，不定被哪帮土匪劫了都是难说的事。这次本来正为传书的事犯愁呢，偏偏就遇见了姚掌柜。"

姚掌柜大笑道："赵先生这张嘴我是服了，看来这传书的事不去都得去了，谁让我是你前世注定的'托福'之人呢？好吧，恭敬不如从命，你今晚说什么得陪我多喝几杯。"

赵监笑道："我们一醉方休。明日我给大哥说一下，你这驼队今晚的食宿全免。谁让你姚掌柜是我赵监的'托福'之人呢！"

两人说笑着要去饭堂用饭，姚掌柜起身后没急于移步。赵监拿起桌上的银锭塞进姚掌柜衣兜，随后两人说着闲话出了屋门，奔饭堂去了。

这姚叶的酒量十分了得，赵监和刘金已是醉眼迷离，姚叶还在力劝两人得把杯中酒饮干。柱子在一旁焦急万分，一是见不得两位掌柜喝得这般模样；二是自己早就摩拳擦掌了，只是碍于没人喊他就座，便在屋内走来走去。见状，赵监红着脸大声叫道："柱柱子，你跟磨磨磨道里的驴一样，来回磨蹭个什么呀！姚掌柜老主顾了，好不容易来一次，你也不不不给姚掌柜多敬几杯？"

柱子憨笑道："都快急死我了，急得心里都想伸出个手来，早就想给姚掌柜敬酒呢，掌柜的不发话，我哪敢呀！"话音没落，柱子已把酒壶攥到手里。

三个人哄堂大笑。柱子只与姚叶碰着喝，只一袋烟的工夫，那姚叶已趴在桌上难以抬头。柱子把姚叶扶去后，赵监和刘金也摇晃着各自回屋去了。尚未进屋，赵监忽听后宅传来一阵低低的争执声，刘金的声音里带着嬉笑，而秦珮声音里则充满厌恶。赵监和衣躺在床上，眯眼想着后宅里的事，那一定是刘金兴奋中做了什么令秦珮不屑的事了。这个一向冷艳的女人有时候倒也温润似水，他想起那个寒冷的夜晚，想起一个温热的水袋在他醉意朦胧中悄然出现在他冰冷的被窝里。这温热的水袋让他通身酣畅。他想到了淡云抚过圆月，想到了轻风掠过树梢。浑身一阵躁热过后，赵监在意识杂乱中渐渐睡去。

日出数竿时，赵监被院中的杂乱声惊动，忽想起要到张老那里拿封书信，于是一骨碌爬起，开了房门。他见姚叶的人正往骆驼上搬货物，却未见姚叶身影，料是那姚叶昨晚喝多仍在酣睡，于是他脸都未洗便匆匆去了张老家。

听过赵监所言，张老感觉托晋商带信实属再好不过，于是铺纸润笔，一封信很快写好。赵监看时，信上写道：

吾弟虚本：

年余未见，不知虚本近日可好？年迈之人，多念往昔友情，虑及曾经嘱托之事，现有契机，请老弟不日来家一叙。随信附银票百两，可买骡马毛驴任选，而后驮货物进寨。切切。

张老找来信封，又去后宅拿出一张银票，随后把信纸和银票塞入信封，再将信封封严郑重递给赵监。赵监接过书信，忽觉手中石头般沉重，他见张老一脸的凝重，自己竟不由得心跳加速。此事非同小可，成败尚在两可之间，无论成与败都会牵涉人命，弄不好会殃及诸多身家性命，可既是走出了这一步，那便无法回头，只能是尽人事听天命了。

赵监怀揣书信回到东西顺时，见姚叶正在洗脸，他没有言语，径直走回屋内，坐床上屏住呼吸，但等姚叶过来辞别，想趁辞别之时将张老的书信交与姚叶。

许久，那姚叶并未过来辞别。赵监便起身来回踱步，时不时望望院中，他见商队的人悉数去了饭堂用饭，院中的驼队整装待发，白亮的阳光将稀疏的树影投向院中的驼队，斑驳陆离。毛驴不安地站在槽边的阴影里，正用混浊的目光望着院中的驼马。远远地传来一声犬吠，紧接着，大街上的犬叫声歇斯底里。一时间，躁热让赵监几乎透不过气来，他重又坐回床边，闭上眼让脑际一片空白。

忽然传来一声沉闷的问候声，尽管这声调不高，赵监听来犹如炸雷：“赵先生怎么不去用饭？”

赵监忙道：“商队要赶路，还是由着你们先用，姚掌柜用过早饭了？”

姚叶笑道：“用过了。昨晚喝多了，一家伙睡到太阳晒屁股，这下可好，耽误了不少行程。”

赵监挠挠头，少气无力地说道：“昨晚我也喝多了，这会儿还是晕腾腾的。姚掌柜还有不少路要走，多多保重!”赵监说时掏出书信塞进姚叶衣兜，随后又叮嘱道，“信里所言该是十分要紧的事，不然人家也不会附上一个银锭来，姚掌柜务必慎之又慎，有劳了!”赵监说罢，深深一拜。

姚叶道：“赵先生不必这般客气，姚某尽力就是。这封书信只能交到虚本本人手中吗？万一我赶到嵩山脚下的怀义村时此人不在家里，那该如何处置？将信交给他的家人或者是邻居如何？总不能让我一直等下去吧？”

赵监毅然说道：“只能交到虚本本人手中。”

姚掌柜苦笑着点头应下。

赵监将商队送出大门，望着姚叶一点点消失在大街的转弯处。等他回到院中，见秦珮倚门站在饭堂口的幽暗里，正用异样的目光望着他。赵监一时感到一种莫名的愧疚，一种无以言状的情愫渐渐罩上心头。

## 第二十三章

# 捻军副将索银两
# 雇佣杀手进寨门

姚叶的商队走西门出寨之后，赵监和张老及保长便在等待中度日如年。眼见天已转凉，却迟迟不见所托之人来到寨中，是张老的书信没有送达，抑或是所雇杀手畏于军帐非同农家而畏缩退却？不会是那姚叶原本就没去投书而自带银票径自回了山西吧？晋商一向守信，后者的可能性极小。

疾风扫过，街头老槐树上尚未变枯的树叶居然簌簌飘落，满地青黄的落叶中偶有一两堆驼粪倨傲地立于大街之上，像是草原上隆起的山包。或许是这“山包”上散落着树叶，而落叶混淆了拾粪老人的视线，这粪便被遗漏在一派青黄中。倒是麻雀眼尖，它斜飞过来，稳稳立于这“山包”之上，而后居高临下地寻找落叶中尚能进食的籽粒。狗的出现打破了这黎明时街面的安详，一条黑狗慢吞吞走向麻雀时，这麻雀厌烦地留下一瞥，而后去了树梢。狗则走到“山包”前，拿前爪刨开落叶，端详片刻后，望一眼树梢，而后悻悻然自顾去了。

已经有早起的店家取去门板开张，不时有沉闷的叫卖声远远响起，尽管街上行人寥寥。随着朝阳映亮寨楼，熙攘渐次打破了古寨的静谧与安详。

“赵叔，您可真早啊！”闲走中，赵监忽听一声亲切的问候。

赵监侧目看时，却是刘真在正开启的门洞中探出头喊他。这孩子自嫁给张炽，眼看着一天天丰润，虽是钱庄的生意指定不好，可这孩子不愁不焦，不然断不会面如仙桃，声似百灵。仅这一点上，女人和男人便人各迥异，只要是男人宠着，即便是筚门闺窦，远离了钟鸣鼎食，女人大都能表现出坦然与从容，而男人则不然。

赵监走近钱庄时，刘真硬要他进去坐会儿，说他好久都没来钱庄了，莫非是张炽哪一点得罪赵叔了？听刘真把话说到这个份儿上，赵监不进去怕是不行，可去了又没话可说，眼下他思绪杂乱，心神不宁，硬是要无话找话，无非是说些鸡毛蒜皮之类的事，与其如此真不如独自待着。

果不其然，一进门刘真便扯着赵监胳膊往后院里拉，边走边滔滔不绝："赵叔啊，你像是又瘦了呀，也不知道不服夏还是厨子没把饭做好，要不你往后来钱庄吃饭吧？"赵监说都不是，人老了就是瘦。刘真没完没了道："才不是呢，赵叔一点儿不老。是不是操心操的？你别着急呀叔，别听我爹唠叨，我就知道要是三天没有生意做，我爹他一准唠叨个没完没了，眼下寨子里谁家的生意都不好，可总不会永远这样下去吧，寨子里会好起来的。前天钱玉过来，我们姐妹俩说到天黑，她说她爹也是天天唠叨生意不好，他爹吧还是个赖脾气，在家没事找事，把钱玉烦得天天不想在家里待。"

赵监忍不住笑道："你这丫头啊，经你这么一阵叨叨，赵叔这会儿心情好多了。你是什么时候和钱玉和好的？你不说赵叔还认为你们两个一直闹着别扭呢。孩子就是孩子，闹一阵子好一阵子。"

刘真嗔怪道："赵叔啊，人家都这么大了，早不是孩子了。我和钱玉早就和好了，人家也找到婆家了，年底就出嫁。"

"赵叔过来了？看把真真高兴的。"张炽迎出来，把赵监让至客厅。

赵监一坐下便开口问道："近些日子钱庄生意如何？"男人的话题很自然就回到这些内容上。

张炽无奈道："赵叔该是能够想到的。新的借贷很少，旧的借贷本息难收，这样一来，钱庄自然难以为继。关门最好，免得夜长梦多。倒是张宗禹的手下陈福元来过两次，说要借贷三百两银子，让我给堵回去了。"

赵监忙道："你做得很对！给谁都不能给他们，他们这是借贷吗？明面上是借贷，实际是征收，一个子儿都不能给他们。"

张炽忧心忡忡道："侄儿一直担心银库的安全，不知道这乱局还要持续多久。"

赵监警觉地看看窗外，见客厅仅张炽和真真他们三人，便轻声说道："趁夜间悄悄挖个地窖，新土不可随意堆放，然后将贵重东西悉数埋入地下，在这多事之秋什么事都可能发生，你们不可不防。"

刘真一阵紧张，急切问赵监："赵叔啊，你不是吓唬我们吧？不是说寨中这些人快要走了吗？"

赵监道："越是他们要走的时候越是最危险的时候，他们急需筹措军饷，筹不来途中所需，大军如何开拔？单凭寨子里逐家征收那点儿银子，仅够眼下日常开销。记住，咬掉牙也得挺过这阵子，摊上了，这是没办法的事，保长他们正在想法子。"

正说时，钱庄伙计在门外说那个陈福元又来了。见张炽的脸色骤然变白，怯生生望着赵监。赵监思虑片刻，凑到张炽耳边让张炽如此这般行事。张炽听罢赵监耳语，遂让伙计请陈福元来客厅说事。

陈福元未到客厅便听得客厅里的争执声一如吵架。赵监大声道："不是急用，我才不厚着脸皮来找你！闺女都嫁给你了，刘掌柜只借贷一百两银子，这多吗？"

张炽道："钱庄里真的没钱了，我爹来过多次，我不是早给他说清楚了吗？等我把寨子里借贷的两千两银子收回一些就给他，这才过了一天，他就指派你来说。"

赵监道："不是急用，刘掌柜至于这么三番五次往你钱庄跑吗？去年借人家的银子，人家催得急，你爹有一点儿办法也不会这么求你，你们做晚辈的一点儿都不体谅大人的苦衷！不借算了，又不是不给你们利息！没见过这么抠门的女婿！"赵监说罢，愠怒之下拍一掌桌子，然后拂袖而去。

出门见陈福元带了一个随从站在门外，赵监嘟囔着对张炽的不屑之词，自顾去了。刘真慌慌张张追了出去，嘴里喊道："赵叔你别生气，赵叔，赵叔。"

陈福元进来时见张炽满脸尴尬之色，自行坐下后一时间不便重提借贷之事，于是没话找话道："原来以为钱庄掌柜都是些戴着老花镜的老头子，没想到张掌柜这么年轻就做了钱庄掌柜，真是后生可畏呀！”

张炽道：“哪里，哪里，还不是托了祖上的福。提起祖上，张炽苦不堪言！好端端个钱庄硬是让我张炽给弄得不死不活，眼下居然百两纹银都难以拿出，真是无颜面对祖宗！”

陈福元迟疑片刻，试着问道：“听说钱庄跟钱庄之间也能借贷的，你也可以到别的钱庄借贷不是？”

张炽咬牙道：“我能出寨吗？眼下寨门看守得这么严！”

陈福元道：“寨门看守得很严，那是为了寨子的安全。不过，我可以让你出寨借贷。”

张炽暗自冷笑后，喃喃说道：“我把自己的钱庄弄成这个样子了，哪个钱庄还敢借钱给我？再说了，我有脸去找人家借贷吗？即便人家借给一点儿，眼下生意这么难做，万一有个好歹，我拿什么还人家？若是还不了人家，死了都无法挽回颜面，与信誉和颜面相比，性命算什么！”

听罢张炽的话，陈福元尴尬无语。只少顷，陈福元便换了一副面相，一丝狰狞显露在脸上，他用低沉的声音说道：“无论如何，张掌柜你得给大军筹些银两，我们立字为据，将来加倍偿还。”

张炽道：“知道将军们将来得了天下，我这点儿银子那是沧海一粟，还怕你们不还？若真的有钱，我巴结你们还来不及呢，怎么会担心你们不还？”

陈福元或许是受了刺激，听张炽的话软溜溜又无可挑剔，一时间感觉有气而无处发泄，只急躁道：“这样吧，张掌柜，我再宽限你几天，你无论如何得借给大军一笔银子。不然的话，你这钱庄怕是会遭受火灾，看这多好的房子啊，这房子一旦走了火实在可惜！”

张炽淡然说道：“这房子虽好可也不是我家祖上留下的，我家本就不在半扎寨，这是我租人家的宅院，若是这宅院果真遭了火灾，大不了我偷偷跑了了事。”

陈福元一时间居然哑口无言，起身后他红着脸恶狠狠说道：“你别敬酒不吃吃罚酒！我改日再来，你好好想想。”说罢，径自去了。

望着陈福元离去的背影，张炽适才绷着的神经骤然间松弛下来，他颓然坐下，气喘吁吁。见刘真没事似的进来，张炽没有理会，捂着头长吁短叹。刘真走过来扶着张炽的肩膀，心疼道："张炽就是厉害！你刚才说得真好，把那姓陈的说得哑口无言。你别犯愁啊，从来就没有过不去的坎，有赵叔和咱爹在，还有保长和张老他们，他们会有办法的。你常过去见见赵叔和咱爹，跟他们说说话，心里就敞亮了。"

张炽拍拍刘真的手，摇头说道："真真呀，你的心可真大！"

刘真笑道："有你在，我怕啥？"

张炽道："你这就陪我去见赵叔，看接下来该如何对付他们。对了，就听赵叔的话，今晚你陪我在茅房边上挖个深坑，得把现有的银票和现银都埋入地下，钱庄自今日起不再借贷。你也别再乱跑了，就在家里老实待着。你说钱玉找到婆家了？几时出嫁？"

刘真嗔怪道："怎么，钱玉出嫁你舍不得了？要不你把钱玉收了做小吧，美死你！"

张炽道："你又来了。你我不是早把钱玉当妹妹了，怎么还酸溜溜的？我的意思是弄清楚钱玉什么时候出嫁，我们得去随份厚礼不是？当初人家没少帮咱。"

刘真道："随礼是我的事，不许你去随礼。"

张炽摇摇头，带刘真找赵监去了。

就在这一天的傍晚，细雨悄然而至。没有人知道在半扎寨通往洛阳的驿道上走着一个头戴斗笠的人。此人牵着一匹枣红马，走在官道边的草地上。枣红马则踏着泥泞，背上驮满货物，一摇一摆，目不斜视。

在一窄道的弯道处，忽然自林中闪出三个身穿蓑衣者。这三人手持大刀立于官道中央，其中一人开言道："马上驮的什么货物？"

头戴斗笠者停下来一言未发，从低掩的斗笠边露出一双似是半眯着的小眼。他厚厚的上唇上蓄着杂草般的胡须，一张似乎没有洗过的脸干柴似的布满褶皱。见此人一言不发就这么愣愣站着，持刀人大声再问一遍："我在问你，你马上驮的什么货物？"

"收尸用的东西。"头戴斗笠者闷声讲道。

"啊？给谁收尸？"

"谁都行。"

“看来是遇到硬茬了。那好吧，你是愿意留下货物还是留下性命？”

“我这次有要事要办，不想在此地耽搁。”

“我在问你，你是想留下货物还是性命？”

“我说了，受人之托，有要事要办，不想耽搁，不想招惹是非，更不想惹出人命。”

“大哥，这人是在装聋卖傻。别管他马上是什么货物了，至少不是棺材，打开看看，有用我们就带走，没用就扔掉。他这人指定是没用，这马还行。”

听此话像是要动手的意思，头戴斗笠者静静说道：“我说了，有要事不想在此耽搁，更没工夫陪你们唠叨。”话音才落，他飞身跃出一丈多高，身体腾空中已从腰间抽出缠腰利剑，瞬间，道旁一棵杨树胳膊粗的树枝落地时竟是分了三段。这三节树枝或插入泥水中或落在草丛里。此人落地时又将落入草丛里的那节树枝踢到官道的泥泞中，然后细心把软剑在马背上擦拭干净。

三个人早已看傻，他们压根儿没看清那胳膊粗细的树枝是如何在半空中一分为三的，只愣了片刻便转身消失在道旁的密林中。

头戴斗笠者便是张老雇来的杀手虚本。虚本本是嵩山脚下怀义村人，却因自小父母双亡，为有口饭吃不得已去了五里开外的少林寺。八年后，身为武僧的虚本只因六根未净，动了俗念，被方丈逐出少林。至于这虚本如何犯事入狱，又如何偶遇张老，前书已有交代，此处不做赘述。单说姚叶出寨传书已有半月之久，直至今日虚本才姗姗来迟，其间定是出了什么差池。

原来，那邻家女人在男人死后毅然跟了虚本，如此一来，少不得被人指指点点，各样污言秽语铺天盖地，以至于两人难以站在人前，实难待在村里，不得已虚本携女人去了城里谋生。虚本本来找了个看家护院的活儿，却因雇主获悉他坐过大牢，于是辞了他。万般无奈，虚本凭借一身蛮力，每日里担山泉送往富人家里，也算是谋了个营生。可这营生仅能聊以维持生计，他女人却待在城外一个土地庙里等他送些吃的。偏是这个时候，姚叶风尘仆仆来到村里，问遍街坊，不知这虚本去了哪里。等到天近黄昏，姚叶便将怀中书信自宽宽的门缝扔进屋里，又担心这书信被顽童看见挤进门里拿走，他找来一根长长的木棍将书信往里捅了捅，之后，折了木棍扬长而去。这天乃先父祭日，虚本本想在城里买些香表去村头坟地的，忽想起家中尚有香表未用，于是开门后见到了这封扔在屋中的书信。在坟前，虚本已没了心思与父亲问寒问暖，只将所带香表悉数烧尽，便携了书信回到城里。他先去钱庄将信中那一百两银票换出十两碎银，再将剩余九十两银票分拆开来，之后便开始在城中寻找待售的宅院。两日头上，终于寻得一方小院，讨价还价后，他怀揣契约去城外的土地庙把女人接了过来。女人大喜过望，少不得一夜温存。

翌日，虚本去牲畜市场买来一匹红马，再去干货集市买些燕窝、银耳等山货，直把马背两侧挂满。末了，他摸摸腰间软剑，再碰碰囊中飞镖，而后牵马边走边问，奔着半扎寨的方向去了。不想，半扎寨遥遥在望时居然遇到强人。

走过弯道，西寨门已在雨雾缥缈间。寨门外门可罗雀，守门者懒洋洋倚门而立。虚本将马缰绳拴在一棵树上，猫腰走进树丛。在一棵大树下，他解下腰间软剑藏于深草中，再找来一片厚实的桐树叶将飞镖包上，放于软剑一侧，而后抱来草茎树叶盖在上面。

虚本走近寨门时已是暮色苍茫。那守门的兵士正要把厚重的寨门关上，听虚本好话说了一大堆，兵士才勉强同意虚本进寨，却少不得一阵盘问："从哪里来?"

"登封山里。"虚本道。

"要到哪里去? 马上带的什么东西?"说时，兵士走近红马，伸手摸摸马上的货物。

虚本忙道："家里存了不少山货卖不掉，南阳一个表舅是做干货生意的，给他送点儿过去，途中下雨不好走，走了一天才走到这里。"

兵士道："打开看看。"

虚本正要打开袋子时，另一个兵士道："算了吧，天也黑了，还下着雨，关门吧。"

虚本进寨后慢腾腾走在大街上，见不少店家已经歇业，唯有驼马店门口的灯笼在凄迷的细雨中透着暗红。他不知道张老家住哪里，又不敢贸然去问，单凭一百两银票的酬金，他就预感到张老交办之事非同小可。一抬头，见街道左侧两盏灯笼分外耀眼，“南北缘”的匾额在灯笼映照下异常醒目。虚本牵马刚到大门，一个伙计便笑呵呵迎了出来。

住进厢房，见伙计忙着倒水，虚本不经意问道：“张老家离这里远不远？”

那伙计忙道：“很近很近，出门左拐，走不远再左拐，你就能看见门口的两个石狮子，那气派的朱红大门就是张老家的。怎么，你认识张老？张老家可是寨子里的大户人家，人家家里走出来的人一个比一个厉害，人家家里的用人走在街面上那头扬得跟鹅走路一样。”

虚本笑道：“那得看在谁跟前了，那用人在你跟前或许是这样的，要是在张老跟前，他们敢这样吗？就是听说张老家是寨子里的大家富户，才想去问问他要不要我的山货，要是要的话我就不用再往南阳送了。我这山货是山中珍品，有猴头、燕窝、银耳，也就是他这样的人家才用得起的。”

说话时伙计已把房间收拾停当，伙计临出门回身说道：“那你明天去问问吧。”

翌日，虚本牵马来到张老家时，见张老独自在客厅踱步。虚本的到来着实让张老欣喜不已，他原以为或是赵监看错人了，要么是虚本拿了银票一走了之，再不就是送信人压根儿没把他的书信送抵虚本手中，漫长等待后，如今一切明了。

张老望望窗外，大声问道：“你那马上驮的什么东西？”

虚本会意道：“有燕窝有猴头有银耳，您老就全要了吧，免得我再往南阳跑。”

张老笑道：“你把我家当皇宫了吧？你要是白菜价那我就全要了。”

两人笑过之后，张老轻声说道：“长话短说，请你来寨子里是要你取一个人的性命，先说敢不敢。事成之后酬金再加一百两。”

虚本铁着脸道：“不敢我就不来了。”

张老道：“那好。不过此人非同寻常，你大约不知，你进寨时盘查你的并非寨子里的人，而是捻军。”

虚本瞪大眼睛不解道：“捻军？捻军怎么会看守寨门？”

张老无奈道：“小声点儿，捻军控制了寨子。”

虚本低声道：“你们为何不报官？”

张老道：“想过报官，可他们控制了寨子，寨子里的人没法出去。另外，姓张的头领已经放出话来，若是有人报官，一旦官兵来剿，他们就把整个寨子化为灰烬。寨子的安危不得不虑啊！”

虚本道：“张老的意思是……”

张老道：“俗话说擒贼先擒王，若是先把那姓张的头领拿下，捻军便群龙无首了，虽是单凭举寨之力恐难驱除捻军、守护寨子，但至少能为官兵赶来赢得时间。”

虚本道：“听说捻军大都是穷苦出身，只跟朝廷为敌，他们怎么会威胁寨子，跟平头百姓过不去呀？”

张老摇头道：“若不是他们跟寨里的人过不去，我们也不会想出这个主意。杀人、奸淫、敲诈如此下作的事他们都干了，弄得满寨人心惶惶，敢怒而不敢言，若不尽早了结此事，这让我们如何跟寨里的人交代！”

虚本愤慨道：“要是这样的话，张老您就不用再为我增加酬金了，为民除害是每个有良心的人该做的事。再说了，我的女人我已经安置好了。我用您给的银子给她买了宅院，她再不用睡在土地庙的墙角了。她跟了我没少受苦，如今她终于能够住进属于她的家了。这样我就心安了。”

虚本的话让张老一阵心热，他动情地说道：“是啊，七尺之躯本该为女人谋个安居之所，让她们不做噩梦。可眼下，寨里的女人终日担惊受怕，几无宁日。且不说身为大清子民，守土有责的话，但为寨子里的人能够安居乐业，我等七尺男儿就该义无反顾，不论时局如何变化，让寨民过上安稳日子才是正道啊！”

两个男人被一种无以言状的情绪弄得英气勃发。末了，虚本走出张老家时居然没有忘记发顿牢骚，他瞟一眼西厢房住着的捻军兵士愤愤说道：“真抠门！你以为我这山珍是白菜呀！不要算了，哼！”

虚本说罢，牵马出寨，向着南阳的方向去了。

## 第二十四章

# 杀手午夜进军帐
# 统领晒场施淫威

虚本牵马出了东寨门，在崎岖小道上走了二里多地，见一侧有片密林，林中落叶枯黄，山溪流水潺潺。溪水急转处，弯道集聚的枯叶已将溪流覆盖，枯叶腐败的气息弥漫周遭。细雨已停，灰蒙的天空雾霭低沉。虚本将马缰拴在溪水边一棵树干上，逐一卸去马上货物，想找片能躺的地方安静一会儿，却发觉哪里都是湿漉漉的。于是他将袋中的银耳悉数倒出，就在湿湿的枯叶上铺出一大块地方，然后躺在干干的银耳上仔细回想张老画给他的那份草图。渐渐地，在他眼前张宗禹的军帐已是轮廓分明。

天黑得极慢，虚本嘴里噙根草茎，望着树冠顶端那疏密不一的雾霭翻卷涌动，传来窸窸窣窣的声响。随着红马饮水后发出的喷嚏声，那窸窣声逐渐远去。林中难耐的寂寞让虚本一时间想起他的女人，想起女人在他临行前的一夜温存。虚本忽觉一阵伤感，不经意间，两行热泪簌簌淌下。

夜幕降临时，林子里尤为沉寂。虚本忽然间渴望风的来临，若有疾风，林子间定然瑟瑟有声，即便是枯叶飘落时也会借风撞上树干沙沙作响。饥肠辘辘时，虚本摸出女人为他做的油饼，他眼前浮现出女人做饼时的背影，女人的秀发垂落于双臂上，藕段般的手臂在秀发间游动，她不时甩头，使得发梢不至于散落到油饼之上。油饼的葱香和油香味让虚本欲罢不能，他接连吃了三张，又摸到溪水边捧起凉水喝饱后，牵马出了林子。

按着张老所说，他骑马走田间小道很快便绕到寨子西门外。循官道找到昨日黄昏他藏剑的地方，他把软剑缠在腰间，再将飞镖塞入靴子的边沿，又骑马回到适才栖身的那边林子。他把红马拴好，然后拍拍马头，毅然走出林子，奔半扎寨的东门而去。

寨子的东门距山陕会馆仅一箭之地，而张宗禹的大帐就设在山陕会馆之内。若要进得会馆之内，走正门那是再好不过，可夜间那厚重的大门是关闭的，又有两名卫兵在门外守卫。除此之外，只有翻越院墙。按照张老图中所指，翻墙的地点他已心中有数，而眼下要紧的是如何进寨。

远远地他见寨楼上马灯的暗红在凄迷的薄雾中闪烁不定。循着张老图中所示，虚本轻易便绕到万泉河边的寨墙下，仰望高高的寨墙，他弯腰抽出一枚飞镖，然后踮脚将飞镖插入窄窄的石缝中，继而后退数步，猛跑上墙，就在右脚登上那枚飞镖的当儿，借力一跃，便爬上寨墙。俯身看时，不远处那马灯的暗红处依旧凄迷一片，有兵士不时自马灯旁游弋而过。

虚本自寨墙上跃下时就地打了几个滚，这样掩去不少声息又不至于弄伤腿脚。他猫腰走过寨墙下的空阔地带步入小巷时，他的气息已恢复正常。忽听一声犬吠，虚本立时俯下身子，他见两只成年狗嬉闹着去了寨门方向的幽暗里。

趁着夜色，借着淡雾，虚本悄悄摸到山陕会馆墙外时，差一点儿与巡逻的兵士相撞。那一队兵士巡夜时似乎没有一丝声息，虚本猫腰走过一个巷口时，恰与这队兵士迎面遇上。好在虚本身手敏捷，就地一滚，消失在另一街巷的幽暗里。巡夜的兵士大都昏昏欲睡，他们迈着拖沓绵软的脚步走向寨墙边的大街上。

翻越山陕会馆的院墙则显得轻而易举，虚本轻轻跳入院内，却引来一阵犬吠。这一点超乎了所有人意料，赵监去见张宗禹时，未见院中有狗，更未听到过狗叫声。张老和保长来过几次，均没见过院中有狗，虚本则更是疏于此事。于是虚本自靴子边抽出一枚飞镖，一扬手，那狗叫声骤然停止。狗的汪汪声虽是停了，狗的喉管里却依旧发出气息微弱的吱吱声。少顷，院里的一切又归于平静。然而，狗叫声自然引起了院中卫兵的警觉，张宗禹的随从也揉着眼走出军帐。他和卫兵循着狗叫的地方寻找过去，当随从举着火把看见狗已死在血泊中时，一道亮光却在火把的暗红中忽闪一下。那火把骤然间轰然落地，于是地上火星四起。卫兵看见随火把落地的还有随从那血淋淋的人头。那人头径自滚到死狗的后腿边，而后一动不动。

立时，哨子声响彻大院。

此时，虚本已潜入大帐。大帐内没有亮灯，借着帐外火把的红光，他拉开帷幔，对着大床便要挥剑。然而，床上却只有被褥。虚本伸手一摸，被窝温热，于是他警觉地退出帷幔，悄然间拔出两枚飞镖。就在他四处寻找的当儿，帐外的卫兵已拥到门口。

张宗禹戎马多年，所经大小战事不下百次，他就曾带人星夜潜入过知州幕府，此等雕虫小技他见过太多。他早已听出帐外的狗叫声异常，于是手持火枪躲在桌案下面，因弄不清来者乃何方神圣、人员众寡，便屏声息气，静观其变。帐内幽暗，仅凭借帐外微弱的暗光依稀看见来者影踪，他见来者面勒黑布，只露眼睛，一手握剑，一手捏镖，便知此人绝非寻常之辈，他稍有闪失便有性命之忧，最好是等卫兵进帐与其拼杀，不到万不得已便不开枪。循着如此思路，张宗禹猫在桌下一动未动。

就在卫兵摸进大帐的当儿，虚本看见了桌案下露出的光脚，于是他一脚便踢飞桌案，剑梢带着呼啸飞向张宗禹头颅。就在此时，张宗禹手中的火枪响了，虚本的剑梢仅扫到张宗禹的左臂，与其颈项仅差毫厘。虚本自是躲闪及时，那火枪打响时，身边帷幔上立时出现诸多黑洞，却因这火枪射出的子粒众多且呈分散状，近在咫尺的虚本少不得身中数粒。他见卫兵的大刀已砍向他的头颅，中弹的帷幔正燃起火焰，于是忙舞剑挡开砍来的大刀，一缩身，只一脚，那卫兵便石块般飞出帐外。因张宗禹还在帐内，卫兵没敢开枪，有人与虚本拼杀，有人弓腰去救张宗禹。这些人哪里是虚本的对手，只少顷，帐内卫兵便没有活口。就在虚本提剑去取张宗禹人头的当儿，随着帐外喊叫声渐近，咚的一声枪响，门口的兵士已把火枪的子粒射向虚本。就在虚本倒地的刹那，他手中的飞镖一枚飞向兵士的颈项，一枚飞向张宗禹的胸部。兵士中镖倒地，没有一丝声息，张宗禹胸前的火枪却不偏不倚恰好挡住了已到胸前的飞镖，那飞镖深深嵌入火枪的枪托上。

倒地的虚本在闭眼的瞬间，他眼前浮现出他的女人。女人正倚门站在门口，不安地望着凄迷的天空。他想起他的红马还拴在林子的溪水边，他要去牵出红马，他要骑马赶回女人身边，他那新买的宅院他才住了两天……

军帐腾起的火光将院墙边的戏台映得通亮，不远处的寨楼也被这腾起的烈焰映衬得扑朔迷离。寨门外的寺院中，一个和尚双手合掌，喃喃说道："阿弥陀佛！"

当晨曦映亮山寨时，寨子里依旧死一般沉寂，居然没有公鸡报晓，这一点实属反常。偌大的寨子里四处弥漫着焦煳的味道，没有几个人知道寨子里昨夜发生了什么，人们没有像往常一样找人打听，一如什么都没有发生。

山陕会馆内却是另一番景象。兵士簇拥着疼得咧嘴的张宗禹在查看军帐的废墟。他的肩头中了一剑，虽是经过包扎，却依旧看见白布上渗出的斑斑血迹。这血迹在晨曦中格外醒目。有兵士走进废墟，自废墟中拖出三具尸首，逐一辨认，这尸首已没了人形，很难分辨出杀手和兵士。张宗禹捂鼻自尸首旁走过，他来到狗的尸体前恭恭敬敬鞠了一躬，然后命人将人和狗的尸首抬出寨子埋了。

副将穆天顺、陈福元来到张宗禹跟前单腿跪地，乞求统领恕罪："一切皆因手下戒备不严，险些酿成大祸。"张宗禹扶着左肩，挥挥手示意两人起来，他低声说道："去把寨子里的保长带来。"说罢，径自去了关帝庙旁的一间厢房。

保长来到山陕会馆的大门时，适逢兵士正用门板抬着尸首去寨外埋掉，他皱眉向那尸首投去歉意的一瞥。保长自然知道张宗禹找他何事，他平静地走入大院时，依旧暗自庆幸：多亏杀手已死，不然的话半扎寨难逃干系！

保长进屋，见张宗禹一脸平和。没等保长落座，张宗禹直言不讳道："想必保长已经知道昨晚我这里发生了什么，大约你也知道我请你前来所为何事。"

保长疑惑地说道："我还真不清楚张统领唤我何事，据说昨晚你这里走了火，也没听见有人喊救火，虑及你这里乃军务要地，不喊我前来，我不便过来。适才还想着怎么也得过来问候一下的，不想你的手下就到了。看统领肩上有伤，莫非是军帐坍塌砸到肩上了？不要紧吧？火这狗东西六亲不认，统领您日后务必小心。"

张宗禹依旧显得平静，他接着说道："保长说到狗，还真是多亏了那只替死的狗，不是它，我这脑袋怕是早已搬家。很多时候，冥冥之中总会有救星暗地里搭救，不然我张宗禹这些年不知已死过几回了。"

保长惊讶道："统领的意思是狗帮了您？我怎么越听越糊涂啊！"

张宗禹的目光一直盯着保长看，他淡淡地说道："那刺客身手十分了得，不是狗及早通禀，不是我这枪托挡住飞镖，此时，该是保长在家举杯庆贺之时。"张宗禹说时，拿起火枪像是端详他的孩子般满怀深情。

保长一时如坐针毡，他张皇道："张统领，玩笑不能这么开呀！你的大军进寨，半扎寨没有丝毫亏待，你不许寨子里的人进出，寨子很是配合。全寨人都知道，你的大军仅是短暂停留，大军是要干大事的，断不会居于一隅而误了前程，因而虽是赋税过重，也都没有怨言。再说了，寨子里即便有人对大军不满，有胆量有功夫敢只身闯你军帐者怕是还没有自娘胎里出来。这一点您敬请放心，即便您真的遇见了刺客，这刺客也绝非半扎寨之人，我敢拿命担保！"

张宗禹忽然哈哈大笑，他起身走到保长身边，微笑着说道："开个玩笑，保长你居然当真了！的确如你所说，大军进寨以来，寨子里上上下下没有人想跟大军过不去，这一点我心知肚明，敬请放心，我会尽早离开半扎寨的。不过，夤夜闯我军帐的杀手我不能不查，我这左肩不能就这么白白挨了一剑而不了了之，不查出杀手是谁，不查出这杀手有无幕后指使，任邪气这般嚣张下去，我这军帐岂不是与店铺一般哪个想来就来？我脸面何在！我军威何在！"

保长的心不觉一沉，看张宗禹一直盯着自己，他稍显怯场便容易被其怀疑，于是保长镇定自若道："统领说得极是，我会极力协助统领的人彻查此事，给张统领一个交代，还半扎寨一个清白。张统领您看该如何彻查此事？寨子里该如何协助才是？"

张宗禹道："午后召集寨子里所有人去晒场集合，你把寨子里的名册拿来，我要逐一核对，看是否缺了哪位。我要重申军规，我要震慑一下所有人，然后再背地里暗查此事。保长你看如何？"

保长满口答应，并表示他会尽力配合。临出山陕会馆，保长走近张宗禹，关切地问他是否请郎中过来。见张宗禹摇头不让，保长便辞别而去。

秋日的午后，依旧云厚风轻，阳光并未像往年那样晒在脸上辣辣的如热油星溅上，却是隐于厚云之上，只偶尔窥视一眼大地，而后又匆匆匿身厚云的顶上。晒场上已集聚不少寨民，人们听说张宗禹昨夜遇刺，且被烧了军帐，自是心底胆怯，生怕无辜被牵扯。

张宗禹站在高台上沉默无语，他身边的副将陈福元对着名册一个个喊着寨民的名字，晒场上的人则逐一应着。陈福元叫道："刘疤。"晒场上一派沉寂，陈福元又叫一次，下面依旧没有应答。张宗禹一阵警觉，他忙凑近名册仔细查看，却听陈福元高声说道："刘疤没来？在家不在？要是家里也没有，没准昨晚的杀手就是此人。"忽听晒场有人低声说道："刘疤都八十岁了，他瘫痪床上三年了。"听见有人扑哧笑出声来，张宗禹一时竟没忍住自己的笑欲，忙把笑脸扭向一侧。保长望望张宗禹道："是啊，这刘疤三年前就卧床不起了，想去看看的话，等散会了一道去他家。"

当陈福元点到申三的名字时，晒场上又是一片沉寂。陈福元再叫一次，二静道："又不是不知道，他早就去矿上了，不让回寨不是？"

张宗禹望望二静，忽想起那销魂一刻，便没让陈福元继续追究申三的事。等点名完毕，张宗禹轻声对陈福元道："一会儿你就派人去矿上看看，看申三是否还在。"陈福元会意地点头应下。

点名结束，却并未发现可疑之处，名册里的青壮汉子都在晒场，而张宗禹想要核对的正是寨子里的青壮汉子。最后，张宗禹开言讲道："各位父老乡亲，一段时间以来，承蒙诸位关照，大军在此得以休整，不日便可开拔。寨子里有意加入大军者，我张宗禹承诺日后得了天下，定当以功臣优待全家，举家从此安享富贵，锦衣玉食。另外，本帅昨夜遇刺，险些丢了性命，本帅知道，这刺客绝非本寨之人，可平白无故的，为何外边的人会进寨行刺于我，刺客是如何进来的，又如何悉知我的居所，这其间定有猫腻，不得不查。但凡能提供刺客身份及幕后指使者，本帅定当重金酬谢；若有知情不报、隐瞒真相者，一旦查出，定斩不饶。我张宗禹一向敬重乡亲，处事谨慎，唯恐别生罅隙，到头来却险些遇害，想来令人心寒。”

待晒场的事已毕，逐家排查便暗自铺开。既是圈定刺客乃寨外之人，那就彻查进寨者，先是查出一个卖山货者黄昏时进寨，住进南北缘，翌日此人又去过张老家兜售山货，可明明此人出寨而去，夜间并未滞留寨子。寨子里余下的留宿者未缺一人。接着，张宗禹便把怀疑对象圈定在山中土匪身上，于是差人把赵监叫来，询问土匪的居所。

赵监本就急于想让张宗禹的视线及早从虚本身上移开，随即说道：“土匪人数倒是不多，只是那山头三面悬崖，山洞又多，易守难攻，且土匪个个身手不凡，这也正是官兵放任不管的原因所在。”

张宗禹狡黠道：“赵先生，我没有说要去攻打土匪的老巢吧？请你来是想问问有无收编他们的可能，毕竟你上次去过，之前土匪不同意被收编，可眼下是个契机。张某此次遇刺，既非本寨人所为，土匪便值得怀疑，即便非土匪所为，借追查刺客之名，行收编之事，岂不师出有名？”

赵监道：“张统领的意思是此次带兵进山，对土匪形成压境之势，而后再借追查刺客之机，晓以利害，强行收编？”

张宗禹笑道：“赵先生悟性就是非同一般！眼下大军还是缺员，若能收编这帮土匪，稍作整训便可分散到大军之中，为我所用。有劳赵先生随我的副将穆天顺率兵三百进山。”

赵监迟疑片刻，不得不勉强应下。然而，张宗禹这一贸然决策却打破了一种均衡，而均衡一旦被打破，再想找准支点，却是极为艰难的事。这一点让赵监始料未及。

赵监回到家里，刘金忙上前问张统领叫他何事，赵监如实说了。刘金面露胆怯之色，他顾虑重重道：“带几百人去谈事，这不是明摆着有欺负人的嫌疑嘛！你就别去了，万一得罪了山中土匪，他们找上门来可如何是好？”

赵监道：“我若是不去，岂不是把捻军给得罪了？这两头谁都不是好惹的主，顾此失彼。不过，大哥你尽管放心，我顶多是为他们带个路，去了我也不会多说话，谨言慎行，谈好谈崩那是他们的事，与我有何相干！”

听罢赵监的话，刘金稍稍心安，却又亟不可待地说道：“你带他们进山时顺便问问，看他们准备什么时候离开半扎寨。你看寨子里的生意一天不如一天，等到各商家都没生意做了，不都得去喝西北风吗。”

秦珮一旁道：“不去问，他们就不走了？去问了，他们就走了？飘风不终朝，骤雨不终日，什么事都不是一成不变的，该来的自然会来，该去的自然会去。当你尽心尽力去做的事还是没有着落时，你最好的法子就是等，安身怕是眼下最要紧的事了。”

刘金大声道：“你这不是抬杠嘛！”

赵监忙道：“嫂子的意思是让我们少安毋躁，毕竟来日方长。生意上的事大哥咱先别急，一切都会好起来的。”

赵监自然懂得一旦芥蒂于胸，瞧花非花，看叶非叶的道理。他好生安抚一番刘金后，说张宗禹让他陪捻军进山的事得给保长他们说一声，于是径自去了。

赵监来到保长家，见张老也在，两人正为虚本的死唉声叹气，偷鸡不成蚀把米，活生生一个人就这么说没就没了，居然连个全尸都没能留下，这让年迈的张老惋惜不已。好在他们事先安置得当，没给张宗禹留下蛛丝马迹，不然的话，他们三人这会儿还在不在人世都未可知。赵监把张宗禹叫他过去，想让他陪同捻军一道进山的事说了。其实他应下此事另有他意，他得把张宗禹暗查杀手的视线全部转移出寨子。保长让他谨言慎行，不要招惹山里土匪，毕竟保寨子不出事端才是重中之重。见赵监点头应下，张老忧心忡忡道：“总感觉寨子里要出大事，这就像长在身上的脓包，它总有长破的那一天。你们看，眼下寨子里生意萧条，怨声载道，众商家入不敷出，这终将难以为继。”

赵监道：“张老说得极是，张老的话恰应了道家所言，道家所谓的‘重阴必阳，重阳必阴’讲的就是这个理。月缺则圆，日偏则正，半扎寨的困境注定不会长久下去。”

“赵先生，你和山里土匪有过接触，感觉土匪的实力如何，他们敢与捻军交手吗?”保长若有所思地问道。

“保长啊，土匪再厉害，可毕竟就三五十号人。捻军呢，一千多，且不说这捻军个个训练有素，与清兵交手都不处下风，仅人数上就相差悬殊，土匪一点儿不傻。”赵监明白保长之意，可现实就是这样。

“这个我明白，我的意思是若是捻军把土匪逼急了，土匪不惜据险而战，如此一来，我们这边动静闹大了，州府那边自然就会知道，我们要的正是这个结果。官兵闻讯赶来，他张宗禹断不会将罪名安到寨子头上，这样半扎寨就能逃过劫难。”保长的一厢情愿显得书生气十足。

“赵监明白保长的良苦用心，要我寻机挑起他们之间的矛盾，让他们旁生事端，以此激怒双方不惜一战，我试试看吧。”赵监道。

张老听过二人的话，忽觉眼前一亮，他说道：“土匪区区几十号人，你给他们一百个胆他们也不敢迎战捻军。不过，以此激怒土匪，由土匪去州府报官，这倒是一个不错的计策，此乃三十六计中借刀杀人之计。赵先生此去万万不能让张宗禹收编土匪的计谋得逞，若是他此计得逞，他定会继续待在寨子里整训土匪。这些土匪不会不经整训就直接编入队伍，土匪虽是些亡命之徒，可他们没有接受过正规训练，一时很难融入大军作战。”

对于张老这一妙计，赵监和保长无不点头称道，此计一旦成功，所有问题便迎刃而解。关键的问题是赵监势必要将双方的矛盾激化，不然，一切将无从谈起。

见赵监一时间显得心事重重，保长执壶给赵监的茶碗里续上热水，关切地问道：“赵先生有难处吧？眼下看来这是最好的一步棋了，除此之外真不知道还有什么别的良策。”

张老道：“让赵先生去冒这个险，实属无奈，老朽替寨子里所有人给赵先生鞠上一躬。”张老说罢，深深拜下。

赵监忙起身道：“张老礼重了！这个大可不必，我赵监一定尽力而为。寨子里的事也是我赵监的事，你们这般客气倒让我赵监难为情了。”

赵监自保长家辞别出来，依旧显得心事重重。保长和张老望着赵监远去的背影，心里暗自祈祷。

## 第二十五章

# 捻军深山会土匪<br>张悉化装报军情

张宗禹的副将穆天顺为显实力，亲点骑兵三百，而这三百骑兵却是零星出寨，在东南方一山谷中集结。赵监自然知其用意，这么零星地出寨无非是不惊动过往客商及寨民。寨子里的一切显得与往常并无二致，可隐隐有一种不祥的预感时不时罩上心头，具体是什么却又说不清楚。

穆天顺亲自到东西顺驼马店迎赵监。赵监牵驴走出大门时，他见秦珮站在屋门口，正用一种忧郁的目光望着他，秋日的阴霾将秦珮的脸上蒙上一层淡淡的灰暗，而她的眼神在穿透这灰暗时却显得分外明亮。这眼神让赵监若干年后依稀记得。就在赵监正要翻身上驴的当儿，却听秦珮高声喊他一声，然后，他看见秦珮跑出门外，将一个草帽递到他手里。

赵监随穆天顺抵达山谷时，三百骑兵已列队完毕。穆天顺一挥手，这三百骑兵便依次尾随在他和赵监身后，他们沿着羊肠山道蜿蜒而去。赵监回望时，见这蛇形队伍黑压压足有一里多长。

两个时辰过后，绕过一个低矮山丘，见一侧是陡立的悬崖，而另一侧则是山涧，土匪的山洞已近在眼前。早有哨兵发现他们并禀报了匪首张悉。张悉忙问："多少人？是官兵吗？"哨兵道："好几百，清一色骑兵，看装束，不是官兵，走在前面骑着毛驴的，很像是上次来过我们这里的那个人。"张悉道："毛驴？莫不是那位赵监？他带队伍来干什么？这人马不是官兵那必是捻军无疑。来呀，列队。"

张悉带队来到高岗时，远远见赵监已走到通向山洞的转弯处。张悉一挥手，赵监眼前一棵大树上轰然掉下一排带尖的木头篱笆。这篱笆恰巧将不宽的小道挡严。

张悉高声喊道：“那不是赵兄吗？赵兄别来无恙？”

赵监拱手道：“张老弟好眼力！请老弟把篱笆挪开，赵监今日给老弟带来一位贵人。”赵监说罢，拿手指指一旁的穆天顺。

张悉道：“贵人？那好啊，先说说此来何意吧？”

赵监道：“隔着这么远说吗？好歹我们也是远道而来，老弟你没有茶水，山泉总还有吧？”

张悉一挥手，那挡在赵监面前的篱笆便被一根绳子徐徐拉升起来。忽见穆天顺的骑兵要抢先过来，张悉爽朗笑道：“有劳赵先生抬头看看。兵士就不要过来了，若是真的有要事相商，那就请赵兄和那个所谓的贵人过来吧。”

赵监和穆天顺仰头一看，不觉吓出一身冷汗。但见他们头顶的悬崖上长满荆棘，而那荆棘丛中却用绳子捆着无数牛头般大小的石头。赵监自然懂得，他张悉之所以这么不惧大军，那是心有倚仗，此刻他只消挥挥手，便会有手下拉动绳索，立时，悬崖顶上的石头便会密雨般从天而降，他上次来时居然没有察觉到这里布有石阵。穆天顺忙挥手让兵士后退，之后，下马把缰绳递给兵士，赵监也翻身下驴，然后和穆天顺一道走向张悉。他们仅走数步，那道篱笆重又轰然落地，将三百骑兵挡于篱笆之外。

张悉将两人让至山洞，早有手下把茶水端上。赵监开门见山道：“都是爽快人，我就直言不讳了，这位是捻军西路军张宗禹张统领的副将穆将军。”见二人颔首以示礼仪，赵监接着说道：“穆将军受张统领指派前来有事相商，具体事宜就请穆将军说吧，我赵监仅是引见而已。”

见张悉漠然地望着自己，穆天顺粗声粗气道：“大帅有令，命我前来向你要人。”

张悉和赵监对视一眼，不觉一怔。张悉正要问话，却听穆天顺道：“我们大帅夜里被杀手刺伤，差一点儿丢命，查遍寨子没有找出这个人，寨门把守很严，那个杀手一定是翻寨墙进入寨子的，除了你这里的人，还有谁有这么大的能耐！况且有人从烧焦的尸首上认出来像是你的手下。”

张悉哈哈大笑后，调侃道：“前些日子我的一匹枣红马死了，在抬下去埋掉的路上，却发觉这公马的蛋子儿被割走了，查了好久，没有查出来是谁干的。我这里一般人很难进来，我正寻思着莫不是捻军割走吃了？都知道这玩意儿是好东西，可捻军也犯不着跑到我这里来取呀！”

穆天顺腾地站起身便要拔刀，赵监忙上前制止。尴尬间，却听张悉淡然说道：“有事就讲，犯不着用这下三烂的伎俩要挟，我吃这碗饭多年了，这都是我张悉干剩下的。”

穆天顺丝毫没有示弱，他指定杀手就是张悉的手下，威逼张悉即刻交人，不然他三百铁蹄定会荡平这里。这个行武之人一定是小瞧了张悉，岂知这张悉原是考过功名之人，却因犯事被官府通缉，不得已才进山落草的，论胆识论智谋一点儿不输给眼前的两位。

那张悉听罢穆天顺这蛮不讲理的话，竟一时间显得怯弱起来，就连赵监也摸不清他葫芦里装的什么药。张悉一旁的手下却是嗷嗷乱叫，他摆手制止了。张悉依旧显得淡然如初，他轻轻抿一口茶水，静静说道：“穆将军有何要事就请直言，至于追查杀手之事，还是由我自己慢慢查明，然后亲手送到穆将军麾下，您看如何？”

张悉这缓兵之计用得纯熟，倒让穆天顺一时间没有找到合适的客套之词，于是干咳一声，直截了当说道：“那就好，我们大帅等着你去交人。不过，要是你能带领你的手下加入我们捻军，大帅也就不再追究这杀手的事了，他肩膀挨了一刀就算是白挨了他也心甘。”

张悉暗自一笑道：“你们大帅哪能就这么白挨一刀啊！我张悉说到做到，我定当查出凶手，亲手送上。至于将军所言加入捻军之事，不知去了我能谋个何等职位？”

穆天顺道：“这个我说了不算，这得让我们大帅定夺。”

张悉接着问道：“若是我带领这帮弟兄加入捻军，将来前程如何呀？弟兄们在这里可是吃喝不愁，山洞里女人和酒肉都有，任其消受。”

穆天顺一时来了兴致，大声说道：“像你们这样天天耗子一样躲在山洞里，那是一点儿前程都没有；你们加入捻军，那就是走上了正路，等将来打下江山，你我少不了都是开国功臣，说不准你我还能到龙庭宝座上沾沾屁股呢！我们大帅从来不亏待有功的人，只要立下战功，他什么都肯给。”

张悉似乎在盘算什么，穆天顺的话他听没听见都未可知。赵监看见张悉的眼珠一动未动，知道他在思虑。等穆天顺把话说完，张悉问道：“你们大军在半扎寨驻防？”

穆天顺道：“是的，在寨子里休整两个月了。”

张悉惊讶道：“这怎么可能！半扎寨不可能容如此之多的捻军进驻这么久而不去报官，要知道保长可有杀头之罪。”

穆天顺道：“一只狗都出不了寨子，怎么报官？”

张悉道：“你们多少人？”

穆天顺意识到什么，瞪眼说道：“你问这个干什么？军事机密，哪能随便泄露？”

张悉笑道：“你不说说你们捻军的兵力如何，我能放心带兄弟加入吗？我得衡量衡量捻军的胜算如何，弟兄们去你们那里是盼着日后享受荣华富贵的，不是白白卖命的。”

穆天顺忙道：“这个不能说，你有多少人？”

张悉道：“五十。”

穆天顺哈哈大笑道：“你就这五十人啊！赵先生说你手下有三五十人，我还不信呢，看来是真的。”

见穆天顺不肯说出捻军兵力，赵监又唯恐张悉不明就里而前去报官，官府弄不清半扎寨里的捻军兵力，也是不妥。于是赵监说道：“这个你就别问了，捻军没有几百人敢闯你的领地吗？”

不出赵监所料，穆天顺忙道：“几百人？其他地方的兵力不说，我们这次来半扎寨休整的兵力就有一千五百多，没这点儿实力我也不敢站你这里，没有金刚钻能揽瓷器活吗？”

张悉眼睛一亮道：“知道了捻军实力，我等加入捻军才能心安。我张悉自小谋求飞黄腾达，结果连考个功名都是奢望，如今看来我张悉的夙愿有望实现。穆将军回去请回复张大帅，容我跟弟兄商议后再给大帅回话，好歹弟兄们随我多年，不听听他们的意愿，单凭我一意孤行怕是不妥，我和弟兄们早就厌倦了这耗子般的活法。”

听过张悉的话，穆天顺大喜过望，起身要走，却被张悉劝住，意欲留饭，说穆将军头次过来，怎么也得吃了饭再走。穆天顺道：“就你这小地方，我外头可是还有三百个弟兄啊！算了吧。”

走出山洞，赵监一直心怀忐忑，面上看，张悉是决意要加入捻军了，若果真如此，那张老和保长的计策可要落空。可细细想来，张悉如此爽快应下背后似乎另有深意，他隐隐感觉到张悉是在瞒天过海。

穆天顺却是暗自欢喜，眼见张悉便要率众加入捻军，对他来说又是大功一件，他少不得在张宗禹那里赢得褒奖，在众将面前出尽风头。于是大笑着辞别张悉，率众去了。

张悉望着眼前这帮人马趾高气扬地扬长而去，一丝笑意悄然浮现腮边。一个手下怯生生地问他：“大哥，捻军真能打下天下吗？”

张悉道：“你问我，我问谁？”

翌日，汝州州府衙门前来了个满脸花白胡须的老者，老者声称有事关朝廷安危的事要面见知州大人。州府书办定定望着老者道：“事关朝廷安危？您家子女呢？子女们也忒不像话了，怎么就不看管好老人啊！”

老者皱皱眉道：“你的意思是我有病？”

书办摇头道：“我可没这么说，您的意思您没事是吧？”

老者正色道：“劳烦您去通禀一声吧，真的事关重大，耽搁了只怕您担当不起！”

看老者的眼神，听老者最后这话，书办一时警觉起来，忙转身通禀去了。只少顷，书办自后院出来领老者走过两道回廊，来到汝州知州任恺的后院客厅。没着官服的任恺显得清俊倜傥，长辫乌黑及腰，上穿印花亚麻对襟大褂，下着绛紫色纯色长袍，正背手仰视墙上字画，见书办领老者进来，一伸手算是给老者让座，自己径自在太师椅上坐下，轻声问道：“本官闲来一向乐意与老来犯痴者闲聊，不怕您老笑话，家父当年也是如此，本官就时常与之攀谈，听他说些不着边际的话何尝不是一种消遣？正经事严肃话哪有那么多！可惜的是先父犯痴只两年便驾鹤西去，唉！”

老者一时间哭笑不得，竟不知该如何开口才是。迟疑片刻，他站起身走到任恺跟前，躬身拜下，而后肃然说道：“任大人，庶民有要事禀报，捻军一千五百多人眼下正在寨子里休整，他们进寨已经两个多月了。”

任恺乐呵呵道：“是是是，两个多月了。您老人家接着说，我乐意听，家父当年说起他街头见闻时也是这般模样。”

老者跺跺脚刺啦啦撕去脸上黏着的胡须，露出一张白净面庞，他摸摸发红的脸说道：“任大人，庶民张悉再次恳请大人相信庶民的话句句属实。张悉万不敢拿军国大事当儿戏，果真是有捻军在寨子里休整，且已挟持全寨寨民。捻军怕是不日便要开拔，至于要去哪里，庶民暂不知晓。”

任恺收起笑容，不敢再误认此人犯痴，遂正色问道：“你说的当真？哪个寨子？”

张悉道：“庶民先请大人告知，庶民冒死前来禀报，是否有功？若是有功，该功能否抵消被通缉之罪？”

任恺道：“你何罪之有？”

张悉道：“四年前庶民曾误伤一人，此人三日后溘然长逝，因此庶民被官府通缉，不得已而匿于山中。”

任恺沉吟片刻，毅然说道：“果真如你所说，看在你冒死为州府禀报匪情的分儿上，本官保你免受牢狱之苦。不过，赔偿一二还是该当的，你意如何？”

张悉提袍跪下，重重叩过三个响头之后，含泪说道：“谢大人恩典，草民没齿不忘大人恩德！”

“快说匪情！”

“捻军西路军首领张宗禹亲率大军在半扎寨休整。”

“谁？张宗禹？接着说！”

“是，大人。捻军一千五百多人已在半扎寨休整两个多月，似乎不日便要开拔。”

“捻军进寨两个多月了，那为何寨子里的人不来报官？人都一个个死了？”

“大人息怒！大人有所不知，捻军一进寨就控制了寨子，寨子里的人不得进出，寨丁也被下了枪械。”

“保长是干什么吃的，想法子也得捎信出来呀！无论如何，保长他难辞其咎！你是如何得知这一消息的？”

“草民犯事后，不敢待在家中，不得已逃往山中落草。昨日捻军派副将进山与庶民相商，让我等加入捻军，许诺日后高官厚禄。草民岂能与捻匪为伍！身为大清子民，守土有责，草民岂可轻易放过这帮捻匪，于是，使计稳住他们，今日一早就策马赶到州府报信了。”

“听这一席话，任某感怀之余，羞愧难当，任某即刻就去处置捻匪之事。只是，只是你得暂留府衙，待此事了结后再做打算，你看如何？”

“张悉悉听尊便。”

任恺即刻命人领张悉出了客厅，而后修书一封欲差人急送省城。手拿书信，任恺迟疑片刻又将书信放下，转身对书办道：“速去知会汝州守备贾书秀，就说本官有要事相商。”书办领命去了。

只少顷，贾书秀便戎装进来，见任恺一脸愁容，疑惑道：“任大人，看你满脸愁容，莫不是又有饥民集聚闹事？先别急，省里不会不管饥民死活的，相信不日便会有接济款项下拨到州府。”

任恺忧虑道：“仅是这等小事也还罢了，适才有报，捻军已在我辖内休整两个来月，且挟持半扎寨寨民不许进出，州府却丝毫不曾察觉。将来上面追究下来，我等少不得领受‘失察’之罪。”

贾书秀忙道：“任大人确认此事当真？”

任恺道：“叫贾守备此来就是合议一下该如何核实此事，为慎重起见，是否先派人进寨打探一番。待坐实之后再将实情禀报巡抚，适才我已把书信写好。”

贾守备稍加思索，应道：“是该核实后再做打算，为不打草惊蛇，我即刻派探子化装后进入寨内，设法接近寨中保长，待查明详情后再上报巡抚。”

贾书秀匆匆回到守备署，精心挑选一员精明哨长如此这般交代之后，亲送哨长于门外，而后就在守备署静等音讯。眼见天已正午，随从几次进来催他回后院用饭，贾书秀不耐烦道：“端过来，就在这里用饭。”那随从唯唯诺诺去了。

当院中的石榴树在屋檐下逐渐黯淡下来，远处的屋顶已在暮色中苍茫模糊。黄昏的风扫起石榴树飘落的枯叶在院中打旋，零星枯叶竟旋进门来，跌落在贾书秀脚下时，却不再动弹。贾守备望着脚边的零星枯叶，急躁的情绪一点点笼罩脸上。适逢随从又来叫他用饭，他望着窗外渐重的夜色，焦躁地说道："吃，吃，我是猪吗？这哨长猪都不如！母猪都比他快，不就三十里路吗？"

"大人，王哨长是个精明干练的人，况且是骑快马去的，他一定是在半扎寨遇到麻烦了，不然的话，他跑步也该跑回来了。"随从在一旁道。

"不就是打探一下报信人所说是否属实吗？又不是让他把捻军一个个掐死！"贾守备来回踱着步子，这个行武之人急躁的性子此时显露无余。

夜深时，贾书秀派往半扎寨的探子依旧没有回来，这让任恺坐卧不宁，不时差人来守备署细问详情。此时，两人都十分清楚，一旦派去的探子被捻军识破意味着什么，两人在焦虑中一直等到东方欲晓。

天刚蒙蒙亮，贾守备料定那哨长定是出事了，于是果断命一个亲兵骑快马再去打探，而后自己径自去了州府见知州任恺。任恺也是一夜没有合眼，他的眼角干涩，哈欠连天，没等贾书秀落座，便无力地说道："基本可以判断，那报信人所言属实，贾大人看等还是不等？"

贾书秀道："半扎寨地形我心中有数，如何用兵不是问题，只是寨中捻军兵力到底如何，这可不能全凭那报信人所言，那报信人毕竟是草民一个，在没有摸清捻军底细之前，仓促去禀报河南巡抚，巡抚大人也犯愁不是？他该派兵多少前来？汝州这里兵不过千，不指望巡抚派兵过来指定不行。巡抚李鹤年李大人来河南赴任仅数月，彼此知之甚少，你我一不小心挨顿训斥是小，丢了顶戴可就得不偿失了呀，在此事上你我本就犯着过失之罪，你说呢任大人？"

任恺想想也是，去省里禀报匪患，却没弄清匪兵多少，是显得草率。于是，他尴尬一笑道："一味等下去怕是不妥，该派人再去打探才是。"

贾书秀道："天色未亮我就指派我的亲兵去了。"

两人哪里知道，贾书秀派往半扎寨的那位哨长一进寨子便被捻军盯上。他原是单骑赶往半扎寨的，将到寨门时，透过弯道处的树林，远远望见西寨门有四人把守。他观察许久，发觉寨门竟无一人进出，一个小小的村寨大白天居然需要四人把守寨门，这一点实属反常，借此就足以印证那报信人所言大抵没错。可贾大人指派他此来并非只为坐实寨子里有无捻军，若是有捻军进驻，还要让他摸清捻军人数，做到知己知彼。若要弄清这一点，不进寨万难做到，如若就这么大摇大摆走到寨门，守门人盘问起来该如何应对，这让他费尽思量。恰在这时，他发觉身后官道的远方逶迤走来一个商队，那高大的骆驼背上载满货物，正一摇一摆地向着寨门的方向走来。这个精明的哨长打马便迎了上去。

“掌柜的，还认识我吗？驼队走得可真慢，在黄河我就见你们慢腾腾走着，我绕到登封看了个亲戚，不想你们才走到这里。其实吧，去年我就在半扎寨见过您，只不过您是贵人多忘事罢了。”哨长道。

那走在前面的掌柜的眨眨眼诺诺地应着，他随即说些略显尴尬的话敷衍一下，慢慢自哨长身前走过。当骆驼一个个从哨长身侧经过，哨长下马捡起道旁一根树枝，随即翻身上马，神态自若地随着驼队来到寨门。他在驼队最后远远望着掌柜的在跟守门人交涉，很快，驼队便依次走进寨门。

哨长随驼队顺利进入寨门后，不觉长出了口气，就在哨长暗自庆幸之时，却隐隐听见身后传来低沉的话语：“这驼队掌柜的是步行，可后面的年轻人却是独自骑着高头大马，这不对劲呀！”哨长一时警觉起来，他若无其事地用余光发现一个守门人正悄然尾随而来，哨长暗道：完了，怕是要辜负贾大人的信任了。他一边随驼队缓缓走在街上，一边巡视沿街店铺，当看到“半扎钱庄”的牌匾时，心中已有对策。

## 第二十六章

# 哨长无奈挟人质
# 官兵即至围古寨

骆驼迈着笨重的脚步依次走进南北缘的大门，哨长也不得不跟着走进院中。这驼队却不是住店，仅是用饭而已，因而所载货物并不卸下。哨长看着店中伙计忙着将水桶放在骆驼跟前，他却一时不知如何是好。迟疑间，见适才尾随其后的守门人正鬼鬼祟祟在门外窥视，哨长便把马缰绳递给伙计，独自坐一旁细细思量。

哨长担心的事最终发生了。他见那守门人只在门外转悠，并不时向着远处扬手，却一直没有进来，便知道那守门人在等待什么。哨长遂起身走出院落，直奔隔壁的钱庄去了。果不其然，哨长刚刚出院，不多时，进来几个带刀兵士，他们径直走到驼队掌柜的跟前，一人开口便问："刚才出去那个人是不是你的人？"

掌柜的支吾道："不，不是。他是在寨外随我们一道进来的，他说认识我，我却怎么也想不起来在哪儿见过他。"

兵士听罢扭头便走。他们来到半扎钱庄时，却见哨长手持短刀，正把刘真挟持怀中，目视柜台里的伙计，口中叫道："要想活命，快拿五十两银子给我，山中的弟兄快要饿死了，你们却一个个活得滋润。"

一个兵士大声喊道："你别胡来！你把人先放了，咱们什么都好说。"

哨长道："我也是没有办法，弟兄们也得活命啊！"

兵士道："你是从山里下来的？只要是山里人，不是官府的探子就好说。既然是在山里待不下去，那为什么不早点儿加入我们的队伍？"

哨长道：“你们让吗?”

兵士道：“昨天我们穆将军不是进山跟你们头头谈收编的事了吗?你难道不知道？你是不是张悉的手下?”

哨长问：“张悉？谁是张悉?”

另一兵士道：“看来你们不是一伙的，山里还有另外一伙土匪？把他们都收编了才好！二狗，你带人在这里盯着，我去禀报穆将军。”

钱庄掌柜张炽去二静的酒坊打酒，他前脚才进酒坊，便听路人说他的钱庄进了土匪，于是张炽拔腿便跑回钱庄。见他的女人果真被土匪挟持，且那短刀的锋刃已抵在刘真胸前，张炽忙道：“兄弟，我们有话好说，你先把刀子放了，我过去换下女人，女人已有身孕，受不得惊吓。”

哨长大声道：“都别动！既然你心疼你的女人，那就快去拿五十两银子给我，我马上放人。你也知道，我是无意伤害你的女人的，可你们要是硬来，我可不敢确保我手中的短刀一定听我使唤。”

张炽正要开口，却听刘真大声说道：“眼下钱庄哪里有钱！钱都放贷出去了，要钱也得等有人还上才是。”张炽望望一旁的兵士，他明白刘真的用意，捻军副将陈福元来钱庄多次硬要借贷银子，均被张炽以银子都被借贷出去的名义回绝了。他迟疑片刻，苦笑道：“好汉啊，你是不知道眼下半扎寨是何种情形，看我开着钱庄，你就觉得钱庄里一定有钱是吧？其实不然，我正寻思着要关门歇业呢。”

哨长道：“寨子里何种情形，面儿上也看不出什么呀！”

张炽摇头道：“好汉你有所不知，眼下寨子里住着一千多兵士，每日里供养这么多人吃喝，谁家会有多余的银子呀！求好汉宽限几日好吧，等把我借贷出去的银子收回来一些咱什么都好说。”

忽然间，门外一阵骚动，张炽看时，却是钱贵的女儿钱玉手捧玉佩、手镯等来到哨长面前。她泪眼望望刘真，乞求哨长道：“求你放了我姐吧，这些你都拿去，能换不少银子的，眼下寨子里谁家都没钱，你就行行好放过我姐吧，她是有身子的人了。”

哨长不经意间已经获悉想要的军情，听那张炽所言寨子里驻兵一千多人，这跟张悉所言吻合，他当下要做的便是如何尽快摆脱纠缠而顺利出寨。于是，哨长道：“我才不喜欢你这女人的东西呢！我山里的弟兄正饿着肚子呢，你这东西能顶吃喝吗？眼下兵荒马乱的，你让我去哪里兑换成钱？”

正说时，钱玉的母亲进来道：“玉儿，既然人家不稀罕，那就把你的宝贝收回去吧，这些可都是你自小的随身之物，是多少钱都买不来的。好汉，你放了真真吧，你把我卖了或者是我随你进山任你选，真真是有了身子的人，她背着两条人命，万一有个好歹，可真是作孽，天都不会饶你！”

一时间，刘真和张炽满脸是泪，在场的兵士也都被感动得唏嘘不已。

“你们连一个铜板都没有吗？”哨长气急败坏道。

张炽忙从衣兜里摸出本是打酒用的碎银，伸手递了过去。哨长却示意张炽将碎银装进他衣兜，而后，他大声喊道：“都让开，放我出寨，放心吧，等我走出寨门我就放了她，我对天发誓，我若伤害这女人，天地不容！不过，你们得保我平安走出寨门，不然的话，我的誓言自然无效。”

哨长挟持着刘真一点点向着寨门退去。适逢穆天顺带人赶来，有人举枪瞄准哨长，却被张炽苦苦哀求，开枪会伤及刘真，于是穆天顺示意那举枪者把枪放下。穆天顺缓步随哨长移动的当儿，开口问道：“听说你不是张悉的手下，你属于另外一拨土匪是吧？既然你们待在山里没吃没喝，那为啥不投奔我们？”

哨长道：“这不是我能做得了主的事，容小的回到山里劝劝大哥再说，请问您贵姓？要是我大哥答应归顺你们，该找谁才是？”

穆天顺道：“找我穆天顺就行。”穆天顺说罢，低声问一边的兵士：“此人没有干别的坏事吧？”兵士道：“没有。”穆天顺又道：“你先悄悄出寨，躲在寨门墙外，等他退出寨门时，他自然疏于防备，然后你闪出来拿下此人。即使要收编他们也不能就这么便宜他了，就这么把放他走，少不得让人笑掉大牙，这么窝囊地去回复大帅，我是不敢。”那兵士应着，疾步绕到一个偏街小巷，而后飞奔而去。

哨长喊叫着退着步很快来到西寨门。途中他轻声对被挟持的刘真道：“实在是对不住小姐您，请放心，我不会伤害你的，请小姐配合。”

刘真糊里糊涂随哨长来到寨门，她唯恐惊着肚子里的孩子，因而一言未发。

哨长挟持着刘真退到寨门外墙，刚要长出口气的当儿，忽觉身后一阵冷风袭来。这个历经战事屡立战功被贾守备精挑细选出来的人岂是寻常之辈！他竟没有扭头，只一脚，那匿于墙外闪身出来的兵士已飞出两丈开外，重重摔在官道的路沟里。这哨长借机丢开刘真，飞身而去，直趋兵士，仅在刹那间，他已将路沟里摔伤的兵士掳于怀中。这让寨门口的一帮人全无反应时间，等这帮人回过神儿，那兵士已成为哨长身前盾牌。

哨长挟持着兵士疾步来到密林边，他忽觉右大腿一阵疼痛，看时却是被他挟在腋下那受伤兵士在他大腿上刺了一刀。于是哨长双手捂住兵士的头只那么一拧，但听嘎嘣一声，那头颅已低垂下去。哨长丢开兵士，消失在密林深处。

夜幕降临时，哨长拖着受伤的大腿依旧在林中穿行。最初，他把衣袖扯掉勒在伤口处，鲜血已不再流淌，但衣袖却没能阻止伤口处血迹慢渗。眼见天色渐暗，不尽快走出林子，不定会遇到什么野兽，到那时，只怕是喊天天不应。然而，他越是急于走出林子，那伤口处渗血越多。最终，他因失血过多，筋疲力尽地跌倒在一片荒草中。

歇息片刻，腿不活动时，他发觉腿部的疼痛缓解不少，血也不再渗出，于是他改为爬行，向着认定的方向一点点爬去。起初他担心接近官道会给自己带来风险，唯恐捻军顺官道追击而来，后来却感觉距离官道越远，生命越是飘忽不定。

透过稀疏的树缝，他试图通过天际的星辰来判定官道的方位，后来发觉是徒劳。接近官道，也就接近了人迹，接近人迹，也就接近了生还的希望。爬行中他摸摸伤处，莫非是这一刀触及了筋骨？按说一般的刀伤是很难这么疼痛难耐而又举步维艰的。

终于，他爬行到了官道的边缘。没有马匹，他爬上官道又该如何？这里距州府至少三十里路，爬回去那是奢望，而这荒山野岭的，去哪里寻得马匹！看来只能等有人经过这里了，可这半夜三更的，会有人夜半打此经过吗？若不尽早回去，不定贾大人会急成什么样子！哨长就这么胡思乱想中忽然听到了野猪的哼哼声，大约是野猪嗅出了血腥味道，循着血腥味哼哼而来。

秋日的林子里败叶深厚，松软如床。哨长寻得一个低洼处，再将周边的落叶向低洼处聚拢过去，而后钻入厚厚的枯叶里。他发觉此处比外边暖和许多，厚实的枯叶不失为一床棉被盖在身上。他屏住呼吸，听见那野猪蹄子在他周边荒草中弄出刺啦刺啦的声音，这声音忽又停歇下来，最后，向着林子深处逐渐远去。

当黎明初现林子时，哨长隐隐听到了马蹄声，这声音渐行渐近。因担心是捻军追兵而至，他不敢贸然爬上官道，只试着踮脚走到一棵大树后，定定望着官道。此刻官道上黄腾腾的土地在哨长看来一如丰润的少妇般美丽。

随着马蹄声渐渐接近，哨长忽然高声叫道："马力，马力，马力。"

然而，那马蹄扬起的轻尘瞬间自哨长眼前飘过。失望之余，哨长忍着疼痛走到官道中央，声嘶力竭地再次喊道："马力，马力，马力。"

终于，官道前方的骑马人猛拉缰绳，那马的前腿一时跃起老高。随即，骑马人掉转马头，看见了官道中央的哨长。

就这样，汝州守备贾书秀派往半扎寨的第二位探子并未抵达半扎寨。二人同骑一匹马，向着汝州方向绝尘而去。

汝州知州任恺的官文只一日便送抵开封。官文简要陈述了捻军张宗禹部潜入半扎寨并在此休整伺机北犯之实情，大致叙说了捻军如何控制寨子要挟寨民，而忽略了捻军进寨时日，着重细陈的是州府如何派探子潜入寨子，从而摸清了捻军兵力。新任河南巡抚李鹤年看过呈文，震怒之余，即刻差人请提督马德昭前来议事。

马德昭来见李鹤年时怀揣汝州守备贾书秀的军情呈报。两人合议之后，即刻由马提督率兵两千开赴汝州，加上汝州绿营的一千兵马，三千绿营兵不日便挥师半扎寨。

半扎寨两侧临河，小北河和万泉河将古寨夹在其间。河道边寨墙高耸，易守难攻，只东西两个寨门外地势开阔。于是，三千绿营兵分两路，对半扎寨形成合围之势。

半扎寨一如往常。肩伤渐愈的张宗禹正策划接下来的出兵去向，不攻取城池，仅居于这小小村寨很难筹得足够的大军给养，又难以消耗清兵有生力量。汝州虽近，可仅他这点儿兵力，攻陷汝州怕是奢望。据报，赖文光的东路捻军已出山东正向许州运动，若是他直趋许州，与赖文光部合兵一处，拿下许州该是轻而易举。思虑间，忽见副将穆天顺慌张张来报，说半扎寨西门外发现官兵。张宗禹蓦然一惊，莫不是州府获悉半扎寨住有捻军而派兵来剿，抑或是官兵仅是打此经过？疑虑中，又见副将陈福元一脸惊慌来报，说半扎寨东门外发现官兵。

"东西两门同时发现官兵？有多少人？"张宗禹叫道。

两个副将异口同声道："一时还弄不清有多少官兵。"

一时间，张宗禹感到了事态之严重，定是大军进寨之事走漏了风声，才招致官兵对半扎寨形成合围之势。至此，他立刻想起前日那个挟持人质者，于是一切明了。

张宗禹命穆天顺将兵士悉数派往寨墙之上，关闭城门死守。待穆天顺去后，他随陈福元走出山陕会馆，就近登上东寨门时，但见寨子外官道上黑压压尽是官兵。他见不远处的寺院外站着一个和尚，这和尚正用茫然的目光望着寨楼。

忽见一人在两员随从护卫下策马来到距寨门一箭之地的秀水寺门外，对着寨楼高声喊道："寨楼之上可是西路捻军统领张宗禹？半扎寨已被官兵合围，出寨受降乃明智之举！不然，我这新铸的火炮可不是吃素的。"

张宗禹顺手抄起一个兵士的火枪，对天就是一枪，遂高声喊道："半扎寨四个寨门都装有火炮，若想比试一番火炮的威力，我张某人乐意奉陪，有种的你就开炮吧，只要你的火炮打得精准，这寨门下面就住着寨民。"

那官兵哨长不甘示弱道："我这火炮打得精准，我只用一炮，你那寨楼就会被轰塌，不信就试试。"

陈福元道："那你就开炮吧，只要你不怕我掉转炮口，对着寨内乱轰就行。"

那哨长又要逞强，却被赶来的汝州守备贾书秀拦住，他低声说道：

“不要把捻匪惹急了，狗急了还跳墙呢，得顾及寨中民众之安危。”于是那哨长不再开口。

官兵在半扎寨东西两个寨门外喊话劝降的同时，不少人紧锣密鼓地准备云梯等攻城器械，摩拳擦掌，跃跃欲试，只等天黑时发起总攻。然而，至午夜时分，两门的战事依旧没有发起，仅是火把连天，喊叫声一片。就在此时，寨子北侧的小北河和寨子南侧的万泉河上却悄无声息地浮起密密麻麻的门板和云梯，官兵正秘密渡过河面，接近寨墙。忽然，万泉河边的城墙上一声哨响，一时间，石块、乱箭一同泻向寨墙脚下。万泉河边官兵的惨叫声和着哗哗的流水声弥漫了整个寨子。小北河那边也是如此。官兵这声东击西之计最终以失败告罄，于是正面进攻正式开始。

官兵熄灭火把，趁着夜色，悄然接近寨墙，却被寨墙上射下的乱箭压制住难以前行。接着，官兵用门板做盾，一块门板遮挡数人。官兵在漆黑的夜色中徐徐接近寨墙，终于来到寨墙脚下时，却是难以将门板远离身子。兵士的身子稍有暴露，立时会有冷箭射到那暴露处，中箭呻吟者渐增。无奈中官兵急竖云梯，奋力爬上，一时间，石块、乱箭倾泻而下，正面进攻的兵士随之败下。

咸丰、同治年间，朝廷为对付太平军、捻军及土匪，下令民间修筑寨堡，坚壁清野。数年前之捻军，“不知沟垒可恃，专心以野战为强。自咸丰七年以后，皆知深沟高垒，以守为战，而攻剿愈觉费手。近更圩寨林立，不可数计。往往官兵以全力围攻一寨，累月不能破。且此破彼筑，徒烦兵力，终无扫荡之期”。本是抵御捻军之墙，如今却成了捻军护身之物，这让汝州守备贾书秀一筹莫展。

贾书秀带一队骑兵来到寨子西门时，见这里的情形与他攻击的东寨门并无二致，他见提督马德昭正急得抓耳挠腮。

“大人，要不开炮吧，不用火炮，寨门怕是很难攻破。”贾书秀道。

马提督摇摇头无奈道：“临行前巡抚李大人反复交代，战事要以确保一寨人性命为前提。贸然攻下寨子，若是满寨皆是寨民尸首，朝廷怪罪下来只怕你我担待不起啊！”

贾书秀道：“大人说得也是。标下有一计，不妨差几名高手混入商队，效仿那位哨长，随商队潜入寨子，而后寻机里应外合拿下寨门。”

马提督道：“官兵一到，捻军已成惊弓之鸟，他张宗禹哪还敢开启寨门允许商队进寨呀！张宗禹的智谋我们一点儿不可小觑，此等雕虫小技怕是他见识多了，我等反复使用只怕不灵。不过，若是佯攻数日，使官兵尽显疲态，而后撤军。这样一来，张宗禹便会懈怠下来，他的懈怠才是此计得以实施之关键所在。何况，寨门关闭日久，寨中断了进项，一寨人和一千多捻军吃什么？”

既要减少伤亡拿下寨子，又要顾及寨民安危，想来想去，别无良策，乔装进寨，然后里应外合似乎成了唯一之选。两个人反复推敲之后，便定下此计，分头实施去了。

接下来的数日，官兵一如首次攻寨般稍遇抵抗便撤兵下来，翌日继续。如此这般，十天下来，官兵士气低落，懈怠畏战，且怨言四起，满脸疲态。最终，在十天头上，东西两路兵马同时撤回汝州。

站在寨楼上观战的穆天顺见官兵迈着拖沓的步子没精打采地撤往汝州，兴奋之余，即刻去见张宗禹。

张宗禹正聚精会神地翻阅一本老旧的线装书，他仰靠在竹椅上闲适地面对着南墙边的戏台，一枚落叶飘忽忽落在书上，他拂去落叶时，恰逢穆天顺进院。穆天顺道：“大帅，官兵撤军了。”

张宗禹瞟一眼穆天顺，又把目光移回书页，一丝淡淡的笑意悄然自腮边滑过。少顷，张宗禹合上书，轻声说道：“穆将军如何看待官兵撤离？”

穆天顺忙道：“不是吹牛，大帅，再给他们十天他们也攻不下寨子。寨门上的火炮还一炮没放呢！我们的火枪也基本没有派上用场。”

张宗禹道：“这些年，虽是太平军耗去了朝廷绿营多半实力，捻军东征西战，再耗去绿营大半实力，眼下之官兵可谓是心力交瘁，捉襟见肘，可也不至于稍有交战便退却而去吧！这里面定有文章。”

穆天顺问道：“大帅的意思是官兵是佯退？”

张宗禹道：“是的。此乃诱兵之计，诱我出击，而后中其埋伏，想当年，诸葛孔明将此计用得烂熟；再不就是东路军赖文光部已逼近开封。开封城兵力薄弱，朝廷急调官兵驰援开封。你即刻派人乔装商人出寨侦探。”

见穆天顺应下后去了，张宗禹起身让随从去把陈福元叫来。陈福元进来后，张宗禹问道：“陈将军，你屡次去钱庄借贷，居然分文没有借来，眼见大军不日便要开拔，你让弟兄们途中喝西北风吗？”陈福元低头一拜，不无愧疚道：“是标下无能。只不过，据钱庄掌柜的说钱庄里的银子都放贷出去了，眼下确实是一点儿都没有了。标下也私下打听了寨里人，人们都说钱庄早就被人借贷光了，仅筑寨墙，保长就借贷两三千两银子，至今都没还上。”

“俗话说，瘦死的骆驼比马大，你就全然相信他们所言属实？”张宗禹大声说道，“据说那天钱庄来了个劫持人质的土匪，是钱庄掌柜把我们的兵力当众说了出去，结果官兵不日就到了，这其间难道没有猫腻？”

陈福元警觉道：“大帅不说，标下还真的没有想到这劫持人质者与官兵有染。难道钱庄掌柜是有意说出去的？”

张宗禹道：“不管他有意还是无意，我们就当他有意而为。这样一来，你若还不能弄到银子，我之前真的是高估你的能力了。”

陈福元忽然醒悟，即刻单腿跪地道：“大帅英明！标下愚钝至极，有负大帅厚望，标下这就去钱庄再会张炽。”见张宗禹重又拿起书，没再理会自己，陈福元起身退后几步，转身去了。

## 第二十七章

# 救张炽刘金丧命
# 进古寨官兵使计

捻军副将陈福元带着怨气，在随从簇拥下直趋半扎钱庄。适才在张宗禹那里弄得灰头土脸，张宗禹的话无异于赤裸裸的羞辱，让这员战将怒从心生。到钱庄，见店门紧闭，料是闭门歇业，于是便命随从敲门。良久，见店内无人理会，随从便抬脚踩门，嘈杂声引得左邻右舍的人远远探头观望。

店门终于开了，一个伙计探出头道："钱庄歇业了，军爷您就别踩门了，左邻右舍的看见多不好！"

随从道："踩门就不好看了？要是把你们统统抓起来，这好看不好看呀？快开门！你们掌柜的呢？"随从说时已推开伙计，径自进店，直奔后院。

伙计大惊失色，边小跑着紧跟随从身后，边大声嚷嚷："军爷，我家掌柜的在安歇，怎么也得容小的去通禀后您再进去呀！您这样直接闯进来可是坏了规矩的。"

随从道："你他妈少废话！滚开。"

随从闯进张炽内室时，张炽正在跟刘真温存。听得门外争吵，张炽便预感不妙，好在他和刘真听了赵监所言，在一个深夜已将钱庄银两悉数埋入地下，身边仅剩点儿碎银供日常所需。随从见到张炽开言道："你私通土匪，将大军的底细全盘说给土匪，看在有女人在场的分儿上，给你留点儿面子，请跟我们走吧！"

"我家男人何时私通土匪了？你们讲理不讲？"刘真腆着肚子一旁

嚷道。

说时，陈福元已来到跟前，他一挥手，两个随从推着张炽便出了内室。刘真与随从撕扯时，被随从一把推出老远，好在刘真恰巧撞在伙计身上。刘真不依不饶地又跑去拉张炽。张炽道："该来的终究要来，真真别怕，我们没做坏事，怕什么！你照顾好身子，我跟他们去，他们不就是索要银子吗？我们没有就是没有，总不能去抢人家的银子吧，可眼下谁家有银子可抢啊！"

随从不耐烦道："少废话，快走！"说时，在张炽后背猛推一把。就这样一行人在朗朗乾坤下带走了张炽，引得街面上不少围观者窃窃私语。望着张炽远去的背影，刘真哭着跑去见父亲刘金。

陈福元把张炽带到他的居所，关进厢房内，命随从拿来笔和纸让张炽写出通匪细情及那日对土匪说了什么，而后陈福元回到正房，回想起张宗禹的话他依旧怨气难平。这是一个四方宅院，先前主人去了开封行商，这宅院便一直空闲。张宗禹本要住在此院的，却因院落周边住户密集，且院墙稍低，不利于设防，迟疑后，他便住进了山陕会馆，这里仅留陈福元及随从居住。

刘真跑回家里，哭着把张炽被捻军带走的事及之前陈福元屡次去钱庄要借贷银子的事一一说了。刘金一时间脸色铁青，他骂过之后接着说道："这捻军跟强盗有什么两样！弄不到银子就想方设法栽赃诬陷，目的肯定是勒索银子。"

赵监道："真真啊，别为张炽担忧，你照顾好自己就是，张炽的事有我和你爹呢。你爹说得对，捻军就是为了银子，弄不到银子他们大军离开寨子，路上吃什么？既是知其本意，那就不足为虑。我这就去见张宗禹，你们都待家里，别去看张炽，即便去了，他们也不会让你们相见的。这点儿小伎俩都用上了，足见这张宗禹已是穷途末路。此人起初狂妄自大，刚愎自用，错失了大好时机，殊不知'天下莫大于秋毫之末，而泰山为小'。"

秦珮一旁道："你们之前认识？"

赵监忙道："不认识，但我了解此人。"

秦珮若有所思，见赵监要走，遂起身道："赵先生啊，无论你和张宗禹之前有无过节，都别跟他争强斗狠。他们毕竟是过客，我们该忍的就忍，该舍的就舍，毕竟安身立命才是眼下最为关紧的。”

赵监忽觉一阵心热。很多时候，女人一句体己的话非但不会使你的义气有所收敛，反而更能激起你的斗志，这一点匪夷所思。赵监不想去迁就张宗禹，他要凭借三寸不烂之舌，与张宗禹一决雌雄。

来到山陕会馆，见张宗禹的军帐原址依旧地面焦黄，忽想起那雇来的杀手，赵监不觉一阵伤感。虚本的尸首被捻军埋在了何处，他至今不知。虚本的女人大约还在翘首以待着她的男人早日回家，她指定是每日的黄昏站在门口举目张望。等捻军离开寨子后，他一定得去趟虚本的老家，他要去虚本的父母坟前祭拜，他要寻到虚本的女人，给这孤寂的女人留下足够的生计所需。

见到张宗禹，赵监开口便带着怒气：“张统领果然本领不小，居然在寨子里开始抓人了，且抓的还是我赵监的侄女女婿。”

张宗禹看赵监一脸愠怒，不解道：“侄女女婿？此话从何说起？”

赵监道：“我要说张炽是我的女婿，你张宗禹怕是一点儿都不会相信吧。我赵监本是游乡的算卦先生，自来到半扎寨，承蒙刘金刘大哥收留，赵监才得以在此地栖身。刘真是我看着长大的，倘或我是有家室之人，我定会认下这孩子做干女儿，真真和张炽的婚事还是我当的月老。”

张宗禹一时间显出尴尬的模样，迟疑片刻，他的脸上渐露狰狞：“赵先生大概不知，张炽有意泄露军情，才招致官兵兵临寨门。若不是我的手下拼死守护，半扎寨怕是早被官兵攻陷。张炽之罪若不稍加惩戒，恐难服众。”

赵监冷冷一哂道：“张炽还是个孩子，一个行商之人他懂什么是军情？他说寨子里住着一千多人，寨子里供给吃紧，他无非是说他的钱庄没钱而已。你随便拉个人问问，谁人不知寨子里住着这么多人？这也叫军情吗？简直是笑话！”

张宗禹一时词穷，却又不甘示弱，强词夺理道：“即便都知道寨子里的情形，可他张炽万不该说给那官府的探子听吧，这不是罪有应得吗？”

赵监道：“官府的探子？当时在场的大都是你的人，既是知道那挟持人质者是官府探子，你的人何不将探子抓起来？你的手下难道都是些酒囊饭袋不成？”

张宗禹支吾道：“我我我的人当时不知道那人是探子。”

赵监穷追不舍道：“你的人不知道，张炽就知道了？”

张宗禹一时语塞。赵监趁机说道：“赶快放人。你再这么肆无忌惮胡乱抓人，小心激起民变，到那时你不怕内外交困吗？此乃兵家大忌！”张宗禹听罢赵监所言，深感此人谋略辩才过人，此等高人埋没在这偏壤村寨实属可惜，他若得此一人辅佐，胜过千军万马，于是偏离话题道：“在下仰慕赵先生已久，真心想与赵先生一道共谋大业，恳请赵先生来军中高就。”

赵监道：“赵监此来是为张炽的事，请张统领尽早放人。”

“来呀。”张宗禹对着门外喊道，“去把张炽放了，告知陈福元，日后别再给我添乱。”见随从领命去了，张宗禹接着说道，“赵先生，你的事已毕，你我该谈点儿别的了吧？”

于是，两个人自然把话题移到了军务之上。可他们哪里知晓，就在两人争辩之时，陈福元的四方宅院里却出了人命，刘金倒在血泊中时，恰有一只乌鸦落在屋脊。这乌鸦俯视院落，嘎嘎的叫声响彻寨子上空。

原本是不让刘金去见张炽的，赵监反复叮嘱过，可刘金见不得宝贝女儿的哭丧脸。耐着性子等赵监回来，这一等就是半个时辰，刘金急得抓耳挠腮。这个性情急躁的人不遇急事倒还罢了，遇到急事便忍耐不住，唯恐张炽在捻军那里忍受皮肉之苦，因放心不下张炽，又担心家里人阻拦，只说是去街上走走，便起身奔张炽关押的宅院去了。

到门口，捻军卫兵不知他刘金何许人也，自是阻拦他进院，刘金好话说了一大堆，看那卫兵时，卫兵竟压根儿没听他说话，正与另一个卫兵低声说着女人的话题。卫兵说那天被挟持的女人就是关押在此的钱庄掌柜的女人，并说了一些猥琐的话。

刘金岂能忍受这愣头小子在他面前作践自己那宝贝女儿！一时间只觉得头上的血管骤然膨胀，里面的血液马蹄般四处乱窜。他忍不住劈头就是一巴掌，没有防备的卫兵一个趔趄几近跌倒。趁机，刘金径直闯进大院，高声喊叫：“张炽，张炽。你在哪里？”听见张炽在厢房高声应着，刘金便疾步赶到厢房门外，那门却是锁着的。

此时，陈福元早已闻得外面吵闹，站门口一脸愠怒，瞪眼望着卫兵就要发作，却见卫兵已追至刘金跟前，只一脚便把刘金踢出一丈开外。刘金自是不甘示弱，抢起身边一把铁锹直扑卫兵而去。不该发生的事还是发生了，本来是过来看看张炽的，刘金至死都没有弄清他此来意义何在。陈福元见刘金扑向卫兵的当儿，卫兵已将大刀自背上抽出，只顺势一抡，大刀片子雪亮的刀刃已掠过刘金项间。

刘金倒地时，厢房内还响着张炽的喊话声。张炽看不见院中发生的事，也没听清别的异样声息，只是觉得他的岳父适才还在叫着他的名字，这会儿却没了声音。于是，他紧贴门缝试图看到外面的情形，却是徒劳，便离开门板在屋内急躁地走来走去。

张宗禹的传令兵来到宅院，见刘金的项间冒着血泡，他不明就里，只将张宗禹的话给愣在门口的陈福元说了，便转身返回。陈福元忙亲自打开厢房的门锁，胆怯地望着张炽自厢房出来。他见张炽惊恐地望着血泊里的刘金，失魂般伏在刘金身上，而后撒腿跑出院落。

张炽跑进东西顺的大门时，气喘吁吁，脸色煞白。这模样吓傻恰巧走出屋门的秦珮，一种不祥的预感宛如巨石陨落脚前，秦珮一时感到双腿瘫软，终于把持不住，双手支撑在一侧的竹床上。倒是刘真显得冷静许多，见张炽失魂般的模样，遂大声怪道：“张炽你出息点儿吧！”张炽被刘真这声呵斥惊醒，喘着粗气，勉强把适才发生的事囫囵地说了。刘真将信将疑地拉张炽又叫上柱子奔陈福元的居所去了。

走时的刘真倒显清醒，回来时几近痴呆。她头发散乱，眼睛红肿，木讷地望着柱子背上的父亲一言未发。

见刘金满身是血，瘫软地伏在柱子背上，秦珮疯狂地叫道：“都怨我呀她爹，赵先生临出门还交代别去看张炽，我却一点儿都没有察觉出你出门的本意。快放下，柱子，柱子，你快去叫郎中过来。”柱子把刘金放在门口的竹床上，跑去叫郎中了。

郎中来时他身后跟着保长，保长皱眉在刘金身边走来走去。只片刻，当看见郎中摇摇头退至一边，保长伸手拉拉刘金的手，两行混浊的老泪顺面颊簌簌而下，而后，转身对秦珮道："真真她娘，给刘掌柜准备后事吧。柱子，你过来，咱们把刘掌柜抬进屋去。"

"慢！"秦珮擦干眼泪，撩起长发，"柱子，背起真真她爹，随我去找张宗禹。"

山陕会馆大门外的卫兵见有人背个满身是血的人要直闯进去，自是百般阻拦，却又不敢勉强，只拉扯着秦珮高声嚷嚷。正与张宗禹说话的赵监隐约听见秦珮的声音自门外传来，他旋即起身，直奔门口。看见赵监，秦珮一时间泪如雨下。见卫兵仍在拉扯秦珮，赵监上前就是一掌，直扇得那卫兵咧嘴尖叫。卫兵想要发作，却被跟随赵监出来的张宗禹喝住了。于是柱子背着刘金径直进了大门。

赵监见刘金一身是血，惊愕失色，忙问秦珮何故。秦珮一脸泪痕，只顾抹泪，于是赵监大声追问柱子。听柱子把事由说了，赵监将手指放在刘金鼻下，良久，他颓然蹲下，无奈地低头暗自啜泣。

见院子正中放着一把竹椅，秦珮示意柱子把刘金放在竹椅上。她撩起长发，一时间眼里冒出火一样的光芒。她缓缓走近张宗禹，厉声说道："张宗禹，听赵先生讲你自幼家境殷实，饱读诗书，面上看你像是仁慈之人，不想，背地里却尽干些伤天害理之事，真是有辱斯文！我一个妇道人家尚且懂得先贤所谓'苟志于仁矣，无恶也'。七尺男儿竟不懂'多行不义必自毙'的道理，真是让人无语。自你的大军进驻半扎寨，寨民省吃俭用尽力供养，到头来你和你的人竟是想杀谁就杀谁，真是丧尽天良啊！"

秦珮就差没把手指戳到张宗禹的鼻尖上，平日里这个婉约贤淑之人，怒上来竟也这般吓人。张宗禹何时受过此等羞辱，难耐之时，看看死去的刘金，再望一眼尚未发作的赵监，当看见一旁的陈福元时，他的怨气终于找到可发之人，于是上前就是一掌，直扇得陈福元左脸骤然血红。他随即大声问道："是谁干的？"

陈福元捂着脸道："是我的卫兵失手……"

没等陈福元说完，张宗禹转身对他的随从道："即刻把那卫兵带到这里来！"

此时，赵监已起身来到刘金跟前，他提袍坐下，拉着刘金的手，话未出口，已是哽咽不止："大哥，都怪兄弟我无能，居然无能到连大哥的性命都保全不了。自栖身刘家，大哥三番五次让我搬进后宅居住，唯恐兄弟我有丝毫委屈。兄弟我自然明白大哥让我搬进后宅意味着什么，大哥是将我赵监当作一母兄弟了。大哥一向义薄云天，为人面上苛求，内心却是极为悲悯。大哥一心装着生意，未曾享过清福，想来兄弟我心如刀绞。"

赵监说罢已成泪人。

张宗禹的随从捆着陈福元的卫兵进来时，这卫兵不怯不颤。卫兵正欲申辩，张宗禹手起刀落。那卫兵的人头在平整的地面滚出老远，恰巧停在刘金脚下。在场的捻军无不大惊失色。

就这样，张宗禹用他的方式暂时平息了这场危机。殊不知，刘金之死竟成了这帮捻军的一场噩梦。

刘金被捻军所杀的消息在半扎寨传得沸沸扬扬，当柱子身着孝服打马奔赴开封府时，守门的兵士竟也不加阻拦。柱子曾去过开封，自然认得刘金之子刘胜的居所。他快马疾驰一天，赶到开封城内已是暮色渐重。

得知刘金被杀，哪里能够安睡！当夜，刘胜便策马与柱子赶回半扎寨。这下可苦了柱子，他的裆部早已磨破，疼痛难耐。马匹也早已筋疲力尽，任鞭子再抽，那马依旧迈步迟缓，无奈之下他们只得在途中安歇。翌日的后晌，两人抵达半扎寨时，守门的兵士依旧没有盘问。

刘金的葬礼并未引起寨里人的过多关注，心力交瘁的人们似乎是懒于出门，外边的事一点儿激不起他们本该有的兴致。人们羊一般各自居于圈内，吃喝拉撒，浑浑噩噩，偌大个寨子，死一般沉寂，无人在意他人死活。就这样，当一队送葬的人在鞭炮声里依次出寨时，仅是寨墙上的兵士懒洋洋看上几眼，仿佛马车上承载的只是秸秆，抑或是粮食。马车行走在崎岖山道上，灵幡猎猎，纸钱飘飞，竟引得乌鸦不时在一侧盘旋。

墓道已经挖好，随着刘金的棺木徐徐放入，哭声笼罩了整个山岗。鞭炮声里，没人察觉到五个陌生人已悄然跪在人群身后，他们身着孝服肃穆地叩着响头。

赵监扶起浑身瘫软的张炽，叮嘱他适可而止，毕竟刘金已经仙逝，即便哭死过去，也是徒劳无益，还是过去劝劝刘真吧，这孩子已有身孕。张炽红着眼道："赵叔啊，我爹都是为了我才死的，我能心安吗？你还是让我多给我爹磕几个响头吧，这样，他在那边才不至于责怪我。"

赵监道："你爹怎么会责怪你呀，你别把什么事都往自己身上揽，好了，不哭了。"

赵监回身见那五个人只顾磕头，心想你张宗禹还算有点儿良心，竟想起派捻军兵士前来送葬。于是，只白眼瞧瞧他们便张罗别的事了。

送葬的队伍返回时，居然遇上晋商商队，这一点竟是这般巧合，那掌柜的老远便高声喊道："那不是赵先生吗？给谁送葬呢？"

赵监见是曾经托其给虚本送信的姚叶，不觉一阵感慨，他当初来到半扎寨也曾跟随他的商队，今日他们竟以这样的境况再次相遇，不由得百感交集。赵监痛心道："给我大哥送葬，大哥仙逝了。"

姚叶伤感道："上次来时，见刘掌柜身体还行，不想才过去数月就阴阳两隔了，唉！所以呀赵先生，别的什么都不是，生意算什么，身体才是最为要紧的，这趟回去，说什么我都不再出来了，什么是个够啊！"

两人边走边聊，不知不觉中已来到东寨门外。送葬的人身着孝服自是很快就进了寨子，姚叶的商队却被守门的兵士挡在门外。赵监走在送葬队伍的最后，他无意间回望时，见姚叶的商队间杂着五个空手的人，这些人东张西望，一副若无其事的样子，于是低声问姚叶："都是你的人？这次好像比平日多不少。"

姚叶无奈道："赵先生眼尖，你看出来了？是这样的，刚过大营不远，遇见五个人，说是他们要去半扎寨办事，一同赶路说说闲话，也好打发一下寂寞，于是就随我的商队一道过来了。听这几个人的话，有意买下我驼背上的全部瓷器，一路上讨价还价，没见过这样的生意精。还说要是遇见有人问，要我一定咬死我们是一伙的，这样一来，人多住店，他们也好图个便宜，河南人就是能！"

赵监若有所思地应着，走到守门兵士跟前，对兵士说道："这晋商是我家驼马店的老主顾，劳烦让他们进去吧。"

兵士道："这我可不敢做主啊，除了你们送葬的人，别人不能进去。”

赵监道：“你们就这么一直不让商队进寨，寨子里众商家拿什么供养大家吃喝！我赵监今日不想难为你，你去请示一下你们陈福元将军吧，不让商队进寨，这样下去如何了得！不都得喝西北风才怪！”

见赵监一时间变了脸色，忽想起眼前这位赵监乃他们张大帅帐中常客，便不敢怠慢，跑着去见陈福元了。不多时，这兵士慌张张跑回，点头哈腰地给赵监说了一堆好话，眼望着一行人逶迤进了寨门。

## 第二十八章

# 折大将捻军败走
# 疑赵监刘胜口快

日间的街面行人寥寥，布匹店店主开门纳客，却是极少有人光顾，于是便呆呆坐在店内，百无聊赖，无精打采。见自家小狗扭着干柴般的身子在他腿上蹭痒，于是，这店主便逗狗玩耍。他把双手伸在小狗眼前，那小狗疑是两手间定有食物，它先是拿鼻子闻了片刻，似乎有腐肉味道，继而用舌尖在主人手背上舔来舔去。主人便把手背鼓起，似乎两手间确有食物。小狗上当，便抬起前爪去挠，起初仅是轻轻挠手，随之心急，不小心将主人手背挠出斑斑血痕。于是，主人大怒，一巴掌将小狗打出老远。那狗愣愣神，悻悻然去了。

午夜的半扎寨死一般沉寂。先有不大的风掠过街面，落叶涟漪般轻飘飘荡漾开去。继而，风将浓云带来，不多时，寨子里黑黢黢竟无半点儿亮色。一只田鼠游走于街面，仅在街边集聚的枯叶边逡巡，确信那全是枯叶后，便四处窥视店家的门缝。

随着那田鼠惊慌远去，街道一侧渐次闪出五个黝黑的人影，在一声夜猫的啼鸣之后，另一街巷内又闪出五个。这十人分住在两家驼马店内，其中五人便是日间在刘金坟前的送殡者，而另外五人则是随姚叶的商队一同进寨者，十人分列街道两侧，向着西寨门方向躬身前行。

寨门前仅有两个兵士分站两边，一个兵士的哈欠声尚未打完，便被一个黑影一刀毙命；待另外一个兵士回过神来，他的头颅已滚落墙边。

五个黑影悄然打开寨门，其余黑影摸上寨楼，顺势放倒两个哨兵，自怀中取出火把各自点燃，而后将火把集拢一处。立时，寨楼之上火光冲天。寨楼里的兵士惊醒后蜂拥而出，火枪声、厮杀声响彻云霄。这兵士岂是那黑影的对手，三千官兵里仅选出十位来，只少顷，寨楼上的兵士被悉数清除，接着要对付的却是自寨墙远方奔袭而来和寨子街道上拥来的捻军。而此时，匿藏于山林中看到火光的官兵潮水般涌向寨门。

这十个官兵分两拨抵御着寨墙和街道上奔袭而来的捻军，为大军冲出林子、进入寨门赢得了足够的时间。等数千官兵冲进寨门，张宗禹才如梦初醒，数年的征战经历让他瞬间明白他此时该做些什么，于是传令出去，让步兵沿街抵抗，骑兵即刻集合，合并一处，自东门突围出去，而后向许州方向运动。

张宗禹策马在随从簇拥下冲出东门后，自是少不得遭到官兵伏击，却因冲出寨子的是清一色骑兵，官兵的伏击显得薄弱许多。不到一袋烟的工夫，张宗禹的骑兵仅丢下些许尸首便成功突围，而后听到寨子里喊杀声此起彼伏，感觉再回援已没有意义，于是挥师奔张村方向去了。

黎明前的寨子里现身于街面的不是官兵即捻军，几乎每个街巷都有厮杀声。穆天顺一直率兵在西门迎敌，而陈福元则率兵在东门里掩护张宗禹突围。二人本是想等大帅突围成功后再行突围的，不想，等他们且战且退到寨门时，却发觉寨门已被官兵关闭，于是绝望中奋力拼杀，终因身负重伤悉数被擒。随着张宗禹率兵逃离，寨子里的厮杀声徐徐安静下来，而此时，晨曦正将淡蓝悄然浮现于寨子的上空，浓浓的血腥味笼罩了整个村寨。

有早起的狗在街面上食血，乌鸦不时俯冲下来啄食已凝结的血块，而尸首几近覆盖了整个街面。不时传来人们的惊叫声，间或孩子们的啼哭声，寨里的人们几时见过此等惨烈场面！而随着各家的大门渐次打开，这惊叫声响彻于晨曦的苍茫中。

对于满街尸首的处置，难坏了保长他们。提督马德昭找到保长，直截了当道："挖个深坑统统埋掉。"

保长迟疑着问道："提督大人，官兵的尸首也……"

马提督道："有劳挖两个深坑吧，官兵和捻军分开埋葬。"

保长颤巍巍道："那好吧。"

于是，保长差人打起铜锣，但凡寨子里青壮男人全部出动，家里有车的出车，有马的牵马，按穿戴分清尸首身份，而后分别装车。保长和张老则领人走出寨子，来到东寨门一里开外的一个土沟旁，命人用黄土将土沟自中间隔开，分葬了尸首。

马德昭集合官兵，只稍作休整，用过干粮，便命汝州守备贾书秀率骑兵追击张宗禹残部。自己留在寨中，让余下的兵士帮寨民处置尸首。

正午过后，待寨中的尸首清理完毕，马德昭请保长将寨民们召集于寨外一块空地上，随之命人把穆天顺和陈福元押解过来，让其跪向寨民。两员捻军副将却执意不跪，最后已由不得他们，身后的兵士各自起脚，便将五花大绑的两人踢跪在众人面前。

马德昭站在一土丘之上，高声说道："众乡亲这些日子受苦了，两个捻军副将现已跪在诸位面前，以告慰寨中死去的冤魂。"马德昭走下土丘，来到穆天顺跟前，"穆天顺，你可知罪？"穆天顺一拧头道："我何罪之有？自古胜者为王败者寇，少废话，要杀要剐随你便。"马德昭道："尔等区区乌合之众，竟敢与朝廷为敌，太平军如何？不比尔等来势凶猛？到头来还不是自寻末路，但凡与朝廷为敌者，必是死路一条！虑及你一身本领，定是被人蛊惑而误入歧途，杀了你实属可惜，若是自愿投降朝廷，说清张宗禹此次逃向哪里，我保你性命无忧。"

穆天顺不屑道："投降？你休想！有本事你我正面一决雌雄，派人混进商队进寨偷袭，非大丈夫所为！"

马德昭一哂道："不是虑及寨中民众安危，不是担心尔等狗急跳墙而伤及无辜，我早就攻破寨子了，还需等到昨晚？少废话，我再问你一遍，降与不降？"

听得穆天顺呸了一声，马德昭一怒之下，夺过兵士手中钢刀，但见头顶亮光一闪，穆天顺的头颅已滚落在地。继而，他转向陈福元，高声问道："你降与不降？"陈福元也是呸了一声，并随之骂道："朝廷的狗！"马德昭随即手起刀落，没再让其开口骂人。

"诸位乡绅，诸位乡亲，眼下捻匪已成鼠窜之状，奉劝诸位万不可与捻匪有染，不然，眼前这两具尸首便是通匪者的下场。州府知半扎寨被捻匪挟持，因而不再追究知情不报之罪，今后有劳诸位务必谨慎从事，但凡知晓捻匪之蛛丝马迹定要及时报官，免得犯下通匪之罪。"马德昭最后说道。

见寨中民众渐次离去，马德昭将保长叫至跟前，望着地上人头道："请保长差人将这两个人头悬挂在寨门之上，以示警告。你身为一寨之长，寨子里出这样的事，你难辞其咎，州府不追究你失察之罪，小有惩戒只怕还是有的，你心里有数才是。"

保长低着头连连称是。他本来想说寨门上悬挂人头，怕是有碍寨中生意，外地客商来往寨子，让他们自人头底下经过，恐有不妥，但却最终没说。倒是一旁的赵监上前说道："马大人，半扎寨是南北商人经过之地，捻匪已经将寨中商家折腾得几近断炊，若不及早开业纳客，生计维艰。可外地客商见寨门上挂着人头，只怕是没人敢在寨里停留，还望马大人您三思。"

马德昭沉思良久，遂命人把两个人头挖坑埋掉了事。

回到寨子，马德昭集结队伍便要返回汝州。保长和张老执意要大军留宿一晚，也好犒劳一番，以示敬意。马德昭道："谢诸位美意！大军征讨捻匪乃分内之事，出资犒劳，大可不必，眼下寨子里百废待兴，还是把钱用在该用之处吧。"

保长和张老一时间感动不已，忙召集寨民将大军恭送出寨，而后望着上千人的队伍逶迤而去。

捻军败走，官兵撤离，原本该欢庆一番的，可举寨之内未见笑脸，人们惊魂未定。他们何曾见过这血流成河的境况！约好似的，各家自发端水出来，清扫着门外街面上的血迹。

秦珮木讷地坐在家里，呆呆地望着门外逐渐变暗的马棚，她见赵监的毛驴孤独地东张西望，暮色正一点点隐去它混浊的眼睛。刘胜走过来轻声问道："娘，你看我爹'头七'的时候该置备些什么上坟用的祭品，我先去买回来吧，寨子里的店铺也都开门了。"

秦珮喃喃说道："那就给你爹打一坛酒吧，一坛酒放你爹那里，够他喝一阵子了。"秦珮说罢，眼泪簌簌流下。

刘真和张炽自钱庄过来时，恰巧听见秦珮的话，刘真忍不住哇地哭出声来。良久，她望着就要出门的刘胜道："哥，你就别回开封了，咱爹一走，家里的生意可怎么办呀？"

刘胜道："开封城里还有两个老人，他们也都年纪不小了，身边没有人怎么行？你和张炽搬回来住算了，别开那钱庄了，爹留下来的生意可是不能丢啊，爹为了家里的生意操碎了心，到头来也没享住福。"刘胜说罢，眼圈泛红，使得刘真重又啼哭不止。

赵监进来见状，劝住刘真，转脸对刘胜道："刘胜啊，想要把你爹留下的生意继续做下去，最终还得你回来主持大局。眼下砖茶生意刚刚起步，申三的煤矿上还有不少股份，若让张炽顶上，他的钱庄可真的开不下去了，外边还欠着钱庄不少借贷呢！"

不想，刘胜瞥一眼赵监道："这是我们家里的私事，就不劳烦赵先生操心了吧？"

赵监听罢刘胜的话，瞬间如坠入冰窟之中，他一时无语，尴尬中想转身离去，却听秦珮一旁道："胜儿，你怎么这么给你赵叔说话呀？你爹在时，两个人情同手足。你爹一向敬重你赵叔，大事小事都找你赵叔商量。"

刘胜阴着脸道："都怪我爹太老实了！"

秦珮道："胜儿，你这像是话里有话呀！娘听着怎么这么别扭啊！"

刘胜道："有什么别扭的？也不听听街坊邻居是怎么说你和赵先生的，我都替我爹脸红。"

秦珮听罢刘胜的话，撩一下面颊处的碎发，起身说道："刘胜，有什么怨气你冲我来，你不能胡乱听信谣言，更不能肆意诋毁赵先生。赵先生的人品有目共睹，赵先生的仁慈举寨受益。赵先生自来到半扎寨，先是帮你爹打理生意，之后为刘家出谋划策，劳心费神地为我们家增添砖茶和煤矿两铺生意。且不说你爹被土匪掳走后，是赵先生拿出自己的真金白银冒险去匪窝里赎回你爹，我们刘家这两铺新增的生意哪个不是他赵先生出的银子？"

刘胜见秦珮说到动情处，脸色已失了原有的淡红，遂轻声说道："娘，你说的这些事我也听人说起过，可这跟我说的不是一码事呀！我爹还没过'头七'，咱不说了好吧？都怪我刚才一时糊涂。"

虽非亲生，可秦珮对刘胜视若己出，今日当着这么多人的面，他居然这般无中生有、不留情面，着实让秦珮伤心不已。她不顾刘胜服软的话，径自说道：“不说？不说哪儿行！既是你不顾及长辈情面，不把想说的话都说出来，你不怕窝肚里难受？接着说吧，让我和赵先生听听你还有多少怨言。”

刘胜忙转身对赵监道：“对不住赵叔，刚才是我一时迷糊，糊里糊涂地也不知道都胡扯些什么，您别生气，赵叔，都是我不好。”

赵监淡然说道：“生气？我生气了吗？我赵监与你非亲非故，我生不生气与你有什么关系？你娘一直将你视为亲生，每逢过节就念叨你，只怕你在开封受半点儿委屈，你这么说你娘亏心不亏心？”

见秦珮一时难以消气，又听赵监这话里满是责怨，张炽忙道：“哥呀，你远在开封，你有所不知，赵叔为咱家为寨子真是操碎了心，人家一个外乡人，凭什么平白无故帮咱们？人家落了什么好？就凭赵叔的为人和能耐，就凭赵叔这么有钱，人家想要什么没有？赵叔之所以这么做，无非就是要报咱爹当初的挽留之恩，知恩图报乃大丈夫所为，而往往大丈夫之所为，却并非人人都能真正懂得的，你别听那些无聊的人嚼舌。当初若不是赵叔跑前跑后从中说和，我和真真的婚怕只怕早就不行了。寨子里就连保长和张老都一向敬重赵叔的为人，咱说什么都不能把赵叔往坏里想啊！”

见刘胜低头无语，赵监道：“张炽的话有一点我很是赞成，那就是知恩图报。除了你娘，你们谁都不会真正懂得我和你爹间那份手足之情。适才张炽的话让我一时间想起一个典故来：结草衔环。春秋时，晋国的魏武子病重时告知儿子，他死后要让一个小妾陪葬。武子死后，他儿子魏颗以为老爹说的是胡话，便把这小妾嫁了出去。后来魏颗率兵与秦军作战，他见前方有个老者把遍地的长草打成死结，秦军的战马经过时被缠住无数，秦兵纷纷落马，魏颗大胜。原来这老者就是魏武子那小妾的父亲，他此举竟是报魏颗之恩。东汉时有个叫杨宝的人，他九岁时捉到一个受伤的黄雀，把黄雀带回家精心饲养，等黄雀伤势痊愈后便将其放归林子。后来，他梦见那黄雀化作一个黄衣童子回来报恩，这童子自称是西王母的使者，并口衔四枚白环，说日后杨宝的子嗣必像这白环一样珍贵。果然，很久以后，杨宝的子孙悉数飞黄腾达。讲这个典故之意想必都明白不过，‘士为知己者死，女为悦己者容’说的也是这个理。你爹的赏识和挽留，保长和张老的器重与抬举，世间还有比这些更足以让人动容的事吗？我既然当初决意留在半扎寨，就该以此地为家，既是安居于此，那便守土有责，或许不少人至死都难以参透其中味。”

刘胜眨着眼自知理亏，却依旧难懂赵监之所为，于是试着问道：“赵叔以前是做什么的，怎么会这么有钱呢？”

刘胜话音才落，却见申三和二静推门进来。见刘胜、刘真和张炽身着孝服，申三旋即瘫坐地上，痛心疾首道：“我一到家就听二静说金哥去了，说什么我都不信，怎么会这样！我和金哥自小光屁股长大，却连送送金哥都没能赶上。”

二静伤心道：“我给他说金哥去了，他拉下脸就是一顿臭骂，我这么大人了，能拿这个事乱说吗？”

申三道：“赵先生，你陪我去看看金哥吧。”

赵监道：“行啊，明日一早我就陪你去，我也想静下来跟大哥说说心里话。”

申三道：“这会儿就去。”

赵监道：“天都黑了，再说寨门很快就会关上。”

申三道：“不怕，我找保长说。”

见申三如此坚持，赵监便喝了几口水，领申三踏着夜色奔刘金的坟地去了。

猫头鹰的夜啼颇有几分瘆人。山风扫过枝丫的飕飕声哨子般拖着长音，而疾风扫过的天际繁星密布，鬼灯般闪着清冷的光。秀水寺里传来的木鱼声缥缥缈缈，而后随疾风远去。万泉河水在穿越拱桥时发出哗哗声响，这水声淹了风声，回荡在凄迷的夜色里，沉闷异常。

循山间小路来到刘金墓地时，申三一屁股坐下，一言不语。倒是赵监徐徐说道：“大哥，申三来看你了。”

回答赵监的却是哨子般的风声。枯叶与纸灰打着旋儿在墓地上空盘旋，一时间遮了星辰。终于，申三沉默过后，喃喃说道：“金哥呀，申三对不住你！你把上千两银子交我手里，是指望我能把煤矿生意打理好，你不派人来矿上，那是从心底信任我申三，我申三却辜负了你。煤矿刚开始还行，我估摸着，不出三年，你我都会富得流油，可谁知道，张村一带接二连三出现好几个煤矿，我们出的煤煤渣大，没人愿要，于是我就想法子把巷道再往深里挖，结果，井下冒顶，砸死五个人，这一赔偿就把一年多的盈利全赔给人家了，州府还不依不饶，非要煤矿关停。本来是急着回来找你商量的，可捻军不让进寨，无奈我就独自做主，把煤矿上的人放走了。金哥呀，眼下挣个钱怎么就这么难啊！我申三真是无能，对不住你呀！”

就在申三哭诉的当儿，赵监忽想起张炽说过，申三的女人二静曾去钱庄存过银子。看申三悲恸欲绝，赵监欲言又止，无论如何，这个时候，这个地方，又虑及自己身份，他都不便多说什么。于是，他默默地蹲在坟前，望着这新起的土坟，黯然神伤。

良久，申三站起身，对着刘金的土坟，深深鞠了三个躬，而后，悲伤道：“金哥，我和赵先生走了，等到‘头七’时我再来陪你。这次来得急，没有给你带纸钱，下次补上，你在那边不要舍不得花钱，你好了兄弟我才心安。”

两人离开坟地时，山风依旧劲吹。

忽然间，申三道：“赵先生，大妞的坟地在哪儿呀？咱去看看大妞吧。”

赵监自是应下，领申三去了大妞坟地。

大妞的坟上已长出嫩草，这嫩草在深秋的风霜中业已枯萎，风干的豆芽般在夜风中瑟瑟发抖，只一侧稠密的树林为坟茔挡些疾风。在这高岗平地，坟茔孤零零独处其上，让人目不忍视。好在官道就在一侧，时不时会有人马自此经过，大妞兴许能听些人家絮语。赵监这么想时，见申三已在坟头颓然坐下，于是自己也坐在一旁，两个男人就这么默默坐着，长时间一言未发。

风渐渐停了，一侧的林子不再有瑟瑟声响，高岗之上的坟地里沉寂异常。

## 第二十九章

# 耍伎俩申三赖账
# 诉衷肠秦珮上坟

刘金“三七”过后，刘胜打马回了开封，半扎寨也逐渐恢复着原有模样，过往之事如梦境般时不时被人们想起，却又不敢信以为真。对于秦珮而言，那“梦境”却是真切存在，刘金的死去让家里忽然间塌了屋顶似的，放眼皆空阔。她内心悲切杂乱，心神难宁，于是，一大早便来到东门外的秀水寺，跪在蒲团上默默祈祷，求得一份别样的清净外，唯愿佛祖佑刘家别再有事。

小和尚油灯旁闭目敲着木鱼，口中喃喃念道：“愿我世世行佛道，所化所遇尽吉祥，众生好愿悉具足，依止功德殊胜行；不思恶法止恶事，永离三途煮烧苦，恒常亲近三宝尊，尽未来际无休止。愿消三障诸烦恼，愿得智慧真明了，普愿罪障悉消除，世世常行菩萨道。”

良久，秦珮自蒲团上起身，双手合十，向小和尚深鞠一躬后问道：“小师父，世间为何多苦恼？”

小和尚道：“只因不识自我。”

秦珮道：“不识自我？那该如何才能识得自我？”

小和尚道：“静心。”

秦珮问：“如何能静？”

小和尚道：“寻找自我。命由己造，相由心生。世间万物皆是化相，心不动，万物则不动；心不变，万物则不变。世间原本就不属于你，因而无须去取，也用不着去舍，而要舍弃的却是你的执着。万物皆为我所用，但非我所属，参透了这一点，也就无忧矣！”

秦珮沉思良久，而后缓缓走出寺院。

初冬时节，万泉河上已现薄冰，有鸟儿在冰上戏耍，而随着薄冰缓缓陷入水下，众鸟蹁跹远去。水磨坊里传出吱呀的磨面声，这声音沉沉的，并未扰了寨子清晨的宁静。倒是早起的狗在清净的街面上斗强，而随着一方怯战，街上继而安静下来。秦珮梦游般走在街面上，她望着一个拾粪老人肩挑担子，腋夹铁锹，一点点走向巷子深处。远远地传来老人沙哑的咳嗽声，这声音在空寂清冷的大街上显得沉闷异常。

回到家里，厨子已将早饭端上桌子，她望着饭菜呆呆出神。良久，见赵监进来，秦珮轻轻问道："赵先生，你近日见申三没有？"

赵监道："还没有。"

秦珮少气无力道："去见见他吧，他不来，你就去，既是煤矿关停了，账得算清楚不是？就这么一直拖下去也不是个事，我寻思着申三不急于过来说清矿上的事，只怕是顾忌你哥才去不久，不便说些难为情的话。"

赵监道："我这就去他家。"赵监说罢就要走。

秦珮道："这不饭菜都端上来了，你这会儿不吃，等你回来饭菜就凉了。"

赵监用过早饭，来到酒坊门外时，见酒坊大门尚未开启，就在迟疑着是敲门还是等会儿的当儿，却见门板动了一下。二静卸去门板，露出慵懒的面容。

"赵先生可真早！"二静道。

"申掌柜起床没有？"赵监往里看时，酒坊内的幽暗里却不见之前的酒坛，原先扑鼻的酒香味也几近嗅不出来。

二静边开门边应道："他呀，不到快晌午喊破天他都不起来，也不知道在矿上能睡到几时！"

赵监进去择把椅子坐下，望着二静走向内宅的幽暗里。

赵监打量室内，酒坊像是歇业，尚未挪走的酒缸、酒坛上已经蒙尘。见申三揉着眼出来，赵监道："申掌柜这酒坊停业了？进来连酒气都闻不见了。"

申三道："这酒坊从捻军进寨就没再做酒，存那一点儿酒也都慢慢卖光了，指望这破生意赚钱太难了，外边的人不来买，指望寨子里那几个喝酒的人时不时买一点儿回去，二静不得饿死才怪！”

赵监笑道：“申掌柜说的也是，卖酒跟卖煤比起来那自然是小巫见大巫了。”

申三道：“赵先生有所不知，煤也是很难卖的，挖煤就更难了，这兵荒马乱的，哪里有能做的生意啊！”

赵监道：“这些年申掌柜为煤矿的事没少费心，我家内掌柜让我代为承谢。”

申三道：“有什么可谢的！就凭我申三和金哥从小光屁股长大的情分，多出些力气那是应该的。申三不怕出力，怕的是出了力也没挣到钱，挣不到钱总觉得没法去见你家内掌柜。这些天我一直寻思着该如何给内掌柜交代呢！”

赵监道：“有没有法子交代，怕是都该交代一下的，毕竟刘家出了不少银子。”

申三尴尬道：“赵先生说的也是，再怎么着也得把账目讲个清楚才是，这么不清不白地拖下去也不是个事。赵先生看我是讲给你听还是去见你家内掌柜？”

赵监道：“内掌柜让我替她把矿上的账簿查看清楚了再回给她听，眼下煤矿关停了，那煤矿上的账簿申掌柜该是带回来的。”

申三道：“这么小个煤矿哪有什么现成的账簿？都在心里记着呢，我这就一笔一笔说给赵先生听。”

赵监惊讶道：“没有账簿？申掌柜不是在开玩笑的吧？即便是独家生意，也该有个账簿的，况且这煤矿刘家是有不少股份的，先前听申掌柜说起过，矿上是有账簿的。”

申三道：“起初是有的，后来井下冒顶，砸死几个人，矿上的人急于救人，没头苍蝇似的四处乱窜，煤矿翻天了一样，不少东西都找不着了。”

赵监道：“账簿也有人偷去不成？申掌柜你是知道的，这入股的不少银子可是我赵监垫付的。”

申三淡然说道：“可我是从金哥手里拿去的银子。”

赵监听罢申三的话，一时脸泛怒色。申三之意无非是说，他是从刘金手里拿走的银子，他拿去的银子与他赵监无关。换句话说，他赵监要想要回银子，他得去找死去的刘金才是，这不是明目张胆的耍赖又是什么？可他面上却也无话可说，于是忍着怨气道："那就请申掌柜说说账目上的事吧，我细细听后，回去回给内掌柜。"

见二静在一旁不安地东张西望，申三不耐烦道："老娘儿们看什么看！也不倒杯茶过来！"

待二静小心翼翼地把两碗茶水端到两人跟前放下，申三端起茶碗小饮一口后，不急不慢地讲道："赵先生是知道的，煤矿起初出的煤含矸石太多，也就称不上是煤，都让人拉去垫地了，后来出的煤还算是凑合着卖了一些。可接着，张村周边接二连三出现三个煤矿，人家矿上出的煤都比我们的好，买煤的鳖孙说什么都不来了，没办法，我只得派人把煤拉到汝州城里往一家一家里送，可用得起煤的人家能有多少啊！就这样勉强凑合着也算是有点儿钱赚。哪里想到，好光景不长，井下冒顶了，一下子砸死五个人。死者的家里人一竿子一竿子地来矿上闹事，那自然得一家一家地赔人家，等全部赔下来，却发现这几年赚的钱竟是全部赔完了。本来要接着大干一场的，得及早疏通巷道，彻夜挖煤，把赔给人家的银子重新挣回来。可这时，官府来人了，说是我们这个矿属私挖乱采，死了人也不报州府备案，生生把煤矿关停了，还在入井口贴上盖过州府红印的封条，说是哪个敢动这州府封条，必定将其缉拿归案。这州府也太不讲理了不是？"

赵监忙道："申掌柜，这些话那天在金哥坟前你都说过了，我想知道的是矿上账簿的进出数目。"

申三道："每笔银子的数目谁能记得住啊！"

赵监生气道："申掌柜，你既拿不出账簿，又不肯说出账簿的进出数目，内掌柜是让我找你看账的，我听你说这么多与账目无关的事有何用处？我总不能回去给内掌柜也讲这一大堆煤矿关停的情由了事吧？再说了，煤矿出这么大的事，你该及时让你金哥知道的。"

申三委屈道："我多想让金哥拿个主意啊！要知道，那阵子快要把我压垮了，可捻军不让进寨不是？我只能干着急，急得嘴上长出一串的血泡来。”

赵监极为厌烦这推磨伎俩，于是无奈道：“照申掌柜的意思，刘家投进去的银子都赔光了，我回去该如何回话给内掌柜才是？”

申三支吾道：“该如何给内掌柜回话，赵先生知道怎么说。这些年我申三不但没有挣到钱，还搭进去不少血汗，家也没有照顾到，又把大妞的命给搭了进去。”

提起大妞，赵监便无话可说，他忽觉一阵痛心，忙拿手按住胸部。他对不住大妞，是他害了大妞。大妞小小年纪，本该是能够找个人家嫁了的，人家是为了他赵监而留在半扎寨的。申三非但失了一个亲戚的命，还失了老婆的身。赵监这么想着，内心对申三的责怨仅片刻便烟消云散。

回去见秦珮依旧在饭桌前坐着，秦珮的面颊重又泛出淡淡的红润来。她的葱白似的手指撑着下颚，像是在凝神，又像是在深思。赵监一进屋，便把申三的意思一一说了。本以为秦珮会责怨甚至于大为光火，岂知，秦珮只淡淡说道：“申三在矿上没少吃苦，二静一人在家不知忍受多少寂寞，赔了就赔了吧，只是那申三拿去的可都是赵先生的银子啊！”

赵监忙道：“谁的不都一样！”

赵监说罢，看一眼秦珮，他见秦珮正用清澈的目光望着自己。秦珮慵倦散淡的神情病态般纤弱。这个一向清逸脱俗的女子菩萨般永存佛心。

眼见天已转寒，砖茶早已售罄，不及早南下进货，只怕是过节都没得茶喝。前天还有客商前来买茶，赵监答应人家一个月后就有。于是赵监说服秦珮，带上柱子，南下湖北了。

这期间，张炽的钱庄生意也逐渐好转，只是寨子里欠下的几千两银子几个月没有还上一两。张炽找保长数次，保长说自下月始加征税银，寨子里仅能指望多征税银慢慢还贷，眼下没有别的法子。保长跟张炽说完还贷之事，凑近张炽道：“能否再借贷一百两银子？急用。”

张炽见保长满脸肃穆，不解道：“寨子里缺这么点儿银子？做什么用？”

保长道：“实不相瞒，这些日子我和张老一直觉得对虚本多有亏欠，不想法子弥补一下虚本的女人，心有不安。”

张炽诧异道：“女人？保长啊，我怎么越听越糊涂啊！”

保长轻声说道：“给你说了，你不要声张。是这样的，捻军挟持寨子后，淫威使尽，各家受尽苦难不说，寨子里还死了几个人。我和张老几度想去报官，却苦于出不了寨子。总不能举寨就那么苟且偷生于捻军的淫威之下吧？无奈，我和保长密议欲请杀手刺杀张宗禹，若是除掉此人，捻军便群龙无首，我们趁乱报官，官兵定能轻易驱除捻军。张炽你很清楚捻军进寨后之所为，倘或他张宗禹果真如他所言，为寨民谋福祉，我等断不会出此下策，无论朝局如何变幻，寨子的平安，寨民的福祉，才是我等最该看重的事。”

张炽惊讶地问道：“保长的意思是，那天夜间山陕会馆里起火，被烧焦的那个杀手是你和张老请来的？”

保长叹口气，惋惜道：“是啊，天不遂愿，也怨我们事先忽略了山陕会馆内有狗，是狗坏的事，不然，他张宗禹只怕是早成虚本刀下之鬼了。是我们的失算酿成了虚本的失手，每每想起便悔恨不已。虚本竟连个囫囵尸首都没有留下。况且，张宗禹把虚本的尸首埋在了何处，我们至今都不知道，想来越发地愧对虚本。因而，急于筹些银两去看看他的女人，略表愧疚，不然老朽我死难瞑目！眼下，只怕是虚本的女人仍在翘首以待着自己的男人不日返家。”保长言罢，已是老泪纵横。

张炽听罢唏嘘不已，他看看保长，毅然说道：“保长，既然那虚本是为我们半扎寨殉寨而亡，眼下寨子里又是十分拮据，这一百两银子就让我钱庄出吧，既为寨中人，为寨子略尽微薄之力，我张炽责无旁贷。”

保长一时间激动不已，他用颤抖的手拍拍张炽的肩膀，不住点头，而后颤声说道：“既如此，老朽代半扎寨谢过张掌柜，我这就差人快马疾驰去虚本老家了却心愿。”

张炽回钱庄开具一张一百两银票，交与寨丁队长手中，而后望着队长策马而去。

嵩山脚下的怀义村仅有几十户人家，村子一侧是山坡，另一侧则是乱石遍布的低矮山岗，可供耕作的田地少得可怜，难怪虚本家世代拮据。寨丁队长在山岗外转悠许久，终于发现被老树半掩的几处茅屋。他进村恰好遇上一位老者下地耕作，于是便问虚本家住哪里。老者道："虚本？虚本搬城里去了，几个月前见过他回来上坟。"寨丁队长问道："请问老先生，虚本大致住在城里的哪个地方？"老者道："住哪里我可不知道。哦，你问她，她是虚本的女人的大姑。"老者说罢，手指前方。于是寨丁队长谢过老者，走向前方不远处在路边拾柴的虚本女人的大姑。

那大姑警觉地问道："你找虚本有事？虚本出远门了，一时半会儿的回不来。"

寨丁队长忽觉一阵心酸，随即自怀中掏出一张银票亮给眼前的女人看，接着说道："这是虚本的东家给虚本家里带来的银票。东家说虚本干活卖力，虚本深得东家赏识。"

那大姑道："虚本好久没有回家了，这孩子从小就老实，干什么都让人放心。这银票怎么会让你带来呀？既然是东家赏的，那干吗不直接交他手里？"

寨丁队长忙说道："虚本不好意思要不是，恰好我来登封办事，东家就托我把银票带来了。"

于是，那大姑信以为真，把虚本在城里的住址仔仔细细说给寨丁队长听。队长谢过她，策马奔登封城内去了。

队长自登封城南门进去，穿过鼓楼大街，将要抵达城墙北门时，远远地见一偏街小巷口高高矗立一棵参天大树。这大树的树干被雷电劈去一半，露出泛白的木色，而树的另一半犹自繁茂。据虚本女人的大姑讲，虚本在城里的家就在这棵被雷电劈去一半的大树底下。

队长走进里巷，见柴门外倚门站着一个女人。此人清瘦单薄，弱不禁风，面色晦暗，眼神无光，头发盘在脑后，正呆呆望着路口。队长走近她身前，她居然没看见似的，只将身子向门里挪了挪，似有让路之意。队长迟疑片刻，试着问道："虚本家住这里吧？"

那女人收回目光，她的眼睛骤然一亮，悚然一惊道："是，是住这里，你找虚本？"

队长道："我们进院说话好吧？"待女人迟疑着进院，队长进去便将柴门掩上，随之轻声说道："你就是虚本的女人吧？东家让我给你带点儿东西。"说时，见女人点头，队长已把银票掏出，递了过去。

女人用颤抖的手接住银票的当儿，却因手指抖动厉害，竟未捏住银票。那银票飘然在地，随风滚至墙角的枯叶堆里。女人没去理会，只用恐惧的目光望着队长。队长走向墙角弯腰捡起银票，将银票塞到女人手里，然后低头说道："这个你拿着，我们东家的一点儿心意。"

女人定是悟出了这银票背后的深意，又不愿明说，只颤声问道："虚本回不来了？"

队长不忍回答女人，仅深深看了她一眼，然后转身去了。队长刚刚上马，忽听院落里传来那女人嘤嘤的啼哭声。这压抑着的哭声整整折磨了队长一路，这个令人窒息的会面长久地滞留在队长心间。

回到半扎寨，寨丁队长依旧沉浸在悲伤中，他将此行的经过给保长一一说了，保长摇摇头扼腕长叹。无论如何，一百两银票既是送到了虚本女人手中，虚本在那边就不用为他女人的生计犯愁了。保长这个心愿已了，也便心安不少，于是来刘金家欲将此事告知赵监，免得赵监惦念。秦珮说："保长您坐，赵先生带着柱子下湖北进茶去了。"于是，保长和秦珮说些闲话便回了。

保长走后，秦珮一时间觉得家里空空荡荡，她去赵监屋内找出两件脏衣服拿去洗了，而后独坐赵监床上发呆。她见赵监床边的鞋子脏得快要长毛，她俯身闻闻床上的被子，一股酸臭味让她忙拿手帕捂住鼻子。又坐了会儿，看天色尚早，秦珮走出赵监屋子，让厨子准备些上坟用的祭品，把祭品小心装进竹篮，而后回后宅换了件重色棉衣，挽着竹篮独自去了刘金坟地。

冬日的山风看似不大，刮在身上却是彻骨的冷。秦珮将头巾裹严面部，双手插进衣袖，臂挎竹篮，躬身迎风，蹒跚地走在崎岖的山路上。两侧黄叶飘落，枯草萋萋。

秦珮来到刘金坟前，她把香表取出，再将烧鸡连盘端出。点火却是极难，于是她坐下去猫腰挡住山风，终于将香表点燃。那香表却被风扬起，飘向高高的树梢。秦珮找来石块压住香表，当再次点燃香表后，那燃过的黑色纸片时不时粘身上、贴脸上，秦珮没去理会，坐坟前泪眼晶莹。

“他爹，我来给你送钱了。呜呜呜。你在的时候总是不舍得花钱，一心只想着生意上的事，眼下你就好生歇着吧，我和孩子们会常来给你送钱的，说什么都不会让你受丁点儿委屈。你在的时候，你我时不时吵架，都是我不好，秦珮知错了，下辈子我再也不惹你生气了。杀你那个人早被张宗禹砍去了脑袋，张宗禹的捻军也被官兵赶走了，眼下寨子里跟从前一样，你就放心吧。咱真真快生了，过罢年你就当姥爷了。”秦珮揉眼说道。

秦珮从烧鸡上撕下鸡胸脯肉，一点点撒在火苗上，那火焰带着焦煳味一下子升腾老高。

秦珮挪挪坐酸了的臀部，接着说道：“他爹呀，你看赵先生来咱家这几年里，真的是为咱家没少出力，这不又带柱子南下湖北进茶了。他一个人过日子确实不易，自己住那巴掌大的屋子，毛驴进去都转不过身，鞋子、被子都发臭了。他是不好意思让我洗，自己又不洗，就像你一样，你们男人都懒。我寻思着让他搬到后宅住，真真成家后，那么大的后院我一人住，我也害怕，秦珮想跟你商量商量。尽管你以前有意让赵先生搬到后院住，可那时毕竟你还健在。你是知道的，赵先生是个好人，你走后，家里有他在，我的心也不至于没有着落，生意上他自会打理停当的，你要是同意的话，我择日跟他说说；你要是不同意，就全当我什么都没说。”秦珮说罢，侧耳静听。

秦珮自身上摸出一个铜钱猛地抛起，待铜钱落地，她闭目拿手盖在铜钱之上，然后说道：“他爹呀，我把手拿开，若是这铜钱是正面朝上，就是你同意赵先生搬进后院；若是这铜钱反面朝上，那就是说你没有答应。你看着，我这就把手拿开。他爹，你看，铜钱是正面朝上的。”秦珮望着眼前正面朝上的铜钱，泪眼晶莹。

离开坟地时，秦珮双手冰凉，她疲惫地走在崎岖的山路上，踉踉跄跄。

第三十章

# 赵监年夜说身世
# 张悉府衙再报官

自赵监带柱子南下湖北，东西顺驼马店接连迎来送往几拨外地客商，人手不足，把秦珮累得腰酸背疼。原是想叫刘真过来帮忙的，顾及这孩子隆着肚子多有不便，于是罢了。她每到夜间便屈指算着日子，只盼赵监早日回来。她想要赵监搬进后院，即便两人不住一屋，她至少能听见赵监夜晚的呼噜声，她很想让赵监的鼾声陪她入眠。至于何时搬住一屋，得等刘金周年以后才是，到时自然少不得请保长、张老、二静和申三及钱贵一家人来喝杯喜酒。这么想着，平日里极少劳作的秦珮竟也不知疲倦了。

秦珮就这么盼着，继而在焦虑中等待，日复一日。却不知赵监和柱子此次南下湖北竟遇到大雪，自是耽误不少时日，等他们带马帮赶回半扎寨，距年关仅剩十天。此次行程苦了马帮，耽误时日不说，等马帮返回家里怕是要大年过后了，这让赵监于心不安。返程时沿途店家只怕悉以关门歇业，千里路途，人马吃喝，马帮何以应付！于是等马帮卸完货，除去该付的银子，赵监又让秦珮多付二十两，聊以贴补。岂知，马帮竟一两不愿多收，这让赵监和秦珮感触颇深，两人竟同时想起申三来。

送走马帮，歇息几日，家里便开始张罗过节的事了。柱子和厨子自是各自返家，仅剩下赵监和秦珮的驼马店无须置备过多年货，因而，年货轻易就置备停当。平日里熙攘的家里一下子空荡下来，赵监担心秦珮因家里人少而孤单，想要刘真和张炽搬回来住。秦珮眨眼问赵监：“谁知道人家小两口愿不愿意回来住呀？先生是担心我一人住后院寂寞，才想起让刘真搬回来的吧？既是担心我一人寂寞，那先生何不搬到后院住？”

赵监一时语塞，片刻，尴尬道：“我独来独往惯了，不习惯于夜间身边有人。”

秦珮望定赵监道：“那你这次去湖北，夜间不是跟柱子同住一屋？”

赵监笑道：“自然是住一屋，这样省钱不是？”

秦珮嗔怪道：“这下我明白了，你只心疼钱，一点儿不心疼我，我一人住那么大个后院，你是一点儿不担心老鹰把我叼走，或者是野狼将我吃掉。”

赵监笑了笑，极不自然地低声说道：“跟孩子一样！我有我的难处，本来我不想说的，看来不说明白怕是不行了。”

正说时，二静来了。见偌大个院落眼下就剩这孤男寡女，又见赵监一脸不自在，秦珮面带幽怨，似乎是察觉出什么，心直口快的二静直言不讳道：“赵先生啊，你是不是又惹着秦珮嫂子了呀？大男人一点儿都不懂女人心！”

赵监无辜地说道：“没有啊！我讨好还来不及呢，哪敢惹你们呀！”

二静道：“我怎么看着嫂子像是在怨你，你不惹嫂子，嫂子脸上指定不会带着这副委屈相，嫂子，你说是不？”

见秦珮无语，二静接着说道：“赵先生啊，你看金哥去了，真真也出嫁了，柱子和厨子也都回家去了，那空荡荡的后院你就忍心让嫂子一人在那里担惊受怕呀？嫂子才三十多岁，自十几岁就来半扎寨侍奉金哥，金哥在天之灵也不会让嫂子就这么忍受寂寞的。你们男人说什么都不知道一个女人独守空房的滋味，申三去矿上那几个月，我算是彻底明白了孤独的味道。明明家里还有别的人，可就是觉得整个大院里就我一个人。”

赵监心事重重道：“其实我赵监何尝不想啊！我有我的难处，说了你们也不信，我心里想想还行，其实我不配。”

二静道：“赵先生，看你说的什么呀！寨子里谁看不出来你和嫂子的感情有多深！赵先生论才论貌论为人寨子里哪个能比？秦珮嫂子吧，年轻貌美，善良贤惠，又是读过书的人，全身都是高贵相，你们两个天生一对，你就不要找借口了，你说什么我都不会相信。”

秦珮见赵监一时无语，料定赵监必有难言之隐，大约是顾忌二静在场不便多说，于是道：“二静啊，让赵先生再想想也好，毕竟你金哥才过世不久，他指定是心里有着解不开的结，等等再说吧，我不想难为他。”

赵监道：“赵监何能之有，竟让嫂子和二静如此抬举。赵监感恩不尽。让我好生想想，这不就要过年了，来年再说行吗？这么大个前院，不留个人看着，怕是不放心啊！”

二静和秦珮相互对视一眼，此事便不再提及。

忽听街上响起锣鼓声，知是寨子里的高跷队又开始演练。每年的这个时候，寨子里便将闲散人召集起来走高跷。今年寨子里怕是尤为看重高跷表演，毕竟捻军去后，至今尚未庆贺，人们急于宣泄也在情理之中。

二静拉起秦珮要去街上看看热闹，见赵监没动，二静道：“赵先生有事要忙？”

赵监支吾道：“没，也没什么要紧事，想去再置备点儿年货，家里人多人少，不都得过年嘛。”

二静道：“还早着呢，这个急什么？不陪着我俩你就不怕我们跑丢了？”

赵监摇摇头暗道：女人啊女人！于是跟在两人身后，步入熙攘的大街之上。

每年的大年初一，半扎寨都少不得有高跷秧歌表演，原先仅是那固定的几个人登上高低不一的木跷游走街巷，赵监发觉今年却平添了不少新面孔。人们更多的倒不是为了表演，胡乱地宣泄而已，毕竟捻军进驻寨子后，人们被压抑太久。人们穿红戴绿，手持扇子、手绢、木棍、木质刀枪等，装扮成关羽、张飞、孙悟空、猪八戒等，摆弄出各式各样滑稽幽默的架势和表情，和着有节奏的鼓点闪转腾挪，姿态不一，直把本就不宽的街面挤得水泄不通。

保长和张老居然也在欢庆的人群中，只是他们没踩高跷，尾随队伍最后，踩着一致的鼓点，扭腰摆腿。见沿街两边不少人竞相加入秧歌队列，二蔚拉上秦珮和赵监混进去，边扭边唱，直至掌灯时分方罢。

街上安静下来后，看完热闹的刘真慢腾腾回到家里，满脸喜气。这些日子刘真极少回去看秦珮，眼见除夕将至，张炽不解道："真真，就要到除夕了，这些天你怎么不急着回家看看娘啊？之前可是每天都回去的，不让你回去那么勤，你还噘着嘴不依不饶。"

刘真道："也不看看人家的肚子！让你挺着个大肚子，你愿意四处乱跑啊？"

张炽望着刘真隆着的肚子，笑道："你说的也在理。那待会儿我去给咱娘送点儿年货吧，顺便陪她说说话。"

刘真道："你也别去了，家里就咱娘和赵叔两个人，过年能吃多少？再说了，有赵叔在家里，你还怕咱娘吃不好？反正我是不会担心的。"

张炽醒悟道："真真啊，你是怕我回去有碍咱娘和赵叔独处吧？"

刘真咧嘴笑道："张炽你是什么时候变得这么聪明的？我好像是今日才发觉啊。"张炽凑到刘真身边，忽然把手伸进刘真腋下一阵乱挠，直把刘真挠得大叫不止。

就这样，一对孤男寡女在偌大个宅院里迎来了除夕之夜。年夜饭由秦珮独自掌勺，赵监几次挽袖想要下手，均被秦珮拦住。秦珮道："男人不能下厨的，你辛劳一年，年关前才从湖北回来，今晚你就坐享其成吧，我还从没给你做过饭，今晚就让我尽尽心意吧。"

赵监忽觉一阵熨帖，这种久违了的温馨一时间让他激动不已。他站在门口，远远望着秦珮时而在案前切菜，时而在灶上翻炒，她瘦削的双肩频频晃动，油灯下，单薄的背影忽而清晰忽而模糊。他偶尔看见秦珮望向他的目光里满是喜悦。

饭菜摆满一桌，秦珮将酒盅满上，桌前端坐，静静地望着赵监，似乎是等待什么。赵监自是难以参透秦珮的心意，只端起酒杯敬秦珮："累坏了吧？似乎是头一次见你做饭。"

秦珮失望道："平时不想做，也不知道今儿是怎么了。"

赵监迟疑片刻，和秦珮同饮一杯后，肃然说道："今晚就你我两人，原本是想过了年再说的，不打算扫了过年的兴，又觉得今晚不说怕是不成。”见秦珮一脸茫然，赵监接着说道，“先谢金哥而后谢你，承蒙抬爱！赵监乃化名而已，我本是太平天国洪秀全天王帐下一军师。天京失陷后，家人尽遭杀戮，缉拿我的告示满城皆是，无奈之下乔装后骑驴一路北上，至于栖身何处，鬼才知道。途经半扎寨纯属意外，邂逅内掌柜乃天赐之缘。内掌柜聪慧贤淑，仪态万方，气度可人，清纯如天界圣水，高雅似仙女下凡，让人见之忘俗，却又不敢倾心。我赵监乃朝廷通缉要犯，举国之大，我却上无片瓦遮身，下无立锥之地，一旦事发，随时会被官府缉拿。我一人被砍头事小，殃及他人事大，因而，终日里诚惶诚恐，唯恐牵连他人。至于儿女情长之事，赵监顶多想想而已。”

原以为听罢此言，秦珮定会花容失色，不承想秦珮却是淡然如初，仿佛适才赵监说的是饭菜之类的事。这让赵监莫名惊诧。忽听秦珮静静地说道：“那不都是些陈芝麻烂谷子的事吗，过去这么久了，谁还记得那档子破事！再说了，先生来到半扎寨，做过多少利人利寨的大好事！大家伙心里跟明镜似的。其实吧，先生一向出手阔绰，加之才情智谋过人，就连保长也觉得先生绝非寻常之辈，只不过是你不愿说，大家自然也就不便问罢了。”

赵监忽觉暖意浸身，却又倒吸一口凉气。看来是自己平日里过于大意，以至于让人觉察出自己的非常之处，而这一点绝非好事，正思虑日后该收敛一下锐气，却见秦珮端起酒杯敬赵监后一饮而尽，随之说道：“寨子里谁人不夸你是大好人！暂且不说别的，寨子里修寨门急缺银子，按说这与你何干！你却二话没说，出手就是上千两银子，这银子至今还都没还你。寨子里的人哪管你曾经是红秀全还是黑秀全的手下，人们只用知道你是好人就够了，就会自心底敬重你、拥戴你、喜欢你，谁给老百姓办好事，谁就是好人，道理就这么简单。”

赵监感动之余，两人接连喝下白酒数杯，才到亥时，两人已是醉眼迷离。秦珮执意还喝，被赵监拦住，劝她早点儿歇息。除夕之夜，鞭炮声时疏时密，噼噼啪啪响彻寨子上空。赵监原是备有鞭炮的，此时却没此兴致。

秦珮起身时晃晃悠悠，嘴里念念有词：“才才才喝几杯呀！我没事。”

赵监扶住秦珮道：“有事没事咱都不喝了。”说着扶秦珮走向后宅。

等把秦珮扶进后宅内室，赵监转身返回时，忽听秦珮一声莺啼："冤家！"赵监转过身去，秦珮已倒向自己怀里。

怀抱浑身酥软的秦珮，赵监一时间不能自持。秦珮的项间和秀发泛出幽香，嘴唇和面颊透着红晕。她的薄唇频动，她的眼帘低垂，她隆起的胸紧贴赵监，起伏不定。

赵监将秦珮轻轻抱起，平放床上，他喘着粗气，笨拙地撕扯秦珮的外衣，当他将秦珮的外衣脱下，无意间看见一侧的墙上挂着一件棉袍，他知道那是刘金的棉袍。一时间，赵监的喘息平复下来，他呆呆地愣了一会儿，拉起被子给秦珮盖好，而后，熄了灯，带上门，缓缓去了前院。

元宵节过后的一天，看马槽里过于肮脏，赵监便提水去冲洗马槽。秦珮拿把刷子挽袖过来，当她将藕节般的手伸进马槽时，一旁的毛驴眨眼望着两人。赵监笑道："还是我来吧，让金贵的女人干这样的粗活，毛驴都看不过去。你看看毛驴的眼，那分明在瞪着我。"

秦珮看时，果见赵监的毛驴像是正拿白眼瞪人，于是秦珮道："你的毛驴分明是在袒护你好不好？还不是舍不得你赵先生干这样的粗活！还是让我来吧，免得你的毛驴看不下去了抬腿踢我。"

两人正说时，却见南北缘驼马店的掌柜钱贵急匆匆进来。他径直走到马棚顾虑重重道："赵先生啊，适才我去寨外溜达，见一个人鬼鬼祟祟地端详寨门上你题的字，发现我走近，那人策马就走。细看那人背影，总觉得像是在哪儿见过。我最近右眼跳得厉害，像是又要出事似的。"

赵监忙给钱贵让座，之后笑道："人家看看我题的匾额，有什么大惊小怪的！指不定那人是喜欢书法或是雕刻。"

钱贵道："但愿如此，但愿如此。寨子里可不能再出什么乱子了，菩萨保佑！菩萨保佑！"

秦珮道："该来的已经来了，寨子里去年才遭了劫难，菩萨心慈，他是不会再让寨子蒙难的。不过，钱掌柜心细，万事小心点儿还是应该的。哦，对了，钱掌柜，我听真真说，钱玉的婚期定下了，孩子们在身边时还不觉得怎样，一旦要嫁到远处，总还是舍不得的。”

钱贵道：“本来去年就定下了，捻军一来给耽误了，还得请人挑个黄道吉日。依我看，随便找个日子就得了，可人家男方非要择日，人家家大业大，讲究个排场，那就听人家铺排吧。”

秦珮笑道：“玉儿是个有福的孩子，找了好人家，钱掌柜你就等着享清福吧。等日子定下来，早点儿过来说一声啊。”

钱贵脸上泛出喜色，连连点头应着。三个人又叙了些闲话，钱贵便辞别去了。

钱贵的担心并非多余，他无意遇见的那个人竟是土匪头子张悉。这张悉自去年独自到州府报官后，汝州知州任恺唯恐此人所言不实，便将其暂时留在府衙，待半扎寨之事了结后再行处置。之后官兵合围了半扎寨，捻军战败而走，等官兵完胜而归，那任恺却因急于呈文上报省里，竟一时忘却报信人尚被拘于府衙。张悉获悉官兵回府，而自己竟无人理会，大为光火，于是在拘室内高声喊叫。有人禀知任恺，任恺才恍然想起，于是放出张悉，并兑现承诺，以文书为凭。张悉此举系将功补过，其早年所犯之罪既往不咎。

张悉回到家里，妻儿老小终能团聚，自是欣喜万分，热水热饭热炕头，老父老母睁眼见，儿子闺女膝前绕。闲暇之余，忽想起山里尚有不少兄弟耗子般待在洞中，若是让他们也尽享天伦岂不更好！于是便苦思冥想，如何才能将那帮随自己风里来雨里去的弟兄脱离苦海，这个狡诈之人竟想起赵监来。他早就知晓赵监是太平天国洪秀全的军师，乃朝廷通缉要犯，若是将其告发，不日缉拿归案，定能换取众兄弟脱离苦海。兄弟们虽都是些犯事之人，无奈之下才在山中落草的，可就他所知，众兄弟没人犯下死罪，如此一来，他和山中众兄弟便都能换取自由之身。想到此，他立时拿定主意，先去山里跟众兄弟商议后再去州府面见任恺。

途经半扎寨，他刻意逐一看过寨门上的匾额，而后策马进山了。

张悉将自己欲搭救众兄弟的想法说后，众土匪却是意愿不一。有人说官府不再追究过往之事，自然是好事一桩；还有人说眼下活得很是滋润，吃喝不愁，还有女人陪着，若是下山回到老家，怕是沾点儿腥气都难。末了，张悉厉声说道：“你们出息点儿好不好！我甘冒不仁之名，换取尔等自由之身，你们不感恩戴德地跪拜于我就已经是不知好歹了，居然还说三道四，简直是恬不知耻！即便是尔等悉数答应，我去州府那里还不一定谈妥呢！”

一个瘦猴模样的人站出来怯生生问道：“大哥，你要拿什么大件换取兄弟们无罪呀？可别中了官府的圈套啊！”

张悉胸有成竹道：“什么大件？你们该是知道的，半扎寨有个叫赵监的人，他是太平天国天王洪秀全的军师，是官府通缉的要犯。”

那“瘦猴”定是读过书的人，说起话来文绉绉：“大哥说的兄弟我知道，上次那赵监来时怀揣洪秀全的私人印章，可但凭这枚私印就指定他是洪秀全军师，这未免有点儿牵强了吧？官府的人也不是傻子。”

张悉冷冷道：“抓起来一审不就清楚了？他一个白脸书生任他钢筋铁骨，他也难经府衙那钉椅、竹签等瘆人的刑具不是？可话说回来，即便那赵监不是洪秀全的军师，我也可以一口咬死那是他至死不招，而非我诬告。哪个庙里没有冤死的鬼！”

“瘦猴”又道：“大哥，你想啊，一个死心塌地追随天王的人，哪里会轻易招供啊！兄弟我想说的是，我们把他告发了，万一他的同党日后伺机报复，那该如何应付？”

张悉道：“太平军其势不在，余党被官府几近肃清，偶有漏网者也似赵监一般，单个择地匿藏，他们断不敢聚拢滋事，你们放心就是，大哥我心里有数。你们一个个跟阉了似的，怎么这么个熊样啊！如今我已是自由之身，不是为了你们，我张悉何苦费这么大劲！”

众土匪见张悉一时来气，纷纷跪拜身前，适才还颇有微词者这会儿也不再开口。于是，张悉用过酒肉，策马奔汝州府衙去了。

书办见是张悉来见任大人，便不敢怠慢，领张悉径直来到客厅，让座后禀报任恺去了。

任恺一听又是此人来见，定是又有告密之事，上次若不是此人告密，半扎寨之捻军不会那么快被剿，进剿捻军之事若是再拖延下去，他任恺少不得被朝廷申斥。于是，任恺丢下手头在办之事，匆匆来见张悉。

张悉见任恺进来，便直言不讳道：“任大人，若是草民再为官府密报一事，能否免去我山上弟兄之罪责？草民事先已了解清楚，这些弟兄均没死罪，都是因偷鸡摸狗被官府缉拿而逃亡山里的。”

任恺道：“这得看你密报的事分量多大。”

张悉道：“一定是你极感兴趣的事，且与朝廷有关。”

一听涉及朝廷，任恺便不敢怠慢，忙道：“你说吧，我任某不是出尔反尔之人。上次你密报捻军之事，我已经兑现承诺，此次依旧。若是事关朝廷之事，我愿以顶戴担保对你的承诺能够兑现。”

张悉道：“那好吧，知任大人乃诚信之人，因而敢与您开诚布公。太平天国洪秀全一个军师现匿藏于半扎寨，此人化名赵监。”

任恺悚然一惊道：“你再说一遍！”

张悉道：“洪秀全的一个军师现匿藏于半扎寨，此人化名赵监，写得一手好字。”

任恺忙道：“赵监？写得一手好字？莫不是为半扎寨寨门题字的那个人？”

张悉道：“正是。大人识得此人？”

任恺道：“半扎寨寨墙完工之时，寨子里邀我前去庆贺，当时我看那寨门之上的题字就心生疑虑，那样的字绝非乡间之人所能书就，只是那赵监当时犯病，本官未能见到此人。如你所言，那赵监若是朝廷通缉要犯，物证何在？总不能单听你一己之言，本官便信以为真吧？”

张炽道：“大人，草民所言证据有三：一是他赵监亲口所言他乃洪秀全帐下之人；二是他怀揣洪秀全私人印章，且是当着众兄弟面掏出来让草民过目；三是他为半扎寨三个寨门所题之字，谐音连读就是‘洪秀全’，是为怀念那死去之人。”

任恺听罢，蓦然起身道：“确因那字功夫了得，因而依稀记得。西门是‘鸿奖’，南门是‘龙泉’，东门是‘鳞绣’。”

任恺话音刚落，张悉忙道：“大人，您把寨子东门的‘鳞绣’二字移到顺序的第二位，再抽出单字连读竟是‘鸿绣泉’，谐音便是‘洪秀全’。”

任恺反复琢磨，总觉得这有点儿牵强，可本着宁可信其有，不可信其无的宗旨，他迟疑片刻，望着张悉道：“此事非同小可，容本官三思。来呀，带张悉下去安歇。”

张悉被人带走后，任恺在客厅踱着方步，许久他依旧举棋不定。倘或张悉所言最终被坐实，汝州接二连三出事，他任恺难辞其咎。若是顾及颜面而不去追究此事，可一旦事发，被省里获知，他便罪不可恕！自心底他是极为欣赏这位墨宝高手的，此人被砍头实属可惜！若是将这告发之人从此消失呢？此念头仅在脑际一闪便自此匿迹。

## 第三十一章

# 赵监逃离半扎寨
# 秦珮找寻卜卦人

秦珮一早来到秀水寺本是为赵监祈福的。她双手合十在蒲团上缓缓跪下时，心静如水。小和尚在门外扫地，前来上香的人屈指可数，寺院里显得静谧异常。就在秦珮默默祈福的当儿，却发觉她身边蒲团上悄然跪下一人。此人中等身材，干瘦如柴，他三拜之后，轻声问道："请问施主可是刘金家的内掌柜?"

秦珮回过神来，不经意回道："请问您是哪位?"

瘦子道："在下乃山中人，两年前赵监去山里搭救刘金时，在下有幸见过赵监。"

秦珮警觉起来，忙道："先生有事?"

瘦子道："请转告赵监，有人去州府举报他了，请赵监即刻躲避起来。别问在下是谁，也别问因何报信。"此人说罢，环视一下左右，低头出了寺庙。

秦珮慌忙起身出庙，此人已不见踪影。秦珮赶忙跑回家如此这般将适才所遇说给赵监听。赵监长叹一声，猛然把秦珮抱至怀中。赵监这突如其来的拥抱委实来得晚了些，这让秦珮一时间不能自已。她眼含泪水，闭眼屏息。良久，她感觉额头有热泪滴上，睁眼看时，却是赵监的泪水簌簌落下。

赵监把两手分搭于秦珮瘦削的肩头，悲伤地说道："该来的终究会来的。没有我的日子里，你要好生照顾自己，今生不能，寄望来世。"赵监说罢，撇下秦珮，径自进屋去了。只少顷，赵监提着包袱，牵出毛驴，而后重又走到秦珮跟前，含泪说道："赵监对不住您！"说罢，骑驴去了。

天塌下来似的，秦珮凄惨的哭声回荡在寨子上空。

当汝州府衙的捕快来到半扎寨时，径直去了保长家。保长见一帮捕快气势汹汹，一时间不明就里，忙吩咐下人看茶，他正要问捕头是来此办差还是打此经过，却听捕头正色说道："请保长领路将赵监带来。"保长惊讶地问道："赵监？赵监犯事了？"捕头道："带来再说。"保长便不敢再问，领衙役径直去了刘金家里。

捕头独自端坐客厅，品着茶，不时望向客厅门外。当捕快带着秦珮来到客厅时，捕头腾地起身，慌忙问道："怎么带来个女人？赵监呢？"

一个捕快道："头，赵监跑了，屋内留下收拾过的痕迹。"

捕头大怒道："难道是走漏风声了？保长，请你回话，赵监是不是知道了消息逃跑的？"

保长道："这个我怎么知道！州府事先没有让寨子里扣押赵监啊！"

"你说，赵监在哪儿？"捕头望着秦珮道。

秦珮静静说道："我怎么会知道啊，前几日听他说要去山西平遥一个亲戚家，一早他就走了。"

"你可知罪？你窝藏乱党，罪可当诛！"捕头道。

秦珮安然问道："赵监是乱党？他在半扎寨这么多年，本本分分帮我家打理生意，从未见他入过什么团伙，平日里他也没去过哪里，顶多是去过湖北进茶，那也是有我家里用人一直跟着的，赵监怎么会是乱党啊！他乱了什么呀？"

"少给我装糊涂！不带你去府衙尝尝竹签的滋味谅你是不说实情的。"捕头气急败坏道。

保长忙道："大人，这我得替秦珮说句公道话，她家男人是被捻军杀死的，你想啊，赵监若是乱党分子，若是与捻军有染，这些年他赵监吃她家的喝她家的，那赵监能不护着她家男人吗？她家男人至于被捻军杀掉啊！"

"谁说赵监与捻军有染了？寨子里窝藏朝廷要犯，朝廷要是追查下来，全寨人都难逃干系。保长你也有包庇窝藏之罪，你居然还敢为窝藏犯讲情！”捕头高声说道。

保长争辩道：“大人，不知赵监所犯何罪？他是之前犯下的罪还是来到半扎寨后犯下的罪？若是后者，我半扎寨是难逃干系；若是前者，这与半扎寨有何相干？半扎寨谁人能知他是带着罪来的呀！俗话说不知不为罪。”

“他是太平天国余孽，是朝廷通缉要犯，这你懂了吧？无论你之前知与不知你都有窝藏之罪。”捕头道。

此时，保长家大门外已集聚不少人，人们义愤填膺。忽见钱贵从人群中挤出，走到客厅门口，挨秦珮站着说道：“捕头大人，寨子里确实对赵监的过往不甚了解，秦珮嫂子更是被蒙在鼓里。不是你此次带人过来拿人，全寨子的人没人会知道那赵监是朝廷要犯。大家都知道他赵监是个大好人，自从来到寨子里，接济不少有难处的人，尤其是寨墙修到完工时，忽然断了银子，可把保长和张老他们愁坏了，全寨人家里都快断顿了，还去哪里筹措银两！这个时候，赵监二话没说，主动拿出上千两银子，算是解了寨子的燃眉之需。赵监确是为寨子办了无数好事，要是这样的好人缉拿杀掉，不知寒了多少人的心啊！”

捕头正要说话，却见二静挤出人群，来到门口，不怯不颤道：“捕头大人，让我也说几句吧。捻军占领寨子以后，要不是赵先生从中周旋，寨子里的人不定被折磨成什么样子！他托人带信雇杀手来刺杀张宗禹的事没有几个人知道吧？可惜的是那杀手没杀死那个姓张的鳖孙，反而丢了自己的命。可赵监自始至终是护着我们全寨人的，这一点保长最清楚了。”

捕头吃惊道：“你们还雇过杀手刺杀张宗禹？”说罢望着保长。

保长叹道：“是啊，只可惜没有得手，反而搭进去一条人命，想来真是得不偿失，总觉得对不住那个叫虚本的人，如今连虚本的尸首都没有找着。”

如此多的人为赵监讲情，这一点出乎捕头所料。看来赵监在半扎寨好事做过无数，深得民心，而民心所向不可强违！

可若是他就这么空手回府衙，该如何向任恺交代。赵监逃了，总得带个人回去交差呀！而赵监逃离寨子，定是有人通风报信，不抓住此人，将此事弄个水落石出，终觉不妥。将秦珮押回府衙，稍微用刑，嫩皮薄肉的，她一定会招，那时，没有抓到赵监，可挖出个通风报信者，而这通风报信者定是赵监同党，说不准，再通过这通风报信者顺藤摸瓜，还能将赵监挖出来。如此想来，捕头暗自笑道：我怎么就这般聪明！

“既然是赵监已逃，赵监又为寨子里做了无数好事，又有这么多人为他求情，那赵监之事就暂且不再追究。跑了赵监，一定是有人给他通风报信，不把这通风报信的人挖出来，我等没法给州府交代，来呀，将这秦珮带回府衙，一定要审出谁是通风报信者。”捕头大声说道。

就在几个捕快上前给秦珮上绳的当儿，忽然刘真疯了般扒开人群跑向秦珮，她那高高隆起的肚子使得她跑动时笨拙异常。刘真奋力推开捕快，用身子护住秦珮，高声喊道：“你们讲理不讲？我娘怎么了？她犯哪门子王法了？她窝藏罪犯了？赵叔脸上写着他是罪犯吗？先前连你们都弄不清他是不是罪犯，我娘能弄清吗？是我娘给赵叔通风报信了吗？你们事先给我娘说过你们要来缉拿赵叔吗？你们论理不论？小心我去省里告你们！”

刘真这番斥责有理有据，任谁都挑不出半点儿毛病，竟使得捕头一时间哑口无言。捕头开始犯难，若是真的有人拿此事去省里告发他，他在毫无证据之下肆意拿人，乱用王法之罪口头上那是罪责难逃。再说了，任恺大人有无意向将此事上报省里还是两说，若是任大人无意让其辖内丑事弄得满城风雨，他这么做不是自砸饭碗吗！然而，他眼下属骑虎难下状，这么多人看着，就这么灰溜溜走掉，颜面尽失，尊严何在？还不得让衙门里不怀好意者笑掉大牙。可上台容易，下台难，没个台阶他该如何迈步！

恰是这时，张老闻讯赶到。

张老问过缘由，大声叫道：“这里唱大戏吗？有什么好看的！走走走，快散了！都是吃饱撑的了。”

待围观者四下散了，保长家仅剩保长、秦珮和众捕快，张老径自走到捕头跟前，望着保长不悦道：“保长啊，不是我说你，我姑家表弟来寨子里办差，坐你家这么久，你居然连个烟锅都不给拿上啊！你的西洋烟丝呢？只顾留着独自享用是吧？”

保长不觉一愣，随之尴尬道：“对不住，对不住，人老了这忘性就是大，我这就去拿，我这西洋烟丝那是上等好货，抽一口，保你嘴里香半日。”

张老道：“那还不快去拿？”见保长转身去了后宅，张老又道：“我跟表弟说点儿家务事，你们都出去吧。”见捕快出了客厅，张老又道：“秦珮，你还戳这里干吗？都几时了，还不回家做饭去？”等秦珮迟疑着出了客厅，室内仅剩他们两人，张老随即掏出一个银锭悄悄塞进捕头怀中。

那捕头仰头望着屋顶，故作姿态道：“这屋脊的木头可是上等好料，上等好料啊！用得着使这么粗的原木吗？”

张老忙道：“这不是显得自家阔绰吗？谁不想显摆显摆呀？你说呢，表弟？”

“哈哈哈哈。”捕头笑时，见保长已将烟锅和西洋烟丝放在托盘里端了进来。

保长恭敬地递上烟锅，看着捕头一点点把金黄的烟丝揉进烟锅。他望望门口，诧异于适才还人满为患的院子里为何已不见人影。

那捕头带众捕快离开半扎寨时，张老和保长将其送至寨外，捕头上马前踉踉跄跄，骑在马上倒也安稳。既是州府差人来寨里办差，那就少不得将差役打发舒适。张老和保长将官差请到寨子里最好的饭庄德丰苑，一桌好菜，三坛老酒，再将寨子里颇能下酒的申三和钱贵叫来，直把一竿子人喝得口舌生硬方罢。

来到保长家里，张老摇头道：“赵监多好一个人，他怎么会是洪秀全的军师呢！眼下可好，只怕是自今以后，再无缘面见此人，真是可惜，可惜呀！”

保长依旧疑虑道：“说赵监是洪秀全的军师，他们证据何在？单凭那土匪头子一人之言便要将赵监缉拿归案，这未免过于草率了吧？”

张老叹息道：“是与不是，信与不信，又该如何？州府说赵监是朝廷要犯，谁敢出来说不是呀！如今无凭无据就肆意拿人的事还少吗？不过，若是他赵监不是朝廷通缉要犯，他犯得着闻之便逃吗？若是他不逃便还有洗脱罪名的机会，他这一逃不当紧，自此便再无契机。可惜了他一身才情啊！想来让人伤感。”

保长黯然道：“他不逃行吗？一旦被抓进府衙，无论你有罪无罪都少不得伤筋动骨。寨子里如今还欠着人家上千两银子，今后去哪儿还上人家呀！”

“好人自有天佑，愿赵监无恙！”张老道。

两人的慨叹、人们的求情丝毫无妨府衙对赵监的追捕。捕头回衙将缉拿赵监无果之事禀知任恺后，任恺即命捕头带人向北追捕，既是秦珮说那赵监要北去平遥投奔亲戚，那就追至黄河边上，然后知会平遥府衙，尽管这是大海捞针，他没有一点儿姿态怕也不好。待捕头领人走后，任恺便带余下捕快奔半扎寨而去。

远远地见半扎寨高大的寨楼半掩于氤氲的薄雾中。半扎寨两河相夹，湿气偏重，因位居低山之间，便时常被雾霭笼罩。初春时节，本是天燥之时，眼下竟有深秋的景致。走近寨门，“鸿奖”二字重又让任恺端详许久。无论如何，赵监此字饱满圆润，锋中透骨，任谁都不得不说此乃字中上品。虽是赵监为三个寨门所题的“鸿奖”“鳞绣”“龙泉”与洪秀全的名字有一致的谐音，可硬要说赵监是为惦念洪秀全而有意为之，未免牵强了些。既是有人硬往这上边靠，他作为汝州知州，置之不理也不甚妥当。

知州大人莅临半扎寨的消息早被寨丁告知保长和张老，于是，保长和张来赶忙出门相迎。按着任恺的意思，一行人逐一到三个寨门重又看过门头题字。任恺摇摇头不忍道：“保长啊，别再看了，你即刻差人将这三个匾额悉数拆掉。”

保长不敢多言，遂命寨丁叫来石匠，搭建木架。但听石匠嘴里嘟囔道：“那有字的石板是嵌在寨墙里面的，非要取出石板的话，只得先拆除石板周围的条石，不然谁也没法子把那石板取出。”

保长故意道：“石头，你嘴里哼唧的什么呀？婆娘一样，不会大声点儿？”

于是那石匠便大声重说一遍。保长接话道：“你说的等于没说，你把石板周边的条石都撬掉，那上面的寨楼不得倒塌呀？什么骚主意！”保长说罢，望着任恺。

张老一旁道：“是啊，再把寨楼拆了重建，可就劳民伤财了！任大人，不知州府能否给些款项？”

任恺心智过人，自是一听便知眼前这两人话中之意，他不开口便无人敢拂了这拆匾之意，于是望着石匠曼声说道：“不试试看就敢一口咬定无法拆除？还是上去试试吧，果真拆不掉那就另当别论。”

于是，石匠攀架而上。片刻，见石匠在上头摇头晃脑，任恺道：“既是真的无法拆除，那就将原有的字改动一个吧，免得让人说三道四。”

张老和保长连连称道。至于改动哪个字却让人颇费思量，最后任恺道：“把‘龙泉’改为‘龙吟’如何？”

张老细细品味后，大加赞赏道：“大人此举可谓是改一字而满寨生辉，这‘吟’字有咏唱低诵之意，不知比先前的好出多少！任大人之才学是吾辈难以望其颈项的。”

任恺自是欣悦不已。保长忙命人将寨子南门上原先的“龙泉”二字打掉，找来私塾先生，比照赵监的字体，换成了“龙吟”了事。

任恺离开半扎寨时，寨子上空氤氲的雾霭依旧未消。一行人策马走在返回汝州的官道上，竟意外与秦珮的马车相遇。柱子赶车慢悠悠走在官道一侧，秦珮坐车上望着任恺的马队一点点消失在淡淡的雾霭中。

秦珮全然不知赵监出寨后去往何处，只让柱子赶着车四处乱找。

为找到赵监，秦珮搁置了店里生意，仅让厨子一人看门，她和柱子每日里朝出暮归，寻遍周边大小村寨，逢人便问，向人打听见没见过一个四十多岁、白脸清俊的骑驴者，赵监竟杳无音讯。但秦珮深信赵监不会走远，冥冥中她感知到赵监就在不远处，赵监断不会撇下她而远去他乡。

就这样秦珮找了数月之久，赵监依旧音信皆无。一日，徒剩空囊似的秦珮来到刘金坟上，她想给刘金诉诉衷肠。忽见坟头新添些许黄土，一侧空地上留下赤手扒土的道道痕迹，秦珮一阵喜悦，她断定是赵监不久前来过坟地，于是心安许多。陪刘金说了半个时辰的话，而后回家，让柱子次日陪她再去寻找赵监。

秦珮哪里知道，真的如她所料，赵监并未走远。他将双鬓贴上胡须，再着一身灰色道袍，住进张村外的一个破庙里。他之前曾和刘金途经此地，那时有个游乡唱坠子的老者住在庙里，他此来本是和老者做伴的，老者低沉凄婉的唱腔让他时常想起。然而，赵监来到破庙时，那老者已溘然长逝，只破庙的一角还留着老者的破碗，一根拐杖被遗弃在门口的枯叶上，村民说他们将其安葬于荒坡的背风处。

赵监乃是州府通缉之人，他不想殃及秦珮，不想殃及半扎寨，因而化装后躲在此地，这里距半扎寨不远，想看看寨子时，就在黄昏的时候，独自骑驴来到寨门外远远望着寨子，想着秦珮此时在做些什么，然后便欣然返回。一日黄昏，他竟悄然来到寨子东门外的秀水寺，听小和尚说寨子里一如往常，于是安然离去。他原本是想北去山西的，可最终没有成行，总觉得有绳子牵着般的难以走远。

几个月过后，赵监便习惯了这孤寂的日子，平日里去周边村里为人算卦，再买些吃的回来。遇到哪家人手头拮据时，他会接济一二，毕竟他不缺钱用。他早已将曾经埋在半扎寨外山沟里的金银悉数取出，又埋在了这破庙墙外。

日子就这么日复一日地过得飞快。他每每忆起过往，便心存感激，他一生遇到两位恩人，洪秀全和刘金。想当年是洪秀全将他自乡间带出，然后与大哥一道叱咤风云，不想大哥却因故早亡。后来遇上刘金，是刘金执意挽留，他才留在了半扎寨，可如今刘大哥也离他而去。相比之下，他赵监比他们晚些离开尘世，然而，他却没弄清这活着的意义。

在一个月明星稀的夜晚，赵监忽觉胸闷异常，这胸闷已频繁骚扰过多次，而总是在他什么都不想时便悄然而去。然而，此次却是不依不饶地折腾他，没完没了。当他感觉该是看看郎中时，竟发觉四肢无力，心中明镜似的，就是挪不动身子，末了，在一阵剧痛后，赵监溘然而去。

两天头上，村里有人来庙里上香，见赵监的身子没盖被子，直挺挺地躺在那里，便上前怪道："这老头，连被子也不盖！"近前看时，见赵监面色惨白，伸手一摸，已是冰凉，于是这人赶忙跑回村里喊来郎中。

郎中自庙里出来，径直去见保长。保长道：“多好个人啊！怎么也得给他找个好去处。”

于是，村里将庙门口一棵老桐树放倒，做成棺木，择一块平整空地将赵监葬了。将赵监安葬完毕，天已巳时，有小雪悄然而至，毛茸茸如毛驴胡须，只少时，坟地之外已皑皑无际。忽然听见破庙里传来赵监毛驴的嘶鸣声，这嘶鸣声响彻苍宇。

一日，申三来关停的煤矿查看这里是否遗漏什么本该拿走的东西。他忽见破庙不远处起个新坟，那隆起的土堆旁竖着一块白色木牌很是醒目。申三近前看时，牌上写着：南方游士赵先生之墓。

申三战兢兢端详许久，唯恐眼拙看不分明。待确认木板上的字迹后，他慌忙来村里细问详情。村民说那墓地葬着一位操南方口音的算卦先生。这老者满脸胡须，却因平日里都叫他老道，没几个人知道他的真名。申三依旧不敢断定那墓地安葬的就是秦珮终日寻找的赵监，于是急忙赶回半扎寨，将所见所闻一一说了。

秦珮乘马车赶到坟地时，已是夜色苍茫，放眼望去，远山近岭迷离恍惚。

未到坟地时，听得不远处的村子里传来毛驴咿呀咿呀的嘶鸣声。秦珮惊觉细听，很是熟悉。柱子忙道：“那不是赵先生的毛驴才怪呢!”于是他们来到村里，细问村民，听村民描述死者长相，再去细看毛驴后，秦珮已是泪流满面。

急匆匆来到墓前，木牌上字迹清晰可辨，秦珮扑倒坟前泣不成声：“都怪我粗心，原本是来过张村的，只因问话有误而错失，找遍汝州大小村寨都没找到，原来你改了装扮，躲在这里。你真狠心，就这么不声不响地去了，留下我独自一人在世间受罪，我也不活了，这就随你去。”秦珮说罢，竟将头猛然磕向地面。

柱子喊叫着把秦珮拉起，柱子哭道：“内掌柜呀，你不能这样啊，刘掌柜去了，你再有个三长两短的，你让真真怎么活呀！你总得让真真有个亲人吧?”

想起真真，秦珮的哭声一时间小了许多。良久，秦珮颤声说道：“柱子，你放心，我没事了，你去车上等我吧，我想单独陪陪赵先生。”

柱子迟疑着不敢走远，只在近处的幽暗里踱着步子。他惊觉地望着坟地，听见秦珮嘤嘤哭诉着含糊的话语。他看着天际的星辰吝啬地仅把零星的冷光扔给苍茫大地，没有月色的坟地里黢黑异常，寒气逼人。

当柱子双腿发酸时，他见秦珮踉踉跄跄自坟地走出。她双眼红肿，瘫软乏力。于是他艰难地将秦珮扶上马车，马车颠簸着走向寨子。

忽听远方的村子里传来毛驴的嘶鸣声，这声音此起彼伏，渐渐地随凄风隐去。夜风更大了，夹杂着点点雪粒，打在脸上针刺般疼痛。柱子忙把马车的毡布放下，本是为秦珮遮些风雪的，不想，这毡布却不时被疾风扬起，而后打在身上，竟如马鞭子般凌厉。柱子忙将马车停下，翻身下车，找根绳子将毡布捆绑起来，而后赶车走向寨子。

寨门像是关了的，远远地见寨楼上鬼火似的马灯在凄厉的夜风里摇曳不定，寨丁游走的身影在马灯的暗光里忽隐忽现。经过寨门外的寺院门口时，见小和尚双手合掌，低声说道："阿弥陀佛！已近子时，寨门早已关闭，施主该是在寺院小憩才是，这个时辰去叫门，寨丁怕是不敢做主的。"

柱子迟疑片刻，跳下车躬身说道："劳烦小师父领我家掌柜去寺内少歇，我这就让寨丁去请示保长。"柱子说罢去了。

秦珮却没去寺院，只在车上坐等。少时，柱子便返回车上，马车迎着朔风，徐徐走进寨门。

小和尚望着马车远去的背影，合掌说道："阿弥陀佛！"

2020 年 4 月 22 日

于平顶山

图书在版编目(CIP)数据

半扎寨 / 董新铎著. — 北京 : 中国文史出版社,
2021.1

(跨度小说文库)

ISBN 978-7-5205-2136-9

Ⅰ. ①半… Ⅱ. ①董… Ⅲ. ①长篇小说-中国-当代
Ⅳ. ①I247.5

中国版本图书馆CIP数据核字(2020)第141585号

责任编辑：卢祥秋

出版发行：**中国文史出版社**

社　　址：北京市海淀区西八里庄路69号院　邮编：100142

电　　话：010-81136606　81136602　81136603（发行部）

传　　真：010-81136655

印　　装：北京新华印刷有限公司

经　　销：全国新华书店

开　　本：720×1020　1/16

印　　张：18.5　　字数：265千字

版　　次：2021年1月第1版

印　　次：2021年1月第1次印刷

定　　价：59.80元